독신
마법사
기숙
아파트

독신 마법사 기숙 아파트 2

ⓒ기르답 2020

초판1쇄 인쇄	2020년 5월 25일
초판1쇄 발행	2020년 6월 9일

지은이	기르답Girdap

펴낸이	박대일
편집	이문영 · 임유리 · 신지연 · 박지해 · 곽현주
교정	박준용
마케팅	임유미 · 손태석
디자인	박현주

펴낸곳	파란미디어
출판등록	2004년 9월 14일 제313-2004-00214호

주소	03992 서울시 마포구 동교로23길 14 국제빌딩 6층
전화	02.3141.5589 영업부 070.4616.2012 편집부
팩스	02.3141.5590
전자우편	paranbook@gmail.com
카페	http://cafe.naver.com/paranmedia
페이스북	http://www.facebook.com/paranbook

ISBN	978-89-6371-765-4(04810)
	978-89-6371-763-0(전3권)

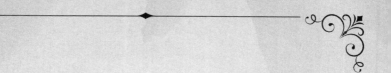

독신 마법사
기숙 아파트

기르답Girdap 장편소설

vol.2

파란

차례

책을 읽어 주세요

"어? 이게 그거예요?"

퇴근하고 돌아온 랑세의 앞을 가로막은 것은 커다란 짐마차였다. 인부와 아파트 마법사들은 마차에 실린 상자를 내려놓고 있었다.

"아, 네. 그거예요."

몹시도 설레는 얼굴로 상자를 옮기던 하이란이 답을 하였다. 그리고 종종걸음으로 다시 아파트 안으로 들어간다. 하이란만이 아니었다. 모든 마법사들의 얼굴에 호기심과 반가움이 가득 묻어나 있었다.

"저렇게 좋을까."

"어, 완전 좋아."

혼자 중얼거리는 랑세 곁을 지나치던 아미아가 받아쳤다. 그녀도 마법으로 상자를 둥둥 띄워 아파트 안으로 들어가고 있었다. 심지어 이 일을 감독하는 듯 지시를 내리고 있던 케일의 얼굴에서도 엷게 미소가 묻어났다.

"마법사들은 진짜 책을 좋아하나 보네."

상자 안의 물건은 모두 책이었다. 얼마 전에 어떤 유명한 마법사가 사망하면서 그가 평생에 걸쳐 수집한 책 일부를 아파트에 기증하겠다고 유언을 남겼다고 한다. 그의 자손들은 모두 비마법사였고, 딱히 후계자를 키운 것도 아닌지라 적당한 곳에 줄 것이라고 했다나. 그중 일부는 마탑 도서관에, 일부는 그가 젊은 시절을 보냈던 이 아파트에 보내기로 했다고 한다.

며칠 전 정기 모임 때 이 공지를 케일이 읽자 회의실은 일대 환희로 가득 찼다.

'우와아! 그럼 어디에 보관합니까?'

'지하 세탁실 옆에 빈 창고 어때요?'

'지하니까 습기방지진도 설치해 놔야 하는데, 제가, 제가 할게요!'

'책장은요?'

'거기에 소파 하나 가져다 놓죠!'

모두가 한마디씩 던지더니, 각자 알아서 할 일을 재깍재깍 찾아냈다. 회의가 끝난 후 그들이 우르르 지하실로 내려간 것은 말할 것도 없다.

책이 오기도 전에 설레어서 어쩔 줄 몰라 하던 이들이었는데, 책이 온 당일은 오죽할까. 랑세는 그 모든 광경을 떨떠름하게 바라보고 있었다.

"랑세 씨는 책이 별로예요? 고향 댁은 서점 한다면서요."

그런 기색을 눈치챈 하이란이 지나가다 물어본다.

"서점은 아빠가 하는 건데요, 뭐. 책이야 별로일 것도 없지만 그렇다고 막 저렇게 열정적으로 좋아하지는 않아요."

생각해 보면 시험 때 제외하고는 그저 시간 보내기용으로 가벼운 소설을 읽는 정도가 다였다. 아빠가 판매용으로 가져다 둔 책을 더럽히지 않고 조금씩 봐서 돈도 들지 않았다. 수도에 올라와서는 세탁 마도구를 돌릴 때나 좀 보는 정도였다. 일단 퇴근을 하면 피곤해서 책 볼 정신이 없기도 하고.

"신기하네요. 전 저희 집도 농장 대신 서점 했으면 좋았을 것 같거든요."

하이란은 그렇게만 말하고 다시 상자를 들고 안으로 들어섰다.

랑세는 바쁜 사람들을 비켜 방으로 올라갔다. 어쨌든 들어온 책은 마법서이니, 자신이 할 일도 없고 할 생각도 없었다. 저녁이나 챙겨 먹고 느긋하게 쉬어야지.

"랑세!"

……그럴 수 있을 리가.

부엌으로 달려온, 아니, 날아온 아미아의 메신저에 랑세는 한숨을 내쉬었다.

"왜요?"

"잠깐 지하실로 와 줘. 마법서가 아닌 책이 좀 있더라고! 그걸 어떻게 분류해야 할지 모르겠어."

"그냥 꽂아 두면 안 돼요?"

"안 돼!"

메신저가 콕콕콕 머리를 찔러 대 랑세는 메신저의 목을 콱 붙들었다. 꽥꽥거리는 소리 무시하고 몹시도 미적거리며 지하실로 내려갔다. 아예 무시하는 방법도 있겠지만, 그건 일시적이다. 이 사람들이 쉽게 물러서지 않고 자신을 다시 부를 것임을 지난 몇 달간의 생활로 배운 랑세였다. 어서 해치워 버리자.

"뭐예요?"

랑세는 아미아를 향해 메신저를 던져 버렸고, 메신저는 아미아의 손으로 쏙 들어갔다.

"여기 좀 봐 봐."

기숙사를 위한 소규모 도서관이 될 지하실 창고 앞에는 책이 든 상자와 마법사 무리가 있었다. 그들은 한쪽에 모여 목록과 책을 비교하고 책에 띠지를 감아 분류하는 등 정신없어 보였다. 하이란과 아미아만이 어떤 상자 앞에서 곤란한 얼굴을 하고 있을 따름이었다. 랑세는 가까이 다가가 상자 속을 보았다.

"뭐야, 동화랑 소설이잖아."

"어, 그래?"

랑세는 상자 앞에 쭈그리고 앉아 책을 뒤적거렸다. 다들 꽤 유명한 책이었다. 어릴 때 아빠와 엄마가 곁에서 읽어 주기도 했고, 머리가 더 크고 나서는 혼자 읽었으며, 나중에는 동생들에게 읽어 주었던 책. 때때로 학교에서 지겨운 수업 시간에 교과서 밑에 깔고 몰래 읽기도 했던 모험 소설, 선생님이 읽으라고 권해 주셨지만 재미가 없어 열 페이지를 읽기도 전에 꼬박 꼬박 졸았던 소설까지.

그러니까, 한마디로 여기 있는 책들은 정규 교육을 받을 만한 환경의 사람이라면 한 번쯤 접해 봤을 것들이었다.

"이거 다들 아는 책이잖아요. 그냥 정리하면 되는⋯⋯."

랑세는 책 한 권을 집어 올리며 말하다 말끝을 흐렸다. 하이란이나 아미아나 둘 다 이게 다들 아는 책이란 말인가, 하는 호기심 반 의문 반의 표정을 짓고 있었으니까. 아무래도 마법사들의 교양은 다른 모양이었다.

"뭐, 보통은 다들 아는 책이에요, 비마법사라면요. 그런데 그냥 제목이나 작가순으로 분류하면 되는 거 아니에요?"

"진짜요? 그냥 그렇게 분류하면 되는 거예요? 분야별로 안 묶어도 돼요? 시대는요? 작법은요? 제목 후 저자인가요, 저자 후 제목인가요?"

다다다, 하이란이 쏘아붙이듯 묻는 말에 랑세는 움찔하고 말았다.

"아니 뭐, 기숙사 도서관 정도에 그렇게 구체적으로 분류할 필요까지⋯⋯."

없지 않나요, 하려던 말을 도로 꿀꺽 삼켜야 했다.

번쩍.

창고, 아니, 이제는 도서관이 될 방 안의 모든 마법사가 희번덕거리는 눈으로 자신을 노려보고 있었기 때문이다.

"⋯⋯그냥 도서관 수준의 분류법은 저도 몰라요."

"왜 몰라? 서점 딸이잖아!"

아미아의 비명 같은 외침에 랑세가 눈썹을 치켜올렸다.

"서점은 아빠 거고 저는 그냥 딸이거든요? 그리고 서점에서도 도서관 수준으로 분류해 놓지는 않아요!"

랑세의 목소리가 높아졌지만, 아미아는 씩 한 번 웃을 뿐이었다.

"그럼 서점 수준 정도는 할 수 있다는 거지?"

"그 정도는 누구나 해요!"

아차, 랑세는 서둘러 입을 다물었지만 이미 늦었다. 하이란이 옆으로 다가와 방긋 웃었다.

"부탁드려요."

"네……."

오늘도 퇴근 후 느긋한 휴식은 물 건너갔다.

"좀 도와 드릴까요?"

"괜찮아요."

다른 쪽에서 일을 보던 와렌이 다가와 물었지만, 랑세는 고개를 저었다. 어쨌거나 죽은 이가 물려준 책 대부분은 마법서여서 이런 비마법서는 몇 상자 되지도 않을뿐더러, 아빠 서점에서 가끔 일을 도와 봤던 덕에 어렵지는 않았다.

"그런데 마법사분들은 이런 일반 서적을 많이 안 보시는 모양인데, 이분은 꽤 많이 보셨나 봐요."

마법서에 비해 적다고 해도 책장 한 개를 꽉 채울 만큼이었다. 소설과 동화, 전설과 민담집이 주류였고 정치나 사회, 사상서도 조금 섞여 있었다. 와렌도 신기한 듯 책장을 바라보며 중얼거렸다.

"대단하신 분이네요. 연구만 한 게 아니라 이런 교양서적도 읽으시고, 가정도 꾸리시고."

"그런가요?"

"가끔 있긴 해요. 마법사 중에서도 사회를 알아야 한다고 이런 종류의 책을 자주 접하는 사람들요. 리엔 선배님도 그렇고 타루도 그렇고……."

"와렌 씨는요?"

랑세는 그냥 지나가다 묻는 말이었는데, 어쩐지 와렌의 얼굴을 빨개졌다. 부끄럽다는 듯이. 랑세는 손을 휘휘 저었다.

"이런 책을 누구나 꼭 봐야 하는 것도 아니고, 그냥 물어본 거예요."

"네에, 그래도……."

"정 보실 생각이라면 이제 기숙사에 도서관도 생겼겠다, 차근차근 보시면 되죠."

"그럴까요……."

와렌은 랑세의 말에 아직 정리되지 않은 상자 속 책을 이리저리 살펴보았다. 랑세는 당연한 듯 누구나 아는 책이라 말하고 있지만, 제목도 내용도 모두 생소했다.

와렌은 책 한 권을 조심스럽게 열었다. 옛날 옛적이라고 시작하는 걸 보니 이야기책인가 보다. 어린이를 위한 책인 것인지 글자도 큼직큼직하고 문장도 단순하다. 손끝으로 커다란 글자를 따라가 본다. 할머니와 할아버지가 손주가 먹을 복숭아를 위해서 모험을 떠나려고 한다.

"일단 그거 주시고요, 이따 보세요."

할머니가 마침 비밀의 굴에 빠지려던 찰나, 랑세가 손을 내밀었다.

"아, 어……."

와렌이 어물어물 책을 내밀지 않자 랑세는 한숨을 내쉬었다.

"일을 시작한 지 꽤 되었는데 왜 진척이 없는지 알 만하네요."

랑세가 하는 말을 이해할 수가 없어 와렌이 눈을 깜빡이자, 랑세는 주변을 휙 한 번 둘러보았다. 열정적으로 일을 시작한 것치고는 책장은 반도 차지 않았다.

"우와, 이거 죽인다. 이거 신개념법 생겼을 때 출판된 책인데?"

"진짜 이거 가지고 논쟁이 어마어마했다더니 아예 따로 책이 있었네."

"야야, 이거 봐 봐. 프리페랑 응용론에 대한 초기 연구 자료인가 봐."

책을 정리하기 위해 안의 내용을 한 번쯤 훑어볼 수는 있다만, 그게 훑어보는 것으로 끝나지 않는다는 것이 문제였다. 다들 그 안에 담긴 내용을 가지고 한마디씩 하질 않나, 그와 관련된 다른 책을 상자에서 꺼내질 않나.

랑세는 한숨을 내쉬었다. 신간이 입고되는 날 어깨를 들썩거리며 밤늦게까지 책을 읽고 있던 아빠를 보는 것 같기도 했다.

와렌은 그제야 랑세가 무슨 이야기를 하는지 알아듣고 헤헤, 하고 어색한 웃음을 지으며 읽던 책을 내밀었다.

"거기요, 전 정리 다 끝나 가거든요? 아직 멀었어요?"

랑세가 한마디 던져 보지만, 다들 들은 척도 하지 않았다.

"야! 이거 제목도 없는데 뭘까?"

"이거 필사본인데? 정식 인쇄물이 아닌데? 그분의 연구서 아닐까?"

"오오오!"

신기한 다른 책을 발견했는지 또 그리로 우르르 몰려간다. 랑세는 와렌에게서 책을 받아 책장에 꽂아 넣고 그쪽으로 갔다.

"여기, 마법사님들, 제발 정리 좀 하시죠?"

"랑세! 이건 처음 보는 책이라고!"

마법사들은 랑세를 돌아보지도 않고 한목소리로 외쳤다.

"아, 좀 정리 얼른 끝내시고 그때 보세요!"

그들이 책 정리를 끝내건 말건 알 바 아니었으나, 혼자만 부지런히 일한 것이 억울한 랑세는 불쑥 손을 내밀어 그들이 돌려 보던 책을 빼앗았다.

"아아! 랑세! 뭐 하는 거야!"

"랑세 씨, 돌려줘요!"

"그거 수기로 작성된 거라 귀하다고!"

랑세가 책을 높다랗게 치켜들자 다들 폴짝폴짝 뛰면서 책을 뺏으려 한다. 랑세는 들고 있던 책을 노려봤다. 정말 그들이 말한 것처럼 인쇄본이 아니라 수기로 무언가를 작성한 것이었다.

첫 문장이 눈에 들어왔다.

"이것은 마법이며, 동시에 마법이 아닌 이야기책이다."

랑세가 그 문구를 읽는 순간, 하얗게 빛이 나기 시작했다. 랑세는 눈을 크게 떴다가 빛 때문에 얼른 감아야 했다. 이런 거, 몇 번 겪어 봤는데.

"어, 어어어어?"

다들 당황하여 비명처럼 소리를 질렀다.

"꺄, 꺄아아악!"

그러나 랑세만 할까. 랑세는 몸이 어딘가로 빨려들어 가는 느낌에 저도 모르게 비명을 질렀다. 꺄아아악, 으아아악, 문관, 어이, 이봐, 선배 불러. 마법사들의 외침이 마구 섞여 윙윙거리는 소리처럼 들린다.

그러다 결국 주변이 고요해진다.

고요. 작은 소리조차 나지 않는 완전한 고요.

눈을 감아 귀가 더욱 예민해진 랑세는 문득 겁이 났다. 아무리 아무도 말을 하지 않는다지만, 이토록 고요할 수 있는가. 누군가의 숨소리도, 책장이 바스락거리는 소리도, 작은 기척조차도 없는 고요라니. 그리하여 제 목소리라도 내 본다.

"저기요……."

조심스레 누군가를 불러 보지만, 아무 답도 없다. 여전히 완전한 고요. 팔뚝에 소름이 오스스 돋아나고, 조심스레 실눈을 떴다. 하얗다. 그러나 빛 때문에 눈이 멀 것 같은 그런 하얀색이 아니다.

눈을 온전히 다 떴다. 그리고 입을 쩍 벌리고 말조차도 잊고 말았다.

"……."

랑세는 홀로 있었다. 하얀 세상에. 그러나 검은 얼룩이 남은 세상에.

하얀색에 검은 얼룩이라니. 아래를 바라보았다. 하얀 세상에 드문드문 일정한 규칙이 있는 듯 검은 얼룩이 그려져 있다. 그래, 마치 책 위에 서 있는 듯.

"이, 이……."

한참 후에야 랑세는 비명을 질렀다.

"이게 뭐야!"

새하얀 세상 속, 자신은 책 위에 서 있었다.

빌어먹을 마법사 놈들. 랑세는 놀란 가슴을 부여잡고 욕을 내뱉었다.

얼마나 시간이 지났을까. 랑세는 어딘가로 달려가려다 멈추고 자리에 주저앉았다. 어릴 적 엄마가 숲속에서 해 준 이야기가 떠올랐기 때문이다.

'랑세, 만약에 이런 숲에서 길을 잃어버리면, 거기가 위험한 것 같지 않는 한 그 자리에 서서 기다리렴.'

'하지만 이런 데서 기다리면 집에는 어떻게 돌아가는데?'

엄마는 웃으며 랑세의 머리를 쓰다듬어 주었다.

'어떻게 돌아가긴. 엄마가 와서 너를 찾을 거야.'

'엄마가?'

'그럼, 물론이지. 엄마는 강하잖아.'

랑세는 옛 생각에 픽 웃음이 났다. 강하면 뭐 해요, 엄마. 엄마가 여기를 찾아올 수 있을 리가 없잖아.

그러면서도 랑세는 자리를 떠나지 않았다. 저 멀리 팔렝에 있을 엄마가 찾아와 주기를 기다리는 것이 아니라 아파트 주민들을 믿었기 때문이다.

"일단 여기는……."

시간이 좀 지나고 놀람이 가라앉자 주변을 둘러보며 자신이 지금 어디에 있고 어떤 상황인지 파악하고자 했다. 일단은 마법 때문임이 분명하다. 하긴, 마법 말고는 책 속에 들어갈 방법이 어디 있겠는가.

랑세는 하늘을 바라보았다. 하늘 역시 그냥 하얗기만 하다. 주변에 어떤 것도 없다. 자신이 작아져 책 페이지 위에 올라선 것은 아닌 듯했다. 만약 그랬더라면 창고도 커다랗게 보여야 했으니까.

책이라.

밑바닥에 그려져 있는 글씨를 조금 훑어보았다. 철자 하나가 제 발바닥 크기만 하다. 서서 내려다보면 언뜻 몇몇 글씨가 보이지만, 소리 내어 읽을 마음은 들지 않았다.

'이것은 마법이며, 동시에 마법이 아닌 이야기책이다.'

그 문구를 읽자마자 빛이 났고 여기로 와 버렸다. 분명히 마법이 발동되는 조건이었으리라. 아니, 잠깐. 마법사도 아닌데 그게 가능했나.

"아, 체질……."

분명히 리엔은 별문제 없이 마법 치료나 받을 때 유용하다 그랬는데, 정말이지 이런 일이 일어날 줄이야. 어쨌든 책을 읽어 문제가 생기고 나니 이 글씨를 볼 마음이 생기지 않았다.

"대체 그 마법사는……."

이게 뭔지는 모르지만 그 마법사는 왜 이런 걸 만들었을까. 랑세는 죽은 마법사를 원망하며 하늘, 엄밀하게 말하면 흰색의 빈 공간을 바라보았다.

그때, 그 공간에서 작은 빛이 나기 시작했다. 랑세는 벌떡 일어나 저도 모르게 몸을 낮추고 방어 자세를 취했다.

"랑세! 찾았다!"

아미아의 메신저가 하늘에서 불쑥 날아왔다.

"아미아 씨!"

아미아의 메신저가 이토록 반가운 것은 처음인 것 같았다. 아니구나, 한 번 정도 있었구나. 어쨌든 그때보다 더 반가웠다.

"꼼짝 말고 여기서 기다리고 있어!"

"잠깐만요!"

"다른 사람들에게 알려 줄게!"

오자마자 다시 날아간 것이 그 반가움을 왕창 깎아 먹긴 했다만.

랑세는 이제 그 자리에 서서 목이 꺾여라 하염없이 하늘을 바라보았다.

"아!"

다행히도, 정말로 다행히도 얼마 지나지 않아 하늘에서 눈에 익은 새 한 마리와 늑대 한 마리, 그리고 황소 한 마리가 나타났다. 하늘이라고는 했지만 이상한 곳이니 늑대와 황소가 달리듯 날아와도 뭐 그러려니 한다.

"누구 메신저예요?"

황소를 향한 랑세의 말에 황소와 새가 까르르 웃었다. 메신저에 익숙한 비마법사가 웃긴 탓이겠지.

황소가 입을 열었다.

"저예요, 하이란."

"아, 황소였군요."

과연 농장 출신이라고 말하려던 걸 꿀꺽 삼켰다. 지금 당장 중요한 건 그게 아닐 테니까.

"저기, 근데 전 어떻게 나가면 되나요?"

제일 불안하고도 중요한 것은 이것이었다. 만약 당장에 나갈 수 있는 것이었다면 아미아가 알려 주거나 했을 텐데, 한 명도 아니고 세 명의 메신저가 나타났다? 몹시도 불길한 징조였다.

역시나 황소가 긴 한숨을 내쉬었다.

"그게, 지금 사람들이 알아본 바로는요, 이 마법사님이 비마법사 자식들을 위해서 만든 책인가 봐요. 동화? 민담? 그런 걸 직접 체험할 수 있게요."

"네?"

"그래서 마지막 장 내용까지 겪어야 나올 수 있나 봐요. 더 자세한 건 알아보고 있어요."

"네?"

랑세는 이해가 잘 가지 않았다.

마지막까지라니. 동화라니. 직접 체험이라니.

"이쪽이다."

그때, 케일의 늑대 메신저가 주둥이로 한쪽을 가리켰다. 황소와 새가 그쪽으로 달려가니 랑세도 어리벙벙한 표정으로 따라갈 수밖에 없었다.

"읽어라, 랑세."

"네?"

"읽어야지 이야기가 시작된다."

"아니, 잠깐만요! 무슨 이야기요? 저 아직 이해 못 했단 말이에요!"

문장을 읽어 갑자기 예상치 못한 사태가 발생하는 것을 더는 겪고 싶지 않았다. 랑세의 격한 반응에 황소 머리에 앉아 있던 새가 까르르 웃었다. 하여간, 아미아.

"돌아가신 분이 비마법사 자식들에게 마법이 무엇인지 체험하게 해 주고 싶어서 만든 건가 봐. 비마법사도 주문을 외우기만 하면 발동할 수 있게 만든 거래. 케일이 가리킨 문장을 읽으면 동화가 시작될 거야."

"대체 그 동화가 시작된다는 게 뭔데요?"

랑세의 비명 같은 질문에 새가 고개를 갸웃 꺾었다.

"그거야 모르지."

"네?"

"우리도 알아낸 건 그것뿐이야. 첫 문장을 읽고, 마지막 문장을 읽으면 나올 수 있다는 거."

"아니, 그럼 앞으로 무슨 일이 일어날 줄 모른다는 거잖아요. 뭘 믿고 무작정 읽어요?"

"그러니까 우리가 온 거지!"

랑세는 입을 다물었다. 늑대 한 마리, 새 한 마리, 황소 한 마리.

"……사람 모습으로 오셨으면 좀 더 믿음직스러웠을 거예요."

까르르르, 아미아의 메신저가 얄밉게 웃었고 하이란의 메신저가 랑세의 곁으로 다가와 허벅지에 머리를 비볐다.

"여러 가지 제약이 있어서, 우리가 직접 갈 수 없었어요. 이미 랑세 씨가 들어와서요. 메신저는 생물이 아니라 마력의 집합체라 어떻게든 들어온 것 같지만요. 그리고 우리가 직접 가는 것보다는 바깥과 기민하게 연락하려면 메신저가 나아요."

그래도 하이란이 있어서 다행이었다.

"읽어라, 랑세."

저 케일이나 아미아만 있었으면 아마 여기서 드러누워 나는 못 읽겠다고 외쳤을지도 모른다. 랑세는 숨을 길게 들이켰다.

"잠들기 전 너에게 읽어 주던 이야기다."

파앗!

문장을 읽는 순간 다시 빛이 나 랑세는 얼른 눈을 감았다. 또 무슨 일이 일어날까.

"우와!"

하이란의 목소리에 랑세는 눈을 떴다.

"우와⋯⋯."

그리고 같은 감탄사를 내뱉었다. 진짜 우와다, 우와.

하얀 공간은 어디로 갔는지 보이지 않고 눈앞에 시골 풍경이 펼쳐졌다. 아니, 예전에 보던 시골 풍경보다 더 아름다운 풍경이었다. 잘 정비된 밭과 멀리 보이는 아기자기한 집. 시골에는 한 번도 가 보지 못한 도시 사람이 그린 그림 속 시골 같았다.

"직접 체험이란 게 이런 건가 보네."

이야기 속의 어떤 상황을 직접 겪어 보게 하는 마법.

랑세와는 다른 의미로 마법사들은 눈을 둥그렇게 떴다. 이런 마법 어떻게 만든 걸까, 머릿속에서 이 이론 저 이론 다 끌어와 생각에 잠겼다.

"그럼 여기서 그냥 걸어가면 되는 건가요?"

물론 지금 중요한 것은 그것이 아니다. 랑세의 질문에 마법사들의 메신저 모두 제정신을 차렸다.

"가면서 이야기를 겪으면 되는 거 아닐까요?"

"그런데 이런 배경에 무슨 이야기가 있지?"

"랑세, 여기와 관련된 이야기를 아나?"

랑세는 주변을 쭉 둘러보았다. 이야기책을 읽으면서 성장한 사람은 자신뿐인 것 같으니 앞장서야 할 듯했다. 하지만 단지 시골 풍경일 뿐인데, 무슨 이야기인지 어찌 아나. 기억의 조각을 다 끌어모아도 그럴듯한 이야기가 떠오르지 않았다.

"아, 일단 가 보죠. 여기서는 무슨 일이 있는지 알 수 없으니까요."

랑세는 앞장서 걷기 시작했다. 그리고 뒤를 따르는 늑대 한 마리, 황소 한 마리, 황소 위에 앉은 새 한 마리. 모험에 적당한 조합이다.

……일단 그렇게 믿자.

시골길을 따라 얼마간 걷자 가까운 곳에 복숭아나무가 가득한 정원이 있는 집이 보였다. 나무에는 탐스러운 복숭아가 주렁주렁 매달려 있었다. 더군다나, 그 복숭아는 황금으로 되어 있었다.

"아아, 저거 알 것 같아요!"

랑세는 그때 걸음을 멈추며 외쳤고, 황금 복숭아를 빤히 바라보던 짐승들이 고개를 돌렸다.

"저거, 아마 할머니와 할아버지가 손주를 위해서 황금 복숭아를 구해 오는 이야기였을 거예요."

와렌이 읽고 있던 책의 내용인지라 바로 기억이 난 랑세였다. 손주를 보여 주기 싫어한 아들이 부모에게 불가능한 걸 요구한 이야기였지, 아마? 황금 복숭아를 손주에게 선물로 가져다주면 문을 열어 주겠다고.

"그래? 그럼 복숭아만 구해 오면 된다는 거지?"

황소 위에 앉아 있던 새가 포르르 날아오르려 했다.

"꽥!"

금세 랑세의 손에 붙잡혔지만.

"안 돼요!"

"왜?"

랑세는 침을 꿀꺽 삼키며 복숭아 정원을 바라보았다. 금세 복숭아를 구하는 이야기였다면 책으로 한 권이 아니었겠지.

"그 노부부는 사실 엄청 욕심쟁이라서 아들이 학을 떼고 집을 나간 거였거든요. 그래서 나이 들고 자식이랑 손주가 보고 싶어서 찾아갔더니 아들이 문전박대를 한 거예요. 그러면서 용의 정원에 있는 황금 복숭아를 따 오면 손주를 보여 주겠다고 한 거죠."

"요오오옹?"

메신저들의 입이 쩍 벌어졌다. 아니, 대체 비마법사들은 아이들에게 무슨 이야기를 읽어 주는 거지?

랑세는 기억을 더듬었다.

"그래서 그 노부부가 몰래 복숭아를 훔치다가 걸려 화난 용을 피해 도망가다가 굴에 빠지고 엄청 고생고생하거든요."

그러니까 지금 훔치다 용에게 걸리면 엄청나게 고생한다는 뜻이었다.

"그래서 복숭아는 결국 얻어, 못 얻어?"

"글쎄요……. 기억이 안 나요."

"뭐?"

짐승들이 얼굴을 찌푸리자 랑세는 얼굴을 붉혔다.

"아이참, 진짜 어릴 적에 아빠가 읽어 준 책이란 말이에요. 그걸 어떻게 일일이 다 기억해요? 어쨌든 마지막에는 다 같이 행복했습니다로 끝났어요."

"아니, 그 난리가 나고 다 같이 행복했다고?"

"가능해요?"

메신저들이 꽥꽥거리자 랑세는 다시 한번 빽 소리를 질렀다.

"그냥 이야기책이잖아요, 이야기책!"

"아니, 그래도…….."

"기억난다. 분명히 다친 새끼 용을 구해 주고 보답으로 용에게 황금 복숭아를 받아 가져갔지."

갑자기 끼어든 케일의 말에 이번에는 랑세가 눈을 동그랗게 떴다.

"아시는 이야기예요?"

늑대는 고개를 끄덕였다.

"나도 어머니께서 읽어 주셨다. 어릴 때."

랑세의 눈이 더더욱 크게 떠졌다. 케일이 어릴 때가 있었단 말인가. 저 사람은 태어났을 때부터 저렇게 생겼을 것 같은데. 귀엽지 않았을 것 같아.

그런 랑세의 생각을 알아챘는지 늑대는 미미하게 표정을 구겼다.

"문제 있나?"

"아니요…….."

"그럼, 복숭아는 어떻게 얻을 거지?"

다시 본론으로 돌아왔다. 짐승 셋과 사람 하나가 머리를 맞대어 본다.

"어, 그럼 이야기를 진행하려면 일단 복숭아를 훔쳐 봐야 할까요?"

"하지만 용이 내린 시험이면 어려울 텐데."

"그래도 마법사님이 자식을 위해 만든 책인데 어딘가 살 구멍을 만들지 않았을까요?"

"자식에게는 살 구멍을 알려 줬겠지만 우리는 모르잖아."

"밖에서 소식을 알려 줄 때까지 기다릴까요?"

어찌할지 모르는 그들 사이에서 랑세는 잠시 생각에 잠겼다. 언뜻언뜻 기억나는 이야기들. 어릴 시절 아빠가 읽어 줬던 때였나, 엄마가 읽어 줬던 때였나. 아니다. 자신이 동생들에게 읽어 줬을 때였다. 그러니 여태 기억하고 있겠지.

'그 사람들은 바보 같아.'

'왜?'

'용에게 죄송하지만 복숭아 하나만 주세요, 하고 먼저 말했어야지!'

'루세, 이 바보! 그런다고 용이 복숭아를 줬겠어? 그냥 쫓아냈겠지.'

'그래도 화를 내지는 않았을 거 아냐!'

동생들의 다툼 아닌 다툼을 들었지. 그때 자신은 뭐라고 생각했더라. 뭐긴 뭐야, 얼른 아이들이 잤으면 했지.

그래도…….

"용에게 먼저 부탁해 볼까요?"

동생들의 말처럼 해 보는 게 어떨까. 욕심 부리지 말고.

"부탁?"

"어쨌든 복숭아를 얻어야 하는 것 같은데, 화를 최소화하면서 얻을 방법을 생각해 보죠."

"으음…….'

랑세의 제안에 모두들 생각에 빠진 듯했다.

용이라는 것은 알 수 없는 존재. 책에서나 몇 번 보고 지나친 초고대의 생물. 하물며 이야기 속의 용이 어떨지는 정말 알 수 없는 노릇이다.

"좋다. 해 보자."

이야기의 끝까지 걸어가야 하는 것은 변하지 않는 사실이니까. 훔치는 것보다 부탁하는 것이 그래도 낫겠지. 사람과 늑대와 황소와 새는 조심스럽게 복숭아 정원 내에 위치한 집 앞으로 다가갔다.

그런데 이 작은 집에 용이 산다고? 랑세는 잠시 생각에 잠겼다. 이야기 속 용은 종종 사람의 모습으로 변했다. 그러면 여기에 살 수 있을지도.

"뭐 해, 두드려."

아미아의 메신저가 속삭이자 랑세 역시 속닥거리며 항변했다.

"왜 제가요?"

"네가 이야기의 주인공이잖아."

주문을 읽고 이곳에서 이야기를 시작한 사람.

하지만 랑세는 겁이 났다. 아무리 사람 모습으로 나타난다 하더라도 용은 용이니까. 랑세의 그런 두려움을 알았는지 메신저들이 머리로 랑세의 등을 밀었다. 진짜 자신이 해야 하는 건가.

"두, 두드릴게요."

앞선 랑세의 목소리가 조금 떨려 왔다. 사실 다른 메신저들도 바짝 긴장하고 있었다.

똑똑똑.

맙소사, 용이 사는 집 문을 두드렸다.

"누구냐?"

그리고 문이 열렸다.

"엄마야!"

랑세는 저도 모르게 비명을 질렀다. 작은 문을 통해 용의 눈이 번뜩이는 것이 보였다. 거대한 이빨도.

어버버버, 거대한 용의 위용에 랑세가 말을 잇지 못하자 용은 이를 드러내며 으르렁거렸다.

"뭐냐?"

사랑하는 동생들아, 용이 이렇게 크고 무서우니 그 노부부가 아무 말 못 했던 것 같구나.

"랑세, 정신 차려. 어차피 다 환상이야."

그때 아미아의 메신저가 랑세의 머리를 콕콕 찔렀다. 그렇다. 이것은 환상이다. 마법사의 책 속에서 일어나는 일. 그런데 아미아씨, 왜 날개가 떨리고 있는 건가요. 랑세는 새 부리에 쪼이는 바람에 일단 정신을 차릴 수 있었다.

"무엇 때문에 나를 찾아왔느냐?"

용이 다시 랑세를 재촉했고, 랑세는 두 손을 꼭 모으고 최대한 불쌍한 표정을 지었다. 아니, 일부러 그렇게 했다기보다는 자연스럽게 되어 버린 거지만.

"제가 불쌍한 제 아이에게 용 님의 복숭아를 가져다줘야 해요. 아이가 많이 아파서…….."

결혼도 아직 안 했는데 아이가 생겼다. 랑세의 어이없는 거짓말 솜씨에 늑대와 황소와 새의 눈이 동그랗게 떠졌다. 물론 그들은 그런 거 아니잖아, 하고 말할 만큼 눈치 없지는 않았다. 아미아마저도.

"황금 복숭아를?"

그러나 용은 용이었다. 황금 복숭아랑 아픈 아이랑 무슨 상관이란 말인가.

"용 님의 황금 복숭아를 끓인 물로 약을 만들어 먹이면 아픈 아이가 낫는다고 하여…….."

그리고 랑세는 랑세였다. 문관의 거짓말이 점점 늘어났다.

"누가 그런 소리를 하더냐?"

"저어……, 치료 마법사가…….."

그야말로 아무렇게나 생각나는 대로 말한 것이지만 왜 스테인이 떠올랐을까. 아마 치료라는 분야 때문이 아니었을까.

"마법사 놈이 거짓말을 한 것이다!"

스테인을 떠올린 것은 아무래도 실수였던 것 같다. 용은 무엇 때문인지 몹시 화가 난 듯 으르렁거렸다. 용의 으르렁거리는 소리에 천지가 진동한다. 이거 환상 맞아?

"마법사 놈들이란 거짓말쟁이에다 사기꾼이지. 세상을 논하는 척하면서 남의 재산이나 탐하는 버러지 같은 것들."

아이고, 이 책을 쓴 마법사는 꽤 냉소적이었나 보다. 물론 지금 중요한 것은 그게 아니었다.

랑세는 다시 두 손을 꼭 붙잡았다.

"저기, 하지만, 혹시 모르니까 복숭아 하나……."

"너."

용은 부리부리한 눈을 크게 뜨고 동공에 랑세를 가득 담았다.

"황금을 달여 먹여야 아이가 낫는다는 거짓말을 믿다니, 얼마나 어리석은 것이냐!"

"다급한 부모는 무엇이든 믿기 마련입니다."

"거짓말!"

"네?"

용의 동공이 새와 늑대와 황소를 둘러보았다.

"마법사를 데려와 놓고서는 감히 내 앞에서 거짓말을 하는구나!"

용은 딱 부러지게 말하고는 큰 소리로 외쳤다.

"거짓말쟁이는 내 거처에서 나가라!"

순간 땅이 진동하며 양옆으로 갈라지기 시작했다. 하늘이 시커멓게 변하고 쾅쾅쾅 벼락도 친다.

"으아아아!"

흔들리는 땅 위에서 랑세와 메신저들은 이리저리 도망 다녔지만, 갈라진 틈새에 발이 걸리고 말았다.

"꺄아아악!"

벼랑 같은 땅에서 주르륵 미끄러지자 저도 모르게 눈을 꾹 감았다. 무서워! 죽을지도 몰라!

풍! 하고 등에 폭신폭신한 것이 닿기 전까지.

랑세는 눈을 살그머니 떴다. 등 뒤에는 말랑말랑하고 폭신폭신한 무언가가 가득했다.

"아, 이거."

마법사들과 달리기 시합을 했을 때 봤던 것이었다. 함정 밑에 설치되어 있던 것. 역시나 자식이 사용할 마법서라 마법사는 이런 장치까지 했나 보다. 안심이 되면서도 여전히 심장은 벌렁벌렁 뛰어 랑세는 한동안 그 위에서 멍하니 있었다.

절대 환상 같지 않다. 대체 이 마법사는 어떤 마법사일까. 어떤 마법사였기에 이런 진짜 같은 환상을 만들어 낸 걸까. 이런 걸 자식에게 체험하게 한 부모는 어떤 부모일까.

"랑세, 괜찮나?"

그때 케일의 늑대 메신저가 다가와 킁킁거리며 냄새를 맡았다. 랑세는 손을 뻗어 늑대의 머리를 슬슬 쓰다듬으며 자리에서 일어났다.

"괜찮아요, 좀 많이 놀라서요. 다친 곳도 없는 것 같아요. 다른 분들은 다들 괜찮으세요?"

"아, 응. 우리도 놀랐지만 괜찮아. 하이란, 괜찮아?"

"네, 네!"

마침 황소와 새가 몰랑몰랑한 바닥에서 비틀거리며 일어났다. 아무래도 이 물컹거리는 곳에서 똑바로 서기 힘들어 늑대를 제외하고 두 짐승과 한 사람은 거의 기듯이 몰랑한 곳을 빠져나왔다.

"그런데 여기는 어디지?"

"어, 아마, 이야기 순서대로 따지면 용이 만든 함정이에요."

주변을 둘러보니 그냥 동굴 같았다. '같았다'라고 한 것은 생각보다 환했기 때문이다. 진짜 동굴이라면 사방이 캄캄해서 눈을 뜨거나 감거나 다를 바가 없을 텐데, 이곳은 마치 어디선가 빛이 들어오는 듯 주변을 알아볼 만했다. 그러나 빛이 들어오는 곳은 또 보이지 않고.

이럴 때마다 이곳이 환상으로 만든 공간임을 인지하게 된다. 참 다정한 환상.

"아마 여기서 길을 찾아가는 중에 몇 가지 위험이 더 있고, 그 끝에 새끼 용이 있었나, 그럴 거예요. 맞나요?"

랑세는 이야기하면서 케일의 메신저를 돌아봤다. 이 이야기는 자신보다 케일이 더 잘 기억할 것 같았다. 늑대도 한동안 생각에 잠기다 고개를 끄덕였다.

"이야기라는 게 그렇지. 보통은 고난 끝에 무언가를 얻으니, 아마 맞을 거다."

"뭐야? 너도 기억 잘 안 나는 거야?"

아미아가 꽥꽥거리자 케일은 한숨을 내뱉었다. 아니, 둘의 메신저가.

"큰 줄거리 정도만 기억나고 나머지는 별로 기억 안 나. 하지만 아이들에게 가르치는 내용이라는 게 보통 거기서 거기니까."

"그건 그래요."

랑세는 그렇게 대답하면서도 케일이 새삼스러웠다. 이런 종류의 이야기 많이 읽어 봤나 보네. 안 그렇게 생겨서.

"아이들이 이런 이야기 알아서 뭐 할 건데?"

아미아의 메신저는 황소 위에서 깃털 정리를 하며 투덜거렸다. 용을 만나고, 황금 복숭아를 훔치다 실패하고, 이런 고난을 겪는 이야기가 아이들에게 무슨 의미가 있단 말인가. 차라리 마법 주문 열 개, 아니, 비마법사들도 있으니 맛있는 요리 방법 열 개 알려 주는 게 훨씬 더 좋을 것 같았다.

"일단 재미있고요."

"이게?"

"직접 겪지만 않으면 흥미진진한 이야기예요."

원래 남의 이야기는 다 재밌는 법이니까.

그래도 아미아는 이해하지 못하는지 그저 날개만 푸드덕푸드덕거렸다. 하이란의 황소는 아미아가 자기 머리 위에서 깃털을 날리는 것을 내버려 두고 일단 빛이 있는 쪽으로 고개를 빼내 보았다.

"그럼, 다음 이야기는 저쪽으로 가야 진행되는 건가요?"

하이란의 질문에 아미아의 고개가 랑세에게 돌아가고, 랑세의 고개는 케일에게 돌아갔다. 케일의 메신저는 한숨을 쉬듯 컹, 하고 한 번 짖고 고개를 끄덕였다.

"아마 그럴 거다. 어쨌든 아까 보았듯이 안전은 보장된 함정이니 일단 걷자."

"그래요."

안전 보장. 용이 튀어나오고 땅이 갈라져 밑바닥으로 떨어져도, 마치 행복한 끝이 보장된 이야기처럼 안심하고 걸어갈 수 있는 길.

랑세는 한결 편한 마음으로 걸음을 옮겼다. 일단은 빛이 있는 쪽으로 방향을 잡았다. 아마 맞을 것이다. 저 반대편은 어두컴컴하니까.

"……이런 이야기는 보통 아이들에게 어둠 끝에 희망이 있다고, 고난 끝에 보답이 있다고 가르쳐 주는 거니까요."

중얼거리듯 랑세가 한 말이 아까의 질문에서 이어짐을, 일행은 알았다. 아미아는 까르르 웃으며 날개를 푸드덕거렸다. 깃털이 또 빠졌다.

"그런데 인생은 이런 이야기처럼 안 되잖아! 아이들이 자라면 실망하겠다!"

인생에 너무 찌든 어른의 시각이었고, 거기에 동의하는 자신이 웃겨 랑세는 피식 웃고 말았다. 탄탄한 동굴 벽을 조금 만져 보며 랑세가 말했다.

"그러길 바라는 거겠죠. 노력한 만큼 보상받는 세상을요. 자기 아이들을 그런 세상에서 살게 하고 싶은 건 당연하지 않을까요?"

"넌 애도 없는 애가 잘 안다?"

"일반론이에요, 일반론."

"그런데 아까 용한테 왜 아이가 아프다고 한 거야? 그냥 한 번 달라고 해 보지."

아미아는 무심하게 지나가듯 던진 말이었지만, 랑세는 순간 걸음을 멈췄다. 랑세가 멈추자 일행 모두 무슨 일인가 싶어 다들 돌아보았다. 랑세는 조금 당황한 듯했다.

"어……, 그러게요. 그냥 그 순간 이야기답게 행동해야 한다고 생각했어요……."

그 말에 메신저들도 묘한 얼굴을 했다. 질문을 한 아미아도 솔직히 지금 와서야 이상해서 물은 것이지, 그 순간은 이야기의 주인공다운 거짓말이라고 생각했던 것이다.

하이란의 황소가 푸르릉거리며 웃었다.

"사실 그때 궁금했던 건 왜 하필 노모도 아니고 아이가 아프다고 거짓말을 했을까였어요. 랑세 씨 독신이잖아요."

"으, 솔직히 사람 아프다는 거짓말을 안 하고 싶었어요. 우리 부모님 편찮으신 것은 거짓말로도 싫거든요. 아이는 없으니까 아프다 해도 되고……."

랑세는 말을 하다 말고 늑대를 돌아보았다.

"케일 씨 말대로라면 그 용은 부모 용이니까 같은 부모 입장을 헤아려 줄 것 같기도 했고요."

"그럴듯하군."

랑세는 한 발짝 다시 걸으려다 멈추고는 음, 하고 침음을 삼켰다. 말할 때는 미처 깨닫지도 못하다가 돌아보면 이런 생각이 아니었을까, 하고 무언가 떠오를 때가 있다.

"왜 그러세요?"

"그게요, 이 마법사님이, 그러니까 이 책을, 마법사님은 자식을 위해서 만든 거였다면서요. 그런데 굳이 손주가 보고 싶어 복숭아를 훔치는 노부부 이야기를 고른 것, 그것도 새끼 용을 치료해 줘서 복숭아를 얻는 이야기를 사용해서 이런 책을 만든 것을 보면, 자식을 무척 사랑한 게 아닐까 하는 생각이 들어서요."

랑세는 발로 바닥을 콩콩 굴러 보았다. 확실히 진짜 동굴의 지면보다 묵직한 느낌이 덜하다.

"안전까지 보장했고요."

랑세의 말에 메신저들이 고개를 끄덕였다.

"꼭 이런 내용이 아니었더라도 자식을 위해서 이런 대단한 마법을 쏟아부은 걸 보면 분명히 그럴 거예요."

"맞아. 대체 이런 마법서를 어떻게 만든 걸까?"

"얼른 나갔으면 좋겠어요. 샅샅이 훑어보고 싶어요."

메신저들이 마법 이야기에 빠져 랑세보다 앞서 걷기 시작하고, 그런 그들의 뒷모습을 보면서 랑세는 쓴웃음을 지었다.

"어?"

웃음은 짧았지만.

두두두두, 괴상한 소리와 함께 동굴이 뒤틀리기 시작했다. 마치 트림하는 용의 내장처럼.

"꺄아아악!"

"으아아아아!"

일행은 어딘가로 미끄러져 구르기 시작했다.

"실례합니다."

랑세와 메신저들이 한창 책 속의 함정을 피하고 있을 때, 타루와 스테인, 엘마스는 리엔의 명을 받아 죽은 마법사의 집을 찾아갔다. 첫 줄과 마지막 줄을 읽으면 된다는 것은 알아냈지만 혹시 더 빨리 나올 방법이 있는지, 다른 위험은 없는지 알아내기 위해서였다.

비마법사와 대화가 능숙한 타루가 문을 두드렸고 곧이어 마법사의 큰아들이 나왔다.

"아, 아파트의 마법사님들 아니십니까. 무슨 일이신지요?"

책을 전해 주기 위해 몇 번인가 얼굴을 마주쳤던 이들이었기에 남자는 예의 바르게 인사하며 문을 크게 열었다. 타루가 먼저 고개를 꾸벅 숙였다.

"아, 선생님, 늦은 시간에 죄송합니다. 다름이 아니라 오늘 전해 주신 책 중에서 조금 문제가 생겼습니다만, 혹시 알고 계신 게 있으신지 하여 찾아오게 되었습니다."

"문제요?"

문제라는 말에 남자의 얼굴에 짜증이 조금 묻어났다. 타루는 다시 한번 고개를 숙였다.

"죄송하지만, 이야기가 길어질 것 같습니다."

남자는 잠시 생각에 잠겼다가 눈살을 찌푸리고는 그들을 안으로 들였다.

"이쪽으로 오시지요."

중산층 가정이 살기 적당한 집의 응접실에 앉자마자 타루는 다소 급하게 입을 열었다.

"주신 책 중에 이상한 마법서가 있었습니다. 문장을 읽으면 정신이 그 안으로 빠져들어 동화를 체험할 수 있는 책이었습니다. 혹시 아십니까?"

죽은 마법사가 남긴 연구 자료와 책에 걸린 몇 가지 주문으로 알아낸 것은 그 정도였다. 남자는 고개를 갸웃거렸다.

"아시겠지만, 제가 마법에 문외한입니다. 돌아가신 아버지의 재능을 이어받지 못했습니다. 마법적인 문제는 제가 잘 모릅니다."

마법사들은 당황하고 말았다. 마법사는 자식을 위해 만든 책이라고 기록했다. 그러나 아들은 책에 대해 전혀 모르는 눈치였다.

"아, 어, 실은 저희 아파트에 사는 비마법사 한 명이 그 책에 빠지고 말았습니다만, 기록에 따르면 그 책은 아드님과 따님을 위해, 비마법사인 자녀분들이 마법을 체험할 수 있게 만들었다고 합니다. 혹시, 기억나지 않으십니까?"

타루의 말에 남자의 얼굴이 있는 대로 찡그려졌다.

"저희를 위해서 만든 책이라고요?"

"네. 혹시 그 안에서 무슨 일이 있었는지……."

"그럴 리가요."

"네?"

"연구에 미친 그 노인네가 우리를 위해서 책을 만들었다고요? 뭔가 잘못 아신 게 아닙니까?"

"어……."

남자의 목소리에는 오랫동안 숨겨 온 증오가 여과 없이 묻어났고, 마법사들은 당황해 입만 벙긋거렸다.

남자는 깊은 한숨을 내쉬며 분노를 다스리기 위해서 애썼다. 순간적으로 욱해서 진심을 토해 내기는 했으나, 앞이 있는 이들이 아버지를 존경해 마지않는 마법사들임을 잊지 않았기 때문이다.

"아버지는 가정에 큰 관심이 없으셨습니다. 마탑 연구실에서 안 오시는 날도 많았고요. 그러니 아버지께서 저희를 위해 책을 썼다는 말은 믿기 어렵습니다."

그래도 마지막까지 숨기지 못한 가시가 말끝에 삐죽 솟아 나왔다.

"혹시 누이를 위해 쓴 책일지도 모르겠군요. 잠시만 기다리시지요. 오늘 짐 정리를 위해서 마침 집에 와 있습니다. 불러오지요."

"아, 예. 감사합니다."

남자가 자리에서 일어나자 마법사들은 참았던 숨을 토해 냈다. 그가 내뱉었던 미움이 어찌나 묵직했는지 내내 숨조차 쉬기 어려웠기 때문이었다.

"이래서…… 가정을 가지지 않은 마법사들이 많은 걸까요?"

"하긴 마법사 아파트 수만 봐도……."

타루의 말에 엘마스가 중얼거렸다. 다른 독신 문관 아파트나 독신 무관 아파트의 수는 마법사 아파트보다 절대적으로 적었다. 독신을 지향하는 문무관의 숫자가 적었기에 그럼에도 나름대로 수용 가능한 수치였다. 마법사들은 자기 연구에 빠져 연애나 결혼을 등한시하는 경향이 있었고. 물론 랑세가 들었다면 그것 때문만은 아닐 거라고 조용히 항변했겠지만.

"타루……, 너도 조심해야겠다."

엘마스가 문득 비마법사와 연애하는 타루를 보며 그리 말하자 타루는 침울하게 고개를 끄덕였다. 그렇지 않아도 그런 '마법사 같은 면' 때문에 에세에게 혼난 적이 한두 번이 아니었으니까. 타루는 쓴웃음을 지었다.

"에세는 마법사의 특성이라는 말로 변명하지 말라고 했어요."

그날, 에세가 아파트로 찾아와 열렬한 키스로 화해한 날, 에세가 했던 말이었다. 자신의 특성이 타인의 마음에 상처를 입히고 있음을 안다면 고치려고 노력해야 한다고. 그게 상대에 대한 예의라고. 그건 마법사에게나 마법사가 아닌 사람에게나 모두 똑같이 적용되는 문제라고. 마법을 핑계 삼지 말라고 단단히 말을 했더랬다.

"실례합니다."

그때, 중년 여성이 어린아이를 안고 슬그머니 응접실로 들어왔고, 타루가 벌떡 일어나 고개를 숙였다. 고인의 딸이었다.

간단하게 인사를 나누고 타루가 같은 내용을 다시 설명했다. 하지만 여자는 고개를 저었다.

"아니요, 모르겠군요. 아버지는 그렇게 다정한 사람이 아니었어요."

"아⋯⋯."

크게 기대하지 않았지만 혹시나 하는 마음이 없지는 않았기에 실망을 감추지 못했다.

"책이라⋯⋯. 집에 동화책이 좀 있기는 했지만 대부분 어머니께서 사셨을 겁니다. 아버지 유산 목록에 있어서 같이 나누어 드리기는 했지만⋯⋯."

"아, 네⋯⋯."

이제 어찌해야 하나. 아파트에서 고인의 연구서를 샅샅이 찾아보고 있을 다른 마법사들에게 동정을 금치 못하며 일단은 일어나려고 했을 때.

"헤헤, 난 할아버지가 책 읽어 준 적 있는데."

여자의 품에 안겨 있던 아이가 입을 열었다.

그 순간 자리에 있던 모든 이들의 눈이 동그랗게 떠졌다. 여자는 떨리는 목소리로 아이를 채근했다.

"할아버지가 너, 너한테 책을 읽어 준 적이 있다고? 대체, 언제? 너 여기 자주 오지도 않았잖아?"

"아, 어, 저번에 유폐가 많이 아팠을 때 나 여기 두고 간 적 있었잖아. 그때 읽어 줬어. 진짜 신기했어. 막 눈앞에서 이야기가 펼쳐지는 것 같았어. 난 분명히 침대에 있었는데 할아버지랑 같이 모험했어."

이제 대여섯 살 되어 보이는 아이가 신이 나 떠들었다. 타루가 무릎을 꿇고 아이와 시선을 맞추고 차분하게 되물어 보았다.

"혹시 그 이야기가 어떻게 끝났는지 기억나니?"

여자는 제 아버지의 기행 아닌 기행에 놀라 아무 말 못 했고, 아이만이 손바닥을 쫙 펼쳤다.

"응! 할아버지가 무슨 말을 하니까 침대로 돌아왔어!"

"무슨 말씀을 하셨니?"

그 신났던 아이가 입을 다물었다.

"……몰라."

아, 마법사들의 입에서 탄식이 튀어나왔다. 아마도 그가 말했던 것은 주문이었을 터였고, 당연히 어린아이가 기억할 리 없었다.

그때야 정신을 차린 엄마가 아이에게 물었다.

"너 그런데 왜 그런 이야기를 엄마한테 안 했어?"

아이는 엄마의 질책에 어깨를 수그리고 입을 삐죽거리며 중얼거렸다.

"엄마는 할아버지 이야기 하는 거 싫어하잖아……."

아, 다시 한번 모두의 입에서 탄식이 튀어나왔다.

"손자는 예뻤나 보네……."

엄마의 중얼거림에 아이는 입을 다시 다물었다.

타루는 침을 한 번 꿀꺽 삼키고 여자에게 다시 물었다. 어떤 마법사의 딸이었고, 이제는 한 아이의 엄마가 된 이에게.

"혹시 아이와 함께 저희 아파트로 와 주실 수 있겠습니까? 아이가 이야기에 대해 기억해 내는 것이 있으면 곤란에 빠진 친구를 도와줄 수 있을 듯합니다."

여자는 답을 하지 못했다.

마법사였던 아버지를 증오하는 딸과 할아버지에게 좋은 기억이 있는 듯한 아이. 그리고 마법사들. 침묵이 길어지자 아이는 조심스럽게 엄마를 올려다보았다.

"엄마⋯⋯. 착한 아이는 어려운 사람을 도와주는 거라고 했잖아."

아이는 어쩌면 유산을 정리하는 침침하고 어두운 집을 나가고 싶어서 그런 핑계를 댄 것일지도 모른다. 그러나 여러모로 혼란스러웠던 여자는 아이의 말이 그럴듯하게 느껴져 한숨을 내쉬며 고개를 끄덕였다.

아, 다시 한번 마법사들의 입에서 소리가 났다. 그래도 이번에는 안도의 한숨이었다.

"으으, 아파⋯⋯."

마법사가 아무리 세심하게 만든 책이라도 빈틈은 있었나 보다. 동굴의 진동으로 어딘가에 부딪힌 엉덩이가 아팠다. 이만

한 진동에 살짝 멍든 정도라면 무척이나 다행이기는 하다.

그래도 동굴의 진동은 멈췄기에 랑세와 일행은 비틀거리며 자리에서 일어났다.

"와."

그리고 동굴의 바뀐 모습에 다들 눈을 동그랗게 떴다. 동굴은 기다랗고 잘 정리된 복도로 바뀌었고, 거기에는 여러 개의 문이 있었다.

"음."

그런데 그 이야기에 이런 장면이 있던가. 랑세와 케일은 고민에 빠졌다.

"아무래도 그분이 이야기를 응용한 것 같은데요."

"그런 것 같다."

큰 줄기만 기억한다고 해도 이렇게 정갈한 복도가 나오는 장면이 없었던 것은 확실했다.

"다른 출구가 없는 걸 보니 문을 열어야 할 듯하다."

전장에서 활약한 경험이 있었기에 케일은 정신을 차리자마자 출구와 입구 모두 확인했다. 랑세가 놀라 뒤를 돌아보자 들어온 길은 사라진 상태였다.

"문이야 열라고 있는 거지!"

아미아의 새가 호기롭게 말하며 앞서 날아갔지만, 곧 멈추었다. 문들이 모두 똑같이 생겼고 그 앞에 어떤 것도 쓰여 있지 않았기에.

"……다 열어 봐야 하나요?"

하이란의 황소가 조금은 걱정스럽게 물어보자 케일의 늑대가 고개를 끄덕였다.

"대열을 갖추자. 내가 앞서고, 하이란과 랑세가 뒤에 서라. 아미아, 네가 엄호해라."

"알았어!"

아미아가 답했고, 랑세도 케일의 지시에 얌전히 따랐다. 저 문을 열었을 때 무엇이 튀어나올지 모를 노릇. 아무리 안전을 감안해 만들었다지만 긴장을 늦출 수 없었다.

'위험한 상황일 때는 무조건 상황 판단을 잘하고 경험 많은 사람의 조언을 따라야 한단다. 절대로 자신을 과신하지 말아야 해.'

엄마의 말이 떠오르기도 했고. 전쟁에서 활약한 케일과 아미아가 여기서 그 누구보다 능력자이자 경험자일 터이니.

"음……."

그래도 꼬리를 흔들거리며 앞서가는 늑대의 뒤는 조금 불안하기는 하다.

"연다."

하나, 둘, 셋, 늑대가 숫자를 세다 갑자기 멈췄다. 그러더니 주춤 한두 걸음 물러나 당황스러운 얼굴로 랑세를 돌아보았다.

"왜요?"

"……내가 지금 문을 못 여는 상황인 것 같군."

늑대가 문을 열 수 있다면 세상 모든 농가는 이미 옛날에 다 털렸을 것이다. 역시나 늑대는 그다지 믿음직스럽지 못하다.

랑세는 이를 꽉 물어 웃음을 참고는 손을 뻗어 조심스럽게 문고리를 돌려 밀고 얼른 케일의 늑대 뒤로 숨었다.

"와!"

숨을 필요는 없었을 테지만.

열린 문 안에서 빛이 번쩍했다. 그것은 마법의 빛이 아니었다. 보물이 내는 빛이었으니. 황금과 금화, 보석으로 장식된 온갖 장식품들. 번쩍번쩍, 진짜 금이 모여 있으면 번쩍번쩍하는 소리가 들리는구나. 넷의 입이 떡 벌어졌다.

보석은 사람의 발길을 유혹한다. 자기도 모르게 한두 걸음 그리로 다가가게 된다.

"다, 닫을게요."

그때 랑세가 얼른 문을 닫지 않았더라면 그 금화 속에서 헤엄을 쳤을지도.

"왜? 왜? 조금만 구경하자!"

아미아의 메신저가 날개를 퍼덕거렸다. 돈 최고, 황금 최고, 마음 안의 황금만능주의가 넘실거린다.

하지만 랑세는 고개를 저었다.

"이야기 속에서 남의 보물에 마음을 뺏겨 좋게 되는 꼴을 본 적이 없어요."

이미 이 이야기 자체가 노부부가 황금 복숭아를 탐하다 고생하는 것이 아닌가.

"진짜?"

"진짜."

황소가 아쉽다는 듯 쩝, 소리를 냈다. 어차피 이곳은 이야기

속. 탐해서 별일 없더라도 결국 환상의 조각일 뿐이니. 덕분에 다들 쉽게 이성이 돌아왔다.

"그럼 다음 문 열게요."

랑세가 다른 문을 열자 이번에는 서재가 등장했다. 왕립 도서관에 비교해도 지지 않을 어마어마하고 거대한 서재가. 책에 별 관심 없는 랑세는 조금 놀라고 감탄하긴 했지만 방금처럼 혹하지는 않았다. 그래서 금세 뒤돌아 나오려 했지만.

"잠깐!"

"꽥!"

랑세는 새의 목을 틀어쥐었다. 아미아의 새가 비명을 지르는 바람에 눈에 사랑의 기운이 넘실거리던 다른 메신저들도 이성이 돌아왔다.

"꽥! 꽥! 책이잖아! 책! 책! 책! 책일 뿐이잖아."

"제가 책을 잘못 읽어서 이 꼴 당하는 거 보면 모르세요?"

"야, 그래도! 꽥!"

"랑세 말이 맞다. 이야기 속 책은 위험하지."

"대체 그럼 이야기 속에서는 뭐가 안전한 건데, 꽥!"

랑세는 아미아의 항변에 똑같이 목소리를 높였다.

"남의 것만 아니면 안전해요!"

"그럼 이런 데서 돌아다니게 하지 말라고!"

"그런 유혹을 이겨 내는 어린이여야 좋은 어른이 되죠!"

"나이 들고 나서는 야망이 없다고 난리더라, 뭐!"

"남의 것을 탐하는 건 야망이 아니라 욕심이에요!"

"그만하고 가자."

둘이 말도 안 되는 싸움을 벌이는 사이, 케일의 늑대가 한심하다는 듯 한숨을 쉬고 앞장서 다른 문 앞으로 간다. 랑세는 대단히 어른인 척하는 그의 뒷모습에 웃음이 또 튀어나올 뻔했다. 황소와 늑대의 꼬리가 실망한 듯 똑같이 축 처져 있었으니까.

"다음 문 열게요."

랑세와 일행은 다른 문 앞에 섰다. 랑세가 똑같이 문을 열고 바로 늑대 뒤로 몸을 숨겼지만, 역시나 어떤 공격도 없었다. 역시 마법사가 자식을 위해 만든 책답게 위험 요소가 거의 없는 듯했다.

방 안에는 또 다른 보물들이 가득했지만, 마법사들은 흠, 하고 소리 한 번 내고 말았다. 이번 보물은 약이었으니까. 스테인도 여기 떨어졌으면 홀린 눈을 하고 다가갔을까. 여하간 치료 마법사가 없는 일행은 방 안을 쭉 둘러보고 문을 닫았다.

다음 문, 다음 문, 하나씩 무언가가 있지만, 황금과 책만큼이나 이들을 유혹하는 것은 없었다. 오히려.

"설마 출구가 없는 걸까요?"

하이란의 황소가 불안한 듯 물었고 내심 비슷하게 생각하던 이들이 걸음을 멈추었다.

"설마요."

"설마 그렇겠어?"

설마가 사람 잡는다는 말도 있지만, 마법사가 자식을 위해 만든 책이라는 점을 믿으려 애쓴다.

랑세는 이 이야기의 끝을 떠올려 보려 했다. 케일의 말대로 함정 사이에서 우연히 만난 새끼 용을 치료해 주고 황금 복숭아를 얻으면 끝나는 것은 맞다. 하지만 지금 이 상황은 원래의 이야기 속에는 없는 것. 그렇다면 원래의 이야기란 대체 무엇인가.

노부부와 황금 복숭아 이야기는 특정 작가의 창작물이 아닌 것으로 기억한다. 아빠의 서점에서 분명히 여러 책으로 출판되었던 것을 보았다. 하나씩 다 읽어 본 것은 아니었지만 '타타마와 티티리 이야기'가 여러 변형이 있는 것처럼 이도 마찬가지이리라.

그렇다면 큰 줄기는 변하지 않았다는 뜻.

"새끼 용을 찾아야 할 것 같아요."

랑세의 중얼거림에 모두가 돌아보자 랑세는 생각하던 바를 설명했다. 과연 합리적으로 들려 모두가 고개를 끄덕이며 동의했다.

"그럼 내가 용의 소리를 찾아보지."

마법으로 만들어진 이 신비한 공간의 문 수십 개를 일일이 다 열어 보는 것은 비효율적인 일이었기에 케일이 모두를 침묵시킨 채 귀를 쫑긋 세웠다. 늑대 메신저는 실제 늑대만큼이나 청력이 좋은지 곧 어디선가 들리는 희미한 울음을 잡아냈다.

"저쪽으로 가 보자."

케일이 선두에서 달려갔다. 이렇게 하지 않았더라면 큰일 날 뻔했다. 그들이 지나친 문은 수십 개였으니까.

삐이이이잉.

거의 복도 끝에 도달하여 나타난 문 뒤에서 울음소리가 좀 더 명확하게 들린다. 새끼 용의 울음소리는 새소리 같기도 하고 강아지 소리 같기도 했다. 삐이이이잉, 애처로운 울음소리에도 동정심보다 경계심이 먼저 든 것은 용이라는 이름값 때문이겠지. 아니면 여기 떨어지기 전에 봤던 용의 모습 때문이거나.

그래서 랑세는 케일의 지시에 맞추어 문고리만 돌리고 뒤로 물러났다. 케일은 조심스럽게 앞발로 문을 밀었다. 끼이이익.

삐이이이잉!

"으악!"

그러길 잘했다.

케일은 뒤돌아 모두를 덮치듯 엄호하고 뒷발로 문을 닫아 버렸다. 새끼 용이 무엇 때문인지 입에서 불을 토해 내며 울어 젖히고 있었으니까.

으억, 으억, 모두가 놀라 헉헉 숨을 들이쉬었다.

"괜찮아요?"

랑세는 가장 앞에서 용의 불을 뒤집어썼던 늑대에게 안부를 물었다. 늑대가 고개를 돌려 제 등을 보려 했지만 볼 수 있을 리가 없었기에, 랑세가 얼른 늑대의 등 털을 헤집었다. 혹시나 화상 입은 곳이 있을까 걱정된 탓이었다.

랑세의 그런 다급한 손길에 케일의 늑대는 얼른 몸을 뺐다.

"괘, 괜찮다. 일단 정신체니까……."

하지만 아미아의 새가 푸드덕거렸다.

"괜찮기는! 정신체라도 감각은 느껴지잖아!"

"아니, 진짜로."

새가 늑대의 등에 올라탔지만 늑대는 몸을 털어 새를 떼어냈다.

"안 뜨거웠다."

"뭐?"

"불에 닿는 느낌은 분명히 있었는데 안 뜨거웠다."

과연, 화상 이전에 털이 타거나 그슬리기라도 해야 했다.

셋은 케일의 말에 입을 다물었다. 그때야 다시 떠오른 사실.

"자식을 위해 만든 책……."

안전한 모험을 위해 만든 책이었으니, 용조차도 차가운 불을 뿜어낸다. 허어, 넷은 감탄에 이상한 소리를 냈다.

"그래도 혹시 모르니 내가 다시 들어가 보겠다. 랑세, 문 열어라."

"하지만, 아니면 어떻게 해요."

랑세의 걱정 어린 말에도 늑대는 문 앞으로 다시 걸음을 옮길 뿐이었다.

"어차피 정신체라 감각은 느껴도 실제로 다치는 것은 아니다."

"그래도 아프잖아요!"

"그 정도는 익숙하다."

무심하게 툭 던지는 케일의 말에 랑세는 더욱 문을 열 수 없었다. 고통에 익숙하다는 것. 랑세는 입술을 깨물었다.

엄마는 전장에서 만신창이가 된 몸과 마음으로 귀향했다. 엄마는 밤마다 고통 속에서 깨어났다. 그리고 그 고통은 전장에서만의 고통이 아니었다. 자신이 준 고통. 그리고 우리 사이에 남은 상처.

"랑세, 뭐 하나?"

늑대의 앞발이 툭툭 랑세의 발을 두드리며 재촉하지만, 랑세는 차마 문을 열 수 없었다.

"랑세."

"익숙하다고 안 아픈 건 아니잖아요……."

랑세의 중얼거림에 케일의 늑대가 가만히 그녀를 올려다본다. 그리고 곧 그의 입에서 푸스스, 하는 소리가 났다. 랑세는 늑대가 웃으면 이런 얼굴이구나, 하고 깨닫게 된다.

"괜찮아. 자식을 위해 만든 책이다. 별문제 없을 거다."

자식이 뭐라고. 그게 뭐 별거라고 믿고 문을 열어야 할까.

"지금까지도 큰 위험은 없었지 않았나?"

그 마음은 몰라도 여태 겪어 온 것은 믿을 수 있지 않을까.

랑세는 잠시 늑대를 내려다보았다. 한 치 두려움 없는 눈. 그는 자신의 고통을 이해해 주기도 했는데. 랑세는 마침내 숨을 크게 들이켜고 문을 열었다.

삐이이이이잉!

확, 하고 불이 날아오지만 늑대는 그 자리에서 오연히 서서 그 불을 모두 맞았다. 그는 움찔하지도 않았다.

삐이이이잉!

새끼 용이 불을 뿜어내며 다른 쪽으로 날아가자, 늑대가 고개를 돌렸다.

"이것 봐라. 괜찮다."

"아…….."

랑세는 안도의 한숨을 내쉬었다. 그러나 안심은 잠깐, 방 안에서 날뛰는 저 새끼 용을 어찌해야 하나 근심의 한숨이 다시 나온다.

"어, 일단 제가 가 볼게요."

하이란의 황소가 용감하게 방 안으로 들어섰다. 훅, 하고 불을 맞았으나 차가운 불이기에 고개를 흔들어 불기운을 대충 털어 내고는 금세 가까이 다가갔다.

"안녕하세요?"

훅, 하고 다시 불어온 불에 고개는 한 번 더 털어 내야 했지만.

삐잉삐잉삐잉, 새끼 용은 계속 불을 내뿜지만 하이란은 꿋꿋하게 그 앞에서 다정하게 말을 걸었다. 안녕하세요, 용 님께서는 여기 혼자 계신 건가요, 부모님은 안 계세요, 혹시 길을 잃으셨나요, 그래서 우시는 건가요, 혹시 그러면 우리 같이 나갈 길을 찾아볼까요. 그 끊임없는 수다에 새끼 용은 삐익삐익거리면서도 조금씩 누그러졌다.

"혹시 아파서 우시는 건가요?"

삐이이이잉!

하이란의 질문에 새끼 용은 다시 우렁차게 울기 시작했다. 새는 날개로 없는 귀를 가리고, 늑대는 귀를 접었다. 다행히 랑세는 손이 있기에 제대로 귀를 가렸다.

그러나 하이란은 꿈쩍도 하지 않고 안타깝다는 듯 혀를 길게 내밀어 새끼 용을 핥았다. 살살살, 어미 소가 송아지를 핥아 주는 듯한 자연스러운 행동에 새끼 용은 한참 울다가 훌쩍거렸다. 용도 사람처럼 훌쩍거릴 수 있구나. 하기야 사람이 상상해 만든 용인 것을.

"그렇구나, 아파서 우시는 거였구나."

하이란이 다정하게 묻자 새끼 용은 소의 머리에 제 목을 비비적거렸다.

"어디가 아파요?"

하지만 새끼 용은 사람의 말은 하지 못하는지 그저 삐잉삐잉 울기만 할 뿐이었다. 황소 한 마리, 늑대 한 마리와 새 한 마리, 그리고 사람 한 명은 어찌할 바 모르고 훌쩍거리는 용을 바라보았다.

"어, 음, 그리고 굴로 떨어졌는데. 어, 거기서 방마다 들어갔었어."

아이는 땀을 뻘뻘 흘리며 이상한 사람들의, 아니, 마법사들의 취조에 응하고 있었다. 번쩍번쩍, 이상한 사람들이 눈을 빛내면 소리가 나는구나 싶었다. 아이와 대화는 타루가 담당했지만, 곁에서 하나씩 받아 적는 사람들의 눈에는 광기마저 엿보였다.

"그래서, 방 하나씩을 열었는데, 거기에 보물이 있었어! 근데 난 안 건드렸다? 남의 거니까! 그러니까 할아버지가 착한 아이라고 막 칭찬해 줬어!"

아이가 책 속에서 겪었던 일을 하나씩 풀수록 보호자로 동행한 아이의 엄마와 외숙부는 경악을 금치 못했다. 자신들의 아버지가 그런 모습을 보여 줬다는 것 자체가 경악이기도 했거니와.

"그러다 마지막 방문을 여니까 새끼 용이 막 불을 뿜었어!"

"뭐? 용? 불?"

엄마는 아이의 어깨를 잡고 어디 다친 곳이 없는지 아래위를 샅샅이 살펴보았다. 아직 아버지가 살아 있을 적, 그것도 몇 개월 전 일이건만.

"아버지는 어떻게 애를 그렇게 위험한 곳에 데려가! 진짜 하나도 안 변했어!"

오랫동안 알고 있던 그 아버지에 대한 불신 때문에.

"진짜 우리가 다쳐도 눈 하나 깜짝 안 했던 사람답네."

혹은 경험 때문에.

엄마와 외숙부의 날카로운 반응에 아이는 어깨를 수그렸고, 마법사들의 눈에서 번쩍이던 광기도 가라앉았다. 자랑스러운 선배의 이면에 저토록 상처받은 사람이 있을 줄 누가 알았으랴.

"하지만…… 불은 차가웠어. 신기하기만 했는데……. 새끼 용은 아팠단 말이야……."

그저 할아버지가 다정했던 기억이 있는 아이만이 한마디 덧붙이며 애써 변호한다. 타루는 쓰게 웃으며 아이에게 다시 말을 걸었다.

"그래서 어떻게 했지요?"

아이는 한동안 생각에 잠겼다. 어떻게 했더라, 어떻게.

"용이 계속 울었어. 그래서 할아버지가 책이 많은 방에 가자고 했어."

"책요?"

"응. 책을 보고 병을 찾아야 한댔거든."

"뭐?"

엄마가 또다시 소리를 높이자 아이는 움찔했다. 그러나 짜증이나 분노가 아니었다. 그저 놀람.

여자의 시선이 자신의 오라비에게로 돌아갔다. 남자도 조금은 놀란 듯했다. 기억, 불신, 그런 것들. 자신들이 아플 때, 어머니 혼자 동동거리며 어찌해야 할지 모를 때 홀로 한숨을 쉬며 서가로 도망가던 아버지의 뒷모습. 설마, 설마 그랬던 걸까.

"근데, 근데…… 내가 그러면 안 된다고 했어."

아이는 엄마와 외숙부의 모습에 불안을 느끼는지 타루의 소매를 잡아당기며 말을 이었다.

"왜요?"

"아픈 아이는 먼저 안아 줘야 한다고 그랬어. 엄마랑 아빠가 나한테 한 것처럼."

아이는 기억했다. 그 말에 굳은 듯이 서 있던 할아버지를. 눈밑이 젖어 가던 할아버지를.

아이의 말에 어른들이 모두 입을 다물고 어찌할 바 몰라했다. 타루는 에세가 했던, 너의 특성이 타인에게 상처가 된다면 고치려고 노력해야 한다는 말, 마법사의 특성이라고 변명하지 말아야 한다는 말을 떠올리며 신음을 냈다. 오랫동안 마법사와 비마법사의 간극을 줄이려고 노력했던 리엔에게는 더더욱 크게 다가오는 말이었다.

"스테인!"

그때, 아미아가 달려와 외치는 소리에 모두가 상념에서 깨어났다.

"아미아! 어떻게 되고 있어?"

이야기 속에서 정신을 이쪽으로 다시 올려 보내 실체로 나타났으니, 그 안에서 큰일이 났나 싶었다. 더군다나 치료 마법사인 스테인부터 부르는 꼴을 보아 하니.

아미아는 모두의 주목을 받으며 빠르게 말을 이었다.

"스테인! 혹시 새끼 용 치료법 알아? 용이 계속 울기만 하고 치료법을 모르겠어! 아니, 넌 사람 치료법만 아나? 리엔 선배! 선배 혹시 알아요?"

이야기가 마침 거기까지 진행되었구나. 아미아의 앞뒤 없는 설명을 모두가 이해했기에 아, 하고 마법사들 사이에서 탄성이 나왔다.

모두의 시선은 이제 다시 아이에게로 돌아갔다. 아미아는 그 시선을 따라 비마법사 꼬마를 보고 눈을 동그랗게 떴다.

"쟨 뭐야?"

"아미아!"

딱, 리엔이 무례한 아미아의 뒤통수를 한 대 때리고 사정을 설명하자 아미아는 고개를 끄덕였다.

"아무튼, 그러면 어떻게 해야 하는지 너는 알겠네?"

갑자기 나타난 이상한 누나의 말에 아이는 또 쪼그라들었다. 그때 할아버지가 어떻게 했더라. 눈물을 흘리던 할아버지는 일단 책을 찾아보고, 또……

아이가 기억을 뒤적거리는 사이에 리엔이 아미아를 돌아보았다.

"아미아, 거기 남은 사람들은 어쩌고 있니?"

"일단 하이란이랑 랑세가 새끼 용을 안아서 달래고 있고요, 케일이 치료법을 찾고 있어요!"

아, 다시 한번 탄성이 튀어나오고, 사정 모르는 아미아는 눈만 깜빡였다. 왜, 뭐, 왜 그러는데.

리엔이 쓰게 웃었다.

"잘하고 있구나. 고인께서 책을 수정하지 않으셨어도 말이야."

여전히 사정 모르는 아미아는 치료법을 내놓으라고 스테인의 멱살을 쥐고 짤짤 흔들기만 하였다.

⊶━━

"아이고, 우리 용 님은 어디가 편찮으신 걸까."

새끼 용이 어디가 아픈지, 어떻게 해야 할지 몰라 아미아와 케일이 당장에 서가로 가야 한다고 했을 때, 하이란과 랑세는 남아 새끼 용을 달래 주기로 했다. 농장 일에 익숙한 하이란과 아픈 사람을 오랫동안 보아 온 랑세기에 생각할 수 있는 일이었다.

삐잉삐잉, 울며 불을 뿜어내던 새끼 용도 울다 지쳤는지 연기 섞인 숨만을 기운 없이 뿜어내고 있었고, 랑세는 그런 새끼 용을 안아 둥개둥개 흔들며 토닥거려 주고 있었다. 하이란은 소의 모습인지라 여전히 혀로 새끼 용을 핥아 주고 있었고.

새끼 용은 랑세와 하이란에게 익숙해졌는지 품을 파고들며 칭얼거렸다. 그 칭얼거림은 그저 연기를 뿜는 것뿐이지만.

"랑세, 일단 이것들 좀 읽어 봐라."

케일의 메신저가 책 몇 권을 물고 들어와 랑세 앞에 내려놓았다. 늑대가 문을 열기 어렵듯 책을 보기도 힘든 법이니. 랑세는 난감한 얼굴을 했다.

"저, 이쪽 방면은 하나도 모르는데요. 전부 마법서잖아요."

"아니, 한번 펼쳐 봐라."

늑대의 앞발이 《용 치료법》이라는 책 한 권을 내밀어, 랑세는 적당히 아무 페이지나 펼쳤다.

"아!"

그리고 책을 보는 순간 작게 감탄을 했다. 결국 이 또한 아이들을 위한 이야기 속의 책. 어렵고 자세한 내용, 심오한 마법 따위는 없었다. 한 줄 한 줄 아주 단순한 말들. 배가 아플 때는 무슨 약을 먹여라, 목이 아플 때는 이렇게 하라 같은.

삐이이이잉!

랑세의 정신이 책에 쏠리자 새끼 용이 심통이 났는지 다시 불을 뿜어내며 크게 울었다. 랑세는 한숨을 내쉬며 새끼 용을 달랬다.

"용 님, 용 님, 우리 예쁜 용 님. 안 아프시려면 제가 책을 찾아봐야 해요."

삐이이잉!

"아이고, 어디가 아파서 이러실까."

둥개둥개, 랑세가 새끼 용을 안고 있어 어쩌지 못하자 결국 케일과 하이란의 메신저가 어렵게 동물의 발과 혓바닥으로 책을 넘겨 보고 있었다.

"랑세, 증상이나 관찰하고 이야기해라."

"네. 어, 음, 일단……. 어, 음……."

상대가 사람이라면 건강한 사람과 다른 점 한두 가지쯤 말할 수 있으련만, 건강한 용이 어떤 상태지인지 모르니 랑세의 말문이 막혔다. 이런 사정을 케일과 하이란도 모르는 바는 아니지라 한숨만 내쉬며 책을 뒤적거렸다.

랑세는 잠시 고민에 잠겼다. 동생들이 아플 때 어떻게 했더라.

"저기, 용 님, 제 말 알아들으시죠?"

랑세가 하는 말에 새끼 용은 눈을 깜빡였다.

"알아들으시면 고개를 끄덕여 주시겠어요?"

끄덕.

오오, 사람 말을 알아듣는구나. 랑세는 틀리면 고개를 젓고 맞으면 고개를 끄덕이라고 말한 뒤 하나씩 묻기 시작했다.

"머리가 아픈가요?"

절레절레.

"배가 아픈가요?"

절레절레.

"날개는요?"

절레절레.

랑세는 끈질기게 새끼 용을 달래어 가며 아픈 곳을 물었다.
케일과 하이란은 조금은 감탄한 얼굴로 그런 랑세를 지켜보았
다. 우리도 저런 정성으로 연구하면 대마법사가 될지도!

"목은요?"

끄덕끄덕, 마침내 새끼 용이 고개를 끄덕이자 하이란과 케
일은 재빨리 책을 넘겼다. 아니, 넘기려고 애썼다. 짐승 발이란
왜 이토록 불편하다지.

랑세는 그런 둘을 내버려 두고 새끼 용에게 아, 하고 입을 벌
려 보라 말했다. 새끼 용은 여태 자신을 안아 주고 달래 준 랑
세를 향해 순순히 입을 벌렸다. 쫘악, 벌린 입에서 재가 섞인
불이 훅 튀어나왔지만, 여전히 차가운 불이기에 눈을 잠시 감
아 재만 피했다.

랑세는 눈을 가늘게 뜨고 새끼 용의 목을 살펴보았다. 어째
용 목인데 사람 목이랑 비슷하네, 역시 사람이 상상한 이야기
속의 용답다. 랑세는 쓸데없는 생각을 하며 캄캄한 목 안을 보
다가 아, 하고 외쳤다.

"왜?"

힘겹게 '용이 목이 아플 때'라는 항목을 찾아 가던 늑대가 고개를 들었다.

"여기 목에 가시가 걸린 것 같아요!"

"뭐?"

랑세가 손을 목에 집어넣으려 하자, 새끼 용이 딱, 하고 입을 다물었다.

아니, 잠깐만요, 가시를 뽑아 드릴게요.

딱딱딱, 새끼 용은 입을 꾹 다문 채 이를 드러내고 으르르 경계를 표했다.

아니, 제가 지금껏 안고 달래 드렸잖아요. 좀 열어 봐요.

딱딱딱.

새끼 용과 랑세의 실랑이가 길어졌다.

"얘들아!"

그때 아미아의 메신저가 날아 들어왔다.

"용 목에 있는 가시를 뽑아 주고 황금색 약을 먹이면 된대!"

늦은 소식을 전하며.

환호 따위 없는 반응에 아미아가 푸드덕거렸다.

"알거든요?"

"쳇, 그래도 좀 반겨 주라고."

랑세는 푸드덕거리는 아미아와 입씨름을 하다 아, 하고 외쳤다. 맞아, 저 부리. 시선을 다시 용에게 돌렸다. 등을 보듬어 주고 날개도 토닥거려 주며.

"저기, 용 님. 용 님이 입을 벌려 주셔야 목을 아프게 하는 가시를 뽑을 수 있어요. 자아, 제가 지금까지 용 님에게 해로운 일을 한 게 아니잖아요. 잠깐, 아주 잠깐만. 저 새가 용 님 목속의 가시를 뽑아 줄 거예요."

"나? 내가?"

아미아의 새가 푸드덕거리며 뭐라 항변하려 하자 늑대가 꾹 밟아 내렸다.

"놔, 놔, 케일, 이거 놔."

"아미아, 가만히 있어."

둘이 어쩌건 간에 랑세는 용을 어찌 달래야 할지 고심했다. 어쨌더라, 그 애가 아팠을 때 뭐라고 달랬더라.

'엄마가 돌아와서 너 아픈 거 보면 좋겠니? 엄마 지금 전장에서 고생하고 있잖아. 너 아픈 거 알면 더 힘드실 거야. 자, 어서 약 먹자.'

부모는 아이를 사랑한다 말하고, 아이도 부모를 사랑한다 말한다. 아이의 사랑은 부모의 것만큼 크지 않다고들 말한다. 하지만 크든 작든 자식들도 부모를 사랑하고, 사랑을 바라는 것만큼은 틀림없다. 부모가 자식이 아프지 않는 것을 바라듯, 자식 역시 그러하다.

랑세는 쓰게 웃었다. 정말 다들 그런 걸까.

"자아, 용 님, 안 아픈 모습으로 부모님을 뵈러 가야지요. 부모님이 용 님이 가시 따위 때문에 아픈 걸 알면 크게 마음 아파하실 거예요."

랑세의 말에 새끼 용은 삐이익, 기운 없이 연기를 뿜어냈다.

자아, 자아, 새끼 용이 흔들리는 듯 보이자 하이란이 다가와 핥아 주고 랑세는 도닥였다. 삐이잉삐잉, 새끼 용은 몇 번 더 칭얼거리다가 입을 쩍 벌렸다.

"아, 아미아 씨!"

"알았어!"

늑대가 놔주자 새는 새끼 용의 입 속에 머리를 들이밀었다. 정신체인지라 어둠 속도 쉽사리 볼 수 있어 가시를 금세 발견했다. 뽁! 하는 소리와 함께 가시가 빠졌고, 새가 새끼 용의 입에서 튀어나왔다. 가시가 뽑혀도 아픈 건 여전한지 새끼 용은 다시 삐잉거렸다.

"황금색 약이래!"

닭 다리에서 쪼개져 나온 것 같은 가시 모양을 관찰하던 랑세가 새끼 용을 안아 들고 약이 있는 방으로 갔다. 여기 있는 보물들은 아마도 이 새끼 용을 치료하기 위한 바탕이었으리라.

약이 있는 방 안에 황금색 약은 단 한 개뿐이었다. 정말 아이들을 위한 책이었구나. 번쩍번쩍 빛나는 약을 잡아 새끼 용을 다시 달랬다.

"자, 약을 먹어야 목이 진짜 안 아플 거예요."

삐이잉삐이잉, 새끼 용은 약을 먹기 싫은지 또다시 칭얼거렸고, 랑세는 인내심 있게 또다시 달랬다. 곁에 있던 마법사들이 질릴 정도로, 조곤조곤 조용히 끊임없이.

결국 그 인내심에 지친 새끼 용이 기운 없이 입을 벌리자 랑세는 새끼 용의 입에 약을 쏟아부었다. 콸콸콸.

꿀꺽꿀꺽, 찡그린 얼굴로 약을 삼킨 새끼 용은 꺼억, 하고 트림까지 했다.

그리고.

"어어어어어?"

몸이 부풀기 시작했다.

랑세는 더 이상 새끼 용을 안지 못하고 뒤로 엉덩방아를 찧은 채 점점 거대해지는 새끼 용의 모습을 두려운 듯 지켜보았다.

크와와와왕!

다 자란 용만큼 거대해진 새끼 용이 몸을 뒤틀며 포효했다. 크와와왕, 전과는 비교할 수 없을 만큼 거대한 불을 내뿜으며.

"으아아아아아!"

그리고 그 포효에 공간이 다시 흔들리기 시작한다. 랑세와 메신저들은 서로를 단단히 안아, 그래 봤자 짐승의 모습이라 손을 얹은 것이 다이지만, 균형을 잡으려고 애썼다.

쿠아아앙!

용의 포효가 길어지자 저도 모르게 눈을 꾹 감게 되었다. 그러고는 덥석, 용이 랑세를 물었다.

"으아아악!"

아니, 물었다기보다는 입에 담은 것이지만.

랑세는 제 아래 있는 용의 혓바닥과 제 눈앞에 있는 용의 이빨에 비명을 질렀다. 그건 메신저들도 마찬가지였다. 사람 한 명, 소 한 마리, 늑대 한 마리, 새 한 마리. 한 접시에 담으면 레스토랑 정식이구나!

"으악!"

용의 혓바닥이 제 입 안에서 날뛰는 사람 하나, 짐승 셋을 꾹 눌러 버린다. 질척거리는 혓바닥의 느낌에 랑세는 다시 비명을 질렀다.

"모두 정신 차려라. 용은 우리를 삼킬 생각이 없다."

그때, 유일하게 이성을 유지하고 있던 케일이 모두에게 외쳤고, 그제야 남은 이들은 눈앞을 보았다. 날카로운 용의 이빨은 입 안에 들어온 것을 씹을 생각도 안 하고, 목구멍도 입 안에 든 것을 삼킬 생각을 안 한다. 살며시 벌려진 용의 입 사이로 어느덧 동굴이 아닌 공간이 보인다.

크르르르, 용이 무어라 의사 표현을 하는 듯 목젖이 떨리자, 그 떨림에 혀 밑에 눌린 랑세와 메신저들도 덜덜 떨린다. 그리고 공간의 모습이 바뀐다.

정확히 말하자면, 용이 날아올랐다.

"으아아악!"

지난번에는 해파리를 타더니, 오늘은 용을 타고 하늘을 날게 되었다. 정말이지 올해의 운세라도 점쳐 보고 싶은 랑세였다.

용의 입 사이로 푸른 하늘이 보인다. 그들이 빠졌던 동굴은 아무래도 무너지거나 사라진 듯했다. 질척한 용의 혓바닥 밑에서 랑세는 해탈한 듯한 웃음을 터트렸다. 아, 뭐, 이야기 속이니 어떻게든 되겠지.

그럼에도 최선을 다해 보고 싶은 것은 아마도 이야기의 주인공이 되었기 때문. 아니, 꼭 그렇지 않더라도.

용의 입 사이로 시원한 바람이 불어온다. 이야기가 만들어 낸 푸른 하늘. 열심히 해도, 열심히 하지 않아도 이야기 속에 들어온 덕에 구름 사이를 날아다닌다. 어쩌면, 마법사는 그 마음으로 이런 책을 만든 것이 아니었을까.

쿠웅, 하는 소리와 함께 어디에 내려앉았는지 용의 몸이 흔들리자, 랑세는 용의 혓바닥을 꼭 끌어안았다.

웨에엑!

랑세와 메신저들이 혀를 너무 꼭 끌어안은 탓에 목이 불편해진 용이 랑세 일행을 토하듯 내뱉었다. 그들은 데구루루 땅바닥에 굴렀으나, 역시나 땅이 몰랑몰랑해서 아프지는 않았다. 그저 용 두 마리 사이에 주저앉은 제 꼴이 우스웠을 뿐이지.

다 자란 새끼 용은 불을 뿜어내며 랑세와 메신저들이 만났던 엄마 용인지 아빠 용인지, 하여간 어른 용에게 무어라 무어라 떠들어 댔다. 고약한 비명처럼 들리는 저 소리가 용의 언어인지 어른 용은 잘 듣고만 있었다.

그래, 여기 인간과 짐승들이 아픈 너를 치료해 줬다고 말하렴. 우리도 황금 복숭아를 얻고 집에 돌아가고 싶구나.

그러나.

철썩, 하는 소리가 났다. 어른 용이 날개로 새끼 용의 등을 후려친 것이다.

"내가 뭐라고 그랬느냐! 닭을 함부로 먹으면 뼈가 목에 걸린다고 하지 않았느냐!"

아이고, 마법사님. 이건 또 사람 말로 알아듣게 만드셨네요.

독자에게 교훈을 주기 위해서 넣으신 건가요. 아까 그 가시는 닭 뼈가 부서져 생긴 가시였던 건가요.

랑세가 어이없어하는 사이에 어른 용은 계속 새끼 용에게 화를 냈다. 그 화가 점점 커지고 있기에 랑세는 이미 없어진 어이가 더 없어지는 것을 넘어, 화가 나기 시작했다. 아팠는데, 새끼 용이 아무리 어른 용의 말을 따르지 않아 벌어진 일이지만, 아픈 아이였을 뿐인데.

왜, 아이가 아파 속상한 것을 분노로 표현하는 어른이 있을까.

"잠깐만요!"

랑세는 겁 없이 벌떡 일어나 새끼 용의 앞을 가로막았다. 그래 봤자 발이나 하나 가릴 만큼 작은 체구였지만, 고개를 치켜들고 어른 용을 노려보았다.

부모의 마음을 생각해 아프지 말라고 자신 역시 협박 아닌 협박을 하긴 했으나, 그건 자신이 부모가 아니기에, 새끼 용에게 아무것도 아닌 남이기에 할 수 있는 말이었다. 실은, 남이라도 그렇게 말해서는 안 되는 것이었다. 자신 역시 나중에, 아주 나중에야 깨달은 것이었지만.

"감히 용이 이야기하는 데 끼어드는 것이냐, 인간아."

"아무리 용이라도 아닌 건 아니죠."

"뭐라?"

"저 용은 용 님의 자식 아닌가요?"

"맞다."

"그럼 아팠다고 설명하는 자식에게 먼저 많이 아팠느냐고,

돌봐 주지 못해서 미안하다고 이야기해야 하는 거 아닌가요?"

랑세의 목소리에 적잖이 노기가 섞여 있어 아미아마저 불안해하며 부리로 옷자락을 잡아당기지만, 랑세는 흔들리지 않았다. 어른 용은 눈을 치켜떴다.

"자신의 몸을 돌보지 못한 것에 대한 훈육이 먼저다."

어른 용은 건방진 인간을 향해 머리를 들이밀었다. 번뜩이는 용의 눈에 어깨가 떨려 오지만 랑세는 움직이지 않으려고 꾹 참았다.

"엄하게 기르지 않으면 단단히 자라지 못하느니."

랑세의 미간은 한껏 더 좁혀졌다. 저런 어른이 있다. 얼마든지 보았다.

"엄하게 훈육하는 것과 상처를 감싸 주지 않는 것이 같은 건 아니잖아요."

어른 용이 잠시 말이 없자 랑세는 더 강한 목소리로 외쳤다.

"아이는 자라면서 실수해요. 그건 당연한 거예요. 거기다가 아픈 건 더 당연한 거고요."

어쩌면, 이 이야기는 어른 용에게 하는 이야기가 아닌지도 모르겠다.

"실수를 하면 혼이 나야 한다. 더군다나 자신의 생명이 달린 일이라면!"

어른 용이 아니라 책을 만든 마법사가 원망스러웠다. 대체 그는 무슨 생각으로 이런 앞뒤 꽉 막힌 용을 만들었을까. 랑세는 이를 악물었다.

"실수를 하면 혼이 나야 하죠. 하지만 그 전에, 제발 그 전에 한 번만이라도 아팠겠구나, 너도 힘들었겠구나, 그 한마디 하면 안 되는 건가요?"

'랑세, 네가 동생을 돌보겠다고 하지 않았니? 그래서 내가 전장에 나가는 것도 찬성하지 않았어?'

당신만 상처 입은 것이 아닌데. 내 상처도 깊은데. 왜 어른들은 부모가 처음이라며 자신들의 실수를 너그러이 넘기길 바라는 것일까. 나 역시 자식이 처음인데.

"너를 돌보지 못하여 미안하구나, 많이 아팠겠구나, 먼저 사과하고 사랑한다고 안아 주면 안 되는 건가요. 용 님도……, 용 님은 어른이잖아요. 그러니까 제발……."

'랑세, 너 때문이다! 너 때문에 네 동생이 죽은 거야!'

어쩌면, 이 이야기는 어른 용이 아니라 엄마에게 하고팠던 말. 새끼 용이 아니라, 자신이 듣고 싶었던 말. 두려움에 떠는 아이가 듣고 싶었던 말.

네 잘못이 아니야. 너의 잘못이 아니란다. 그냥, 이건 그냥 그런 거란다. 누구의 잘못도 아니란다.

어른 용은 젖은 목소리로 호소하는 랑세를 아무 말 없이 내려다보았다. 여태껏 꾸중을 듣는 동안 몸을 수그리고 어쩔 줄 몰라 하던 새끼 용은 날개로 랑세를 제 품에 끌어안았다. 랑세가 새끼 용을 달랬을 때처럼. 차가운 용의 몸이 닿았지만, 마음만큼은 따스하게 차올랐다.

새끼 용은 어른 용에게 용의 말로 무어라 다시 떠들었다. 용의 말은 모르지만, 그 목소리에 담긴 감정은 어쩐지 알 것 같았다. 분노도 아니고 두려움도 아니었다. 그저 약간의 슬픔, 약간의 미안함, 약간의 호소.

"인간아."

처음과 처음, 서투름과 어색함. 사실 부모와 자식 간의 사랑은 당연한 일이 아니다. 모든 사랑이 그러하듯, 서로가 노력해야 하는 일임을. 설사 그 사랑이 당연하더라도, 모든 사랑이 그러하듯 말과 말, 행동과 행동으로 지극히 표현해야 함을 살아가면서 배워야 한다. 마법사가 책을 만든 이유는 자식에게 이것을 알려 주기 위해서가 아닐까, 랑세는 그런 생각을 해 본다.

어른 용의 부름에 새끼 용은 날개를 펼쳐 랑세를 내보였다.

"네, 용 님."

랑세는 눈이 젖어 있으면서도 당당하게 고개를 들었다.

"그것이 네가 자식을 기르며 느끼는 바더냐?"

랑세는 움찔했다. 용을 처음 만났을 때 했던 거짓말이 떠오른 탓이었다. 잠시 생각에 잠겼다. 진심을 토해 냈어도, 이것은 결국 이야기 속. 다시 거짓말을 하면 될 일이다.

그러나 어쩐지 차마 그 말은 나오지 않았다. 서로가 처음이라 하더라도 결국 부모는 부모고 자식은 자식. 느끼는 바가 어찌 똑같을까.

"아니요. 제가 자식으로 살면서 느끼는 겁니다."

어른 용은 긴 한숨을 내쉬었다. 용의 한숨은 바람과 같아 그 한숨에 랑세의 머리카락이 휘날렸다. 어른 용은 발을 뻗어 황금 복숭아 하나를 따 내밀었다.

어, 하고 랑세가 입을 조금 벌리며 얼굴을 붉혔다. 용에게 화내느라 정작 해야 할 일을 까맣게 잊고 있었다. 이거, 복숭아 주인 앞에서 날뛰었는데 못 받는 거 아냐? 불안해진 마음에 다소곳하게 두 손을 모았다. 가장 예의 바르고 불쌍한 표정을 지으며.

랑세의 빠른 태세 전환에 메신저들이 입을 삐끔거렸다. 본받아야 해, 저런 자세. 저게 사회생활이야. 마법사들이 무슨 생각을 하든 간에 어른 용은 신경도 쓰지 않고 다시 물었다.

"묻는다. 내 자식이, 자식으로서 가장 듣고 싶은 말이 무엇이냐."

어쩌면, 이것이 이야기의 마지막. 용의 시험.

랑세는 새끼 용을 바라보았다. 동굴 속 방 안에서 홀로 닭 뼈에 괴로워하던 새끼 용이 듣고 싶었던 말. 어쩌면, 자신이 듣고 싶었던 말.

랑세는 숨을 크게 들이켜고 입을 열었다.

"아, 생각났다! 할아버지가 그래서 나한테 물어봤어요! 내가 그랬어요. 미안해! 혼자 있게 해서 미안해!"

"그게 다인가요?"

"아, 어……, 그리고 고맙다? 사랑한다? 아무튼 엄마, 아빠가 자주 해 주는 말은 다 했어요!"

아이의 말에 마법사들은 입을 빼끔거렸다. 마지막 말이 고귀한 주문이 아니었다고 한다. 평범한 말, 하지만 평범함 속에 가치를 품고 있던 말.

그때였다. 우당탕하는 소리가 지하 서가에서 났다.

"으아아……."

랑세의 신음도.

마법사들은 우르르 서가로 달려가고, 회의실에 앉아 있던 아이는 눈을 깜빡였다. 죽은 마법사의 아들과 딸은 심란한 얼굴로 아이를 바라보았다. 아버지가 남긴 책 속의 이야기는, 그에게서 바랐지만 한 번도 받지 못한 것들이었으니.

리엔은 그런 비마법사들을 지켜보다 자리에서 일어났다.

"이야기의 끝이 어떻게 되었는지 한번 보지 않으시겠습니까?"

리엔의 말에 그들은 홀린 듯 지하로 따라 내려왔다.

"으허, 살았다……."

책 옆에는 랑세가 헉헉거리며 주저앉아 있었고, 케일과 아미아, 하이란도 식은땀을 흘리며 지친 몸을 소파에 기대었다. 사실 책 속으로 들어간 것은 모두 정신체라, 살아 있는 육체는 책에 손을 댄 채 엎어져 있었을 뿐이다. 그러나 정신이 쏙 빠진다는 게 어디 보통 일인가.

랑세는 거의 기듯이 일어나 책을 노려보았다. 결국 나왔다. 다행이다.

"랑세 씨! 다행이에요!"

와렌이 달려와 그런 랑세를 확 끌어안았다. 차가운 용의 체온이 아닌 따스한 사람의 체온. 랑세는 와렌의 등을 도닥였다.

"네, 정말 다행이에요."

랑세는 알까, 와렌이 선수를 친 덕에 무언가 물을 것이 잔뜩 있는 마법사들이 감히 다가오지 못하고 있다는 걸. 물론 리엔은 그런 걸 신경 쓸 사람은 아니기에 천천히 곁으로 다가왔다.

"랑세 양, 다행이야."

"네, 정말로요."

"그래. 마지막에 어떻게 탈출했는지, 여기 상속자분들에게 전해 드릴 수 있겠어?"

그 말을 듣고서야 랑세는 여기에 자신 말고 비마법사들이 있는 것을 알아차렸다. 아연한 얼굴로 있는 남녀 두 명과 호기심을 반짝이는 아이 한 명. 랑세는 그들을 향해 난감하지만 따뜻한 웃음을 지었다.

"마지막은 어른 용이 새끼 용에게 사랑한다고 말하면 되는 것이었어요."

랑세는 무거운 침묵을 눈치채지 못한 채 말을 이었다.

"아버님께서 정말 따님과 아드님을 사랑하셨던 것 같아요."

"아니에요!"

여자가 비명처럼 외쳤다. 책에서 방금 나와 앞뒤 사정을 알 수 없었던 랑세는 눈을 깜빡이는 것 말고는 할 수 있는 일이 없었다.

"아버지는 우리를 사랑한 적 없어요. 의무처럼 낳아 놓고,

돌본 적 따위는 없어요! 책이라고요? 자식을 사랑하는 마음이 담긴 책이라고요? 우리가 들은 적이 없는데, 그게 다 무슨 소용이죠?"

랑세는, 사정을 듣지 못하였어도, 여자의 외침에 무슨 일인지 깨닫고 말았다. 너무 늦은 이야기. 듣지 못하고 말하지 못한 이야기 뒤에 남은 것은 원망과 후회뿐.

"엄마……."

엄마의 비명에 아이는 불안한 듯 매달렸다. 아이의 두려움에 여자는 겨우 이를 악물고 더 내뱉고 싶은 말을 모두 눌러 삼킨 채 아이를 꼭 끌어안았다.

"오빠, 가요. 더 들을 필요 없어요."

"……그래."

여자는 아이를 데리고 먼저 올라가 버리고, 남자는 잠시 아버지가 남긴 책을 바라보았다. 랑세는 손끝으로 조심스럽게 책을 밀어 주었다.

"들어가지는 않으셔도, 모르고 계셨어도, 소중한 책인데……. 가져가시는 게 어떨까요?"

남자는 책 표지를 가만히 만지다 한 장 펼쳤다. 익숙한 아버지의 필체로 글이 적혀 있다. 여기서 무슨 일이 일어났는지 아는지라 그는 소리 내어 읽지 않았다. 다만 몇몇 문장을 손끝으로 더듬어 내려가다 쓰게 웃었다.

"돌아가신 아버지는 우리에게 책 한 권 읽어 준 적 없었습니다. 애정이 있었을지도 모릅니다. 하지만, 이제 와서 그걸 이런

식으로 알아봤자 우리는 미안함도 고마움도 느끼지 않습니다. 오히려 죄책감만 우리에게 얹어 주셨군요."

남자는 책을 덮고 랑세에게 내밀었다.

"여기에서 더 쓰임이 있을 책이겠죠. 저는 필요 없습니다."

그는 미련 없이 뒤로 돌다 쓴웃음을 지으며 중얼거렸다.

"자식 키워 보면 부모 마음 안다 하지만, 여전히 누군가의 자식이라 그런지 아버지 마음 같은 거, 모르겠습니다."

그는 소리 없이 나갔고, 서가에는 침묵만이 내려앉았다. 사랑을 확인한 용 가족과 황금 복숭아를 얻은 이로 행복하게 동화의 끝이 맺어졌지만, 현실의 이야기는 여전히 상처를 안은 채 계속되고 만다.

랑세는 제 손의 책을 조심스럽게 책상 위에 내려놓았다. 그들의 이야기만큼이나, 자신의 이야기도.

"저는 일단 올라갈게요. 내일 출근하려면 지금 자야 해요."

"라, 랑세! 이야기책 속에서 겪은 것 좀 이야기해 줘!"

어느 마법사가 분위기도 못 읽고 그리 말하자 아미아가 그의 뒤통수를 힘껏 내려쳤다. 그 모습에 랑세는 한숨 같은 웃음을 지으며 모두에게 가볍게 고개를 끄덕이고 서가를 나섰다. 랑세의 등 뒤로 마법사들이 랑세 대신 아미아와 하이란에게 달려들어 겪은 것을 이야기하라고 난동을 피우고 있었다.

심지어.

"이것은 마법이며, 동시에 마법이 아닌 이야기책이다."

누군가 주문을 읊고.

"으아아아!"

"저, 저 녀석 어떡해! 누가, 누가 데리러 갈 거야!"

"나, 나나나나! 내가 갈게!"

"야, 나, 순서 지켜!"

서로 들어가려 난리를 피운다.

그 소란이 랑세는 다행이라고 생각했다. 그래야 자신이 울고 있는 것을 아무도 모를 테니까.

밤이 지나간다. 조금은 아픈 밤이.

아프지 마세요
....

"랑세 씨, 정말 괜찮아?"

외무부 민원실이 문을 닫고 모두가 퇴근할 무렵, 선임인 제루가 걱정스러운 얼굴로 랑세에게 재차 물었다. 오늘 하루 비실비실, 비틀비틀, 영 좋지 않은 상태였다. 일은 해야 하니 괜찮아요, 괜찮아요, 하면서 버텼다만, 더 이상은 안 되겠다.

"아무래도 안 좋은 것 같습니다. 내일…… 병가 쓰겠습니다."

깎이는 월급과 휴가가 아깝다만, 병을 키워 더 큰돈을 쓰는 것보다 낫겠다 싶어 랑세는 그리 말했다. 제루는 응, 응, 그래, 뒷마무리 내가 할게, 얼른 가, 하며 랑세의 등을 떠밀었다.

비틀거리며 공관을 나온 랑세는 가까운 치료원이 어디 있는지 생각해 내려 애썼다. 머리에 열이 오른 탓인지 아무것도 생각이 안 났다.

처음에는 그저 피로 때문이라고 생각했다. 이틀 전 마법사의 책에서 튀어나온 이후 너무 우느라 잠을 못 자 그런 것이라 생각하고 그날 퇴근 후 푹 잤다. 그래도 열은 떨어지지 않았고, 몸은 으슬으슬하다.

"감기인가……."

꽤 튼튼한 편인 랑세는 감기를 앓아 본 것이 정말 까마득해 어떤 확신도 안 섰다. 물론 병을 진단하는 것은 치료사의 몫이었다. 어설프게 아는 지식으로 병명을 정해 봤자 도움 되는 것은 없으니까.

랑세는 주변을 둘러보며 열 걸음 정도 걷다가 도로 공관으로 돌아와 경비병에게 갔다. 이 근처에 치료원 없냐고 물은 랑세는 답을 얻고 비틀비틀 알려 준 방향으로 갔다.

"야이씨……."

겨우 간 곳이 문을 닫지 않았다면 참 좋았으련만.

랑세는 머리가 어지러워 치료원 벽에 잠시 몸을 기대서고 긴 한숨을 내쉬었다. 방 안에 소화제 같은 상비약 따위는 있지만, 해열제도 있던가. 한참 눈을 감은 채 숨을 골랐다. 다른 치료원 찾기도 벅차고, 오늘은 일단 아파트 가서 그거라도 먹고, 자고 일어나서 내일 치료원을 찾아야겠다, 하고 결정했다.

비틀비틀, 어, 이러다 죽겠다 싶어 랑세는 지나가던 영업 마차를 간신히 불러 세웠다.

"손님, 괜찮으세요?"

끄덕끄덕, 랑세는 대충 마부에게 고개를 끄덕이며 주소를 말하고 마차에 퍼질러 누웠다. 마부에게 다른 치료원에 데려다 달라 할까 하다가 입을 열기가 싫어 그저 눈을 감았다.

"손님, 다 왔어요."

애초에 공관에서 아파트까지 먼 거리가 아닌지라 금방 도착했다. 랑세는 마부에게 돈을 던지듯 주고 비틀거리며 마차에서 내려 겨우겨우 힘겹게 아파트 문을 열었다. 이놈의 문, 오늘따라 왜 이리 무거운지.

"랑세?"

평소와 달리 문이 천천히 끼이이익 소리를 내며 열리는 바람에 책을 읽던 케일이 고개를 들었다. 랑세는 저 부르는 소리도 다 귀찮아 대충 손을 흔들어 인사를 받고 올라가려 했다.

"랑세, 어디 아픈가?"

케일의 걱정 어린 목소리에 랑세는 걸음을 멈추고 한숨처럼 길게 답했다.

"네……."

"스테인에게 가 봐라."

아, 맞다. 스테인. 치료 마법사. 바로 밑층에 살고 처음 입주했을 때 간단한 병도 봐줄 수 있다고 했지.

그러나 랑세는 치료원은 생각했어도 스테인을 떠올리지 않았던 것처럼, 그에게 갈 마음이 손톱만큼도 들지 않았다. 어쩐지 약 대신 독약을 줄 것 같은 느낌이 들기도 하고.

"네……."

그래도 랑세는 저를 생각해 준 케일에게 싫어요, 하고 당장

답하기가 뭣해서 네, 하고 대충 답하고 계단에 올라섰다. 계단을 올라가는 걸음이 천근만근이다. 언제 4층까지 올라간담.

랑세는 난간을 붙잡아 가며 최후의 종착지, 방을 향해 힘겨운 여정을 계속했다. 등 뒤에서 케일이 어떤 눈으로 보고 있는지도 모르는 채.

"으어……."

중간에 계단에 앉았다가 일어서기도 하고, 네발로 기듯이 해 결국은 방에 도착했다. 랑세는 옷도 갈아입지 않은 채 침대에 몸을 던지고 눈을 감았다. 열만 나는 것이 아니라 가슴에 돌덩이라도 얹은 것처럼 답답하고 숨을 쉬기도 힘들다. 해열제 찾아 먹을 기운 따위도 남지 않았다. 일단 한숨 자고 일어나서…….

똑똑.

랑세는 그 소리가 귀에 꽂히자 울고 싶었다. 아니, 진짜, 오늘 같은 날은 아무 일도 없으면 안 되는 것인가. 베개에 얼굴을 쑤셔 박고 문 두드리는 소리를 거부하고 싶었다.

"랑세 씨, 편찮으시다면서요. 잠시만 열어 주시겠어요?"

그러나 그녀를 부르는 것은 와렌이었다. 와렌의 가느다랗고 걱정 어린 목소리에 랑세는 한숨을 푹 내쉬었다. 고맙다. 따스하다. 그러나 온몸이 이렇게 무기력하고 열이 오를 때, 그조차도 귀찮고 부담이다.

그럼에도 랑세는 와렌을 생각해서 마지막 힘을 짜내어 자리에서 일어나 문으로 다가갔다. 이 보안이라는 놈, 괜찮다고 생각했는데 아닌 것 같다. 그냥 열고 들어오라고 말할 수도 없으니. 겨우 문을 열었다.

"와렌 씨……."

문 앞에는 걱정스러운 눈으로 자신을 바라보고 있는 와렌과 스테인이 서 있었다. 랑세는 멍하니 스테인의 얼굴을 보다 한숨을 내쉬었다. 케일이구나.

"랑세 씨, 무슨 병입니까?"

스테인의 질문에 랑세는 고개를 저었다.

"그냥 좀 피곤한 것뿐이에요. 괜찮아요. 들러 주셔서 고맙습니다."

딱 자른 대답에 스테인이 쓰게 웃었다.

"답하지 않으시는 걸 보니 치료원에도 안 들르셨고, 약도 안 드신 모양입니다."

어떻게 알았지, 하는 의문이 들자 눈썹부터 치켜세워졌다. 하지만 그를 잘못 이해한 스테인이 다시 쓰게 웃었다.

"곤란하게 하려고 드리는 말씀이 아닙니다. 치료원에 안 가신 거라면 제가 진료하겠습니다."

스테인이 손을 내밀자 랑세는 저도 모르게 움찔, 한 발짝 뒤로 물러섰다. 그에 스테인이 내밀었던 손을 멈칫하고 만다. 둘의 어색한 침묵 사이에서 와렌은 어찌할 바 모른 채 랑세의 얼굴 한 번, 스테인의 얼굴 한 번 쳐다봤다.

"나중에……, 나중에 치료원 가면 되니까, 걱정 마세요. 와 주셔서 감사합니다."

온전히 거부하는 말에도 스테인은 다시 손을 내밀었다.

"그렇지 않아도 마력에게 사랑받는 체질이라 치료 마법사에게 진료받으면 더 나을 텐데요."

"아, 아니요……."

뭐가 아닌지 모르겠지만, 아니라고 답하고 만다.

스테인이 어서 진료받으라는 듯 손짓을 했지만, 랑세는 가만히 그의 손을 내려다보았다. 머리가 어지러워서 직접적으로 말하는 것 말고는 더 좋은 방법을 모르겠다. 랑세는 고개를 들었다.

"저나 문관을 별로 안 좋아하시잖아요. 저도 저 싫어하는 사람에게 굳이 진료받고 싶은 생각 없어요."

아, 하는 소리가 순간 와렌의 입에서 튀어나왔다. 와렌은 얼른 손으로 입을 가렸다.

랑세의 말에 스테인이 미미하게 얼굴을 구겼다.

"제가 싫어하는 것은 문관의 권위로 인해 마법사와 마법이 제한받는 것이지, 일개인이 아닙니다. 환자라면 더더욱요. 환자는 환자일 뿐, 아무것도 아니지요. 치료 마법을 배우면서 가장 먼저 배우는 것이 그것입니다."

자, 하고 스테인이 다시 손을 내밀지만 랑세는 그 손을 빤히 바라보기만 했다.

"이미 아시니 말씀드리지만, 리엔 선배님과 제가 대척점에 있다 해서 그분의 병을 돌보지 않는 것은 아닙니다."

그래도 가만히 있는 랑세의 모습에 스테인이 고개를 삐딱하게 꺾으며 물었다.

"아니면, 제가 약에 독이라도 탈 것 같습니까?"

움찔, 랑세의 어깨가 잠시 굳었다. 아, 찔린다. 이쯤 되니 될 대로 되라다. 이미 마지막 힘을 다 짜낸 터라 이 사람을 제대로 상대할 기운이 안 남았다. 랑세는 말도 안 되는 변명을 삼키며 스테인과 와렌을 방으로 들였다.

"……들어오세요."

마법사들의 방과는 사뭇 다른, 그러니까 깔끔한 방의 모습에 스테인이 만족한 듯 미소 지으며 안으로 들어섰다.

랑세는 침대에 쓰러지듯 누웠다. 알아서 하쇼, 죽이든가 살리든가. 이미 죽을 것 같은 지경이었던 터라 눈을 감고 스테인이 마법으로 자신의 몸을 훑는 것을 내버려 두었다. 얼마 지나지 않아 짧게 혀 차는 소리가 들린다.

"제가 보길 잘했군요. 일종의 마력 충돌입니다."

아, 지겹다, 마법.

"그게 뭔데요?"

"일전에 마법서에 들어가신 게 원래 체질과 맞지 않았던 모양입니다. 다량의 이질적인 마력을 맞은 겁니다. 폭풍 한가운데를 걸어 다녔던 거나 마찬가지라고 생각하시면 됩니다."

랑세는 눈을 가늘게 떴다.

"그래서요?"

"약 먹고 한 사흘 푹 쉬시면 됩니다."

"아⋯⋯."

"약을 지어 오지요. 금방이면 되니 잠시 쉬고 계십시오."

스테인이 방을 나가자 와렌은 우물쭈물 랑세의 침대가에 엉덩이를 내려 붙이고 앉았다. 침대가 조금이라도 출렁거리지 않길 바라는 조심스러운 움직임이었다.

"⋯⋯가 보셔도 돼요. 괜찮아요."

랑세의 말에 와렌은 고개를 저었다.

"제가 있을게요."

와렌은 손끝을 조심스레 랑세의 손등에 얹었다.

"아플 때 누가 있으면 짜증 나지만, 없으면 또 섭섭하잖아요."

아, 오늘 여러 번 비비 꼬인 생각을 했던 게 떠올라 랑세는 없는 기운에도 피식 웃고 말았다. 와렌은 자리에서 일어나 창문의 커튼을 닫으며 조용히 말했다.

"멀리 나와서 혼자 아프면 서럽잖아요."

가족은, 서로에게 민감한 이야기임을 알고 있기에 둘 다 입에 담지 않았다. 그저 홀로라는 것이 서럽다는 걸 당신도 나도 알고 있지 않느냐고 조심스레 넘긴다.

랑세는 희미하게 웃으며 눈을 감았다.

"⋯⋯고마워요."

고맙다는 인사말 뒤에 숨소리가 따라온다. 하지만 그 숨소리가 조금 이상하다. 와렌은 당황하여 랑세를 불러 본다.

"랑세 씨?"

랑세가 답이 없자 와렌은 눈을 크게 뜨고 서둘러 아래층으로 달려갔다. 스테인 선배님, 스테인 선배님, 우당탕 달려가는 와렌의 외침이 랑세의 귓가로 희미하게 흘러갔지만, 아무 의미 없이 스쳐 지나갈 뿐이었다.

와렌이 미친 듯이 소리를 지르며 아래층으로 달려오자 놀란 스테인뿐만 아니라 3, 4층의 마법사들이 랑세의 방으로 달려왔다. 물론 환자의 안정을 위하여 방 안으로 들어올 수 있는 사람은 스테인과 와렌뿐이었지만.

스테인은 거친 숨을 내뿜으며 몸을 떠는 랑세를 다시 한번 자세히 살펴보았다. 그리고 약간의 한숨을 내쉬었다.

"감기입니다."

"네?"

"감기에 마력 충돌이 한 번에 와서 증상이 발작처럼 요란하게 나타난 것뿐입니다."

"……그럼 걱정 안 해도 되는 건가요?"

치료 마법은 기초 이론 과목만 이수한 정도였던 와렌은 스테인의 진단이 어떤 의미인지 알 수 없어 그렇게 물었다. 와렌의 질문에 스테인은 고개를 저으며 단호하게 답했다.

"걱정을 안 해도 되는 병은 없습니다."

와렌의 안색이 급격하게 나빠지지만, 스테인은 그녀를 달랠 생각도 하지 않고 자리에서 일어났다.

"약을 만들어 오지요. 약은 매시간마다 한 번씩 뿌리고 먹여야 합니다."

"아, 그럼 제가…….."

"그걸 사흘 동안 해야 합니다. 혼자는 못 합니다."

스테인은 그저 사실을 이야기한 것뿐이었다.

"중간중간 마력 분산과 안정화도 시켜야 합니다. 그것도 와렌 씨가 할 수 있는 일이 아닙니다."

스테인의 정 떨어지는 화법에 와렌은 화가 나고 말았다. 그러나 스테인에게 화가 난 것은 아니었다. 자기 자신에게. 자기가 좀 더 잘났더라면. 자기가 좀 더 능력이 있었더라면.

그럼에도 와렌은 침울하게 고개를 끄덕였다. 제 마음이 어떻든 간에 가장 중요한 것은 랑세의 쾌유였기에.

"그럼 약을 지으러 가 볼 테니 돌볼 사람을 구하…….."

스테인은 무심히 문을 열다 뻣뻣하게 굳고 말았다. 와렌의 비명에 놀란 마법사 반, 앞뒤 사정 알고 랑세를 걱정하는 마법사 반이 걱정스러운 얼굴로 우글우글 문 앞에 모여 있었기에.

스테인은 가벼운 한숨을 내쉬며 와렌을 돌아보았다.

"마력에게 사랑을 받는 것이 아니라 마법사들에게 사랑을 받는 것인지도 모르겠군요."

자세한 사정을 모르더라도, 방에서 스테인이 심각한 얼굴로 나오는 것의 의미는 알기에 모두가 걱정하는 얼굴.

"랑세 씨에게 때맞춰 약을 뿌리고 마력 분산시킬 사람들, 알아서 순서 정하세요."

스테인의 말이 끝나자마자 거기 서 있던 마법사들 중 절반이 손을 번쩍 들었고, 와렌은 엷게 웃고 말았다. 랑세 씨, 지난 몇 달 이곳에서 고생하신 결과가 이만하다는 것을 알게 된다면 당신은 기뻐할까요, 아니면 아닌 척 짜증을 낼까요.

스테인은 나, 나, 하며 소리 나지 않게 입만 뻥긋거리는 마법사들을 스쳐 자신의 방으로 돌아가고, 와렌은 여자 마법사들 중 평소 랑세와 곧잘 말이라도 섞었던 사람들과 함께 병간호의 순서를 정했다.

"아, 난 안 해. 못 해. 내가 병간호 같은 건 진짜 못 하거든."

아미아는 묻지도 않았는데 그리 말하며 물러섰다. 굉장히 미안해하는 얼굴로.

까치발을 든 랑세의 눈에 요람에서 코하는 자그마한 아기가 들어왔다. 엄마가 고생해서 낳은 아기는 못생기고 맨날 울기만 했다. 미웠다. 그러나 그 때문에 미운 것은 아니었다. 어떤 아기든 맨날 우는 것 말고 할 수 있는 일은 없을 테니까.

열 달. 검을 들고 사방을 뛰어다니던 엄마가 그 열 달간 집 안에 갇혀 나날이 새까맣게 타들어 가는 모습을, 아파하는 모습을 보았기 때문에. 배가 부른 동안 엄마가 웃는 모습을 거의 보지 못했기 때문에.

"흐에엥……."

아기가 깨어날 듯 칭얼거리자 랑세는 주춤 요람에서 물러났다. 아기의 소리에 아빠가 다가와 아기를 품에 안고 조심스레 달랜다. 낮은 목소리로 자장가를 읊는 아빠는 피곤해 보였지만 동시에 행복해 보였다. 아빠가 달래자 아기는 금세 다시 잠이 든 듯했다.

"랑세, 동생이 참 예쁘지 않니?"

"……아니. 싫어, 미워."

아빠는 랑세의 답에 얼굴을 굳혔다.

"랑세, 동생을 질투하는 거니?"

아빠의 질문에 랑세는 얼굴을 찡그렸다. 어리지만 질투가 뭔지 아는 나이였다. 나보다 좋은 장난감을 가진 아이를 부러워하는 것.

"아냐."

"그럼 왜 동생이 미워?"

"엄마가 얘 때문에 아프니까!"

랑세의 대답에 아빠는 또다시 굳고 말았다. 그러나 곧 표정을 정리하고 랑세를 안아 들었다. 이제 제법 자라 묵직한 아이의 무게에 아빠는 끙차, 소리를 냈다.

"랑세, 엄마는 건강해지고 있단다. 곧 일어나서 너한테 검을 다시 가르쳐 주실 거야. 그리고……."

아빠는 짧은 한숨을 쉬었다.

"너를 낳았을 때도 엄마는 비슷했어."

아빠의 말에 랑세는 깜짝 놀라고 말았다. 그리고 두려움이 엄습했다. 그 두려움의 이름을 자라고 나서야 알았다. 죄책감이라는 걸.

"나, 나도?"

아빠는 고개를 끄덕였다. 아마도 동생을 미워하지 말라는 뜻으로 말했으리라. 그러나 랑세는 동생을 미워했고 또한 자신이 미워지기 시작했다. 흐어어엉, 하고 랑세가 울음을 터트리자 아빠는 당황하고 말았다.

"엄마아!"

랑세의 울음에 아기가 깰까 두려워 아빠는 얼른 방을 나와 복도를 걸으며 랑세를 토닥인다.

"랑세, 왜 우니?"

아기는 깨지 않았지만, 엄마가 깨고 말았다. 랑세는 차마 엄마를 돌아볼 수 없어 아빠 가슴에 얼굴을 묻고 엉엉 울었다.

"왜 그래?"

엄마가 아빠에게 묻자 아빠는 고개를 저었다. 모든 어른은 한때 아이였지만, 그 시절이 너무 멀어 이해하지 못하는 것이 몹시도 많다.

"우리 랑세, 뭐가 이리 서러울까."

"엄마아, 미안해. 나 미워하지 마."

랑세의 말에 엄마는 깜짝 놀라고 만다.

"내가? 내가 왜 랑세를 미워해?"

엄마의 말에 랑세는 훌쩍거리며 생각하던 바를 털어놓았다. 엄마는 랑세의 머리를 쓰다듬으며 작게 웃었다.

"우리 딸이 엄마가 아프고 힘든 게 걱정되었구나."

엄마는 침대에 앉아 랑세를 아빠에게서 받아 들었다.

"랑세, 엄마는 그래도 다른 엄마들보다 쉽게 너와 동생을 낳았어. 평소에 건강했던 덕이지."

랑세는 엄마를 빤히 바라보았다. 엄마는 이상한 미소를 짓고 있었다.

"랑세, 엄마가 너희를 낳느라 고생하고 아프고 힘들었던 건 사실이야."

랑세는 알고 있었다. 엄마는 늘 솔직했다는 걸. 그러니 지금 하는 말도 거짓말이 아니라는 걸.

"하지만 그걸 견뎌 내서라도 너희를 만나고 싶어서 한 결정이었단다."

거기까지 말한 엄마는 잠시 말을 멈추고 아빠를 바라보며 랑세의 귀를 덮었다. 엄마의 거친 손이 말소리를 가리려 했지만, 예전과 달리 기운이 한껏 빠진 손은 말이 랑세의 귀에 스며들게 만들어 버렸다.

"얘 낳았을 때는 처음이라 몰라서 더 고생했다는 것도 말해야 할까?"

"여, 여보, 하지 마."

"역시 안 되겠지?"

엄마는 귀에서 손을 떼고 랑세의 이마에 입을 맞추었다.

"그러니 엄마가 아프고 힘들어서 너를 미워할 거라는 생각은 하지 말렴."

"정말?"

"그럼. 엄마는 거짓말 안 해. 엄마는 언제나 너를 사랑해."

사랑. 그것이 무엇인지 몰라도 그 울림 있는 소리가 언제나 마음을 따뜻하게 한다는 것은 알았다. 당신을 무척 좋아한다는 말보다 더 깊은 말.

"나도, 엄마. 나도."

오래된 기억이지만 햇살이 들어오던 따스한 방 안에서 이루어진 대화를 아직도, 여전히 기억한다. 그 따스한 울림이 나중에 어떤 짐으로 돌아오는지 알아 버렸기에.

"아빠, 엄마는?"

막내를 임신한 엄마는 둘째를 낳을 때보다 더 힘들어했다. 엄마의 나이 탓일까, 아니면 고통이 더 잘 보이는 제 나이 탓일까.

"엄마가 지금은 좀 많이 예민한 것 같구나. 아빠 서점에 같이 있자."

아빠의 말에 랑세는 어린 동생의 손을 잡고 잠시 뒤를 돌아보았다. 엄마가 침대에 앉아 있었다. 배가 부른 후로 건드리지 않았던 검을 쥔 채. 엄마는 검 손잡이를 몇 번이고 잡았다 놓으면서 한숨을 쉰다. 랑세는 그 모습에서 시선을 뗐다.

"누나, 나 애들이랑 놀고 싶어."

동생 헤세의 말에 랑세는 아빠를 돌아보았다.

"아빠, 헤세가 애들이랑 노는 거 지켜보고 저녁때 데리고 갈게요."

랑세가 제법 어른스럽게 말하자 아빠는 안쓰럽다는 듯 랑세의 머리를 쓰다듬었다.

"동생을 잘 돌보는구나. 돌아오면 저녁에는 아빠가 랑세 좋아하는 고기구이 해 줄게."

"아냐. 엄마 요새 고기 냄새 싫어하잖아. 난 채소도 좋아."

랑세는 아빠가 무어라 말하기도 전에 혜세를 데리고 마을 아이들이 놀고 있을 들판으로 달려갔다.

"혜세, 싸우지 말고. 다치지 말고."

"응!"

혜세는 또래 애들에게 달려가고, 랑세는 나무 기둥에 기대어 앉아 꼼지락 흙장난을 치며 아이들의 모습을 지켜보았다. 혜세가 옛날만큼 밉거나 하지 않았다. 그저 귀찮을 뿐이었다. 그러나 그걸 티 내면 엄마와 아빠가 힘들어할 걸 알기에 꾹 참는 것뿐이었다. 이렇게 멍하니 하늘만 보며 심심해도.

아, 혜세를 지켜봐야지, 하고 랑세가 고개를 숙인 순간 눈앞에 소 한 마리가 자신을 빤히 바라보는 것을 보았다. 어딘가 익숙한 소다.

"랑세…… 씨……?"

"응? 저 랑세 맞는데요. 누구세요?"

소가 말을 하네. 그런데 왜 이렇게 안 이상하지? 신기하면서도 안 신기해 소에게 손을 뻗자, 소가 주춤거리며 뒤로 물러났다.

"죄송해요! 꿈에 침입하려고 한 건 아닌데 약을 안정화시키려고 하다가 잘못 접촉했나 보네요!"

랑세는 소가 하는 말을 하나도 못 알아들어 눈만 끔뻑였다.

"으아아아! 죄송해요! 깨면 뵈어요."

소가 후다다닥 달려갔다. 무슨 소가 저렇게 뛴담. 꼭 사람같이 뛰네.

랑세는 다시 하늘을 바라보았다. 까만 먹구름이 몰려오고 가랑비가 툭툭 떨어진다. 먹구름이 꾸릉꾸릉 소리를 낸다. 아니, 그런 소리가 아니다. 요란한 사람 소리 같다. 제 귀를 믿을 수가 없어 손가락으로 귀를 후비적거렸다. 아니, 무슨 구름에서 저런 소리가 난담.

"어떻게 해요. 실수로 꿈을 들여다봤어요. 사생활 침해 금지 조항 어긴 거잖아요."

"괜찮아, 우리 아파트에서 어긴 게 어디 그거뿐이야?"

"아, 근데 애기 랑세 씨 진짜 귀여워요."

"정말인가요? 부, 부러워요. 작은 랑세 씨라니."

랑세는 제 귀를 탁탁 때리고 동생을 소리 높여 불렀다. 큰비가 오기 전에 헤세를 데리고 아빠 서점으로 가야 했다. 헤세가 감기라도 걸리면 안 되니까.

"헤세, 비 와. 어서 가자!"

"누나!"

헤세가 달려와 품에 안겼다. 랑세는 헤세의 머리를 팔로 가리고 함께 시내로 달리기 시작했다.

그런 날, 이런 날이 지나가고 엄마는 막내 루세를 낳았다.

루세를 낳고 엄마는 예전처럼 한동안 우울해했다. 행복한 미소를 지을 때는 정말 드물었다. 이제 얼추 자라 마을의 다른 여자 이웃들 역시 그런 기간을 보낸다는 것을 알게 된 랑세는 크게 걱정하면서도 또한 나아지리라 믿었다.

정말로 엄마는 나아졌다. 몸도 마음도.

루세가 아장아장 걷기 시작할 무렵부터는 크고 유쾌한 원래의 웃음을 터트리기도 했고, 이제 다시 마을 청년들과 랑세에게 검을 가르치기 위하여 자리에서 일어나기도 했다. 랑세는 안심했다. 엄마가 정말로 괜찮아졌구나, 하고.

엄마의 그림자를 보지 않았더라면.

엄마의 얼굴에는 때때로 낯설면서도 낯익은 그림자가 스며들었다. 엄마는 먼 하늘을 보며 한숨을 쉬기도 했다.

엄마는 분명히 괜찮아졌고, 우리를 사랑했으며, 우리 역시 엄마를 사랑했다. 그러나 삶은 사랑만으로 이루어지지 않는가 보다. 행복은 사랑만으로 이루어지지 않는가 보다. 랑세는 엄마의 그 그림자가 어디에서 기인하는지 조금씩 알아 갔다.

엄마가 가장 행복해 보일 때는 홀로 검을 들고 하늘을 날듯 뛸 때였다. 작은 숲에서 커다란 곰을 사냥해서 올 때였다. 엄마는 우리의 엄마였고, 아빠의 부인이었지만, 동시에 한 사람의 검사였다.

엄마는 행복했지만 동시에 행복하지 않았다. 사람은 모든 것을 가지지 못한다. 하나를 얻기 위해 때로 하나를 포기해야 한다. 엄마는 분명 아빠를, 우리를 선택했지만, 그로 인해 다른 것을 포기했다. 그 포기는 엄마의 선택이었고, 엄마는 그것을 알고 책임을 지고자 했고, 그 책임을 넘어 분명 우리를 사랑했다. 랑세는 엄마의 애정을 신뢰했다.

그러나 사랑이 다가 아니어라. 랑세는 어렴풋이 그것을 알게 되었다.

"엄마는…… 왜 아빠랑 결혼해서 마을에 남았어?"

어느 날 밤, 랑세는 엄마와 무기를 정리하다가 그리 물었다. 엄마는 랑세의 질문에 눈을 동그랗게 떴다.

"너 좋아하는 남자 생겼니?"

"아냐!"

랑세가 얼굴을 붉히며 소리를 빽 지르자 엄마는 재밌는 이야깃거리가 생겼다는 듯 흐흐 웃었다.

"부끄러워하지 말고 엄마한테만 살짝 말해 봐."

"아냐! 그런 게 아니라니까!"

엄마는 우리 때문에 검을, 검을 들고 하늘을 날 기회를 버린 것이 아니냐고 묻고 싶었다.

아이 셋. 아무리 아빠가 함께 돌보고 랑세도 최선을 다해 도와준다지만, 기이하게도 아이들은 엄마 품을 먼저 찾곤 했으니까. 랑세 자신마저도. 그러나 그렇게는 물을 수 없어 랑세는 말을 빙빙 돌렸다.

"그런 게 아니라……. 그냥 엄마가 결혼 전처럼 살았으면 더……, 엄마는 더 행복했을 것 같아서."

그러나 빙빙 돌린 말이 외려 직설적이었나 보다. 엄마는 얼굴을 굳히고 검을 내려놓았다.

"내가 그렇게 보였니?"

엄마의 말에는 놀람과 두려움이 섞여 있었다. 랑세 역시 얼른 고개를 저으며 다시 말을 고르려고 했다.

"아니, 그런 게 아니라, 엄마가……. 어, 음, 그냥, 엄마는 검을 잡을 때 행복해 보이는데 마을에서 검을 잡을 일이라고는 사람들 가르칠 때밖에 없잖아. 근데, 나나 엄마 제자들이 막 엄마처럼 뛰어난 것도 아니고 그러니까, 엄마가……."

엄마가 답답해 보여서. 새장 속에 갇힌 새처럼 보여서. 랑세가 아무리 말을 돌려도 엄마는 알아들은 것 같았다.

"랑세……."

엄마는 거짓말을 하지 않았다. 표정을 숨기지 못하는 사람이었다. 랑세는 이를 꾹 물고 고개를 끄덕였다.

"엄마, 나 벌써 열일곱 살이야."

또래 여자아이들 중 제 가정을 꾸리는 이들이 조금씩 나타나는 시기였다. 이른 나이에 결혼한 여자아이들은 행복했지만, 동시에 행복하지 않음을 곁에서 지켜보았다. 수많은 것들을 포기하는 것을 지켜보았다. 작게는 찻집에서 소소하게 수다 떠는 시간부터, 크게는 학교까지.

"엄마가 나랑 헤세, 루세랑 아빠를 사랑하는 건 아는데, 그게 엄마에게 다가 아니라는 걸 알 나이야."

"랑세……."

엄마는 랑세의 어른스러운 말에 차마 아니라고 답하지 못하고 그저 랑세를 끌어안았다.

엄마의 어깨는 여전히 단단했지만, 머리끝은 조금씩 하얗게 변하고 있었다. 랑세는 엄마에게서 검을 배우며 알게 되었다. 아무리 열심히 수련해도 결국은 몸을 쓰는 일인지라, 아이를 낳고 나이를 먹는다는 것이 검사에게 어떤 타격을 주는지를.

"나는 엄마가 우리 때문에 소중한 걸 포기한 게 미안하고 고마워."

"랑세, 말했잖아. 엄마는 너희들을 만나기 위해서 선택한 거라고."

무엇을 버려야 할지 알고 선택했으니 포기한 것에 미련 두지 말라고 말하는 것은 잔인한 일이 아닐까. 자신이 행복한 만큼 엄마도 행복하길 바란다는 것은 잘못된 것일까.

랑세가 웅얼거리며 그리 말하자 엄마는 쓰게 웃으며 다시 랑세를 끌어안았다.

"다 네 아빠가 잘생긴 탓이니까, 네 탓이 아니라 아빠 탓을 하렴."

엄마는 말을 돌렸다.

랑세는 엄마가 아니야, 난 너희만 있으면 돼, 너희 덕택에 항상 행복해라고 말하지 않을 것을 알았다. 그러나 섭섭하지 않았다. 엄마와 아빠를 몹시 사랑함에도 때때로 다투고 마음 상하는 일이 있는 것처럼 엄마도 그럴 테고, 엄마가 포기한 것은 그 이상의 것일 테니까. 그래서 랑세는 엄마가 돌린 말에 맞춰 주기로 했다.

"아빠가 잘생겨서 결혼한 거야?"

"그리고 착하잖아."

엄마는 웃었다. 검 때문이 아니라 남편의 이야기를 하며 행복하게 웃었다.

"엄마가 아빠 처음 만난 이야기 해 줬니?"

"어, 언뜻 들은 적 있어. 아빠 서점에 가서 반했다며?"

엄마는 아빠와 어떻게 처음 만났는지 이야기를 풀기 시작했다. 임무로 왔던 팔렝, 시간이 붕 떠 버리는 바람에 우연히 들렀던 서점에서 진상 손님이 꼴 보기 싫어 대뜸 허리춤에 달린 검을 잡았던 것을. 그런 엄마를 말리며 말로 그 손님을 조곤조곤 조져 쫓아낸 서점 주인이 얼마나 잘생겼던지를. 날마다 읽지도 않을 책을 사며 그 남자에게 말을 걸었던 일들을. 그도 그런 여자가 마음에 들었는지 말 상대를 해 줬던 일들을. 종국에는 임무가 끝났어도 마을에 남아 그와 연애를 하고, 결혼을 한 이야기를. 행복한 시간들을.

검은 매라는 별명을 가졌던 용병이 어떻게 지상에 자리하게 되었는지를.

검은 매.

엄마에게 무척이나 잘 어울리는 별명이라고 생각했다.

"검은 매, 오랜만이야."

랑세 나이 열여덟, 소왕국 연합과 제국의 전쟁이 발발했다. 이 땅과는 멀리 떨어진 국경선에서 터진 일이지만, 팔렝에서도 참전한 사람들이 있었고 마을에는 짙은 불안감이 내려앉았다.

그러나 엄마는 출전 따위 생각하지도 않은 것 같았다. 그런 엄마에게 검을 든 사람들이 찾아왔다. 그들을 보며 엄마는 얼굴을 일그러뜨렸다.

"내 나이가 몇인데 아직도 그런 별명으로 불러?"

"영광의 검은 매가 아줌마 다 되었네."

"다 된 지 이미 오래야."

엄마의 옛 동료들이라고 했다. 시답잖은 농담으로 낄낄거리며 서로 주먹을 마주치는 모습은 어제 만났던 사람들 같았다.

그들의 등장에 아빠는 적잖이 당황한 것 같았다. 그들은 아빠를 좋지 않은 눈으로 보았고, 아빠 역시 마찬가지였다.

"이번에 좀 도와줬으면 좋겠어."

아빠가 불안해하는 것은 당연한 일이었으리라. 전쟁, 용병 출신의 아내, 옛 동료. 누구나 쉽게 생각할 수 있는 것들.

엄마는 그들을 향해 손을 저었다.

"됐어. 애들도 있고, 실력도 꽤 녹슬었을 거고."

"네가 녹슬어 봤자지. 몸 보니까 수련도 그만두지 않은 것 같네."

그들은 엄마를 설득하기 시작했다. 엄마는 재차 거절했다. 하지만 그들은 생각해 보라며 며칠 팔렝에 머물겠다 했다.

그들이 나가자 집 안에는 침묵이 깔렸다. 아빠는 한숨을 쉬고 엄마는 시선을 피했다. 엄마의 주먹이 움찔거리는 것이 랑세의 눈에 보였다.

"엄마……."

"안 가, 안 가. 걱정 마."

"아니, 그게 아니라……."

랑세는 엄마를 똑바로 바라보았다. 엄마와 시선을 마주하게 되었다. 엄마의 눈에 깔린 것은 갈등, 열망, 열정, 그리고 다시 갈등.

"엄마, 엄마가 가고 싶으면 가."

"랑세!"

자신의 나이 열여덟 살, 헤세는 열 살, 막내 루세가 여덟 살. 엄마의 도움이 아직 필요하지만 동시에 절실하지는 않을 나이.

"내가 동생들 잘 돌볼게. 엄마가 가고 싶으면 갔으면 좋겠어."

"랑세! 그게 무슨 소리니?"

아빠가 당황하여 외치지만 랑세는 엄마를 향해 말했다.

"우리 때문에 엄마가 더 뭘 포기 안 하면 좋겠어."

엄마에게 돌려주고 싶었다. 영광의 검은 매라는 이름을.

우리들의 '엄마'로 남는 것이 아니라, 모든 이들의 '검은 매'가 되기를. 엄마에게 영광을 돌려주고 싶었다.

"랑세, 무슨 소리야? 전쟁이 얼마나 무서운 건 줄 알아? 엄마가 다치기라도 하면, 죽기라도 하면!"

아빠의 말도 일리가 있기에 랑세는 고개를 끄덕였다.

"맞아. 그런데, 엄마가 그걸 생각해서 참전 안 하는 게 아니라 우리 때문에 못 하지 않았으면 좋겠어."

"랑세……."

엄마는 안 간다고 하지 않았다. 그저 많이 자란 큰딸의 이름을 재차 부를 뿐이었다. 아빠는 그런 부인의 모습에 몹시도 당

102

혹해하는 것 같았다.

엄마는 생각하는 듯했다. 그동안 아빠와 무언가를 이야기하고, 헤세, 루세와 이야기를 나누기도 했다. 멀리 북쪽에서 불어온 바람에 매는 날개를 펼칠 준비를 한다.

닷새 후, 엄마는 결정했다.

참전하기로.

아빠는 못내 불안을 떨치지 못했다. 그럼에도 지지할 수밖에 없었다. 그도 알았으니까. 그녀가 용병을 그만둔 것은 자신이 이 오래된 서점을 떠날 수 없다고 고집을 부렸기 때문이었으니까. 그녀 스스로 영광을 내려놓았지만, 마음 안에 맺힌 것이 있음을 모르지 않았으니까. 헤세도 루세도 엄마의 검을 쓰는 모습을 좋아했기에 그리움을 조금만 참기로 했다.

가족 모두의 찬성을 받아 낸 엄마는 동료들이 준비한 말 위에 올라탔다.

"갈게."

간만에 정식으로 무장을 모두 챙기고 말 위에 올라탄 엄마의 모습은 엄마였지만, 동시에 모두의 '검은 매'였다.

"엄마, 다치지 마."

"엄마, 올 때 선물!"

"엄마, 동생들은 내가 잘 돌볼게. 그러니까 걱정하지 말고, 다치지도 말고. 알았지?"

엄마는 가족에게 일일이 입을 맞추었다. 아빠는 끝내 울음을 참지 못하고 붙들고 있는 엄마의 손에 눈물을 떨어트렸다.

"여보."

"여보, 정말 죽지 마. 다치지 마. 당신에게 많은 거 안 바라."

"고마워, 여보."

엄마는 걱정하는 가족들을 향해 빙그레 웃었다.

랑세와 엄마는 시선을 마주했다. 엄마는 신뢰가 가득한 눈으로 랑세를 바라보며 고개를 끄덕였고, 랑세 역시 엄지손가락을 들어 올리며 그 시선에 답했다.

"가자!"

영광의 검은 매가 날아오른다. 망토를 휘날리며 저 멀리 떠나간다. 그 모습은, 너무나도 아름다웠다고 기억한다. 모든 것이 망가졌어도 그 순간만큼은, 찬란함을 간직한 채, 여전히 기억한다.

그 기억을 마음 안에 담은 채 하루하루 초조하게 엄마를 기다렸다.

"여보!"

"아빠아아!"

검은 군복을 입은 사람들이 작은 상자를 넘겨줄 때마다 오열하는 이들을 보았다. 그때마다 후회 아닌 후회를 했다. 엄마가 가고 싶어 했잖아, 엄마는 아직 괜찮잖아, 아니, 아니야, 등 떠밀지 않았으면 엄마는 가지 않았을 거야.

검은 군복을 입고 전사 통지서를 가지고 오는 이들이 마을에 나타날 때마다 랑세와 가족들 모두 숨을 죽인 채 그들이 혹여 우리 집에 오지 않을지 초조한 마음으로 지켜보았다. 랑세네만이 아니었다. 가족 중 누군가를 전장에 보낸 이들 모두.

그리고 그들이 다른 집에 갈 때마다 안도의 한숨을 내쉬었다. 다행이다라는 안도도 잠깐. 울고 실신하는 이들을 보며 혹시 다음은 우리 차례가 아닐까 가슴을 조이며 다시 소식을 기다린다.

그럼에도 일상은 돌아간다.

전선이 멀어 직접적인 영향이 없는 것이 다행이라면 다행이었다. 아무렇지 않은 척, 불안을 가슴 한쪽에 눌러 두고 울고 웃으며 살아갈 수 있으니까.

"신전이라도 갈까……."

종교의 영향이 크지 않은 나라인지라 신전에는 정말 독실한 사람이나 드나드는데, 평소 신전의 행태를 비판하던 아빠마저 신전에 기도하러 가 볼까, 하고 운을 떼었다. 랑세도 쓴웃음을 지으며 동행했다. 신의 존재를 믿지 않으면서, 신이 엄마를 돌보지 않을까 걱정하는 이런 모순된 마음이라니.

"헤세, 루세, 이제 그만 자자."

아빠와 함께 아이들을 돌보고 살림을 하는 것 자체는 크게 어렵지 않았다. 엄마의 손이 없긴 해도 어릴 때부터 쭉 해 오던 일이었으니. 아빠와 자신이 좀 더 일을 분담하면 되었고, 아이들도 엄마가 없으니 좀 더 의젓해지려고 애썼다.

"언니, 엄마는 언제 와?"

막내 루세만이 가끔 엄마를 찾으며 칭얼거릴 뿐이었다. 엄마가 설명하고 설득했음에도 아직 어린 나이인지라 완전히 이해하지 못하고 응, 엄마가 좋아하는 거 해, 하고 답했다는 걸 나중에야 알았다.

"루세, 바보. 엄마는 한참이나 있어야 온단 말이야! 그럴 시간 있으면 기도나 해!"

"뭐? 누가 바보야! 바보는 오빠야!"

"너 오빠더러 바보라고 그랬어?"

랑세는 티격태격하는 두 녀석의 귀를 잡아당겨 떼어 놓고 침대에 눕혔다.

"자, 어서."

"누나! 책 읽어 줘!"

"너희들은 눈이 없니, 손이 없니?"

"헤엥, 언니!"

아이들은 이럴 때는 또 사이좋게 랑세에게 엉겨 붙었다. 랑세는 귀찮으면서도 내심 웃음이 나와 동화책을 한 권 꺼내 읽어 주었다. 늘 이런 밤이었다. 늘 이런 밤을 보내며 아침을 맞이하고, 또다시 밤을 맞고 마음의 불안을 달래다 보면, 엄마가 돌아올 것이라 믿었다.

일 년이 지나고, 이 년이 지나고, 전쟁이 길어지는 동안 불안마저 익숙해지기 시작했다. 이대로 우리가 버티고 기다린다면 엄마도 무사히 돌아와 크게 웃을 수 있으리라, 그렇게 믿었다.

"쿨럭."

전쟁 발발 삼 년째 접어들던 어느 겨울날, 헤세가 감기에 걸렸다. 그냥, 감기였다. 어린아이들이 그저 계절치레로 한번 겪고 마는 것. 랑세도 아빠도 걱정은 했지만 익숙했고, 환자인 헤세마저도 익숙해서 자글자글 끓는 목소리로 누나, 나 약 좀 줘, 하고 알아서 매달릴 정도였다.

"누나, 나 사탕!"

심지어 아프면 무서운 누나가 조금은 친절해진다는 걸 아는 헤세는 평소에는 바라지도 않을 사탕을 달라며 손을 내밀었다.

"사탕은 밥이랑 약 먹고 먹어야지."

"히잉, 누나, 나 아프잖아."

"어허!"

랑세는 그러면서도 아픈 아이가 안쓰러워 일단 높은 곳에 숨겨 놓은 단지에서 사탕을 꺼내 내밀었다.

"일단 이것만 먹어. 나는 치료원에서 약 좀 받아 올게. 약 먹고 나면 하나 더 줄게. 그때까지 참고. 알았지?"

"응."

헤세는 얌전하게 침대에 누웠다.

막내 루세는 병 옮지 말라고 안방에서 지내는 중이었다. 아빠는 서점에 나가 있었고.

"누나 다녀올게. 좀 자고 있어."

"응!"

집에서 치료원까지는 멀지 않았다. 눈이 내려 조금 더디게

가더라도 금방 다녀올 수 있는 거리였다. 그래서 아이들만 내버려 두고 나가도 걱정은 하나도 되지 않았다. 치료원에 들러 해열제와 감기약을 사서 돌아오는 길에 언니, 언니, 하고 비명을 지르며 달려오는 루세를 보면서도 놀랍기보다는 쟤는 왜 추운 날에 뛰어나와, 하는 마음이 먼저 들 정도로. 정말로 잠깐 사이였다.

"루세, 추운데 왜 나와……."

"언니! 헤세가!"

"뭐?"

"오빠가 쓰러졌어! 나 치료사 선생님 불러올게! 언니, 빨리 가! 빨리!"

누군가 아픈데 언니나 아빠가 없을 때는 무조건 치료원으로 달려가라는 말을 기억한 루세가 놀라 굳어 있는 랑세를 두고 치료원으로 내달렸다. 랑세는 겨울 칼바람에 정신을 차리고 얼른 집으로 돌아갔다.

"헤세!"

맙소사!

랑세는 문을 열고 달려 들어갔다. 헤세가 머리에 피를 흘리면서 쓰러져 있었다. 그 옆에는 산산조각으로 깨진 사탕 단지와 무쇠 팬, 넘어진 의자가 있었다. 아마도 사탕 하나를 또 먹고 싶었던 헤세가 의자를 끌어와 그 위에서 비틀비틀 단지를 꺼내려다 떨어지는 단지나 무쇠 팬에 머리를 맞고 쓰러진 듯했다.

"헤세, 헤세, 헤세, 정신 차려!"

"으윽."

"혜세, 괜찮아? 혜세?"

"으응."

그래도 걱정하지 않았다. 아이들은 자라면서 수 번, 수십 번, 수백 번 넘어지고 다치고 깨져도 다시 일어나 금세 헤헤 웃곤 했으니까. 그러니까 혜세도 이렇게 흘리는 피가 멈추고 나면 다시 일어나 사탕을 달라고 조를 것이라 믿었다.

그때는 혼내야지. 사탕 같은 거 누나가 올 때까지 좀 더 기다리지, 왜 그랬느냐고. 지금은 안아 주고 달래 주어야지.

"혜세, 얼른 눕자."

"누나, 아파……."

"그래, 아프겠지."

혜세는 끙끙 소리를 내며 누웠고 곧 치료사가 도착했다. 랑세는 간단하게 혜세의 상태를 설명했고, 치료사는 고개를 끄덕이며 살펴보았다.

"저런, 머리를 얻어맞았네. 몇 바늘 꿰매면 곧……."

괜찮아질 거다라고 치료사는 말해야 했다. 그러나 그러지 않았다. 그는 심각하게 혜세의 머리카락을 뒤적거렸다. 그리고 굳은 얼굴로 랑세를 돌아보았다.

"선생님, 혜세는……."

"어, 음, 랑세 양. 혜세는, 어, 곧 괜찮아질 거라네."

그는 그리 말하면서도 눈짓으로는 방 밖을 가리켰다. 나가서 이야기하자는 뜻이었다. 랑세는 떨리는 손을 꼭 붙들고 치료사의 말을 기다렸다.

그리고 무너졌다.

바깥의 상처 자체는 별것 아니었지만, 강하게 맞은 부위가 머리였고, 머릿속에 상처가 나 버려서 완치를 장담할 수 없노라고.

"랑세!"

그때 루세가 아빠를 데려왔다. 아빠 역시 치료사의 설명을 듣고 어찌할 바 몰랐다.

"어떻게, 어떻게 해야 합니까? 방법이 없습니까?"

"저 같은 일반 치료사는 한계가 있습니다. 치료 마법사나 사제님을 찾아보시는 게……. 일단 피를 멈추는 약을 지어 드리겠습니다."

마을은 작았고, 전시라 많은 치료사가 전장에 나가 있었다. 더군다나 치료 마법사라면 애초에 이곳에 존재하지 않았다. 그래도 최선을 다해 보아야 했다.

아빠는 정신을 차리지 못하는 랑세를 바로 세웠다.

"랑세, 나는 치료 마법사를 수배해 보마. 루세는 이웃에게 잠시 맡기자꾸나. 그동안 헤세를 돌보거라. 알았지?"

"응, 아빠. 응, 알았어."

"늦더라도 걱정하지 말고. 알았지?"

아빠는 바로 루세를 데리고 나갔다. 랑세와 헤세만이 남았고, 헤세의 앓는 소리만이 집 안을 메웠다.

걱정과 후회가 밀려 들어왔다. 사탕 따위 단지째로 줘 버릴걸.

"누나, 아파, 나 아파……."

희미하게 정신을 차린 헤세가 누나에게 고통을 호소한다. 이 열이, 이 들끓는 열이 감기 때문이기를.

"아프지 마, 헤세. 엄마가 알면 얼마나 걱정할 거야? 자, 약 먹자."

랑세는 치료사가 가져다준 약을 힘겹게 먹였다. 헤세의 눈이 붉게 달아올랐다.

"누나, 나 엄마 보고 싶어."

헤세의 말에 가슴이 무너져 내렸다.

자신도 엄마가 보고 싶었다. 엄마가 있었더라면 사고가 나지 않았을까. 아니, 그것은 누구도 장담할 수 없었다.

그러나, 지금 앓고 있는 아이가 보고 싶은 사람 품에서 마음껏 앓을 권리를 빼앗은 것은 누구인가. 랑세는 눈물이 나려는 것을 꾹 참으며 헤세를 달랬다.

"약 먹고 싹 나으면 엄마가 올 거야."

거짓말. 엄마는 거짓말을 한 적 없는데 랑세는 누구를 닮았는지 거짓말을 한다.

헤세는 랑세의 말이 거짓인지 알았을까. 대답 없이 고통만을 호소하며 울었다. 헤세, 헤세, 헤세, 내 동생. 전장에서 엄마는 아주 가끔씩만 소식을 보낼 수 있었고, 자신들의 소식 역시 잘 닿지 않았기에 당장에 엄마를 불러올 수 없었다.

'엄마가 와서 너를 찾을 거야.'

엄마가 자신들을 찾아올 때까지 기다려야 한다.

"랑세, 치료 마법사는 조금 더 찾아봐야겠구나."

"응······."

새벽녘에 돌아온 아빠는 고개를 저으며 그리 말했다.

앓다가 잠이 든 헤세와 어깨를 늘어뜨린 랑세의 뒷모습을 보며 아빠는 무슨 생각을 했을까. 모른다.

아빠는 그저 긴 한숨을 쉬며 잠깐 눈을 붙였고, 동이 트자 다시 치료 마법사를 찾아보겠다고 나섰다.

"엄마······."

헤세와 둘만 남은 집은 너무도 무서웠다. 랑세는 저도 모르게 엄마를 찾다가 입을 꾹 다물었다. 무슨 자격으로 엄마를 찾는다고. 제 손으로 등 떠밀었으면서. 동생들도 잘 돌볼 거라고 장담하고서 이 꼴을 만들고는.

그러나 그것만이 아니었다. 엄마가 돌아와서 헤세가 이렇게 아픈 걸 본다면 무슨 생각을 할까. 설마, 자신을 비난할까. 랑세는 제 이기적인 생각에 흠칫 놀라 정신을 가다듬었다.

엄마가 자신을 비난해도 된다. 그러니까, 헤세, 엄마가 얼마든지 화를 내도 되니까, 그러니까 너는 낫기만 해. 사탕도 한 바구니 사 줄게. 그러니까, 헤세.

"누나, 아파, 아파······."

눈이 몹시도 내린 날이었을 것이다. 창밖으로 눈 쌓이는 소리만 들리고, 세상은 고요했다.

"헤세, 일단 약 먹자."

"누나……."

랑세는 헤세를 품에 안고 약을 한 숟가락 떠밀었다. 헤세의 떨리는 입술은 약을 받지 못했다. 대신 말 한마디만을 흘렸을 뿐이었다.

"엄마……."

그게, 헤세의 마지막 말이었다. 눈이 몹시 오던 날, 헤세는 랑세의 품 안에서 눈을 감았다. 종전 석 달 전이었다.

장례식은 황망함 속에서 조용히 치러졌다. 누구도 아무 말 못 했다.

막내 루세 역시 죽음을 이해하는 나이였다. 늘 티격태격하던 오라비가 그렇게 갔다는 것 자체를 믿을 수 없을 뿐, 죽음 자체는 이해했다. 랑세는 울지 않았다. 아니, 못 했다. 자격이 없었으니까.

랑세의 아빠도 울지 않았다. 아니, 못 했다. 남은 자식들이 있었기 때문이었다. 남은 가족을 지키고 아내를 기다려야 했기 때문이었다. 그는 랑세를 탓하지 않았다. 그저, 더 재빠르게 다른 치료사를 찾지 못한 자신의 가슴을 쳤을 뿐이었다.

가족에게 웃음이 사라졌다. 조용한 침묵 속에서, 또 다른 죽음이 생기지 않기를 마음 깊이 기원할 뿐이었다.

"종전이래요!"

"왕국 연합이 이겼대요!"

"우리가 이겼어요!"

아빠의 서점에서 일을 도와주던 날, 누군가 거리에서 외치고 다녔다. 모두가 만세를 불렀다. 기쁨과 환호, 기다리던 가족이 돌아올 거라는 기쁨 속에 모두가 만세를 불렀다. 랑세와 아빠만 빼고.

아내에게, 엄마에게, 어떻게 헤세의 죽음을 알려야 할까.

그녀는 무어라 할까.

속이 타들어 갔다. 기다리면서도 기다리지 않았다. 기다리지 않으면서도 기다렸다. 엄마가 돌아오는 것만으로도 감사한 일이지만, 겨우 돌아온 사람에게 비극을 얹어 주어야 하는 자신이 비참했다. 그래도 엄마, 돌아와. 미안해, 내가 잘못했어. 하지만 엄마, 보고 싶어. 엄마에게 안기고 싶어. 랑세는 밤마다 자리에서 뒤척이며 양가적 감정에 시달렸다.

엄마는 종전 한 달 후 집으로 돌아왔다. 몹시도 다치고 몹시도 지친 모습으로. 그럼에도 가족을 보며 환하게 웃었다.

"나 왔어!"

"엄마!"

막내 루세가 오빠가 죽은 지 넉 달 만에 환하게 웃으며 엄마의 품에 안겼다. 어린 루세와 달리 아빠와 랑세는 그녀를 보고 웃을 수 없었다. 지독하게도 다친 그녀의 모습에. 앞으로 벌어질 일 때문에.

"아이고, 우리 루세 많이 컸네! 이제는 안아 올리지도 못하겠다. 엄마가 팔을 지금 다쳤으니까."

엄마는 루세를 힘차게 들어 올리는 대신, 삼각 붕대를 맨 팔을 힘겹게 추스르며 루세의 얼굴 여기저기에 입을 맞추었다.

"여보."

"우리 신랑!"

엄마는 아빠에게도 입을 맞추고, 랑세를 돌아보았다.

"우리 큰딸!"

하고 랑세를 안으려는 순간, 엄마는 랑세의 얼굴에 담긴 온
갖 감정을 읽은 듯 굳었다.

"왜…… 그래?"

그리고, 빈자리. 아들의 빈자리. 여태 까만 옷을 입고 있는
가족의 모습.

"헤세는……?"

"여보……."

"헤세는? 헤세, 헤세!"

죽음과 가장 가까운 전장에 있었기 때문일까. 그녀는 아들의
죽음을 쉬이 눈치챈 듯했다.

"헤세! 엄마 왔는데 왜 안 나오니! 헤세!"

"여보, 헤세는……, 헤세가……."

"헤세가 왜! 헤세가 어쨌는데!"

엄마는 발작하듯 소리를 질렀고, 집 안의 집기를 부쉈다. 아
빠는 그런 엄마의 허리에 매달렸다.

"여보, 미안해, 미안해, 미안해……."

"헤세, 헤세, 헤세 어디 있어! 헤세!"

"여보, 헤세는 넉 달 전에 사고로……."

엄마는 허리를 잡힌 채 아빠가 설명하는 사정을 들었다. 엄마의 눈이 변했다. 슬픔이 아니었다. 분노였다. 광기였다. 엄마의 허리를 붙들고 있던 아빠는 그 눈을 보지 못했다.

그 시선을 받는 것은, 랑세였다. 벌겋게 단 눈이 랑세를 노려보았다.

"네가, 네가, 네가!"

엄마가 랑세의 멱살을 잡아챘다.

"네가, 동생들을 잘 돌본다고 했잖아!"

"여보!"

용병인 아내는, 검을 잡으면 한없이 강한 사람이지만 자식에게 손을 대는 사람은 아니었다. 아빠는 몹시 놀라 아내의 손을 딸의 멱살에서 잡아떼려고 했다. 하지만 다치지 않은 한 손은 딸의 목에서 떨어지지 않았다.

"랑세, 네가 동생을 돌보겠다고 하지 않았니? 그래서 내가 전장에 나가는 것도 찬성하지 않았어?"

"엄마, 잘못했어요. 엄마, 죄송해요, 잘못했어요!"

랑세가 눈을 꾹 감은 채 엄마에게 용서를 빌었다. 하지만 엄마는 듣지 못한 듯했다.

"랑세, 너 때문이다! 너 때문에 네 동생이 죽은 거야!"

"여보! 여보!"

엄마는 악을 쓰며 난동을 부렸고, 그 틈에 랑세의 멱살을 놓쳤다. 우당탕, 뒤로 넘어지며 랑세는 눈을 끔뻑였다. 자신의 잘못이 맞다. 하지만, 하지만, 하지만……

"어, 언니……."

루세가 벌벌 떨며 랑세에게 다가온다. 랑세는 무언가 뱃속에서 올라오는 기분을 이를 꾹 물며 참고 루세의 등을 떠밀었다.

"루세, 방에 들어가 있어."

"어, 언니……."

"어서, 루세! 어서!"

"으허허허헝! 언니! 엄마 나빴어! 엄마 너무해! 엄마가 가 놓고서 왜 언니 탓을 해! 으어어엉!"

철없는 동생은 하고 싶은 말을 마음껏 하며 엉엉 목 놓아 울었다.

"오빠가 엄마 얼마나 보고 싶어 했는데! 엄마가 잘못했잖아!"

막내의 울음에 엄마의 시선이 돌아갔다. 척척, 엄마는 큰 걸음으로 가 손을 힘껏 위로 올렸다. 누군가를 때릴 것처럼.

랑세는 급히 루세의 앞을 가리고 악을 썼다.

"엄마, 왜 이래! 내가 잘못했어! 잘못했다고 했잖아! 루세 잘못이 아니잖아! 엄마, 검은 약한 사람을 위해 드는 거라며!"

"여보! 당신 대체 왜 이래!"

아빠가 거의 절규하듯이 엄마를 붙들었다.

엄마의 손이 허무하게 내려왔다. 엄마는 자리에서 무너졌다. 엄마는, 무너진 자리에서 통곡했다. 가슴을 치며 통곡을 했다. 죽은 자식의 이름을 부르며 통곡을 했다. 루세는 엄마를 안고 엉엉 울었다. 넉 달째 자식의 죽음 앞에서도 울지 못했던 아빠가 둘을 안고 울었다.

랑세는 그 모습을 보며 울지 못했다. 세 걸음 떨어져 멍하니, 멍하니, 그 광경을 지켜보았다. 여전히 랑세는 울지 못했다.

"랑세……."

발작하던 엄마를 겨우 잠재우고 치료사가 오가는 사이, 랑세는 자신의 방 침대 위에 가만히 쪼그리고 앉아 있었다.

"아빠……."

몹시도 지쳐 보이는 아빠는 랑세의 목을 살폈다.

"목은, 괜찮니? 이따 치료사한테 보일까?"

"아냐……."

아픈 것은 목이 아니었다.

방 안에 짙게 깔린 그림자. 아빠는 랑세 곁에 조심스럽게 앉았다. 둘은 한동안 말이 없었다. 랑세는 차마 엄마는 괜찮으냐고 묻지 못했다.

아이의 물음이 없자, 결국 아빠가 힘겹게 입을 열었다.

"아까 엄마 동료들이 들렀어."

"그랬어?"

"응……. 전쟁 마무리 직전에 엄마가 적군에게 붙들렸었대. 거기서 무척 고생하다가 겨우 탈출했다더라."

"아……."

윙윙, 아빠의 설명은 윙윙거리는 벌의 날갯짓 소리 같았다. 그럼에도 그 말 한마디 한마디가 다 칼처럼 박혔다.

"그래서…… 엄마가 몸뿐만 아니라 마음에 심하게 상처를 입었대."

파란미디어의
책들

e-mail paranbook@gmail.com
cafe cafe.naver.com/paranmedia
facebook facebook.com/paranbook
tel 02. 3141. 5589 fax 02. 3141. 5590

새파란상상

인간의 모험 본능을 자극하는 최고의 장르, SF
휴고, 네뷸러, 디트머, 로커스 상을 휩쓴 SF 대작 〈링월드〉

SF의 대가 래리 니븐 컬렉션

링월드 프리퀄 1 **세계 선단**
래리 니븐 & 에드워드 M. 러너 공저 | 고호관 옮김 | 값 14,000원

우주적 규모의 적자생존 서사시, 세계 선단 시리즈의 서막!
《링월드》에 숨어 있던 이야기들,
파란만장 흥미진진한 미스터리의 시작

링월드 프리퀄 2 **세계의 배후자**
래리 니븐 & 에드워드 M. 러너 공저 | 고호관 옮김 | 값 15,000원

은폐되고 삭제되고 망각된 진실을 찾아서

십팔 세에 무제한 출산권을 획득한 천재 물리학자 카를로스 우,
은하핵의 붕괴를 촬영한 전설의 조종사 베어울프 섀퍼,
모든 것을 의심하는 편집증 수사관 지그문트 아우스폴러,
세 사람의 진실을 향한 대도약이 시작된다!

링월드 프리퀄 3 **세계의 파괴자**
래리 니븐 & 에드워드 M. 러너 공저 | 고호관 옮김 | 값 15,000원

영원한 적도 영원한 아군도 없다!
아주 다른 무대의 전혀 새로운 이야기

어디 있는지도 모를 고향 지구와 새로 찾은 고향 뉴 테라, 지켜야
할 모든 사람들을 위하여! 낯선 우주의 한복판에서 치밀하고도
집요한 지그문트의 작전이 펼쳐진다.

링월드 프리퀄 4 **세계의 배신자**
래리 니븐 & 에드워드 M. 러너 공저 | 김성훈 옮김 | 값 15,000원

《링월드》는 루이스 우의 첫 모험이 아니었다!
이번 위기에는 세계 선단 일조 퍼페티어의 운명이 걸려 있다!

이름을 잃고 자기 정체도 모르는 채 백삼십 년을 망명자처럼 떠
돌던 루이스 우. 분데란트 내전의 포로로 약물중독의 나라에 빠
져 있던 그에게 퍼페티어 정찰대원 네서스가 던진 거부할 수 없
는 제안!

브레인 임플란트 이혜원 지음 | 값 10,000원

백두산 폭발로 벌어진 아비규환!
거대한 음모 속에 숨겨진 살인극

"이젠 학습법이 아니라 뇌를 바꿔야 합니다!"
우리의 삶을 바꾸는 브레인 임플란트의 세계에 오신 것을 환영
합니다.

초인은 지금 김이환 지음 | 값 10,000원

우리 시대의 모순을 안은 초인이 온다!

하늘을 날고 모든 것을 듣고 모든 것을 보는 초인이
시민들을 지켜준다.
초인은 무엇 때문에 사람들을 위해 봉사하는 것일까?
그를 믿어도 되는 것일까? 초인은 선한 사람인가?

킬러에게 키스를 김상현 지음 | 값 11,000원

그동안 고마웠어. 그 말을 끝으로 이메일 주소 하나 남기지 않고
깨끗이 사라졌던 여자 친구가 실은 킬러였다!

그녀에게 묻고 싶은 말이 있어 국가정보부의 작전에 동참한
평범한 한 남자의 슬프고도 웃긴 이야기.

고스트 에이전트 김상현 지음 | 값 12,000원

《킬러에게 키스를》두 번째 작품.

당안리 화력발전소를 노린 폭탄 테러, 서울 전역에서
테러리스트가 출몰하고 급기야 국가정보부가 공격당한다!
그 누구도 절대 막을 수 없다!

이순신의 나라 임영대 지음 | 각 권 12,000원 (전2권)

이순신이 살아남은 조선!
새로운 바람이 분다. 새로운 나라가 온다!

임진왜란이라는 절체절명의 국난에서 우리 민족을 구원한
이순신 장군. 그런 이순신 장군이 만일 죽지 않고 살아남았다면
과연 무슨 일이 벌어졌을까?

살해하는 운명 카드 윤현승 지음 | 값 11,000원

다섯 장의 카드, 다섯 개의 운명.
모두가 승리할 수도 있고, 모두가 패배할 수도 있다.
인생 막다른 골목에서 받아들인 위험한 초대.
오직 운명을 거역한 사람만이 승자가 된다!

체탐인 – 조선스파이 정명섭 지음 | 값 11,000원

얼굴도 이름도 바뀐 복수의 화신이 돌아오다

아무 것도 할 줄 모르는 백면서생에서 난데없이 야생의 현장에
떨어진 병조판서의 아들 조유경. 하지만 이대로 죽을 수는 없
다. 자신의 모든 것과 사랑하는 약혼녀까지 앗아가버린 원수들
에게 복수를 해야만 한다.

붉은 말 백성민 이야기그림집 | 값 22,000원

네이버 한국만화 거장전 제1호 작가 백성민의 새로운 만화 모음집.

〈장길산〉, 〈싸울아비〉, 〈광대의 노래〉 등 역사만화의 거장 백성
민이 새롭게 선보이는 이야기그림 〈붉은 말〉. 우리나라의 신화
와 전설, 전래동화 등에서 폭넓게 소재를 취하여 새로운 해석을
내보이는 만화들에서 삶의 위안을 찾아낼 수 있을 것이다.

태릉좀비촌 임태운 지음 | 각 권 13,000원 (전3권)

대한민국 최강 좀비 군단이 몰려온다!
네이버 화제의 연재작 - 영화화 결정

올림픽을 대비로 맹훈련 중인 태릉선수촌에 좀비 바이러스가 발
생했다. 운동으로 단련된 역대 최강의 좀비들이 몰려온다. 사랑
하던 동료들에 맞서 사랑하는 사람들을 지켜야 하는 이야기!

화이트리스트–파국의 날 박철현 지음 | 값 11,000원

2019년 8월 2일 일본의 화이트리스트 발표
누구에게 닥친 파국의 날인가!!

2019년 3월 15일 대한민국을 화이트리스트에 삭제하라는 지시
가 경제산업성 동아시아 무역관리관 히라오 아쓰시에게 내려
온다. 북한 쪽으로부터 정보를 확보하라는 지시에 의해 히라오
는 총련 산하의 평화통일연합의 송석진을 만나는데……

"응…….."

"그래서…… 그런 용병들은 마음에도 없는 말을 하고, 가끔씩 그렇게 물건을 부수기도 한대."

"응…….."

아빠는, 엄마가 한 말이 진심이 아니라고 하는 걸까?

"엄마는 오래오래 치료를 받아야 예전으로 돌아온대."

"그렇구나…….."

아빠는 조심스럽게 랑세의 어깨를 보듬었다.

"랑세, 그건 네 잘못이 아니었단다."

랑세는 가만히 아빠를 바라보았다. 정말, 아빠는 그렇게 생각하는 걸까.

"하지만 엄마는 그렇게 생각하지 않을 거예요. 저도 그렇게 생각하고요."

아빠의 갈색 눈썹이 작게 일그러졌다.

"아니야, 절대 그렇지 않아."

아니요, 엄마는 절대 그렇게 생각하지 않을 거예요. 난 봤어요. 엄마 눈에 담긴 광기를 봤어요. 엄마 눈에 담긴 슬픔을 봤어요. 그래요, 헤세가 죽은 것은 제 탓이 아닐지도 몰라요. 하지만 엄마가 그렇게 미쳐 버린 건 제 탓일 거예요. 랑세는 그 말을 모두 집어삼키고 침묵한 채 고개를 숙였다.

아빠는 긴 한숨을 내쉬며 랑세를 품에 안고 어깨를 보듬었다.

"그래도, 엄마가 살아 돌아왔어."

"응."

"그러니까, 우리 조금만 더 버티자."

"응……."

가만가만, 아빠의 목울대가 크게 움직였다. 아마도 아빠도 눈물을 삼키는 중이겠지. 랑세는 아빠를 향해 배시시 웃었다.

"응, 난 괜찮아요. 아빠, 엄마한테 가 봐요. 엄마는 아빠가 필요할 거야."

아빠는 가만히 랑세를 바라보다 정수리에 입을 맞추고 자리에서 일어났다.

"그래, 치료사와 좀 더 이야기를 해 보기도 해야 하고……. 쉬고 있으렴."

"응. 나, 저녁은 안 먹을게. 루세 것만 아빠가 좀 챙겨 줘요. 루세, 오늘 많이 놀랐을 거야."

"……그래."

아빠가 문을 닫고 나갔다. 까만 그림자 속에서 랑세는 다시 쪼그린 무릎에 얼굴을 처박았다. 가만히, 숨소리도 나지 않게. 가만히, 가만히. 아빠 탓도 아니고 내 탓도 아니고 엄마 탓도 아니면 헤세는 왜 그렇게 혼자 죽은 걸까. 왜 우리 가족은 이 모양이 되어 버린 걸까.

까만 그림자 속에서 늑대 한 마리가 불쑥 나타나 랑세에게 다가오지만, 랑세는 눈치채지 못한 듯했다. 그러나 늑대의 코끝이 랑세의 무릎에 닿기도 전, 한 사람이 그 늑대의 등을 잡아 뒤로 끌었다.

"안 됩니다, 선배님. 여기는 랑세 양의 꿈입니다. 어설프게 손대면 정신이 망가집니다."

늑대는 불만스레 그 사람을 바라보았다. 사람은 조용히 늑대를 뒤로 밀어냈다.

"우리는 랑세 양이 갑자기 발작하는 원인을 알기 위해 들어온 것뿐입니다."

"스테인, 하지만 여기서는 랑세가 가만히 앉아만 있는데 바깥에서는 난리가 나지 않았나?"

스테인은 잠시 랑세를 돌아보고 긴 한숨을 내쉬었다.

"이건, 기억입니다. 내면은 다른 문제입니다."

늑대는 나갈 생각을 하지 않고 랑세를 빤히 바라보았다. 스테인은 늑대를 다시 밀어냈다.

"이건 기억의 문제고, 우리가 어떻게 해 줄 수 있는 것이 아닌……."

그는 말을 잇지 못했다. 까만 그림자들이 점점 부풀어 올라 검은 물이 되었기에.

"랑세 양!"

검은 물이 랑세의 목까지 차오르고, 어둠에 점점 잠식당해 들어가지만, 랑세는 꼼짝도 하지 않았다. 검은 물은 기분 나쁜 소리로 속삭였다.

그럼네탓이고말고엄마를거기에보낸네탓이지랑세너는이가족의자격을잃었어엄마는너를평생용서하지않을거야아빠가너를위해거짓말하는것뿐이란다엄마가엄마가엄마가엄마가엄

마가잘못한건없어다네탓이지암그렇고말고다네탓이란다

"랑세!"

늑대는 랑세의 몸을 물어 파도치는 물을 헤쳐 나가고, 스테인은 숨을 참은 채 바닥에 진을 그렸다.

"선배! 이쪽으로!"

늑대가 랑세를 등에 태운 채 진 위로 뛰어들었다.

환한 빛이 쏟아졌다. 너른 벌판 멀리 신전이 보인다. 뎅, 뎅, 뎅, 종소리가 울리는 평화로운 광경의 파편.

거친 숨을 몰아쉬던 늑대는 랑세를 내려놓았다. 랑세는 기절이라도 한 듯했다. 스테인은 주변을 둘러보다 늑대로 시선을 돌렸다.

"선배, 나가 주십시오."

"뭐?"

"급한 마음에 제 기억 영역으로 들어왔습니다. 저는 선배가 제 기억을 보는 것을 원하지 않습니다."

늑대는 랑세를 돌아보았다. 그러자 스테인이 다시 한번 강하게 말했다.

"제 기억으로 들어오는 바람에 바깥의 저는 잠이 들어 있을 겁니다. 다른 사람들이 무척 놀랐을 거예요. 가서 안심시켜 주십시오."

그가 말하자마자 하늘에서 꺄악, 으악, 기절했어, 어떻게 해, 하는 외침이 희미하게 들렸다. 스테인은 엷게 웃었다.

"가서 말씀하세요. 어차피 그것이 메신저의 역할 아닙니까?"

으르르, 늑대가 목을 울리지만, 스테인은 단호했다. 결국 늑대는 코끝으로 랑세의 팔을 한 번 툭 건드리고 어디론가 사라졌다. 스테인은 너른 초록 벌판을 눈을 가늘게 뜬 채 노려보았다. 어쩌다 여기로 와 버렸을까. 아마도 평화로워 보이기는 한 곳이라서. 그래도 이 평화로움은 좋아했나 보다.

"으음……."

그때, 랑세가 신음을 흘리며 눈을 떴다. 스테인은 굳이 다가가지 않았다. 꿈과 기억의 혼돈 속에 기절했던 것이니 굳이 자신이 살필 필요는 없었다.

랑세는 일어나 주변을 둘러보았다. 그러자 벌판에 작은 집이 생겼다. 스테인은 미간을 좁혔다. 그 집은, 랑세의 집이었다. 자신의 기억 위에 그녀의 기억이 만들어지고 있다. 아마도 그만큼 그 기억이 강렬하기 때문이겠지.

랑세는 멍하니 그 집을 보고 있었다. 그 집에는 랑세와 가족들이 있었다. 그곳의 기억만이 벌판의 기억과는 상관없이 빠르게 돌아간다.

차츰 발작이 줄어드는 여자, 안심하는 남자와 어린아이. 홀로 멍하니 서 있는 젊은 여자. 어색하게 젊은 여자에게 다가가는 여자. 그 여자에게 소리를 지르는 젊은 여자. 그 거절에 다시 발작하는 여자. 방에 처박혀 공부를 하는 젊은 여자. 남자에게 희미하게 웃어 보이는 젊은 여자.

랑세는 눈을 감고 고개를 저었다. 그러자 순간 집과 평화롭지 않은 가정이 흐릿하게 변했지만, 랑세가 눈을 뜨자 또렷하게 다시 나타난다. 랑세는 아예 고개를 돌려 버렸다. 그래도 집은, 가정의 모습은 사라지지 않았다.

"어, 스테인 씨?"

시선을 돌렸던 랑세에 눈에 드디어 스테인이 들어왔나 보다. 스테인은 가볍게 헛기침을 했다.

"저를, 알아보시겠습니까?"

"아, 예. 물론이지요."

그럼 댁을 못 알아볼까 봐요라고 묻는 듯한 눈으로 랑세가 바라보자 스테인은 피식 웃으며 곁에 앉았다.

"여기는 제 기억과 랑세 씨의 기억이 만나는 곳입니다. 원래라면 저를 못 알아봐야 합니다만, 뭔가 엉망진창이 된 것 같군요."

"네?"

이해를 못 했다는 듯한 눈빛이기에.

"……마법의 오류입니다."

"아."

스테인은 아주 간단히 설명했고, 랑세는 쉬이 납득한 듯했다. 그러다 문득 랑세의 얼굴이 확 붉어졌다.

"제 기억이랑 겹치는 곳이면, 다…… 봤겠네요?"

그 저열하고 더러운 꼴을 다 봤겠네, 저 싫은 사람이.

랑세가 끔찍하다는 얼굴을 하자, 스테인은 진한 미소를 지었다.

"바깥에서, 그러니까 현실의 랑세 씨에게 난리가 나는 바람에 어쩔 수 없이 들어와서 보고 말았습니다."

"아으, 이게 뭐야……. 그냥 마력 충돌이고 며칠 잘 먹고 잘 쉬면 된다면서요?"

무슨 치료 마법사가 오진을 한담.

랑세가 창피해서 죽을 것 같은 얼굴로 불만을 토해 내자, 스테인은 여전히 혼란스러운 랑세의 기억을 보며 답했다.

"마력 충돌 자체는 맞습니다. 며칠 잘 먹고 잘 쉬면 되는 것도 맞습니다. 다만 들어가셨던 책의 내용과 그 책이 만들어 내는 기억 작용이 랑세 씨에게 유난히 안 맞았던 것뿐입니다. 그 책은 그 마법사님의 자제분들같이 아주 평범한 비마법사를 위한 것이라, 랑세 씨 같은 체질에는 유난스럽게 작용하는 책이었던 거지요."

랑세는 스테인의 설명을 이해할 듯 말 듯 했다. 그러다 스테인이 제 기억에서 눈을 떼지 못하는 것을 보고 우어어어, 그의 앞을 막아섰다. 그러나 그 자신의 기억 위에 발을 딛고 있던 스테인은 투명해져 랑세를 통과하더니, 그녀의 기억에서 시선을 떼지 않았다.

"아, 좀 그만 봐요!"

"랑세 씨가 기억을 닫으면 됩니다."

"그건 어떻게 하는데요?"

"제가 왜 알려 드려야 합니까?"

"야!"

랑세가 펄펄 뛰지만, 기억 안에서는 스테인이 압도적인 우위에 있었기에 반항은 아무 쓸모가 없었다. 스테인은 랑세를 힐 끗 쳐다보았다. 질식하기 직전까지 슬픔에 잠겼던 사람이 아 무렇지도 않은 듯 기억을 보지 말라며 자신을 막아서는 모습이 기이했기에.

"조금 전까지 랑세 씨는 기억에 묻혀 질식하기 직전이었습니 다만, 이렇게 건강한 모습이 신기하군요."

랑세는 스테인의 말에 멈칫하고 자신의 기억을 돌아보았다. 엄마가 소리를 지르고 자신은 악을 쓴다. 자신은 까맣게 물들 었다가 다시 비슷한 일을 반복한다.

"뭐, 익숙하니까요. 이런 기억 보는 거."

거의 매일 밤, 아주 짧은 시간이라도, 꿈을 꾸지 않아도, 엄 마를, 아빠를, 동생을, 죽은 동생을, 자신 때문에 무너진 가정 을 떠올린다.

"그래도 어떻게 해요, 이미 벌어진 일. 그렇다고 매일 울면 서 살 수는 없잖아요."

삶은 진득하고 끈질겨서, 그 기억을 안고도 웃을 수 있다. 기 억의 무게에 짓눌려도, 때때로 그 틈 사이사이 웃을 수 있다. 랑세는 제 기억을 닫는 것을 포기했다. 이미 못 보일 꼴 다 보 인 것 같으니.

스테인은 긴 한숨을 내쉬며 엉망이 된 가정을 바라보는 랑세 를 돌아보았다. 그녀의 눈에 담긴 것은 회한, 슬픔, 죄책감, 그 런 것들. 아마도.

"그래서 문관 시험을 치른 겁니까? 떠나고 싶어서?"

랑세는 고개를 끄덕였다.

"엄마한테 어쨌든 잘하려고 했는데, 저도 사람이니까 견디기 힘들어서 많이 싸우기도 싸웠어요. 그러니 집이 편할 날이 있나요. 제가 집에 없는 게 모두를 위해서 좋으니까, 저도 편하고 싶고, 그래서 왔어요."

랑세는 이걸 왜 스테인에게 말하고 있지 싶으면서도, 저도 모르게 술술 말하고 만다. 그녀는 아마도 모르겠지. 여기가 스테인의 정신 위라서 그런 것이라는 사실을.

랑세의 기억이 다시 바뀐다. 짐을 싸고 집을 나서는 모습. 아빠가 랑세의 볼을 쓰다듬는다. 아빠의 눈에 담긴 것은 미안함. 그리고 어쩌면 약간의 안도.

"랑세."

"아빠, 나 갈게."

"랑세……."

아빠는 랑세를 꼭 끌어안았다.

"이제는…… 네가 훨훨 날아오르렴."

그 말을 듣던 랑세는 입을 꾹 다물고 무언가를 집어삼켰다. 엄마도 떠날 때 이런 마음이었을까. 아니, 엄마는 그런 사람이 아니야. 아니, 엄마는 그런 사람이야.

"언니, 잘 가. 남자 친구 생기면 꼭 편지해!"

이제는 머리가 제법 큰 루세의 말에 랑세는 픽 웃으며 아빠의 품에서 빠져나왔다. 그 자리에, 엄마는 없었다.

말도 없이 시험을 치르고, 수도로 가겠다고 일방적으로 통보

한 자신에게 엄마는 뭐라고 했더라. 그냥 못 들은 듯 지나갔던가. 랑세는 고개를 저으며 영업 마차 위로 올라탔다.

"가요."

"건강하고! 나쁜 사람 조심하고!"

마차가 서서히 출발하고, 랑세는 가족을 향해 손을 흔들었다. 그때, 창가에 있던 엄마와 눈이 마주쳤다. 엄마는 흐릿하게 웃고 있었다. 엄마가 주춤 손을 든다. 그리고 힘없이 내린다. 랑세는 그 시선을, 눈을 감아 그 시선을 외면했다.

갑자기 세상이 까맣게 변했다. 그리고 가느다란 한 줄기 빛이 내려온다. 햇빛 가득한 방 안에서 자그마한 소녀가 까치발을 들고 잠든 아기를 바라본다. 불퉁한 얼굴로. 미워하는 얼굴로. 첫 기억이 다시 시작되는 모습에 랑세는 긴 한숨을 내쉰다.

"혜세 녀석……."

동생의 이름을 중얼거리는 랑세의 목소리에 묻어나는 짙은 죄책감. 스테인은 가만히 웃었다.

랑세의 기억이 사라지고 세상은 다시 까맣게 변했다. 너른 벌판도, 신전도 없다. 랑세의 집도. 랑세는 눈을 깜빡이며 스테인을 돌아보았다.

"미워하지 않습니까?"

"네?"

"가족을, 어머님을, 죽은 동생분을, 왜 미워하지 않습니까?"

"제가 왜 미워해야 하나요? 제 잘못인데요."

스테인은 피식 웃었다. 까만 공간에 랑세의 기억 일부가 다시 보였다. 랑세가 엄마를 향해 악을 써 댄다.

"엄마가 잘못했잖아! 그렇게 가족을 챙길 거였으면 잠깐 참전하든가! 어차피 엄마의 선택이었잖아!"

랑세의 얼굴이 다시 확 붉어졌다. 견디지 못할 때 괜히 엄마 탓을 하며 악을 쓰곤 했는데. 엄마가 다시 발작할 때나, 가슴을 치며 무너질 때.

"이건, 미움이 아닙니까?"

그건 미움이었을까.

어쩌면, 아마도.

"그래도, 그래도⋯⋯."

랑세는 말을 잇지 못했다. 엄마가 자신을 증오한 기억과 자신을 사랑한 기억이 혼재한다.

스테인이 빙그레 웃었다.

"일전에 와렌 양의 사정을 보셨지요. 가족이라고 사랑해야 할 의무도 없고 책임도 없습니다."

"어, 음⋯⋯."

와렌의 일이 제 일 같아서, 곁에 있었다. 그녀도 힘든 결정을 했다. 그래서 가족을 생각했다. 하지만, 하지만⋯⋯.

"하지만⋯⋯."

"왜 안 됩니까?"

검은 공간이 붉게 타오른다. 차가운 붉은 불이 세상을 감싼다. 스테인이 불타는 듯한 눈빛으로 자신의 눈을 바라본다.

"왜 죄책감에 시달립니까? 마음껏 미워하세요. 마음껏 증오하세요. 왜 안 됩니까? 그게 당신을 자유롭게 해 줄 텐데."

엄마가 멱살을 잡고 외친다. 네 탓이야, 네 탓이야.

자신은 생각한다. 내 탓이야, 내 탓이야.

불 속에서 기억이 타오른다. 엄마를 부추기지 않았더라면, 엄마는 미치지 않았을 것이다. 엄마를 밀어내지 않았더라면, 동생은 죽지 않았을 것이다. 아니, 엄마 탓이야, 엄마가 선택했어, 엄마가 잘못했어, 엄마가 잡혀서 그런 거야, 엄마가 죄를 지었어, 내 상처는 당신 탓이야, 당신이 미워.

사실은, 지금도 미워한다. 자신을 미워하는 만큼, 엄마를.

그렇다면, 나를 미워하지 않고, 엄마만을 미워한다면.

그렇다면.

랑세는 불길 속의 자신을 돌아보았다. 엄마에게 악을 쓰는 자신을 본다.

엄마만을 미워한다면.

"미움은 결코 나쁜 것이 아닙니다."

미워하기 때문에 죄책감은 커지고, 죄책감에 짓눌려 또다시 미워하게 된다. 그래서.

"자연스러운 감정 중 하나일 뿐입니다."

순수하게 미워하기만 할 뿐이라면.

랑세는 편안한 웃음을, 자유로운 웃음을 짓는 스테인을 바라보았다. 그런 표정으로 미움을 이야기하는 스테인을 바라보았다. 당신은 무엇을 벗어던졌는가.

랑세는 그런 스테인을 바라보며 조심스레 입을 열었다.

"그럼 제가 자유로워지는 건가요?"

랑세의 질문에 스테인은 여느 때보다 따스한 웃음을 지었다.

"물론……."

그 순간, 거대한 파도가 몰아닥친다. 푸르디푸른 물은 붉은 불을 꺼트려 버렸다.

세상은 다시 까맣게 변했다. 그리고, 다시 빛이 약간 스며든 어둠.

"랑세 씨!"

그 어둠 속에서 익숙한 얼굴이 나타나 울먹거리며 외쳤다.

"와레, 쿨럭."

와렌의 이름을 부르려던 랑세가 꽉 막힌 목에 쿨럭, 기침을 토해 내고, 와렌은 서둘러 물컵을 잡아 랑세에게 조심스레 먹여 주었다. 얼마나 열을 내며 잠들었던 걸까. 물맛이 그야말로 꿀맛이다.

꿀꺽꿀꺽, 시원하게 다 마시고 하, 하며 숨을 내뱉은 랑세는, 그제야 와렌뿐만 아니라 케일도 자신을 걱정스럽게 바라보고 있다는 것을 깨달았다. 그리고 스테인이 제 침대에 엎드려 잠들었다는 것도.

랑세는 꿈인지 기억인지 모를 곳에서 스테인이 남겼던 말이 떠올랐다.

'마음껏 미워하세요. 마음껏 증오하세요. 왜 안 됩니까? 그게 당신을 자유롭게 해 줄 텐데.'

정말, 그것이 자신을 자유롭게 해 줄까. 정말, 할 수 있는 일일까.

"랑세 씨? 좀 괜찮아요?"

"아, 네네, 괜찮아요."

와렌의 질문에 랑세는 상념에서 깨어났다. 그리고 스테인 역시 잠에서. 그는 마치 잠시 눈을 감았다가 뜬 것에 불과하다는 듯 피로 따위는 없는 말끔한 얼굴이었다. 그는 랑세를 가만히 바라보고 살며시 눈을 깔았다.

"제가 드린 말씀, 한번 생각해 보세요."

"……네."

랑세의 답을 들은 스테인은 약을 지어 오지요, 하고 등을 돌려 방을 나섰다.

랑세는 그의 등을 보았다. 무엇보다 편안해 보이는 등을. 무엇인지 모르지만, 어떤 미움이 당신을 자유롭게 만들었다면, 나 역시 그렇게 될 수 있을까.

"랑세."

"아, 네."

그때 케일이 랑세를 부른다. 그는 랑세를 향해 손을 뻗다 멈칫하고 와렌을 부르며 턱짓을 한다. 와렌은 당황하여 네, 네, 하다가 아, 하고 랑세의 머리에 진득하게 흐른 땀을 닦아 주었다.

그런 랑세의 모습을 보던 케일은 가만히 웃었다. 가끔, 아주 가끔 그렇게 웃었듯이.

"랑세."

"네?"

"의도치 않게 네 기억을 봤다."

케일의 말에 랑세는 미간을 팍 좁혔다. 오늘 진짜 여럿에게 못 보일 꼴 보였네. 뭐 어쩌겠는가. 스테인에게도 보였는데.

"뭐, 괜찮아……."

"네가, 검은 매 레인의 큰딸이었구나."

갑자기 케일의 입에서 튀어나온 엄마의 이름에 랑세는 눈을 크게 떴다.

"우리 엄마, 아세요?"

미워해도, 죄책감에 짓눌려도 그녀는 여전히 우리 엄마. 랑세의 질문에 케일은 다시 웃었다.

"검은 매께서 우리 부대를 구해 주신 적이 있었다. 그때 뵈었지."

"어……."

그는 오래전의 기억을 더듬듯 먼 곳을 보았다.

"당시에 우리가 거의 죽기 직전까지 몰렸었다. 아니, 전사한 놈들도 꽤 있었다. 검은 매가 아니었으면 다 죽었을 거다. 그때, 거기서 도망쳐야 했을 때, 항마진을 검으로 격파하며 앞장서셨던 것이 기억난다."

검은 매, 훨훨 날아오르던 매.

"그때 하시던 말씀을 기억한다."

랑세는 여전히 꿈속에 있는 것 같았다. 엄마가 케일과 그 부대를 구해 준 적이 있다는 사실을 믿을 수 없었기에.

"……뭔데요?"

하여 습관적으로 되물었을 뿐이었다.

그러나.

"당신께서는, 큰딸 아니었으면 여기 있지도 못했을 거라고. 그러니 네놈들 목숨값은 딸에게 갚으라고, 당신 딸에게 갚을 때까지 버티라고, 그렇게 말씀하셨다."

어둑한 도망길, 지친 마법사들에게 농담조로 하던 말이었다. 그 와중에 따님은 예쁩니까, 하고 희롱하려 들던 마법사가 레인에게 한 대 얻어맞기도 했다. 길고 지치고 자신도 미칠 것 같던 밤, 그런 밤, 은인이 지나가며 하던 말을 여전히 기억하는 것은.

"그분이 그 말씀을 하며 크게 웃으셨던 것을 기억한다."

그 어두운 밤을 밝힐 만큼 환한 미소.

랑세는 여전히 믿을 수가 없었다. 미쳐 버린 엄마가, 다쳐 버린 엄마가 훨훨 날던 모습을 기억하는 사람이 여기 있었다.

"고맙다, 랑세."

"네?"

"네 덕이다. 레인 말씀대로 네가 아니었으면 우리는 거기서 끝장났을 거다."

"어, 아니, 아니요. 구한 건 엄마인데, 어, 엄마가……."

당신을 구한 건 엄마인데, 왜 자신이 감사를 받아야 하는가. 감사를 받을 엄마는 저 먼 곳에, 딸에게 외면당한 채 팔렝의 작은 집에 있는데.

"어, 그러니까, 어……."

랑세는 말을 잇지 못했다. 이유 모를 눈물이 떨어졌기에. 아니, 이유는 알았다.

모든 것을 잃었다. 잃었다고 생각했다. 자신이 엄마를 떠밀어 만들어 낸 결과가 모든 것을 망가트렸다고 생각했다.

그러나 하나는, 적어도 눈앞에 있는 한 사람은 아니라고 말해 줬다.

네 잘못이 아니라는 것을 넘어, 네 덕이라고 말해 주고 있다.

"그러니까, 어……."

가치. 아주, 아주, 작은 가치라고 할지라도.

그래도, 네가 잘했다고.

뚝, 뚝, 떨어지는 눈물을 두 손으로 받아 내며 얼굴을 가린 랑세를 향해 케일은 가볍게 고개를 숙였다. 그리고 조심스레 자리를 비켜 방을 나간다.

그가 나가는지도 모르는 랑세는 그저 얼굴을 가리고 고개를 숙였다.

"랑세 씨……."

와렌은 어깨를 들썩이는 랑세를 가만히 감싸 안았다. 꿈속에서 무슨 일이 있었는지 모르지만, 오랜 기억 속에 무슨 일이 있었는지 모르지만, 늘 우리를 안아 주던 당신을 이제는 우리가 안아 줄 시간.

미움은 여전히 먼 밤이 지나간다.

말을 전해 주세요

랑세는 품에 든 서류 봉투를 내려다보았다. 오늘 어쩌다가 1급 서기관님께 불려 가 받은 물건. 까마득한 상사가 부른다는 건, 아무것도 아닌 막내 문관을 부른다는 건, 그저 일을 위해 서임을 익히 알고 있었으나 이런 일일 줄은 몰랐다.

랑세는 한숨을 푹 내쉬었다. 다시 출근한 지 보름밖에 안 지났는데.

"케일 씨."

랑세는 분연히 아파트 문을 열고 여전히, 늘 그렇듯이 무심한 얼굴로 책을 읽고 있는 케일을 불렀다. 케일은 지난번 자신과 엄마의 만남을 들은 뒤로도 태도가 썩 변하지는 않았다.

"왜?"

딱 필요한 만큼의 친절. 그럼에도 그 친절을 알고 있기에, 그가 한결 편하고 가깝게 느껴졌기에 랑세는 설핏 웃고 말았다.

여하간 랑세는 품에 안고 있던 서류를 케일에게 넘겼고, 케일은 설명 따위 기다리지 않고 알아서 봉투를 열고 서류를 꺼내 읽기 시작했다. 그런 케일의 모습을 지켜보던 랑세는 뒤돌아 계단 앞에 서서 숨을 크게 들이쉬었다.

두근두근, 일은 귀찮지만, 이건 기대된다. 두근두근, 랑세는 있는 힘껏 배에 힘을 주고 우렁차게 외쳤다.

"집합!"

아, 정말 솔직히 이거 꼭 해 보고 싶었어.

"아, 뭐야, 문관이었어?"

"랑세 씨? 갑자기 집합이라니요?"

랑세가 아파트 사람들을 불러 모으자, 이번에는 어느 놈이 뭐 때문에 불렀나 싶어 배 긁적이며 나오던 마법사들은 기세등등한 랑세의 모습에 눈을 동그랗게 떴다.

"회의실로 들어가세요. 공지할 게 있으니까요."

얼른얼른, 랑세가 등을 떠미는 사이, 케일이 한숨을 내쉬며 서류를 챙겨 일어났다.

"과연 집합거리다."

"뭐, 전 쓸모없는 일로는 이거 안 써먹고 싶었어요."

아니면, 내 일을 떠넘길 때 써먹거나. 랑세는 그 말은 꿀꺽 삼켰다.

케일은 랑세를 힐끗 한 번 보고 회의실로 향했고, 얼마 지나지 않아 스테인이 내려왔다.

"무슨 일이십니까?"

랑세는 여상히 묻는 그의 모습을 잠시 바라보았다. 미움. 미워하라는 말. 여전히 아무것도 못 하는 자신에게 속박이 되거나 혹은 자유가 될 말.

랑세는 음, 하고 잠시 침음을 삼켰다가 살짝 미소 지으며 스테인과 함께 회의실로 향했다. 어차피 지금 생각할 문제는 아니니.

"올 사람 대충 다 온 것 같은데 이만 시작할게요."

랑세가 케일 옆에 적당히 자리 잡고 서서 그리 말했지만, 웅성거리는 회의실의 소란은 가라앉지 않았다. 쟤 뭐 때문에 불렀대, 무슨 일이야, 뭐지, 뭐지, 하는 자기들끼리의 잡담만 이어 갈 뿐이다. 그리도 궁금하면 입 좀 다물어 줄 것이지. 와렌만이 불안한 눈으로 두 주먹 꼭 쥐고 랑세를 볼 뿐이었다.

"우리 아파트에, 새 입주민이 올 겁니다."

랑세가 조금 소리를 높여 말했지만 마법사 놈들은 그게 집합까지 할 일이냐, 네가 왜 집합을 시키냐, 하며 항변할 뿐이었다. 랑세는 팔짱까지 끼고 다시 외쳤다.

"외국인이에요."

순간 회의실에 침묵이 내려앉았다. 랑세는 거만하게 턱을 들고 덧붙였다.

"외국 마법사, 망명한 마법사가 왕국 생활 적응을 위해서 한

동안 우리 아파트에 머물 거예요."

사실 마법사가 다니는 학교가 대체로 거기서 거기인지라, 도제 제도로 훈련받은 마법사가 아닌 바에야 어차피 지겨운 얼굴들이었다. 그런데, 신선한 입주민. 그것도 외국인.

하지만.

"아, 아니 뭐, 그래 봐야, 입주민 새로 오는 거고, 그게 집합할 거리까지 되나?"

침묵이 괜히 부끄러웠는지 누군가가 틱틱거리며 말을 꺼냈다.

랑세는 당황했다. 이런 반응, 기대하지 않았는데. 막 설레서 알아서 그 사람을 돌볼 거라 나서기를 바랐는데.

"웃뭉난."

그때, 케일이 새로 올 마법사의 이름을 읊었다. 그래도 청중은 그래서 뭐 어쩌라고, 하는 반응. 케일은 서류를 툭툭 치며 앞으로 내밀었다.

"우리식으로 읽으면 우스무우눈."

다시 침묵. 랑세도 침묵. 아니 뭐, 그 이름 우리식 철자로 읽으면 뭐가 달라지나? 그놈이 그놈인데.

그러나 침묵은 곧 깨졌다.

"우스무우눈?"

"꺄아아악!"

"그, 그, 그, 그 사람이 온다고요? 망명? 아니, 왜? 진짜?"

"정말? 만세! 나 그 사람 책 있어요! 초판본! 사인 받을 거야!"

"우와와와아! 그 사람, 진짜 사람이야? 나 그 사람 신인 줄 알았어!"

침묵을 지키는 것은 랑세뿐이었다. 마법사들은 모두 소리소리 지르며 열광했다. 선배, 선배, 선배, 총관, 그래서요, 왜 와요, 어떻게 오는데요, 평소라면 케일의 열 걸음 안쪽으로는 발도 옮기지 않을 놈들이 덮칠 듯이 달려들었다.

"나한테 왜 묻나?"

다만 케일은 그런 놈들을 한 손으로 해치울 수 있는 사람이었을 뿐. 그가 손을 한 번 흔들자 획, 하고 어디선가 바람이 나와 놈들이 우르르 떨어졌다. 비유가 아니라, 진짜로.

마법사들이 끙끙거리면서 자리에서 일어나는 사이, 랑세는 정신을 차려 다시 흠흠, 목소리를 가다듬고 배에 힘을 줬다.

"정치적 이유로 망명이래요. 그쪽 정치계랑 사이가 안 좋아져서 생명의 위협을 느끼고 망명 왔대요. 유명하신 마법사니까 우리 왕국에서는 당연히 환영했고요. 생활이랑 마탑 적응을 위해서 한동안 우리 아파트에서 머물 거니까, 여러분들이 도와주셔야 해요. 마침 지난달에 나가신 분이 있어서 공실이 생긴 거니까."

솔직히 랑세는 웃뭉난이 유명 마법사인지는 전혀 몰랐다. 그저 마법사들의 반응을 보고 유명하겠거니 했을 뿐이다. 아, 물론 그 사람이 유명한 마법사인가요, 하고 묻는 우를 범하지는 않았다. 그랬다가는 어떻게 그걸 모르냐며 그 사람에 대해 내내 설명을 들었을 테니까. 경험이란 이토록 무서운 법이다.

"그런데, 우리는 좋지만 그걸 왜 네가 말해?"

문득 아미아가 그리 묻자 랑세는 허허, 모든 것을 내려놓은 웃음을 지었다.

"외무부 인사과가 제가 마법사 아파트에 산다는 걸 서기관님께 알렸죠."

아, 하는 공관 생활을 해 본 이들의 입에서 순간적인 탄식이 짧게라도 터져 나왔다. 아니, 꼭 공관 업무가 아니더라도 마탑에서도 있을 만한 일. 그러나 원치 않은 일. 세상에, 퇴근 후에도 직장 일에 관여해야 한다니.

"저더러 내일 웃뭉난 씨를 아파트로 모시고 가고, 입주민분들께 소개하라고 했는데……."

랑세는 최대한 흐뭇한 미소를 지으며, 믿음직스러운 아파트 주민들을 돌아보았다.

"제가 소개할 것도 없이 여러분들이 알아서 다 잘하실 것 같네요. 우리 왕국 마법사들의 친절함을 보여 주셨으면 좋겠어요. 그 마법사님께요."

랑세의 말에 마법사들은 오오오, 하고 힘차게 외쳤다. 그래, 우리 할 수 있어, 해낼 수 있어, 일을 분담하자, 총관, 어느 방으로 가나요, 뭘 도와 드려야 하죠. 알아서 난상 토론이 벌어졌고 랑세는 안도의 한숨을 내쉬었다. 아싸, 이제 난 끝. 손 뗀다. 내일 여기까지 데려오기만 하면 일 없다.

랑세는 헤헤, 하고 만족스러운 웃음을 짓다가 서류를 뒤적거리는 케일과 눈이 마주쳤다. 케일은 랑세가 무슨 생각을 하는지 알고 있다는 듯 픽, 하고 웃었다.

"왜요?"

그 웃음이 꼭 네 인생 네 마음대로 될 것 같으냐고 비웃는 것 같아, 랑세도 꽤 삐딱하게 물었다.

"저놈들이 알아서 잘할 것 같나?"

아차, 일을 떠넘기기만 했지 잘할지 못할지는 생각도 안 했구나.

"조, 조금만 후배들을 믿어 보시면 안 되나요?"

그래도 랑세는 고집스럽게 마법사들을 믿고 싶었다. 믿음은 하나도 귀찮은 일이 아니니까.

"인사과에서 네 정보를 바로 서기관에게 알려 줬다 했지? 앞으로 우스무우눈의 안부는 네게 묻겠군."

아차, 그저 떠넘기겠다는 생각에 이것도 떠올리지 못했다. 랑세는 일을 분배해 주는 스테인의 뒷모습을 보며 불안에 떨었다. 싫어, 집에서도 일하기 싫어.

"믿을 거예요. 믿고 싶어요. 아니, 믿고 있어요. 저는 우리 주민들이 독립적이고 알아서 잘하는 훌륭한 마법사라는 걸 믿어요."

케일은 랑세의 절박한 한마디에 답 없이 일어나 회의실 밖으로 나갔다. 그러자 랑세는 더더욱 불안해졌다. 제발, 부탁해요, 여러분! 여러분을 믿어요. 시끌시끌, 와글와글, 소란스러운 회의실에서 랑세는 홀로 두 손을 꼭 쥐고 기도했다.

물론 지극한 믿음이란 늘 배신당하기 마련이다.

그래도 주민들에게 배신감은 안 느꼈다. 믿음을 와장창 박살

낸 것은 그 망명 마법사였으니까.

이튿날 랑세는 다시 한번 서기관의 방에 불려 갔다. 어쩐지 높은 사람의 방에 가기 전에는 긴장이 되어 옷의 주름도 한 번 펴게 되고 머리도 손 갈퀴로나마 다시 빗게 된다.

서기관의 방 문을 두드려 출입을 허가받고 조심스레 들어가자 서기관과 낯선 얼굴이 있었다. 바로 알아봤다. 저 사람이구나, 웃뭉난 마법사. 당연히 얼굴 따위 알 일 없었으나 펄럭거리는 소매가 있는 옷 덕분에 알아본 것이었다.

"대민지원과의 랑세 엔나입니다. 찾으셨다고 들었습니다."

"아, 이리 오게."

서기관은 손짓으로 랑세를 불렀다. 저 인간은 사람이 왔는데 앉으라는 소리도 안 하네. 물론 랑세는 앉기도 싫고 얼른 이 마법사를 데리고 나가고 싶었지만, 기분 문제라는 것이다, 기분 문제.

힐끗, 랑세는 마법사의 얼굴을 훔쳐봤다. 그리고 자기도 모르게 헉, 하고 숨을 들이켰다.

잘생겼다. 진짜 잘생겼다. 저 파란 눈부터 시작해서 부드러운 피부, 균형 잡힌 턱 선, 오똑한 코와 붉은 입술, 새침하게 솟은 눈. 꿀꺽, 랑세는 저도 모르게 침을 삼켰다.

"이쪽이 아파트에서 안내를 맡아 줄 우리 외무부 직원입니다."

서기관의 설명이 아니었다면 랑세는 홀린 듯 웃뭉난을 바라보고만 있었으리라. 자신이 어디 있는지 퍼뜩 깨달은 랑세는 흠흠, 괜히 헛기침을 한 번 하며 웃뭉난에게 고개를 꾸벅 숙였다.

　"랑세 엔나입니다. 잘 부탁드려요."

　랑세의 말에 웃뭉난은 눈을 조금 크게 떴다가 가볍게 미소를 지었다. 그 미소에 꽃잎이 날리는 환상이 보이는 것 같았다.

　"우리말 잘하시는군요."

　외무부 문관들은 대부분 외국어 능통자이니만큼 랑세의 실력이 특별할 것은 없었다. 그저 첫 만남의 분위기를 위한 배려라고 하더라도, 잘생긴 사람이 말하니 어쩐지 진짜같이 들렸다.

　"감사합니다. 잘 부탁드릴게요."

　흥분해서 잘 부탁한다는 말을 두 번이나 한 줄도 모르는 랑세였다. 웃뭉난은 자리에서 일어나 랑세의 손을 붙잡았다. 그때까지도 랑세는 얼굴에 홀려 무슨 일이 일어나는지 몰랐다.

　쪽.

　웃뭉난이 손등에 입을 맞추자 그제야 랑세는 정신이 번뜩 들었다. 본능이 저 새끼를 매우 쳐라, 하며 발차기를 준비했으나 이성이 그 발을 내리게 했다.

　사람이 외국어를 배울 때는 단순히 언어만 배우지 않는다. 자연스럽게 그 나라의 예의라든가 인사법 등도 함께 배우게 된다. 웃뭉난의 나라에서는 여자에게 인사할 때 예의로 손등에 입을 맞춘다는 것이 떠올랐던 덕에 서기관 앞에서 정치 망명객을 쥐어 패는 사태는 피할 수 있었다.

랑세는 조심스럽게 손을 빼고 어색하게 웃었다.

"저기, 여기에서는 이런 인사가 오해를 살 수 있으니 부디······."

"어허! 거기! 그 무슨 건방진 말인가!"

있을 수 있는 일이다. 망명한 지 얼마 안 된 사람이 해당국의 예를 잘못 알아 실수하는 것은. 그래서 그런 예의, 여기에서는 어울리지 않는다고 좋게 좋게 말하려 했다.

하지만 그런 랑세를 막은 것은 서기관이었다. 서기관은 랑세에게 버럭 외쳤다.

"이분이 그럴 수도 있지, 어디 감히!"

야이씨, 하고 욕과 함께 주먹을 휘두를 생각도 나지 않았다. 하도 어이가 없고 기가 차서 할 말을 잃은 것이다. 랑세는 눈만 댕그랗게 뜨고 껌뻑였다.

"소개는 받은 것 같은데 그만 나가 보겠습니다."

그때 웃뭉난이 슬그머니 끼어들어 서기관을 향해 빙그레 웃으며 말했다. 아아, 네, 물론이지요, 하고 서기관이 굽실거리며 답했고, 웃뭉난은 서기관실을 나갔다.

랑세는 지금 무슨 일이 벌어졌나 상황 파악이 안 된 채 홀린 듯 웃뭉난을 따라가려 했다. 그때, 서기관이 랑세의 어깨를 붙잡았다.

"랑세라고 했나?"

"예?"

"저분에게 극진히 대해. 저분이 지금 우리 왕국에 얼마나 중요한 분인 줄 알아?"

아니, 그렇게 중요한 분을 왜 마법사 아파트에 묵게 하는 거죠. 랑세는 그 소리를 입 밖에 내지 않았으나 서기관은 네 생각 따위는 알 만하다는 듯 바로 답을 해 줬다.

"국왕 전하께서도 저분을 왕궁이나 귀족 저택에 머물게 하고 싶었다고! 자네 같은 어설픈 관리와 마법사 아파트 따위에 맡기는 것이 아니라!"

아, 네. 그렇게 해 주셨다면 저도 좋았을 텐데요.

"그런데 저분이 우리나라 마법사들의 실상을 알고 싶다고 굳이 굳이 고집, 아니, 주장을 하신 거라 어쩔 수 없었네. 알겠나?"

"네에."

모르겠지만 일단 답은 했다.

"저분 심기를 거스르는 일이 생기면 아주아주 큰 문제가 발생할 거야."

"문……제요?"

아니, 왜, 무슨 문제.

"작게는 외교 충돌. 크게는 전쟁."

"네?"

"알겠나? 자네의 임무는 아주 막중해!"

어물어물, 랑세는 아무 말 못 했다. 실은 아무 생각이 안 났다. 그저 벌겋게 달아오른 서기관의 얼굴이 가까이 다가올수록 꼴 보기 싫다는 생각뿐이었다.

"저기, 어디로 가야 합니까?"

그때 웃뭉난이 다시 문을 열고 들어오자, 서기관은 허허, 자애로운 웃음을 지으며 랑세의 어깨를 꼭 붙들어 뒤돌아서게 했다. 등도 가볍게 한두 대 팡팡 치면서.

"이 친구가 모실 겁니다."

그러고서 서기관은 이를 악물고 랑세에게만 들리게 잘해야 한다, 하고 중얼거렸다.

"아, 네, 이쪽으로 오세요."

랑세는 서기관의 협박을 뒤로하고 웃뭉난을 마차가 준비된 곳으로 안내했다.

술렁술렁, 웃뭉난이 복도에서 걸음을 옮길 때마다 여자들뿐만 아니라 남자들의 고개도 힐끔힐끔 돌아갔다. 저 복장 보면 마법사인 거 뻔히 알 텐데도. 평소에 마법사라면 흰 눈 뜨는 이들이 저러고 있는 꼴을 보자니 랑세는 괜히 심술이 났다. 어쩌면 괜한 심술이 아닐지도 모른다. 사실 직장 일과 관련이 되면 천하 없는 미남이라도 소용없는가 보다.

'랑세, 남자는 잘생겨야 한다?'

'엄마, 잘생기면 바람피운다던데?'

'아니야. 못생기면 꼴값, 잘생기면 얼굴값 해. 어차피 그럴 거 잘생긴 게 낫지 않니?'

엄마와 무기를 정리하던 어느 날 밤, 농담같이 하던 대화가 떠올라 랑세는 저도 모르게 피식 웃었다. 그래, 직장 일인데 기왕 잘생긴 사람과 하면 낫겠지.

"자."

짐을 실은 마차 앞에 도착한 웃뭉난이 랑세에게 손을 내밀었다. 랑세는 손 한 번, 웃뭉난의 얼굴 한 번 바라보았다. 웃뭉난은 빙그레 웃었다.

"이것도 여기 없는 예절인가요? 제 손 잡고 마차에 타시라는 뜻입니다."

"아아, 네. 감사합니다."

없는 예절은 아니다만 합승 마차나 타 봤지, 개인 마차를 타 본 적 없는 랑세로서는 처음 겪는 일이긴 했다. 랑세는 조금 주춤거리다가 웃뭉난의 손을 잡았다. 웃뭉난의 손은 크고 따뜻했다. 그래, 잘생긴 데다가 친절하니까, 그냥 직장 일보다는 조금 나을지도 몰라. 애써 그리 생각하기로 했다. 랑세가 마차에 올라타는 것을 확인하고 나서야 웃뭉난은 마차에 올라탔다.

"출발합니다."

마부가 출발을 알리고, 외무부에서 특별히 내준 마차가 조심스럽게 움직이기 시작했다. 귀빈이 좋긴 좋네. 이런 마차도 타 보고. 내부도 널찍하잖아.

다그닥다그닥, 마차가 움직이는 사이 웃뭉난은 창밖을 조금 보다가 흥미 없다는 듯 심드렁한 표정으로 고개를 돌렸다. 꼼지락꼼지락, 손가락 장난을 몇 번 치다 이번에는 랑세에게 고개를 돌렸다. 힐끗힐끗, 그를 훔쳐보던 랑세와 눈이 마주쳐 버렸고.

그는 당황한 랑세를 향해 빙그레 웃었다.

"지금 가는 곳이 마법사 전용 아파트라고 했지요?"

"아, 네."

"어쩌다가 문관인 랑세 양이 그 아파트에 머물게 되었는지 궁금합니다."

아파트에 도착하기 전까지 어색하게 시간을 보내지 않을 만한 이야깃거리인지라 랑세는 웃으며 재개발 이야기와 강제 배정 이야기를 꺼냈다. 흥미롭게 듣던 웃뭉난은 랑세의 이야기가 끝나자 크게 웃었다. 아이고, 잘생긴 데다 웃기까지 하니 정말 세상이 훤하네.

"좋은 이야기입니다."

"네?"

좋은 이야기라고 할 것까지 있나?

"그런 일이 아니었다면 랑세 양을 만나지 못했을 테니 말입니다."

뭐? 랑세가 어버버, 하는 사이 웃뭉난의 손이 슬금슬금 기어와 랑세의 손등을 덮었다. 뭐지, 이거. 당황하는 순간 웃뭉난의 손은 빠져나갔다. 그야말로 만나서 반가워라고 할 수 있는 악수 정도였나.

그런데, 뭔지 모르게 등골이 싸한 것이 기분이 영 좋지 않았다. 이게 말로만 듣던 추행인가 싶기도 한데, 또 애매하여 뭐라고 말하지 못할 정도.

랑세는 좋지 않은 기분으로 그의 눈을 바라보았다. 싱글거리며 랑세를 바라보는 바다같이 푸르고 맑은 눈이, 순진해 보이는 눈이 그럴 것 같아 보이지는 않았다.

'랑세, 사람의 눈이 진실하다고 하지만 의외로 그렇지 않아. 인상이 좋다고 모든 것을 믿지 말렴.'

엄마의 말이 떠올랐다. 이제는 웃뭉난의 얼굴이 홀릴 듯 잘

생겨 보이지 않았다.

'저분 심기에 거슬리는 일이 생기면 아주아주 큰 문제가 발생할 거야.'

거기에 서기관의 말이 더해지니, 정말이지 부담스러운 얼굴이 되고 말았다.

랑세는 손을 무릎 위에 올리고 그냥 대강 고개를 끄덕이며 네, 하고 말았다. 그런 랑세를 향해 웃뭉난은 웃기만 했다. 어차피 아파트까지는 가깝고, 웃뭉난을 위대하게 생각하는 마법사가 아파트에는 득실득실하니까 그들에게 떠넘기면.

"아."

랑세는 순간 부끄러웠다. 귀찮은 걸 떠넘기는 건 그렇다 치더라도, 위험한 걸 떠넘길 생각을 하다니. 그러나 어쩌란 말인가. 무섭고 위험한 건 사실인데. 으음, 신음을 삼키며 아파트 안의 사람들을 떠올렸다. 케일과 리엔, 아미아.

아, 하고 다시 랑세는 감탄사를 내뱉었다. 되었다. 이 얼굴을 떠올리니까 그래도 안심이 된다. 이 사람들이 나서면 어쩐지 국가 간의 전쟁은 발발할지 몰라도 개인이 피해 입진 않을 것 같다. 그리고 전쟁 발발 원인은 저 사람들에게 떠넘기면 될 터였다.

아무래도 자신이 많이 놀란 듯했다. 이따위로 생각이 제멋대로 흘러간 것을 보면.

"자아, 도착했습니다."

마부의 안내가 없어도 도착을 알았을 터였지만, 랑세는 군

말 없이 폴짝 마차에서 뛰어내렸다. 웃뭉난의 손을 다시 잡고 싶은 생각 따위는 없었으니까. 웃뭉난은 그런 랑세의 뒷모습을 지긋이 바라보다 피식 웃으며 마차에서 뛰어내렸다.

그 순간.

퍼엉! 펑펑펑펑!

여기저기서 불꽃이 팡팡 터졌고 랑세는 비틀, 첫날처럼 놀라 자빠질 뻔했지만, 그래도 아파트에 오래 살았다고 넘어지지는 않았다.

"환영합니다!"

"어서 와요!"

피유유, 피유유, 노을 저물어 가는 오후의 하늘에 푸른색 불꽃이 예쁘게 웃뭉난의 이름을 수놓으며 그를 환영했다. 웃뭉난은 잠시 놀란 듯 눈을 깜빡였지만, 곧 익숙한 듯 손을 흔들어 화답했다.

"꺄아아악!"

"와아아악!"

그에 또 아파트 주민들은 소리소리 질렀다.

난리도 아니네. 랑세는 심드렁하게 그 모습을 바라보다, 문득 관리사무실에서 여전히 책을 펴고 앉아 있는 케일을 발견했다. 안심이네, 저 사람이라도 차분해서.

"자, 이분이 웃뭉난 씨예요. 여러분, 잘 부탁드려요."

랑세는 환영하러 뛰쳐나온 마법사들에게 웃뭉난을 대충 소개했다. 우르르, 그의 주변으로 마법사들이 몰리고, 웃뭉난은 그런 마법사들을 일일이 상대했다.

휴, 어쨌든 끝. 다 큰 성인이니 이제 알아서들 하겠지. 이상한 사람이란 건 나중에 여자 마법사들에게만이라도 알리고.

랑세는 엄마에게 배운 기척 숨기기를 사용하여 스르륵 인파 속에서 사라지려고 했다.

"랑세 양!"

그런데 수련이 부족했나 보다. 웃뭉난은 마법사들 사이에 불쑥 솟아 나온 작은 머리통을 놓치지 않았다.

"네, 네?"

"어디 가십니까?"

"아, 어, 마법사분들끼리 친교의 시간을 드리고자, 어…….."

웃뭉난은 눈썹을 둥글게 만들어 웃었다.

"그러니 계셔야지요."

"네? 전 마법사도 아닌…….."

"통역."

뒷걸음치던 랑세의 발걸음이 딱 멈췄다.

그는 다시 한번 웃었다.

"통역 부탁드려요, 랑세 양."

랑세는 주변의 마법사들과 웃뭉난을 바라보았다. 마법사들은 몹시 곤란한 얼굴이었고, 그는 여전히 웃는 얼굴이었다. 웃뭉난은 어깨를 으쓱였다.

"여기 말, 하나도 모르거든요. 이쪽 분들도 마찬가지인 거 같지만."

야이씨, 랑세는 이를 꽉 물어 욕이 튀어나오려는 것을 막았다. 고난의 시작이었다.

"그건 오로토이세에서 발전시킨 것이지요."

랑세는 외국어를 잘하는 편이지만, 그것이 곧 전문 통역가의 역할을 잘할 수 있다는 의미는 아니다. 랑세는 방금 웃뭉난이 한 말을 이해했지만, 옮길 수 있을 만큼은 아니었다. 아니, 아니, 그것조차 아니다. 사실을 말하자면 뭐가 뭐에서 발전했다는 문장 뜻만 알아먹었지, 이해하지는 못했다. 마법 따위 하나도 모르니까.

"그거는 오로토이세에서 발전한 거래요."

그래도 웃뭉난 주변에 우글우글 모여 있는 마법사들에게 들린 만큼의 말을 옮겨 주었다.

스테인이 웃뭉난에게 방과 아파트를 안내해 주는 내내 곁에서 통역해 주고, 아파트 마법사 녀석들의 재촉으로 회의실에 앉아 친교의 시간을 보내는 동안에도 통역해 주었다. 그러다 보니 입 안이 바싹바싹 말랐다.

"오로토이세가…… 뭐죠?"

아아, 또다. 랑세는 진저리 치는 얼굴로 종이를 웃뭉난에게 내밀었다. 저놈의 마법과 관련된 개념만 나오면 옮겨 줄 수가 없었다. 저 나라와 이 나라가 쓰는 개념이 달라서 발생할 수 있는 일.

"또야?"

"아휴, 왜 말은 하면서 그걸 몰라."

야이씨, 랑세는 욕이 튀어나오려는 것을 구깃구깃 입 속으로 구겨 넣었다. 웃뭉난만 아니었으면 탁자를 엎었으리라. 하여간 외국 말 한마디도 못하는 것들이 뭘 모르지.

흥, 랑세는 콧방귀를 뀌고 이를 닥닥 갈며 말했다.

"아까부터 말했잖아요. 제가 아는 건 외국어지, 마법어가 아니라고요. 아, 내 통역 답답하면 여러분들이 배우시든가."

빈정빈정, 피곤과 짜증으로 목소리에 빈정거림이 한껏 묻어나자 마법사들은 입을 꾹 다물었다. 흥, 아쉬운 건 자기들이면서.

"여기요."

웃뭉난이 방금 말한 오로토이세를 문자로 적어 내밀자, 마법사들이 우르르 다시 몰려들었다.

"오, 오, 올토세?"

"아아아! 올토세였구나. 그게 올토세에서 발전되었다고!"

정말 정말 다행인 것은, 여기나 저기나 문자는 같은 걸 쓴다는 것이다. 마법 관련 단어의 경우 대부분 우리식으로 읽으면 저기 저 감탄을 연발하는 마법사 놈들이 알아는 봤다.

"그럼 그게 올토세식으로 진을 짜도 발현되는 건가요?"

랑세는 지끈거리는 관자놀이를 꾹꾹 눌러 가며 최대한 비슷하게 웃뭉난에게 말을 옮겨 줬다.

랑세가 통역 일을 처음 해 본 것은 팔렝에 살 때, 국경선을 넘어온 외국인이 마을 잡화점 아저씨에게 무언가를 대량으로 구매할 때였다. 그때는 일상용품에 관한 이야기였기에 이렇게 어렵지 않았다. 거기에, 이렇게 장시간 이야기하지도 않았고.

퇴근해서 지금까지 계속 곁에 붙어 앉아 말을 하니 머리가 어질어질하다. 먹은 것이라고는 마법사 놈들이 웃뭉난에게 대접한답시고 내놓은 과자뿐이고.

꾸르르륵.

그 순간 랑세의 배에서 커다란 소리가 울렸고, 랑세의 얼굴이 확 달아올랐다. 시끌벅적하던 회의실에도 침묵이 내려앉았고. 아이씨, 랑세는 주먹을 꾹 쥐었다. 누구 한 대 치고 싶다. 창피해서.

그때, 웃뭉난이 피식 웃는 소리가 들렸다. 아, 아, 아, 슬프다. 저 새끼를 칠 수 없는 상황이.

"저런. 저는 서기관과 이른 저녁을 먹어 랑세 양이 배고플 거라고는 생각도 못 했네요."

상큼하게 웃는 게 꼴 보기도 싫다. 생각하고 살아라, 이놈아. 배고픈 랑세의 눈이 보통이 아니었는지, 웃뭉난은 잠시 움찔한 듯했다.

"저도 피곤하니, 오늘은 이만하도록 하죠."

"아. 피곤하시니 그만하시겠답니다."

"아우, 네, 네. 쉬셔야죠."

"고맙습니다."

이런 인사까지 전해 주지는 않았다. 분위기상 이 정도는 알아서 듣겠지. 랑세는 주린 배를 감싸고 일어났다. 이제 부엌 가서 뭐든 먹자 싶어서.

그런데.

"랑세 양, 오늘 고마웠습니다. 내일도 부탁드립니다."

그 말에, 내일도 부탁한다는 말에 화가 나는 것이 아니었다. 수고했다고 어깨를 두들겨 주는 듯 미묘하게 목덜미를 스쳐 지나가는 손길에 랑세가 고개를 확 돌렸으나, 웃뭉난은 이미 자리를 피한 이후였다. 손까지는 친교의 의미로 어떻게든 이해했다. 그런데, 목덜미라니.

그러나 잠시 당황한 사이에 웃뭉난은 이미 사라진 상태였고, 다른 마법사들도 랑세더러 수고했다는 말 한마디씩 던지며 회의실을 빠져나갔다.

잘못 알았나.

아니, 잘못 안 것이면 좋겠다는 기분이었다. 랑세는 소름이 오스스 돋은 팔을 쓸며 일단 부엌으로 가기로 했다. 저놈을 어떻게 하려고 해도 일단 배가 불러야 할 것이다.

"랑세."

회의실 앞에는 아미아가 있었다. 의외로 아미아는 회의실에서 웃뭉난에게 큰 관심을 보이지 않고 턱을 괸 채로 사람들을 관찰하고 있을 뿐이었다. 시큰둥하던 사람이 왜 여기 있담.

"왜요? 저 배고파요. 다음에 이야기해요."

이러거나 말거나 일단 뭐라도 좀 먹고…….

"우스무우눈 저 새끼가 네 목덜미 만진 거 아니었어?"

랑세의 눈이 동그랗게 떠졌다. 그것으로 대답은 충분했기에 아미아가 무척이나 화난 얼굴을 했다.

"내 이 새끼를 지금 당장⋯⋯."

"자, 잠깐만요!"

랑세가 당장이라도 계단을 뛰어올라 가려는 아미아의 허리를 붙들었다. 꽉 잡는 힘이 보통이 아니었기에 아미아는 버둥거리다 멈췄다.

"왜? 왜? 왜?"

"아니요, 그게 여러 가지로 문제가 있어요."

"무슨 문제? 저런 새끼한테는 본때를 보여 줘야⋯⋯."

"아아앗! 전쟁이 날지도 모른다고요!"

랑세의 말에 아미아가 입을 벙긋벙긋한다.

꼬로록.

그리고 다시 울린 랑세의 처절한 배 속 외침.

"⋯⋯뭐 좀 먹으면서 설명해 드릴게요."

"⋯⋯어, 그래."

"그러니까, 서기관이 저 새끼 심기를 거스르지 말라고 그랬다고?"

끄덕끄덕, 입에 먹을 것을 가득 집어넣은 채였기에 랑세는 고개만 끄덕였다.

"서기관 그 새끼가 저런 짓까지 허락했다는 뜻이야?"

랑세는 고개를 끄덕이려다가 멈칫했다. 심기를 거스르지 말라는 것이 잘해 주라는 뜻이긴 하다만, 그야말로 애매하기 때문이다. 랑세는 씹던 것을 꿀꺽 삼키고 입을 열었다.

"그건 아닌데요……."

"그럼 한 대 쳐 버려. 아니, 작살을 내 버려."

"아니, 하지만……."

아미아는 눈살을 찌푸렸다. 의외로 화끈한 성정인 랑세가 자꾸 저렇게 위축되는 것 자체를 이해 못 하는 듯했다. 랑세는 골치가 아파 머리를 꾹꾹 눌렀다.

"아무래도 애매하기도 하고. 솔직히 아까 저기서도 저 만지는 걸 본 건 아미아 씨뿐이었잖아요."

"그게 중요해?"

"중요해요. 재판 과정 같은 것도 그렇고……."

랑세는 시험 때문에 익혔던 법전의 내용을 떠올리며 웅얼거렸다. 그러다 한숨을 쉬었다. 재판은 무슨.

"나라에서 중요하게 여기는 사람을 벌하는 것과 언제든 잘릴 수 있는 문관을 처리하는 것, 어떤 게 쉬울 것 같아요?"

그제야 아미아는 랑세가 왜 그렇게 자신 없어 하는지 깨달았다. 아니, 너무 늦게 깨달았잖아.

아미아는 끄응, 하고 앓는 소리를 냈고, 랑세는 다시 한번 한숨을 내쉬었다.

"일단 저한테만 그런 것 같긴 한데, 혹시 모르니까 다른 분들에게 언질이나 주세요."

"너는?"

"네?"

"너야말로 저 새끼 안내니 통역이니 맡아야 하잖아?"

"어, 으."

진짜 다음에 그런 일 있으면 제대로 한번 항의해 볼까. 일을 저지르고 그다음에 어떻게든 해 볼까.

탕, 아미아는 탁자를 소리 나게 내리쳤다.

"다음에는 확 엎어! 그리고 뭐라고 하면 리엔 선배가 도와줄 거야!"

아니, 잠깐.

"아미아 씨가 아니라요?"

"야! 난 권력도 없고 힘도 없어. 마탑에서 수석 마법사도 하는 리엔 선배니까 문관네들이랑 싸움 붙어도 이겨 먹어."

"어, 으."

조직 생활이 길지 않았지만, 랑세는 그게 그렇게 쉽게 해결되지 않을 일이라는 건 알았다. 그리고 도움을 받고 싶은 생각도 크게 없었고. 그래도, 마음은 고마웠다.

"먹어, 먹어. 먹고 힘내야 그놈을 죽을 만큼 팰 수 있지."

랑세가 힘겹게 해 놓은 음식을 마치 제가 한 양 말하는 것은 우스웠으나.

"그런데 웃뭉난이 그렇게 대단한 마법사예요?"

기실 진짜 묻고 싶은 것은 다른 것이었다. 그토록 모두에게 우상인 사람이라면, 일개 이웃 문관보다는 그 마법사를 더 감싸게 되지 않을까. 아미아는 어깨를 으쓱였다.

"대단하다면 대단한 건데, 난 별로."

"네? 무슨 뜻이에요?"

아미아의 설명은 이러했다. 웃뭉난은 탁월한 이론가라고 한다. 보통의 마법사가 한두 분야만 자기 전공으로 선택하여 무슨 무슨 계라고 불릴 때, 웃뭉난은 다양한 분야에 재능이 있어 거의 모든 분야에서 뛰어난 마법 이론을 만들어 냈다고 한다.

"그런데 내 쪽 전공, 그러니까 원소계랑 전투계 이론도 만들어 놓은 걸 봤는데, 어, 별로."

"별로……였어요?"

"어. 이론 자체는 틀린 것도 없고 획기적이라면 획기적인데, 이쪽은 실제로 구현돼서 현장에서 얼마나 잘 쓰이냐가 문제거든. 그러니까, 비유하자면 모기 잡는다고 집을 다 태우는 격? 딱 이론만 아는 놈이 만들 만한 이론이었어."

뭔지 모르겠지만, 아무튼 별로라는 건 확실히 알아들었다.

"그래서 오늘 거기 앉아 있었던 것도 저 주둥아리로 뭘 말하려는지 좀 들어 보려던 거지, 뭐. 대단하긴 하지만, 썩 좋지는 않았어."

심드렁하게 말하는 아미아의 모습에 랑세는 왠지 모르게 안심이 되었다. 팔이 안으로 굽는다고, 마법사라고 감싸면 어쩔까 싶었는데. 어쩌면 아미아는 당장 눈앞에서 마음에 안 드는 꼴을 보았기에 저러는 것인지도 모르지만, 그래도 먼저 화내 주고 먼저 제 걱정을 해 주는 사람.

"왜?"

랑세가 묘한 눈으로 자신을 보자 아미아가 이유를 묻는다. 랑세는 피식 웃었다.

"그냥, 웃뭉난이 잘생겨서 쳐다보셨나 했죠."

"뭐?"

아미아의 얼굴이 형편없이 일그러지더니 아주 꼴 보기 싫다는 눈으로 랑세의 아래위를 훑어보았다.

"너 진짜 보는 눈 없구나?"

"네?"

어릴 때부터 미남을 보고 자란 자신에게 보는 눈이 없다니!

"와, 진짜, 너, 와······."

"왜요? 제가 뭐요?"

"와, 어떻게 그게 잘생긴 거냐? 어우, 그게 잘생긴 거면 스테인이나 케일은 야, 나라를 말아먹을 미남이겠다. 너 그 말 하고도 그게 입에 넘어가니?"

"아니, 두 사람이 잘생기시긴 했지만 계통이 다르잖아요, 계통이! 그리고 두 사람은 성격이 안 좋잖아요!"

"야! 별로인 성격으로 따지면 그 새끼가, 아우, 씨. 말도 하기 싫다!"

아미아는 진절머리를 치며 자리에서 일어났다. 웃뭉난이 잘생겼다는 말을 한 랑세와는 한 공간에 있기도 싫다는 듯. 인사도 없이 서둘러 가는 그 뒷모습에 랑세는 피시식 웃고 남은 음식을 입에 모두 넣었다.

짜증 나고 힘들고 또한 두려웠지만, 그래도 나쁘지 않게 마무리하는 하루였다. 누군가, 그게 아미아라도, 온전히 자신을 믿어 주고 지지해 준다는 것, 걱정해 준다는 것은 정말이지 나쁜 기분은 아니다. 아니, 나쁜 기분이 아닌 정도가 아니라 정말 편해지는 기분. 든든해지는 기분.

"아."

그러고 보니 그런 사람에게 고맙다는 말 한마디 못 했네. 조금 민망해졌지만, 그래도 늘 아파트 안에서 마주치니 언제고 고맙다고 말할 수 있겠지. 아니, 자기 전에 문을 두드려도 되겠지. 옆방이잖아.

"나도 메신저 하나 있었으면 좋겠다."

마법사가 부럽다고 생각한 적 없으나, 당장에 피곤한 자신 대신에 메신저를 보내 고맙다고 말할 수 있으면 좋을 것 같았다.

랑세는 피시식 웃으며 자리에서 일어났다. 이제 내일 일은 내일에 맡기고, 자자. 자야 내일을 맞이할 수 있지.

"음음, 아, 음, 아아악, 음음."

랑세는 이튿날 외출 준비를 하며 목소리를 가다듬으려 애썼다. 어젯밤 통역 때문에 하도 말을 많이 했더니 목이 완전히 가라앉았다. 생각해 보라. 친구와 일대일로 수다만 떨어도 적잖이 피곤해지는데, 일대다의 대화, 그것도 양쪽이 말한 만큼의 말을 해야 했는데 목이 안 쉴 리가.

랑세는 아침을 가능한 한 많이 먹었다. 그래야 어젯밤 같은 창피한 상황을 맞이하지 않을 테니. 식사도 하고, 잘 씻고, 잘 입고. 옷깃을 가다듬고 눈에 힘을 빡 줬다. 눈에 힘을 빡 준다고 세상이 바뀌는 것은 아니나 제 마음은 조금 든든해지는 법이니까.

"좋아, 가자."

랑세는 그리 외치며 방문을 열었다.

"엉?"

어쩐지, 문고리가 어쩐지 헐거운 느낌이다. 아니, 아니다. 잘 잠겨 있고 잘 조여져 있다. 그런데 뭔가 문이 가벼운 느낌이 났다. 문이 갑자기 가벼워질 리가.

제 잠이 덜 깼나 싶어 랑세가 고개만 갸웃거리며 걸음을 옮기던 차.

"마법."

세 걸음도 더 못 가고 다시 방문 앞으로 돌아왔다. 여기에, 그다지 의식한 적은 없지만, 보안 마법이 걸려 있었다. 자신은 마법 따위 모르고 느끼지도 못하지만 감이 몹시 안 좋았다.

"설마."

덜컥, 하고 겁이 났다. 그냥 예민할 걸까. 랑세는 입술을 깨물었다.

이 보안 마법, 케일 씨가 걸어 줬지. 가서 물어볼까, 혹시 보안 마법이 깨졌냐고. 묻는 것도 겁이 났다. 만일 아니라면, 너

예민하구나, 하고 타박이라도 한다면. 그럴 사람이 아니란 걸 알면서도.

아니, 아니야, 아닐 거야. 머리가 지끈거렸다. 눈에 힘 빡 주고 나온 보람이 없잖아. 랑세는 터덜터덜 걸음을 옮기다 옆 방문 앞에서 걸음을 멈췄다.

어젯밤 함께 분노해 준 아미아 씨. 아미아 씨도 마도구가 아니라 원소로 뭘 하는 계열에 전투계라고 했으니 알지 않을까. 랑세는 입술을 다시 깨물었다.

어쩐지, 누군가에게 뭔가를 부탁하는 건 어색하다. 누군가의 부탁을 들어주는 건 익숙한데. 이 아파트에 들어와서 마법사들에게, 그것도 아미아 씨에게 들들 볶인 걸 생각하면 이런 것쯤 쉬이 물어봐도 될 텐데. 랑세는 숨을 깊이 들이쉬었다. 안전과 관련된 거잖아. 이 정도는 물어봐도 될 거야.

똑똑, 하고 아미아의 방문을 두드리기도 전에, 벌컥 아미아가 나왔다.

"어, 왜?"

아미아는 랑세가 제 방문 앞에 있는데도 별로 이상하게 느끼는 것 같지 않아 보였다. 어쩌면 이게 아미아의 장점일지도.

"저기, 여쭤볼 게 있어서요. 제가 마법은 몰라서……. 아침부터 죄송하지만……."

"응? 뭔데? 나 어차피 나가려던 참이었어."

"아, 어, 그게……."

"너 와렌이랑 친해지더니 닮아 가니? 뭐 이리 더듬어?"

울컥, 랑세는 와렌을 욕하는 듯한 아미아의 말에 울컥해서 결국 쏘아붙이듯 말했다.

"아니, 미안해서 그렇죠."

"아, 질문인데 어때. 뭐 때문에 그러는데?"

친절한 건지 안 친절한 건지 모르겠다. 랑세는 입술을 삐죽 거리며 제 방문을 가리켰다.

"기분 탓인지 모르겠지만 제 방문이 오늘따라 엄청 가볍게 느껴져서요, 혹시 보안 마법이 깨진 게 아닐까 싶기도 해서 여쭤보려고요."

"응? 네 거 케일이 걸어 준 거잖아."

랑세의 말에 아미아는 성큼성큼 방문 앞에 다가가 이리저리 살펴보았다.

"허?"

아미아는 이상한 소리를 내며 톡, 하고 손끝으로 손잡이를 건드렸지만 아무런 일도 벌어지지 않았다.

"진짜 깨졌나 보네. 너 감 좋……."

아미아는 랑세의 감을 칭찬하려다 이를 악물었다.

"설마."

랑세의 불안과 같은 지점에 맞닿은 듯했다. 아미아는 이를 닥닥 갈며 다시 한번 문을 살펴보았다.

"흔적은 없어. 보안이 낡아서 깨진 것같이 보여. 그런데 케일이 몇 달 정도로 깨질 마법을 걸 리 없단 말이야."

으드득, 뿌드득, 랑세가 불안으로 떨게 되었다면 아미아는 분노로 떨게 되었다. 당장에라도 날아가 의심 가는 새끼 면상에 주먹이라도 갈기고 싶지만, 랑세가 걸리는 게 많았다. 아미아는 그녀답지 않게 겨우 화를 억누르며 메신저를 불러냈다.

"와렌 부르고, 리엔 선배 불러와."

"그 두 사람은 왜……."

새는 랑세를 향해 몇 번 푸덕거리다가 복도를 통과해 계단으로 날아갔다. 아미아는 이를 아득 물고 랑세에게 답했다.

"와렌이 문 고쳐 줄 거고, 리엔 선배에게는 사실을 알려야지."

"하지만……."

그때, 저쪽에서 기다란 족제비 한 마리가 달려왔다. 족제비가 랑세의 품에 반갑게 안기려는 순간, 아미아가 무언가 주문을 외워 족제비를 발치 이상으로 가까이 오지 못하게 했다.

"랑세 씨, 아래층에서 기다리고 있습니다. 늦으시네요."

그 새끼의 목소리였다.

랑세가 흠칫했다. 아미아는 이를 아득 물었고.

"가자."

"네?"

"메신저에게는 따로 메시지를 심상으로 보내면 되니까, 가자."

"어, 어딜요?"

"어디긴. 그 새끼가 너 못 건들게 내가 따라간다고."

몹시도 화가 난 아미아가 랑세의 손목을 꽉 붙들어 끌고 쿵쿵쿵 걸음을 옮겼다. 무척 거칠고 험악한 기세였지만, 랑세는 그 손길이 꼭 와렌의 손길 같았다. 0층까지 내려오는 동안 그 손은 떨어지지 않았다.

"아, 랑세 양."

문 앞에서 랑세를 기다리고 있던 웃뭉난이 반갑게 외쳤고, 랑세는 어색하게 웃으며 주변을 슬그머니 살펴보았다. 관리사무실 안의 케일은 여전히 책만 보고 있었고, 이른 아침이라 그런지 다른 이는 없었다.

"저기 저분은?"

그런 와중에 웃뭉난은 길쭉한 아미아의 모습이 눈에 바로 들어온 모양인지 소개를 부탁하는 모양새였다. 랑세가 아미아를 소개하려는 순간.

"아미아다, 나."

어어, 하며 랑세는 약간 당황했다. 분명 문법도 틀리고 발음도 어색했지만 웃뭉난의 나라말이었다.

"안녕하십니까?"

웃뭉난 역시 적잖이 놀란 듯했지만 자연스럽게 인사를 받았다.

"하다, 안녕. 함께 랑세와 마탑에 데려다주마."

아니, 대체 어디서 말을 배웠기에 저토록 오만한 말투를 사용하는가. 그런데 어쩐지 아미아에게 너무 잘 어울려 랑세는 이를 꽉 깨물어 웃음을 참으려 애썼다.

"아, 고맙군요."

"그리고 배워라, 너, 우리말."

"아, 아미아 씨."

랑세가 허리춤을 꾹 찔렀지만 아미아는 꿈쩍도 하지 않았다.
웃뭉난의 얼굴이 조금 굳었다. 그러나 그는 곧 활짝 웃었다.

"그럼요. 이제 여기서 자리 잡을 텐데 배워야죠."

"저, 저기 출발하지요."

"그래. 가자."

아미아가 랑세의 팔짱까지 꼭 끼고 웃뭉난 옆에 섰고, 웃뭉난은 랑세를 힐끔 살펴보았다. 마법사 둘에 문관 하나. 내국인 둘에 외국인 하나. 여자 둘에 남자 하나. 괴상하다면 괴상하고 평범하다면 평범한 조합이 문을 열고 마탑을 향해 갔다.

"마차 탈까요?"

랑세의 물음에 웃뭉난이 고개를 저었다.

"아니요. 이제 이곳 주변 길을 익혀야지요. 멀지 않다고 들었습니다, 마탑까지는."

하나가 의심되기 시작하니 다른 말도 같잖게 들린다. 어제 마차 안에서는 창밖을 심드렁하게 봤으면서.

어제 회의실에서는 수많은 마법사가 웃뭉난에게 궁금한 것을 묻느라 말이 끊긴 적은 없었다. 그러나 웃뭉난에게 물을 것이 없는 아미아와 웃뭉난에게 아무 말 하고 싶지 않은 랑세 덕에 셋 사이의 걸음에는 한동안 침묵만이 흘렀다.

"아, 랑세 양, 저거는 뭔가요?"

그러나 웃뭉난은 아니었나 보다. 그는 굳이 자신과 랑세 사이에 있는 아미아 앞으로 고개를 불쑥 내밀어 랑세를 바라보며 물었다. 만약 사정 모르는 이였다면 쉽게 이야기할 수 있게 자리를 피해 줬을 터였으나, 아미아는 피할 이유도 마음도 없었다.

"아, 저거는 건국 영웅 중 한 분이신 성 이반냐 님의 동상인데요……."

어쨌든 일은 일이니 가능한 한 친절하게 답하려는 랑세였다. 그것을 시작으로 웃뭉난은 쉬지 않고 떠들어 댔고, 랑세도 쉬지 않고 받아 줘야 했다. 그 사이사이 웃뭉난의 손이 랑세를 향해 다가오지는 않았다.

그렇다고 그의 손이 아미아를 건드렸느냐 하면, 그것도 아니었다. 랑세는 중간중간 아미아를 살펴보았으나 아미아에게는 어떤 짓도 못 하는 것 같았다.

다행이라 생각하면서도 화가 났다. 뭐야, 저 새끼. 내가 만만하게 보이나. 하긴, 만만하긴 하겠지. 직장 상사가 저를 말리는 것을 보았는데 안 만만할 리가.

"그럼 영업 마차와 합승 마차 요금은요?"

"영업 마차는 기본 거리에 4에시르고 합승 마차는 1에시르예요."

웃뭉난의 질문은 이곳에 자리 잡고 살 사람이 물을 만한 것들인지라, 끊임없는 질문에 목이 다시 쉬어 가면서도 랑세는 답할 수밖에 없었다.

"그래서 청과 시장은 닷새에 한 번씩 열리는데 이건 경비대 앞 게시판에 고지……. 컥."

쿨럭쿨럭, 목이 마른 랑세가 기침하기 시작하자 아미아는 얼른 랑세의 등을 팡팡 때렸다. 그때 랑세는 보고 말았다. 잠시 랑세의 등을 노리던 웃뭉난의 손길을.

랑세는 기침을 하면서도 한 걸음 뒤로 물러섰고, 아미아는 마치 랑세의 몸을 가려 주려는듯 등을 돌리고 소매에서 물병을 꺼냈다.

"이거 마셔."

허어, 손수건을 들고 다니는 사람은 봤어도 물 들고 다니는 사람은 또 처음이네. 어쨌든 준다니 가만히 받아 마시기로 했다.

"아, 살 것 같다. 고마워요."

"어. 너 들고 있어. 저 새끼 말이 끊길 것 같지 않다."

"네……."

"괜찮나요, 랑세 양? 제가 말을 너무 많이 했나 보군요."

알면 닥쳐 주면 고마울 텐데 말이야. 점점 내면의 언어가 험악해지고 있는 랑세였다.

"아, 아니에요. **괜찮습니다.**"

물론 외면의 언어는 여전히 사회인의 슬픈 습성을 지니고 있었지만.

"그런데, 통역 마법은 없는 건가요."

물론 그것이 본심을 완벽히 숨겨 주지는 못했다.

랑세의 말에 웃뭉난은 이런 어리석은 놈은 처음 봤다는 듯한 눈을 했다. 이런 눈빛, 아파트에서 자주 받아서 익숙했지만, 달랐다.

이웃 마법사들은 금세 랑세가 문관임을 깨닫고 설명을 해 주거나, 그런 건 없을 수밖에 없다는 것을 왜 문관들은 모르냐고 펄펄 뛸 뿐, 어리석은 자 취급은 하지 않았다.

그러나 웃뭉난의 눈빛은 변하지 않았다.

"정말이지, 그 정도도 모르는군요."

길지 않은 소매가 눈에 보이면서도.

"하긴, 마법 개념 통역 실력을 보니 뻔합니다만."

랑세는 어이가 없어 할 말도 잃었다. 그러나.

"별 같잖은 꼴값 떠네. 꼴값도 이런 꼴값이 다 있냐?"

아미아가 불쑥 치고 들어왔다.

아미아의 기세로 좋은 소리가 아니라는 것은 눈치챈 걸까.
웃뭉난이 멈칫한 채 아미아를 바라본다.

"우리나라 법, 랑세 다 외운다."

아니, 그 정도는 아닌데요.

"넌 아나, 네 나라 법?"

아미아의 말에 웃뭉난은 코웃음을 쳤다.

"그게 무슨 상관이랍니까. 마법도 아닌데."

아아아, 하고 순간 랑세는 비명을 지를 뻔했다. 정말이지 사
회인의 이성이 꾹 누른 거였다. 저 새끼, 스테인 과다. 그것도
훨씬 훨씬 훨씬, 아니, 비교하기에는 스테인에게 미안할 만큼,
아주 질 나쁜 놈이다.

웃뭉난이 자신을 건드린 이유를 깨달았다. 저건 그냥 나쁜
놈이 아니라 제 사상을 핑계로 범죄까지 저지르려는 아주 나쁜
놈이었다.

랑세가 경악하여 아무 말도 못 하고 어버버거렸지만, 웃뭉난

은 코웃음도 치지 않았다. 그사이 어느덧 마탑 앞에 도착해 버렸다.

"오오, 웃뭉난 씨!"

오늘 웃뭉난이 마탑에 온다는 소식을 듣고 기다리던 마법사 몇이 저 뻔뻔한 인간을 반겼다. 그들 중 웃뭉난의 나라 언어를 할 수 있는 사람이 있었던 모양인지 랑세를 거치지 않고 그에게 능숙하게 환영 인사를 했다. 하긴 마탑에 사람이 몇 명인데 저 나라 말을 할 수 있는 사람 한 명은 있는 게 당연하지.

"앗, 네 녀석은!"

"엇?"

그 사람이 아는 얼굴일 확률은 얼마나 될지 모르겠으나.

"쯧쯧, 어디 비마법사 나부랭이가 감히 마탑에 다가오느냐! 썩 저리 가지 못해?"

웃뭉난을 환영한 사람은 와렌의 부모님을 만났을 때 여관 식당에서 싸우게 된 마법사, 다이스였다. 그러니까 이를테면 감방 동기라 할 수 있는 사람이었다. 이런 인연 하나도 안 반갑다. 끼리끼리 논다더니.

"아니, 저는 외무부 문관으로 웃뭉난 씨 통역을 맡아서요."

진짜 통역 따위 하나도 하고 싶지 않았지만, 아니, 그 곁에 있고 싶지도 않았지만 직장 일이라는 책임감이, 사회인의 서글픈 습성이 자연스럽게 입을 열게 했다.

그러나 다이스는 구걸하는 거지 쫓아내듯 손을 휘휘 저었다.

"그런 모자란 통역 따위 필요 없으니 가거라. 국빈을 모시는데 어설픈 실력은 필요 없으니. 자자, 가시죠, 웃뭉난 씨. 저런 모자란 자의 통역으로 불편하실 이유가 없지요. 거기에 고귀한 마탑에 비마법사 따위를 들일 이유가 있겠습니까?"

다이스의 말에 웃뭉난은 랑세를 힐끔 돌아보더니 피식 웃었다.

"감사히 안내를 받지요. 랑세 양, 그럼 이 앞에서 기다리세요. 이따 보지요."

아악, 그냥 가 버려. 가서 다이스의 집에서 머물러 버려.

"……네."

역시 본심과는 멀리 떨어진 말이 나왔다.

다이스와 웃뭉난은 마탑으로 들어가고, 랑세는 황망한 눈으로 국립 마법사 협회의 거대한 대문을 바라보았다. 그 안에 들어가는 사람들은 모두 긴 소매를 펄럭거리는 마법사들. 그들만의 영역.

"저 새끼를 어떻게 조져야 할까."

아미아의 험악한 중얼거림에 랑세는 정신을 차렸다.

"티 안 나게 조져야 네가 공관에서 별일 없을 텐데."

"……말씀이라도 고마워요."

이쪽의 앞뒤 사정까지 배려해 주는 게 의외이기도 하거니와 고마워서 랑세는 그리 말했지만, 아미아는 눈살을 확 찌푸렸다.

"말씀이라도라니. 진심이라고, 진심!"

"네에."

그러나 현실적인 방도가 없어 보였다. 자신이 말했던 것처럼 국빈 대접을 받는 정치 망명객과 이름 없는 문관 한 명의 무게는 엄연히 달랐기에.

"저런 새끼들 군대에서도 있었어. 내가 씨발, 전쟁에서 적보다 더 짜증 나는 새끼들이 아군의 저런 새끼들이었지."

랑세는 쓰게 웃었다.

"그래서 그런 사람들은 조져 주셨어요?"

랑세는 자세히 모르지만, 그래도 군대가 보통의 문관 조직보다 더 철저한 상명하복이 이루어지는 조직이라는 것 정도는 알고 있었다. 그러니 안타깝지만 높은 계급의 사람이 나쁜 짓을 저지르면 덮는 것이 자연스럽다는 점도.

"어."

"진짜요?"

"어. 내가 팔을 부러트리고 거기를 잘랐거든."

"헉."

그러나 그 말을 하는 아미아는 하나도 자랑스러워하는 것 같지 않았다.

"그런데 그것 때문에 피해자는 전역당하고 난 강등당해야 했어."

아미아가 랑세의 일을 알고 당장에 웃뭉난을 패대기치려다가 앞뒤 사정을 듣고 금세 납득할 수 있었던 이유였다.

랑세는 입을 다물었고 무거운 침묵이 둘 사이에 내려앉았다. 아미아가 자신의 메신저를 통해 들리는 말을 전하기 전까지.

"리엔 선배가 당장 들어오라는데?"

"예?"

"아무래도 뭔가 걸리는 게 많은가 봐. 얼굴 보고 이야기하재."

"아니, 잠깐. 저 사람이 저더러 기다리라고 했어요."

어쨌든 일은 일이니까.

하지만 아미아는 고개를 저으며 랑세의 손목을 잡아끌었다.

"세 시간. 저 영감이나 저 새끼나 비슷한 종자니까 이런 이야기 저런 이야기 하고 마탑 안에 사람들 소개해 주고 어쩌고 하면 최소 세 시간이야. 저 새끼가 너 엿 먹이려고 여기서 기다리라고 한 거야. 가자. 갔다가 다시 와. 이봐, 여기!"

아미아는 시간을 아끼려고 아예 지나가는 영업 마차를 불러 어쩔 줄 몰라 하는 랑세를 집어넣고 아파트까지 달리게 했다.

긴 거리가 아닌지라 마차는 금세 아파트 앞에 도착했다. 랑세와 아미아가 문을 열자 케일이 꽤 화가 난 얼굴로 책 대신 랑세의 얼굴을 바라보았다. 이미 들어 버린 듯했다.

"······괜찮나?"

그 표정에 비해서 목소리와 어투는 조심스러웠지만.

랑세는 고개를 끄덕였다. 불쾌하고 무섭고 두렵긴 했지만, 그래도 괜찮았다.

"케일 너, 보안 실력 좀 키워라."

외려 아미아가 투덜거렸다.

"그렇지 않아도 반성 중이다."

"그 새끼랑 마도구 쪽은 상성이 안 맞을 것 같아서 와렌에게 수리시킨 거지만, 거기에 나중에 보안 더 추가해."

"알았다. 리엔 선배가 집합시켜서 모두 회의실에 있다."

"지, 집합요?"

랑세가 새된 목소리로 외쳤다. 집합이라니. 이런 일을 모두가 알게 되는 것은 달갑지 않아 낯빛이 흐려지지만, 아미아는 랑세의 어깨를 팡팡 두드렸다.

"괜찮아. 모두 그 새끼의 진면목을 다 알아야지. 그리고 네가 기운 빠질 게 뭐 있어? 나쁜 건 그 새끼인데."

"하, 하지만……."

"아미아 말이 맞다. 들어가라, 랑세."

"시간 없어, 얼른."

랑세는 으으, 하며 회의실로 갔다. 랑세가 등장하기도 전에 회의실에는 이미 무거운 침묵이 깔려 있었다. 랑세는 저도 모르게 고개를 꾸벅 숙이고 말았다. 자기가 집합시킨 지 이틀 만에 또 자기 때문에 집합된 마법사들 보기가 민망하여.

"자, 랑세 양, 이리로 와서 앉아. 시작하지."

그런 랑세를 리엔이 보듬어 제 옆자리에 앉게 했다. 그 옆에는 와렌이 안타까운 표정으로 랑세를 보고 있었다. 괜찮아요, 괜찮아요, 두 사람의 손이 서로를 두드려 줬다.

리엔이 먼저 자리에서 일어났다.

"사건 경위는 아까 간단하게 설명했으니 생략하고, 어떻게 할지 이야기 좀 하자. 이건 랑세만의 문제가 아니야. 그냥 내버려 두면 다른 아이들도 피해를 볼 수 있으니까."

과연 집합할 만했다. 랑세가 문관이기에 더 쉽고 노골적으로 접근했다지만, 다른 이들에게도 그러지 말라는 법은 없으니까.

"그런데 문 따는 건 그렇다 치고, 만지는 것은 그냥 친근감 같은 거 아니야?"

그때 어떤 마법사가 그리 말하자 그에게 경멸의 눈빛 반, 동의의 눈빛 반이 쏟아졌다. 랑세가 뭐라고 항변하기도 전, 아미아가 그에게 걸어갔다.

"너, 손 좀 내놓아 봐."

"네?"

그가 자기도 모르게 제 손을 내밀자, 아미아는 그의 손을 붙들고 만졌다.

"어때?"

"네? 이게 뭐……, 으악!"

갑자기 달라진 손의 느낌에 그는 비명을 지르며 손을 빼고 뒷걸음질 쳤다. 확실히 처음 만졌을 때와 조금 전은 너무도 달랐다.

"죄, 죄송합니다. 몰랐습니다!"

그 섬뜩한 느낌에 그가 벌렁거리는 심장을 꾹꾹 누르며 얼른 사죄했다. 경멸의 눈으로 바라보던 마법사들이 흥, 하고 콧방귀를 뀌었다. 당해 봐야 알다니 말이야.

"사람의 악의를 눈치채는 건 어렵지 않지."

그 소란을 리엔이 정리하며 말을 이었다.

"웃뭉난을 잡다가 사과를 받는 건 어렵지 않아. 문제는 그걸로 랑세 양이 곤란에 처하는 걸 막는 거란다."

그게 아니었다면 이미 랑세가 그를 직접 손봤으리라. 그러지 못한다는 걸 알기에 그가 랑세를 만진 것이었고.

"그 사람도 망명자면 우리나라 사람인데 법적으로 접근하기는 어렵습니까?"

"그게 어려우니 여기 모여 있지."

"그 사람이 중요한 사람이라서요?"

랑세는 그 이야기를 들으며 가만히 생각에 잠겼다. 웃뭉난이 단지 이 나라에 중요한 사람이라서 아무 조치도 못 취하는지. 설사 그런 사람이 아니더라도 왜 신고보다 사적 보복을 해야 한다고 먼저 생각하는지. 실은 마차 안에서 계속 생각하던 것이기도 했다.

"법은, 벌어지지 않은 일을 처벌하지 않으니까요."

마법사들 사이에서 랑세는 피해자로서, 또한 문관으로서 답을 내놓았다. 아미아가 울컥해서 소리를 질렀다.

"그 새끼가 너 만지고 문도 땄잖아! 뭐가 벌어지지 않은 거야!"

"……그게요, 우리 왕국법은 그 정도로 사람을 처벌하지 않아요."

더 참담한 일이 벌어져야 처벌한다.

아, 하고 사람들은 소리를 냈다. 문을 열려고 시도했지만, 그것이 끝이었다. 기껏해야 기물 파손이다. 몸에 손을 댔지만 중요 부위가 아니라는 이유로, 상처가 남는 폭력이 아니라는 이유로, 지극히 개인적인 영역인 신체의 안전을 침해받았음에도 보호받지 못한다. 생각해 보니 그 새끼도 이것까지 계산해서 저지른 일이 아닌가 싶기도 했다.

랑세는 이제 두려움을 넘어 짜증까지 났다. 으드득, 이를 무는 순간 스테인이 피식 웃었다.

"벌어지지 않은 일을 처벌하는 법도 있잖습니까? 마법사 통제법."

모두의 시선이 그리로 돌아갔다. 아미아가 소리를 꽥 지르며 마법을 쏘기 전에, 랑세가 먼저 입을 열었다. 아주아주 지극히 차가운 목소리였다.

"저기, 지금은 제가 피해자고, 들어야 할 말이 아닌 것 같네요. 그리고요, 전 지금 그 법이 그나마 사람들을 보호해 주고 있다는 생각이 드네요. 보세요. 만약 그 법조차 없었다면 웃뭉난 같은 마법사들이 힘으로 더 나쁜 짓을 해도 아무 말도 못 할 거예요. 그리고 웃뭉난은 스테인 씨랑 마찬가지로 마법사 세계를 꿈꾸는 사람 같은데, 스테인 씨도 그런 세계에서 웃뭉난처럼 비마법사들을 추행하고 다니고 싶은 건가요?"

랑세는 몹시 화가 나면 자신이 이토록 차분해질 수 있다는 걸 깨달았다.

랑세가 무척 화가 난 것을 스테인도 눈치챈 듯 살짝 고개를 숙이고 한 걸음 물러섰다. 랑세를 배려했다기보다는 불리한 전세 때문인 것 같아 보였지만.

"제가 때가 아닌 말을 한 것은 사과드립니다. 그 사람이 한 일에는 저도 화가 났습니다. 고명한 마법사라면, 마법사로서의 권위를 세우고 싶다면 하면 안 될 일이었죠."

"그건 마법사가 아니더라도 하면 안 되는 일이에요!"

"맞습니다."

스테인은 깔끔하게 인정했다. 사실 그가 그렇게 눈치 없는 말을 하며 끼어든 것에는 다른 이유가 있었다.

"이번 일, 실은 해결하는 것은 어렵지 않습니다. 특히나 리엔 선배님에게는요."

"네?"

"이렇게 집합할 필요도 없었지요, 사실은."

랑세가 리엔을 돌아보자, 리엔은 난감한 얼굴을 했다.

"랑세, 일단 오해 말고 들어 주렴. 난 그 웃뭉난이 어떤 사람이든 나쁜 짓을 저질렀고, 그게 우리 아파트 사람에게 피해를 끼쳤으며, 앞으로도 끼칠 수 있는 것을 예방하고 싶어서 나선 거야."

"네……."

랑세는 눈을 끔뻑였다. 리엔이 당최 무슨 이야기를 하는지 알 수 없었다.

"랑세 양도 눈치챈 것 같은데, 웃뭉난은 나와는 대척점에 있는 계파지. 그 사람을 환영한 것은 나와 반대 계파 사람들이고."

"아."

점점 무슨 말인지 알 것 같았다.

그의 나라 마법계에서 리엔과 같은 사람들이 주도권을 잡자, 웃뭉난은 아직은 중도인 이 나라로 망명했다. 당연히 고명한 마법사가 있으면 유리하다고 생각한 스테인네 계파는 그를 환영했다.

"그러니까, 리엔 마법사님이 저의 뒤를 봐주시고 그 사람을 처벌하면, 도덕이나 윤리의 문제가 아니라 계파 싸움의 일환이라고 생각된다는 거죠?"

랑세가 이해한 바를 설명하자 리엔은 고개를 끄덕였다.

"그리고 더 있어. 내가 랑세 양이나 사람들에게 오해받는 건 상관없어. 그러나 그 일이 벌어질 경우, 랑세 양은 모든 마법사에게 주목받을 거야. 좋은 쪽이든 나쁜 쪽이든."

"이미 받고 있지 않습니까?"

스테인이 다시 끼어들었다.

"그건 또 무슨 이야기죠?"

"이미 그 마법 생물 사건의 관련자로 이름을 기억하는 사람들이 있습니다. 스쳐 지나간 정도지만 예민한 분들은 기억하고 있죠."

"……"

"전 우스무우눈이 우리 아파트를 나갈 때까지 랑세 양이 잘 보호받으며 아무 일 없는 것으로 끝났으면 좋겠습니다. 이 골치 아픈 싸움에 원치 않게 끼어드시는 걸 바라지 않습니다."

스테인은 부드럽게 웃으며 덧붙였다.

"랑세 양이 어찌 생각하든 그것은 제 진심입니다."

랑세는 다시 지끈거리는 머리를 눌렀다. 아, 진짜. 먹고사는 일이 걸리더니 이번에는 남의 계파 싸움 한가운데에서 새우처럼 등이 터질지도 모른다네. 아, 진짜 짜증 나는데 오늘처럼 아미아에게 보호받고 그냥 지나가, 말아.

"……그래서, 어느 쪽이 되었든 랑세 양의 선택을 존중할게."

리엔의 말이 랑세의 가슴에 불을 붙였다. 그 불에 툭, 한마디
가 터져 나왔다.

"아이씨."

오래 참았다.

"진짜 짜증 나서."

랑세가 발로 탁자를 탁, 치며 일어났다.

"피해자는 전데 왜 제가, 저만 이것저것 고려해야 하죠?"

그 기세가 더없이 흉흉하여 모두가 침을 삼켰다. 랑세가 흉
포한 기운을 흩뿌리며 말했다.

"그래서, 제가 뭘 하면 되죠?"

이도 뿌득 갈았다.

"어차피 먹고살 길이 없어지면 고향 가서 아빠 서점 이으면
되거든요!"

"야!"

아미아가 버럭 외쳤다.

"네가 왜 가? 가려면 그 새끼가 가야지."

"말이 그렇다는 거예요."

둘이 티격태격하자 리엔이 쓴웃음을 지으며 자리에서 일어
났다.

"그래. 랑세 양이 그걸 선택했다면 준비하지."

리엔이 모두를 둘러보며 명령했다.

"사냥을 준비하자."

랑세는 마탑 앞으로 돌아와 웃뭉난을 기다렸다. 마탑에 들락거리는, 통 넓고 긴 소매의 사람들. 그들 모두가 각기 다른 생각을 하고 있으리라.

하기야 공관은 아니 그런가. 민원실의 서기관과 재정실의 서기관은 정치적 견해 차이로 집안 대대로 악연이었다 하고, 총무실의 부장과 영사실의 실장은 대학 시절 학파가 달라 서로 만날 때마다 하하, 웃는 척하면서 입으로 칼을 내뱉는다.

마탑에도 가끔 좁은 소매의 사람들이 드나든다. 아마도 여기에 일이 있는 사람들이겠지. 저이들이 마주치는 마법사들은 어떤 사람들일까.

"랑세 양."

그때 마침 웃뭉난이 싱그럽게 웃으며 나타났고 랑세는 소리 내지 않고 가볍게 고개를 끄덕여 인사했다. 그는 힐끗 주변을 살펴보더니 물었다.

"아미아 양은?"

"아, 일이 있다고 돌아갔어요."

랑세의 말에 그는 피식 웃었다. 저 웃음은 무슨 의미일까.

그는 어깨를 으쓱이더니 아무렇지도 않은 척 앞서며 툭 내뱉었다.

"시내 구경도 좀 하죠."

"그러죠."

나란히 걷는 걸음 사이에 잠시 침묵이 흘렀다. 랑세는 그에게서 멀지도 않고 가깝지도 않은, 그야말로 동행자가 딱 위치할 만한 거리에 서 있었고, 웃뭉난은 그런 랑세를 힐끔 쳐다보더니 손을 올려 랑세 가까이에 가져갔다. 시선에 그 손이 들어오지만, 랑세는 움찔거리거나 위축되지 않고 그의 손을 빤히 바라보았다. 웃뭉난은 의아한 듯 손을 내렸다.

"왜 그러시죠?"

누가 물어야 할 말을.

"웃뭉난 씨야말로 왜 만지려다 말죠?"

외려 랑세의 직설적인 질문에 웃뭉난이 잠시 흠칫했으나 곧 웃는 얼굴을 되찾았다.

"왜요? 제 손길을 원했던 겁니까?"

랑세는 그 말에 얼굴을 일그러트렸다. 그러자 그가 만족한 듯한 웃음을 짓는다.

아, 알 것 같다. 랑세는 순간 깨달았다.

"여러 번 생각해 봤어요. 웃뭉난 씨가 왜 자꾸 제게 손을 대려 했는지."

랑세의 말에 그는 흥미롭다는 얼굴을 한다.

"왜 그랬다고 생각하시죠?"

"처음에는 우연이나 문화 차이라고 생각했어요. 그리고 조금 전까지는 그냥 나쁜 짓을 저지르려는 사람이라고 생각했어요. 더군다나 문도 따려고 시도했던 걸 보면."

"그것도 알아챘습니까?"

웃뭉난은 그 뻔뻔한 얼굴을 랑세에게 불쑥 내밀었다.

"그런데 지금은요?"

랑세는 고요한 얼굴로 그를 바라보았다.

"그냥 비열한 사람이라서요."

그의 잘생긴 눈썹이 치켜 올라갔다.

"권력으로 상대를 꼼짝 못 하게 하고, 상대가 당황하고 무서워하는 걸 즐기는 그냥 비열한 사람이라서요. 아주 쓰레기 같은 사람이죠. 우리 왕국에 마법사 통제법이 생긴 게 아마도 당신 같은 사람 때문이 아닐까 싶을 정도로, 아주 비열하고 쓸모없는 사람 말이죠."

그는 피식 웃었다.

"그래서, 지금은 안 무서워하는 이유가 뭐죠? 직장에서 파면되어도 상관없나 보죠?"

"네."

랑세가 바로 대답하자 이번에는 그가 정말로 당황한 듯했다.

"생각해 보니까 전 딱히 꿈이 있어서 문관이 된 것도 아니고, 집이 못 살아서 먹여 살려야 하는 가족이 있는 것도 아니더라고요. 이런 비열한 짓을 눈감아 주는 직장 따위는 그만두어도 저한테는 문제가 없어요."

그것은 진심이었다. 고향으로 돌아가 엄마와 다시 갈등하고 눈물을 흘리게 되어도, 이런 짓을 견디는 것보다는 나으리라.

"웃뭉난 씨, 이렇게 대하시는 이유가 제가 문관이기 때문인가요,

아니면 그냥 당신보다 약한 사람이기 때문인가요?"

웃뭉난은 랑세가 그런 질문을 하는 의도 자체를 파악하지 못했기에 답을 하지 않았다. 사실 랑세도 자신이 왜 그런 질문을 했는지 몰랐다. 할 필요가 없는 질문이기도 했다.

"하긴, 뭐가 됐든 중요한 건 아니지요. 웃뭉난 씨."

랑세가 그를 똑바로 바라보며 말했다.

"사과하세요."

"뭐?"

설마 이런 말을 들을 줄은 몰랐으리라.

"제게 손댄 것을 사과하시고, 다시는 이런 일을 하지 않을 거라고 맹세하세요."

랑세는 잠시 입을 다물었다. 긴장하거나 무서워서가 아니었다. 단어가 안 떠올라서.

"마법사가 마력을 걸고 하는 맹세를요."

"하!"

그는 기가 막힌다는 듯 한숨을 토해 냈다.

"너 따위가 감히…… 안 하면 어쩔 건데?"

웃뭉난이 협박하듯 다가오지만, 랑세는 물러서지 않고 그를 똑바로 바라보았다.

"안 하면 큰일을 당하실……."

그 순간 그가 랑세를 향해 손을 뻗었다.

"만진다고 닳……, 억!"

파지직!

그 손이 랑세의 어깨에 닿는 순간 갑자기 파지직 소리가 나며 그가 쓰러졌다. 풀썩.

랑세는 놀란 가슴을 누르며 하던 말을 이었다.

"안 하면 큰일 당한다고 말하려고 했잖아, 새끼야. 사람 말을 끝까지 들어야지."

랑세의 말이 채 끝나기도 전에 몰래 뒤를 따라왔던 아파트의 마법사들이 우르르 달려와 그를 붙들어 어깨에 둘러메었다. 그들의 동작이 마법사답지 않게 재빨라 사람들은 무슨 일이 일어났는지 눈치채지 못했다. 그럼에도 마법사들은 안 되는 연기력으로 한마디씩 던졌다.

"아이고, 이 친구 빈혈이 아주 그냥⋯⋯."

"큰일 났네. 어서 마차 좀 불러 봐."

저기, 그러고 있으면 더 수상해 보이는데요.

"여기요!"

랑세는 한숨을 쉬며 지나가던 영업 마차를 불렀다.

사냥 계획. 미끼는 랑세, 목표는 웃뭉난.

사냥 도구는 옷에 달린 와렌의 마도구. 특징은 누군가 손을 대면 바로 작동하여 사람을 기절시킴.

아주 간단히 사냥 완료. 이제 요리를 해야 할 시간이다.

웃뭉난은 정신이 드는 것을 느꼈다. 마지막에 기억나는 것은 분명 그 같잖은 문관 나부랭이를 한 번 더 만지려던 차에 무언가 마력 반응이 일어났다는 것이다.

옷뭉난은 가늘게 눈을 떠 보았다. 주변이 깜깜하다. 손을 움직여 보았다. 여기도 무언가로 묶여 있는 것 같다. 그러나 손으로 진을 그리지 못하더라도 부릴 수 있는 마법이 몇 있다.

옷뭉난이 입 속으로 작게 주문을 외우려던 순간.

"으억!"

하고 비명을 지르고 말았다. 이런, 항마력이 있는 공간이었나 보다. 마력 충돌의 고통이 가슴에서부터 짜르르 올라왔다.

"어, 깼나 보네."

"야야, 쟤 깼다."

"불 켜!"

누군가의 목소리가 들리고, 갑자기 옷뭉난의 눈에 빛이 확 쏟아졌다. 계속 어둠 속에 있다가 갑자기 빛이 들어오자 옷뭉난은 자기도 모르게 눈을 꾹 감았다가 떴다. 여전히 그림자 같은 것만 어른어른 보인다.

"옷뭉난 씨, 정신 차리세요."

그때, 익숙한 랑세의 목소리가 들렸다.

"랑세 양, 이게 뭡니까?"

"뭐긴요. 저한테 사과 안 하면 큰일 치르신다고 했잖아요, 제가."

그것은, 랑세가 그에게 마지막으로 주는 기회였다. 다들 왜 그런 기회를 주느냐고 왁왁거렸지만, 랑세는 일을 크게 벌이고 싶은 마음이 없었기에. 늘 그랬듯이 조용히 지내고 싶을 뿐이었으니.

"이, 이거 풀지 못해?"

"멍청이냐, 너. 붙잡았다, 힘들게. 왜 풀어 주냐?"

문법이 엉망진창인 아미아의 말이 들렸다. 그러고 보니 마지막에 마력 반응이 일어났었지.

"문관 따위를 편들다니! 이런 배신자들!"

"랑세가 문관이라 도와준 게 아니다, 웃뭉난."

리엔의 그림자가 웃뭉난을 덮었다.

"그냥 이웃이라서 도와준 거지."

"어, 제가 문관이라 편들어 준 게 아니라⋯⋯."

"랑세 양, 애써 말 전해 줄 필요 없어."

"네?"

리엔이 랑세를 돌아보며 웃었다.

"웃뭉난, 이곳 말 할 줄 알아."

"네?"

"저 녀석, 우리나라에서도 비공식적이지만 일 년간 연수받은 적 있어. 똑똑한 녀석이라 언어도 금방 익혔지."

리엔의 시야에 곤란한 얼굴을 한 웃뭉난이 들어왔다.

"그 시절 학장을 네가 다시 보면 좋을 게 없을 것 같아서 자리하지 않았더니 이런 일이 있었구나, 웃뭉난."

"⋯⋯."

"아무리 사람을 곤란하게 만들고 싶었다지만, 정말이지 치졸한 방법이구나. 말 못하는 척 계속 일을 시키다니 말이야."

"그, 그럼 저를 괴롭히려고 계속 통역을 시킨 거예요?"

랑세가 울먹거리는 소리로 외쳤다. 그 손길도 끔찍하고 싫었지만, 이건 다른 의미로 끔찍했다.

"문관이 제일 잘하는 게 말하는 거라죠?"

정말이다. 웃뭉난의 입에서 매끈하게 이곳 말이 나왔고, 자리에 있던 모두가 경악을 금치 못했다.

"뭐, 마법 개념 하나도 제대로 못 전하는 게 미안해서 끙끙대는 얼굴을 보기가 즐겁기는 하더군요."

퍽! 순간 랑세의 발이 웃뭉난의 가슴을 쳐 냈다.

"어머! 랑세 양!"

"놔! 놔!"

"랑세, 랑세 씨! 조, 조금 이따가!"

급격히 흥분한 랑세를 하이란과 엘마스가 붙들어 말렸다. 웃뭉난의 가슴에 랑세의 어여쁜 신발 자국이 그대로 남아 버렸다.

랑세의 버럭거리는 모습에 웃뭉난은 피식 웃으며 리엔을 돌아보았다.

"학장님."

"이제는 수석님이라고 부르렴, 웃뭉난."

"그럼 저에게도 존칭을 취하세요."

웃뭉난은 절대 물러나지 않을 듯이 눈을 치켜떴다.

리엔은 그의 기세에 서늘하게 웃었다. 잠깐이지만 제자였다. 그러나 이제는 동등한 마법사라 한다. 좋다, 그리 상대해 주마.

"좋아요, 웃뭉난 씨. 무슨 말씀을 하고 싶은 거죠?"

"치졸함은 수석님이 외려 더하신 것 같군요. 문관 하나를 미끼로 삼아 이렇게 뒤통수를 치시다니요. 샴마스 님을 비롯한 여러 분들이 그리 두고 보시지만은 않을 겁니다."

그의 대답에 취조실로 꾸민 회의실에 모인 마법사들과 랑세는 긴 한숨을 내쉬었다. 답 없는 놈. 역시 그는 자신의 잘못은 생각하지 않고 그저 계파 싸움의 일환으로 보고 있다. 이런 놈에게 어떻게 잘못을 깨닫게 해 주나.

"역시, 주먹밖에 방법이 없는 걸까요……."

랑세는 기운 없는 목소리와 달리 뚜둑뚜둑 소리 나게 손을 풀었다.

"잠시만, 잠시만 기다려 주시겠습니까?"

그때, 스테인이 랑세의 어깨를 두드리며 앞서 나왔다.

랑세는 그를 불신 가득한 눈으로 바라보았으나 곧 한 발 물러서 줬다. 리엔 님도 있고, 아미아 씨도 있고, 바깥에서는 케일 씨가 망보고 있고, 그들이 아니더라도 여기 수많은 마법사가 있는데 그가 무얼 더 어쩌겠는가.

스테인은 살짝 랑세에게 사의를 표하고 웃뭉난 앞에 몸을 숙여 시선을 맞추었다.

"웃뭉난 씨."

"뭐지, 너는?"

"저는 스테인이라고 합니다. 샴마스 님의 제자이신 밀리 님께 마법을 사사하였습니다. 그리고 자유 마법 학회의 학술 위원입니다."

웃뭉난의 표정이 묘하게 변했다. 스테인이 언급한 사람들은 모두 그가 아는 이름이었다. 그가 지향하는 사상과 같은 길을 가는 사람들. 스테인은 잠시 침묵하다 다시 입을 열었다.

"그리고, 저는 뒬트렝 사건 생존자입니다."

웃뭉난의 눈이 순간 크게 뜨였고, 회의실 안의 몇몇 마법사들 입에서 엇, 하는 소리가 튀어나왔다. 그러나 랑세는 그게 무엇을 의미하는지 몰라 눈만 깜빡일 뿐이었다. 여하간 그 분위기 속에서 스테인은 긴 한숨을 내쉬었다.

"자아, 이런 저이니, 당신이 저지른 일들, 그러니까 사람을 추행하고 문을 따려고 시도했던 일들이 그냥 끔찍해서 당신이 여기 끌려왔다고 말씀드리면 믿을 수 있겠습니까?"

어어, 하고 웃뭉난은 당황하고 말았다. 리엔의 얼굴을 보았을 때는 분명 계파 싸움의 하나라고 믿었는데. 그럼 자신이 여기 묶여 어제까지는 오오, 하고 찬사를 내뱉다 지금은 경멸의 눈빛을 내보내는 놈들에게 둘러싸여 있던 게, 저 문관 계집애 하나 때문이란 말인가.

"말도 안 돼! 그거 좀 만진다고 닳는 것도 아니고……, 억!"

웃뭉난은 또다시 말을 잇지 못했다. 랑세의 발이 다시 한 번 웃뭉난의 가슴을 밀어냈기 때문이었다. 우당탕, 뒤로 넘어간 그의 가슴에 다시 발을 올린 랑세는 지그시 힘을 주었다.

"하, 하지 마……."

"아, 왜? 좀 밟는다고 닳는 것도 아닌데. 그치?"

여러 사건을 통해 랑세의 무력을 경험한 마법사들은 취조실

내에 울려 퍼질 호쾌한 매타작 소리를 기대했다. 그러나 그런 것은 없었다. 그것이 더 무서웠다.

"……으, 으윽."

랑세는 발로 옷뭉난을 밟았다. 가슴부터 시작하여 목을. 숨이 막혀 벌겋게 달아오른 얼굴로 소리도 내지 못한 채 온몸을 부들부들 떠는 옷뭉난의 모습은 발에 밟힌 지렁이처럼 보였다.

"허, 허윽, 허!"

죽을 것같이 보여 말려야 하나 싶을 때, 랑세는 잠시 발을 다른 쪽으로 옮겨 숨을 트이게 해 주었고.

"허, 허어억!"

좀 살았다 싶으면 다시 목을 눌렀다.

끄윽, 끄윽, 하는 소리가 들려도 랑세의 발은 움직일 생각을 안 했다. 랑세는 지금 엄마에게 배운 대로 사람의 숨 길이를 냉정하게 계산하여 옷뭉난을 밟는 중이었다. 이런 걸 배울 때는 어디 쓰나 했더니, 쓰는 날이 오긴 오는구나. 역시 사람은 배워야 한다.

랑세의 냉정한 모습에 마법사들은 서로 손을 잡고 두려움에 떨었다. 다시 한번 옷뭉난이 숨 막혀 죽을 것 같아지자 랑세는 발을 다른 쪽으로 옮겼다.

"너 말이야, 마법사의 권익을 위해 일하고 싶으면 차라리 마법으로 압도적인 기술력이 얼마나 유용한지나 대중에게 보여 줘라, 응?"

"대중에게 아양을 떨 수 없……, 윽!"

다시 목 콱.

"닥치고 들어."

콱콱.

"개새끼, 네가 나한테 마법으로 죄 저질렀니? 너는 다른 문관의 권력을 등에 업고 날 협박했잖아. 그건 아주 고상하다, 그치?"

"으어어억."

"너, 마법 없으면 아무것도 없는 새끼잖아. 이렇게 항마진 위에서는 아무것도 아닌 년한테 밟혀서 숨도 못 쉬는."

아니요, 랑세 양, 당신 뭐 되게 많아요. 뒤에 서 있던 마법사들은 모두 그렇게 생각했다.

"너, 하나 기억해 둬라. 네가 꼴통 마법사라서 내가 지금 이 짓 하는 게 아니라 네가 사람으로서 하면 안 될 짓을 해서 이런다는 걸."

계속되는 랑세의 친절한 조언에 마법사들은 기묘한 느낌이 들었다. 랑세는 웃뭉난의 사상이 아니라 죄 때문에 그를 징벌하고 있다는 점을 강조했다.

스테인은 피식 웃었다. 왜 피해자가 이것저것 고려하냐며 다 뒤집을 듯 굴어 놓고서는 여전히 많은 걸 고려하고 있다. 피곤하게 사네 싶으면서도 그것이 자기 이익에 반하지 않기에 그저 점잖은 척 눈을 내리깔고 기다린다. 그러면서도 어쩐지 웃음이 나온다.

어쩌면 이래서, 이런 사람이라는 것을 알기에 웃뭉난을 빼돌리지 않고 붙잡는 데 한 손 얹은 것인지 모른다.

"네가 마법사를 건들지 않은 게 마법사를 존중해서 같니? 아니, 그런 거 아니야. 네 입지를 단단히 해 줘야 할 사람이라서, 어디서든 마법으로 반격당할 것 같아서지. 아까도 나한테 마법이 설치되어 있는 걸 미리 알았으면 아무 짓도 못 했을 거잖아. 그치?"

물론 웃뭉난의 반박은 들려오지 않았다. 숨이 막혀 컥컥거리는 소리만이 들릴 뿐.

"그리고 말이야, 너……."

'시, 시작되었다.'

마법사들은 서로를 붙들고 있던 손을 귓가로 가져다 대었다. 역시 사람은 겪어 봐야 한다. 무관 사태 때 겪었던, 육체적 폭력만큼이나 무서운 랑세의 언어폭력이 시작되었다.

손으로 귀를 가린다고 소리가 하나도 안 들린다면 방음 마법은 왜 있나. 손가락 사이사이로 드문드문 들어오는 랑세의 조곤조곤한 목소리와 웃뭉난의 숨 막히는 소리에 모두가 몸을 떨었다. 우리가 이 정도인데. 이제 웃뭉난의 영혼은 지옥 밑바닥에서 불타게 되겠지.

"……알아들었어? 인생 똑바로 살아, 이 쓰레기보다 못한 새끼야."

"으억!"

퍽, 하며 랑세가 마무리로 그의 옆구리를 소리 나게 찼다. 냉정하게 굴었다고 생각했지만, 저도 모르게 화를 냈던 모양인지 크게 움직인 것이 없음에도 랑세는 헉헉거리는 숨을 내쉬었다. 그것은 웃뭉난도 마찬가지였다.

그러나 웃뭉난의 영혼은 생각보다 더 뻔뻔하고 더 단단했는지, 지옥 밑바닥에서 불탔던 영혼 사이사이에 남은 불씨가 눈으로 옮겨 가 증오의 불을 번쩍였다. 그것이 랑세의 눈에도 들어왔다.

"으억!"

퍽, 다시 한번 발길질이 날아왔다. 랑세는 발을 그의 배꼽 바로 아래쪽에서 높이 쳐든 채 욕설을 내뱉었다.

"새끼야, 내가 지금 여기서 내려찍으면 무슨 일이 벌어질까? 응?"

"아, 아, 안 돼!"

차암 이상하지, 목숨 줄이 오갈 때는 그저 꿈틀거리던 놈이 이게 뭐라고 다급하게 비명을 지를까. 랑세를 비롯한 몇몇이 코웃음을 쳤다.

"야."

"왜, 왜……."

"네가 반성하면 이것까지 안 하려고 했는데 아무래도 덜 혼난 것 같다, 그치?"

랑세는 발을 배 위에 올렸다. 언제든지 그 아래를 내려찍을 준비를 하고.

"아무래도 나도 여기서 마무리 못 하겠다."

"뭐, 뭘 원하는 거야?"

"맹세."

오늘 웃뭉난을 사냥할 방법을 논의하면서 누군가 권한 것이 있었다. 그가 보복을 하지 못하도록 마력을 걸고 하는 맹세를 시키라고. 맹세를 어기면 다시는 마법을 사용하지 못한다는 마법사의 맹세를 시키라고.

"마력을 건 맹세."

랑세의 말에 그의 눈에서 다시 불꽃이 튀었다.

"겨, 겨우 그거 가지고 내 전부를 건 맹세를 하……, 으억!"

퍽, 랑세의 발길질이 그의 말을 끊었다.

"거참 말귀 못 알아듣네. 너같이 머리 나쁜 애가 어떻게 마법사가 되었다니. 우리 아파트 마법사들은 좀 이상해도 다들 똑똑한데 말이야."

사실 필요한 것은 맹세가 아니었다. 진심 어린 사과와 반성이었다.

그러나 또한 기대하지 않았다. 겨우 이 정도의 매에 진심 어린 반성을 할 사람이었다면 마지막 기회를 주었을 때 부끄러운 척이라도 했을 테니까.

멍청하기는. 그런 척이라도 하지 그랬어. 어쩌면 멍청하기가 힘만 믿고 날뛰는 무관들이랑 다를 바 없니. 하긴 힘이 있으니 이렇게 당할 거라고 생각하지 못했겠지.

"너한테는 마법이 전부지? 나한테는 내가 전부거든?"

랑세는 피식 웃었다.

"어디 네 맷집이 얼마나 되는지 좀 볼까?"

퍽!

이제 드디어 마법사들이 기대했던 매타작 소리가 나기 시작했다.

"후……."

랑세는 긴 한숨을 내쉬며 아파트 대문 앞으로 나왔다. 사람 많은 곳에서 열 올리며 힘썼더니 찬 바람을 쐬고 싶은 마음 반, 답답한 마음 날려 버리고 싶은 마음 반 때문이었다.

웃뭉난을 사냥해서 데려왔을 때는 노을이 짙게 깔려 있더니, 어느덧 달 벌 떴네. 둥그런 달을 보아도, 차가운 바람이 머리를 때려도 마음은 여전히 뒤숭숭하다. 랑세는 발을 현관의 낮은 계단가에 슥슥 문질렀다.

'누군가를 때리는 것은 사실 기분 좋은 일이 아니야. 너처럼 동정심 많고 착한 아이라면 더. 그래서 손을 쓸 때 마음이 약해져서 멈칫멈칫하게 될 수도 있어.'

'나 안 그런데?'

'그거야 장난삼아 한두 대 때릴 때지. 정말 진심으로 미워서, 또는 필요해서 죽여야 할 때 말이야.'

랑세는 엄마와의 대화 한 조각을 떠올렸다.

'그렇게 멈추면 더 위험하니까, 어지간하면 네가 몸을 지킬 수 있을 만큼만 하고 그냥 도망가.'

'어지간하지 않으면?'

'죽기 살기로. 네가 압도적으로 강하다고 허세라도 부려. 절대 두려워하지 말고.'

발밑에 아직까지 남은 웃뭉난의 살 느낌이 과연 좋지 않았다. 오늘 부린 것은 허세였다, 허세. 진짜 몇 년 치 허세를 끌어다 쓴 건지 아무도 모르겠지.

"에이씨."

랑세는 괜히 발로 계단을 퍽퍽 쳤다. 왜 죄는 그놈이 짓고 내 기분만 이 모양인지.

"왜 그러십니까?"

그때 스테인이 대문을 열고 나왔다. 랑세는 오늘 하루 고생한 발을 바닥에 내려놓고 스테인을 올려다보았다. 그는 늘 그렇듯이 엷은 미소를 띤 평온한 얼굴이었다.

"그 새끼는 방으로 옮기셨어요?"

"네. 일단은요. 랑세 양에게 미안한 말이지만 약도 주었습니다. 제게는 일단 환자니까요."

그게 치료사의 의무라고 했으니까, 뭐. 병 줄 때 가만히 있었으면 되었지. 랑세는 어깨만 대충 으쓱이고 여태껏 자기한테 맞고 있었던 계단에 털썩 주저앉았다.

"왜 그러십니까?"

스테인은 다시 같은 질문을 하며 랑세 곁에 앉았다.

랑세는 그를 힐끔 보았다. 하긴, 이상해 보이겠지. 저한테 나쁜 짓 한 놈 실컷 쥐어 패고, 바라던 '마력을 건 맹세'까지도 얻어 냈는데 이런 표정으로 있는 것이. 랑세는 대답하지 않으려고 입술을 삐죽이다 긴 한숨을 내쉬었다.

'마력을 건 맹세, 그걸 받아 내세요. 그걸 받아 내면 그는 아무것도 못 할 겁니다.'

가장 먼저 그걸 제안한 사람은 스테인이었다. 아무리 웃뭉난의 죄가 크다 하더라도 다른 마법사들은 감히 그 생각을 못 한 듯했다. 마법사로서의 인생이 거의 전부인 그들은 차마 상상도 못 할 맹세였기에. 스테인은 이것으로 자신의 정당성을 인정받으려 한 거였을까.

"뭐, 기분이 별로예요."

그가 한 발 양보해 준 만큼, 랑세도 한 발 양보하고 입을 열었다.

"왜 그렇죠?"

랑세는 푹 한숨을 내쉬며 길게 뻗은 양발 끝을 서로 톡톡 두드렸다.

"제가 뭐, 사람 패는 거 좋아하는 사람도 아니고요."

"그런 것치고는 잘 패시던데요? 아주 기술적으로."

웃뭉난을 치료하던 중에 스테인은 잠시 놀라기도 했다. 랑세가 사람의 몸에서 가장 약한 곳만 골라서 아주 섬세하고 효율적으로 팼으니까.

"그거야 습관이고요. 그 새끼가 그냥 제 주먹에 못 이겨서 맹세한 것이지, 진짜 반성한 것도 아니잖아요."

"끝까지 맹세를 못 받아 내서 죽이는 것보단 낫지 않습니까?"

평온하지만 격한 스테인의 말에 랑세는 눈을 치켜떴다. 스테인은 그저 늘 그렇듯 미소만을 짓고 있을 뿐이었지만.

"정말 죽였으면 뒤처리가 아주 어려웠을 겁니다."

"거참 말씀 막 하시네요."

"랑세 씨만 하겠습니까."

랑세는 픽 웃고 말았다. 여기서 뭐 하고 있는 건지.

"그래서, 진심 어린 사과를 못 받아 내서 여기서 이러고 있는 겁니까?"

"뭐, 그것보다는……."

"그것보다는?"

그것보다는 그냥.

"그냥 씁쓸해서요."

랑세는 한숨을 푹 내쉬었다.

"저는 아주 운이 좋았거든요. 그러니까, 아파트분들이 모두 협조해 주신 것도 있고, 그 새끼가 가진 약점을 알려 주신 아주 친절한 분도 계시고."

마지막 말에 묻어나는 약간의 빈정거림에 스테인은 가볍게 소리 내 웃으며 아주 정중하게 사의를 표하는 몸짓을 했다. 랑세는 그 모습에 얼굴을 일그러뜨렸다.

"일찍 눈치채 준 아미아 씨 같은 분도 곁에 계시고, 제 문을 아주 튼튼하게 고쳐 준 친구도 있고."

"그럼 모든 게 좋은 거잖습니까?"

"저만 그런 거니까요."

스테인은 입을 다물었다.

"배부른 투정이란 거 아는데요. 만약에 그분들이 없었으면 전 더 큰일을 당할 수도 있었고, 정말로 사고 치고 공관에서 쫓겨날 수도 있었어요. 그리고 세상에는 저 같은 사람이 더 많을 거고요."

랑세가 웃뭉난의 목을 조르면서 그의 사상이 아니라 죄 때문에 징벌하는 것이라고 강조했던 이유는 같은 아파트에 살고 있는 마법사 친구들을 생각해서만은 아니었다. 그가 저지른 죄는 마법사만이 저지르는 것이 아니었으니까. 때때로 공범이 있기도 할 테니까.

그가 손등에 입을 맞추었을 때, 문화가 다르다는 랑세의 설명을 막으며 저분 뜻에 무조건 따르라는 서기관의 말이 없었더라면 그가 그렇게 쉽게 손을 뻗었을까. 그런 서기관이 내부의 죄는 명명백백 밝혀내 줄 수 있었을까.

"그냥 저만 운이 좋았고, 앞으로도 제 운이 계속 좋을 리 없고, 다른 사람들도 항상 이렇게 운 좋을 리 없을 테니까요."

그리고 정말 운이 좋다면 평생 저런 놈은 한 번도 안 보고 지나칠 테니까. 그냥 그게 기분이 나쁜 거예요. 그 말을 끝으로 랑세는 다시 한숨을 내쉬며 하늘을 바라보았다.

스테인은 잠시 그런 랑세를 보다 같이 하늘로 시선을 돌렸다. 까만 밤하늘 위를 오가는 별.

"여러 가지로 골치 아프게 생각하시네요. 잘 끝난 일을 가지고요."

"생각하려고 한 게 아니라 그냥 든 생각이에요."

랑세는 그를 돌아보지 않은 채 가만히 물었다.

"왜요? 이것도 그냥 미워만 하면 제 마음 편한 일인가요?"

옆에서 작은 웃음소리가 들렸다.

"그럼요. 물론이지요."

답을 했음에도 말을 잇기는 싫은지 스테인은 자리에서 일어나 옷에 묻은 먼지를 툭툭 털었다.

"그 사람은 내일 나갈 거고, 와렌 씨와 케일 선배가 랑세 씨 방문을 튼튼히 고쳤으니 안심하고 주무세요. 전 이만 들어가지요."

스테인이 들어가려던 순간, 랑세는 뒤를 돌아보았다.

그의 어깨는 정말 자유로운가. 그의 등은 정말 미움만을 담고 있는가.

"스테인 씨."

"왜 그러십니까?"

"뒬트렝 사건이 뭔지 물어봐도 되나요?"

랑세의 질문에 스테인이 멈춰 뒤돌아보았다. 두 사람의 시선이 마주쳤다. 스테인은 얼굴을 찡그리며 웃었다. 그것이 말이 되는지는 몰라도, 랑세는 그 순간 그렇게 느꼈다.

"아니요, 직접 알아보세요."

그 말을 끝으로 그는 문을 닫고 사라졌다. 랑세는 그에게 어떤 섭섭함도 느끼지 않았다. 기대하지 않았기 때문이었다. 기대하지 않은 것은 그와 사이가 안 좋아서가 아니었다. 생존자라는 말에 담긴 무게를 알아서였다.

랑세는 다시 밤하늘로 시선을 돌렸다.

"에취."

쌀쌀한 밤기운에 재채기를 하면서도 랑세는 안으로 들어갈 생각도 하지 않고 한동안 밤하늘 아래 있었다. 조용, 조용, 조용히. 너무도 시끄러웠던 하루, 사람의 악의에 지쳤던 하루, 사람의 양심에 지쳤던 하루. 사람이 아닌 것의 위로가 필요한 밤이기에.

집에 같이 가 주세요

"《현대마법사》와《현대사총본》 대출되었습니다."

"감사합니다."

"반납일은 꼭 지켜 주세요."

"네!"

랑세는 책을 품에 안고 도서관을 나왔다. 왕립 도서관은 원래 귀족을 위한 곳이지만 일부 서적은 나랏일을 하는 평민에게도 대출된다. 책과 별 인연이 없는 랑세였기에 평소에는 별로 사용하지 않았다. 그러나 오늘은.

'직접 알아보세요.'

스테인이 말했던 될트렝 사건이 무엇인지 알아보기 위하여 들렀다. 이웃 마법사들에게 물어보면 편하게 끝날 수도 있는 일이지만, 어쩐지 꺼려졌다. 그가 웃뭉난 앞에서 이를 언급한 순간 마법사들의 안색이 바뀌었지. 과연 물어도 될까 싶어서. 생존자라는 단어에 담긴 무게 때문에, 직접 보고 찾는 게 예의다 싶어서.

그 이튿날, 웃뭉난은 아파트를 나가며 외무부에는 적당한 핑계를 대었고 어느 고위 마법사 집으로 갔다고 한다. 아무리 맹세를 했다지만, 이야기 속 악당들이 틈을 찾아 얼마든지 사람을 속이듯이 그도 그럴 수 있었을 것이다. 하지만 그 모든 과정을 부드럽게 처리한 사람은 스테인이었다. 그렇기에 예의를 차리고 싶었다. 참 의미 없는 짓 같으면서도, 어디 세상사 의미 있는 일만 하고 살겠는가.

"랑세."

아파트 문을 열고 늘 그렇듯 케일에게 대충 인사하고 올라가려던 순간, 케일이 미묘한 표정으로 랑세를 불렀다.

"네. 왜 그러세요?"

케일은 잠시 랑세를 보다 책을 덮고, 그러니까 무려 책을 덮고 관리사무실 밖으로 나왔다. 랑세는 덜컥 겁부터 났다. 아니, 무슨 일이래.

케일은 당장 말을 꺼내지 않고 물끄러미 랑세를 내려다보았다. 하얀 얼굴에 무언가 모를 감정을 담고 있는데, 그 감정이 무엇인지 몰라 불안하기만 했다. 그리하여 무슨 일이냐고 재촉하지 못했다. 한참 만에 케일이 겨우 입을 열었다.

"내일 공관 휴일에 뭐 하나?"

내일은 휴일. 느긋하게 책을 살펴보려던 랑세는 주춤했다.

"그냥…… 집에 있으려고요."

그렇다고 매일 책을 읽는 그에게 휴일이라 책 읽는다고 말하기는 무엇해 그냥 그렇게 답했다. 랑세의 답에 케일의 눈썹이 잠깐 올라갔다. 아니, 왜 그러세요.

"내일, 내 부탁 좀 들어줄 수 있을까?"

덜컥, 마법사의 입에서 나온 부탁이라는 말은 두렵기만 해 심장 떨어지는 소리가 나는 것 같았다. 랑세는 떨어진 심장을 대충 주워 제자리에 가져다 놓고 생각에 잠겼다. 상대는 케일이었다. 뜻하지 않게 자신을 여러 번 도와준 케일. 팔렝주 한 병으로 갚기에는 좀 많은 도움.

"어……, 제가 도와 드릴 수 있는 게 있나요?"

옷만 사지 마. 통역만 시키지 마. 실험 대상으로만 삼지 마.

"음……."

그는 신음을 냈지만 또다시 말을 잇지 못한다. 아우, 한 번은 기다리겠는데 두 번은 못 기다리겠네. 사람 말라 죽기 전에 빨리 말해요.

랑세의 초조한 기색을 눈치챘는지 그가 드디어 입을 열었다.

"내일 낮에…… 우리 집에 좀 와 줄 수 있나?"

"네?"

아니, 이건 생각 못 했네. 우리 집이라면 케일의 본가겠지?

"내일 와서 식사나 하면 된다."

"네?"

점점 더 알 수 없어진다.

랑세는 얼마 전 세탁실에서 시간을 때우려고 읽었던 소설이 떠올랐다. 집안에서 원치 않은 결혼을 요구받던 남자가 친구를 애인인 척 데려가 사랑하는 사람이라고 속이고 시간을 버는 동안 친구와 여차저차 눈이 맞게 되어 연애하고 결혼하는, 뭐 그런 내용.

"설마 애인인 척해 줘야 하는 거예요?"

뜬금없는 말에 케일의 눈이 사나워졌고 그에 랑세는 찔끔했다. 내가 그런 놈으로 보이나.

아니, 아니면 말지, 뭐 그렇게 화를 내요.

"그럼 왜요? 이유를 알아야 맞춰 드리죠."

식사 정도야 얼마든지 할 수 있지만, 앞뒤 사정은 알아야 하지 않겠는가.

"그러니까……, 내가 본가에서 독립할 때 어머니께서 걱정이 많으셨다."

하며 케일이 잇는 말을 정리하자면, 어머니가 아파트에서 홀로 살 아들이 못내 걱정되어 일 년에 한 번 집에서 가족과 함께 식사하는 것을 조건으로 독립을 허락했다는 것이다. 단, 친구를 반드시 데리고 올 것. 아들과 같이 어울리는 사람을 봐야 생활을 알 수 있다나.

"예, 뭐, 그 정도라면 얼마든지요."

"고맙다."

케일과 친구인지는 약간 의문이긴 하지만, 이 정도면 지인 이상이지 않겠는가. 쉽게 납득하고 방으로 돌아가려던 순간 랑세는 멈칫했다. 아니, 잠깐.

"그런데요, 케일 씨."

"왜 그러지?"

"그런데 왜 저죠?"

자신보다 더 친구다운 사람들이 있을 텐데.

랑세의 말에 그의 미간이 조금 좁아지더니 한숨을 내쉬었다.

"네가 제일 멀쩡하니까."

"네?"

"처음에는 스테인을 데려갔다."

헉, 랑세는 저도 모르게 숨을 들이켰다. 스테인은 언뜻 평범해 보이지만 자기 마음에 들지 않는 상황에서는 언제든지 분위기를 엉망진창으로 만들 수 있는 사람이다.

"그리고 아미아도 데려간 적 있다."

허어억, 랑세는 더 깊은 숨을 들이켰고 케일은 더 깊은 한숨을 내쉬었다. 아니, 대체 왜 그러셨어요.

"설마…… 어머님은 마법사이신가요?"

마지막 희망을 걸고 물어봤지만 돌아온 것은 참담한 진실이었다.

"아니. 그리고 설사 마법사셨다 하더라도 아미아는……."

"아……."

랑세는 아주 동정하는 눈으로 케일을 바라봤고, 케일은 그 시선이 기껍지만은 않은지 눈을 피했다.

랑세는 마음으로 그의 손을 꼭 붙들어 줬다. 어머님께서 심려가 크셨겠어요. 제가 잘해 드릴게요.

"그럼 내일 준비하고 아파트 앞에서……."

"우와! 랑세! 내일 케일네 집에 가는 거지?"

그때 아미아가 계단을 날듯이 내려왔다.

아니, 그건 어떻게 벌써 아셨대요.

"아아! 내일 하루 관리사무실 업무를 내가 대신 봐주기로 했거든!"

아미아는 방방 랑세의 주변을 뛰어다니다 랑세를 꽉 끌어안았다.

"악! 뭐 하시는 거예요?"

"아! 올해도 내가 가고 싶었는데!"

그럼 댁이 가세요, 하는 말은 차마 나오지 않았다. 케일의 어머니 마음에 어찌더 깊은 심려를 안겨 드리나.

아미아는 랑세의 어깨를 꾹 붙들고 얼굴을 들이밀며 절박한 어조로 말했다.

"싸다 줘."

"네?"

"케일네 집 음식, 진짜 맛있어. 진짜 내가 손에 묻은 양념까지 싹싹 핥아 먹었어."

왕국말 숙어에 있는 표현, 그러니까 손가락까지 핥았다라는 표현이 아무래도 비유가 아닌 것 같다. 케일이 짜증을 내며 관리사무실로 들어가는 걸 보면.

"저, 저도 손님으로 가는 거란 말이에요. 그걸 어떻게 싸 달라고 해요?"

"그 집 손님 접대 잘해 줘. 네가 싸 달라고 하면 얼마든지 싸 줄 거야. 나도 부탁했더니 이만한 통에 담아 줬어."

이거 먹고 떨어지라는 거 아니었을까요.

"아아, 좀 놔줘요. 저 피곤해요. 들어갈 거예요."

"싸다 줘. 싸다 주는 거지?"

"네네, 알았으니까."

에라, 이거 먹고 떨어져라. 랑세의 성의 없는 허락에 아미아 는 랑세를 놔주었다. 닭고기, 소고기, 양고기, 말고기, 맛있는 고기, 고기, 아미아는 이상한 노래를 흥얼거리며 관리사무실로 들어갔다.

"왜 들어와?"

"네가 인수인계받으라며!"

둘의 짜증 가득한 목소리를 들으며 이마를 짚었다. 아이고, 임시 관리인은 왜 또 아미아 씨래요. 랑세는 케일의 판단력을 의심하며 방으로 올라갔다.

"꽃이랑 과자면 되겠지?"

랑세는 아침 느지막이 일어나 외출 준비를 한 후 일단 가까 운 가게에 들렀다. 손님으로 방문할 때 가장 무난하고 정석적 인 선물을 사기 위해. 한 손에는 꽃, 한 손에는 과자 상자를 들고 다시 아파트로 터덜터덜 걸음을 옮겼다.

어제 밤늦은 시간까지 빌린 책을 뒤적거렸지만 별 소득은 없었다. 뒬트렝의 뒬 자도 못 찾았으니. 다른 무슨 책을 봐야 하나 생각하며 걷다가 아파트 앞에서 잠시 멈추었다.

"마차?"

누가 왔나, 웬 영업 마차가 여기에 서 있담.

그 순간 아파트에서 케일이 나왔다. 케일은 랑세의 손에 든 것을 보고 눈을 크게 떴다.

"가져가는 건가?"

"네? 이거요? 네, 뭐. 보통 손님으로 방문할 때면 이거 아닌가요? 아닌가, 수도는 다른가요?"

설마 이게 팔렝만의 예절은 아니겠지. 랑세는 새삼 걱정되어 케일을 바라보았다. 그의 눈썹이 떨리고 있었다.

"아니, 맞다. 그저…… 이런 걸 준비한 게 네가 처음이어서."

"아……."

아, 쫌. 마법사님들. 이건 마법사, 비마법사 문제가 아니라 일반적인 예의 문제라고요. 랑세와 케일은 같은 순간 같은 의미로 한숨을 내쉬었다.

케일은 일단 마차를 손으로 가리켰다.

"타."

"어? 이거 우리가 타고 갈 거였어요?"

"음. 걷기에는 좀 거리가 있어서."

"아, 네."

그러고 보니 케일의 집은 어디지? 뭐, 이제 갈 텐데 곧 알겠지. 랑세는 마차에 올라탔고 마차가 곧 출발했다.

다각다각, 마차 안에서 둘은 별 대화가 없었다. 케일은 무슨 생각에 잠긴 듯 창밖만 바라보고 있고, 랑세는 늦게 잔 터라 꽤 피곤한 탓이었다. 멍하니 창밖을 구경하던 랑세의 눈이 점점 커지기 전까지.

아니, 저기 잠깐만요. 어째서죠, 어째서 이쪽으로 가는 거죠. 마차가 가는 곳은 저택들이 도열해 있는 곳, 그러니까 귀족가가 모여 있는 곳이었기에. 설마, 설마, 설마.

랑세는 떨어지지 않는 입을 겨우 열었다.

"저기……, 케일 씨."

"왜 그러지?"

"귀, 귀족이셨어요?"

랑세의 떨리는 목소리에 케일은 피식 웃으며 고개를 저었다.

"아니. 난 아니다. 부모님과 큰누님만."

"아."

귀족의 수를 제한하기 위해 법으로 귀족은 당대 가주 부부와 후계자만 될 수 있었다. 그러니 후계자가 아닌 케일은 귀족이 될 수 없었다. 그렇다 하더라도 반은 귀족이나 마찬가지리라. 랑세는 케일이 새삼 멀게 느껴져 말없이 창밖으로 고개를 돌렸다.

다각다각, 침묵이 오가는 마차 안에 정비된 돌바닥을 걷는 말발굽 소리만이 들린다. 잠시 여러 가지 이것저것 생각하던 랑세는 아, 하고 소리를 냈고 그에 케일이 돌아보았다.

"저기……, 큰누님이라고 하신 걸 보면 다른 형제분들이 있나 봐요?"

"그래. 이남 이녀다."

"아, 그럼 케일 씨는 몇 번째……."

"멈춰라!"

랑세의 말이 채 끝나기도 전에 바깥에서 큰 소리가 들리고, 마차가 멈췄다. 랑세는 저도 모르게 입을 다물고 바깥을 보았다. 어마어마하게 커다랗고 화려한 저택 앞, 하인으로 보이는 이가 마차로 다가왔다.

"누구……, 앗! 케일 도련님 오셨습니까!"

끄덕, 케일이 고개를 끄덕이자 하인은 대문 쪽을 향해 외쳤다.

"문 열어라! 케일 도련님 오셨다!"

도, 도련님이래. 어울리는데 안 어울려. 랑세는 어쩐지 웃음이 튀어나올 것 같아 이를 꾹 물고 참았다.

마차가 열린 대문 안으로 들어가 달리기 시작하자 케일은 다시 한숨을 내쉬었다. 꼭 랑세가 무슨 생각을 하는지 안다는 듯.

"어렵게 생각할 것 없다."

무슨 생각하는지 몰랐나 보다.

"앗, 네. 풉, 네."

"그리고……."

그리고.

"막내 왔구나!"

바깥에서 들리는 어떤 여자의 큰 목소리.

"……이남 이녀 중 막내다."

랑세는 결국 웃음이 터지고 말았다.

"내리자."

랑세의 웃음이 무슨 뜻인지 알았는지 케일은 시선을 피하며 마차에서 내려 버렸다.

랑세는 억지로 웃음을 집어삼켰지만, 미소는 지우지 못했다. 내리기 전에 복장을 점검하고 숨을 깊게 들이켰다. 케일은 귀족이 아니더라도 만날 사람 중에 귀족이 있으니. 마치 상사의 방에 들어가기 전에 하는 것처럼 마음을 가다듬었다. 지금은 귀에 걸린 입술 끝부터 일단 좀 내리죠.

"막내야!"

그러나 그 마음가짐이 무색하게, 나이가 꽤 있어 보이는 여성이 빠른 속도로 뛰어나와 케일을 꼭 끌어안는 것을 보자 다시 웃음이 튀어나올 뻔했다. 물론 이를 꾹 물어 참았다.

"아이고, 우리 막내 왔구나."

"……오랜만에 뵙습니다."

"넌 여전하구나!"

꼬집.

세상에나, 여자는 케일의 볼을 아기 다루듯이 꼬집어 늘어뜨렸고 케일은 짜증을 내며 뒤로 물러섰다. 여자는 그런 케일의 짜증이 익숙한지 아무렇지도 않은 듯 깔깔 웃을 뿐이었다.

"누님, 이쪽은 랑세 엔나. 랑세, 이쪽은 내 둘째 누님 렐리프이시다."

"아, 안녕하세요."

랑세가 얼른 인사를 하자 렐리프는 움찔했다. 랑세는 봤다, 렐리프의 눈이 자신의 통 좁은 소매로 간 것을.

랑세도 얼른 그런 렐리프를 훑어봤다. 안 닮았다. 밝은 미소를 짓고 있는 렐리프는 케일과 전혀 닮지 않았지만, 그렇다고 하더라도 남매라고 말할 그 무엇이 있었다.

어찌 되었든 렐리프는 당황한 기색을 싹 지우고 반갑게 웃으며 인사했다.

"렐리프예요, 랑세 씨. 재무부 서기관으로 일하고 있어요."

랑세는 렐리프의 인사에 담긴 의미를 금세 읽어 냈다. 마법사라면 절대 모를 그 의미. 너 뭐 하는 놈이냐는 의미가 담긴 질문이었으니. 랑세는 최대한 호감 어린 미소를 지었다.

"만나 뵈어서 반갑습니다. 랑세예요. 외무부에서 대민 업무를 보고 있는 문관입니다."

7급이지만요, 하고 덧붙이기도 전에 문관, 아니, 외무부라는 소리에 렐리프의 눈이 크게 떠졌다.

"아, 아아, 이럴 수가, 이럴 수가! 잠시만요!"

그러고는 뒤돌아 후다닥 달리기 시작했다. 체통머리도 없이.

케일은 긴 한숨을 내쉬었고, 랑세는 큭, 하고 다시 웃음이 터졌으면서도 그 마음을 알 것 같아 있는 힘껏 입을 닫았다. 렐리프의 마음도, 케일의 마음도.

"들어가자."

"아, 예."

도열한 하인들을 지나칠 때도 뭔가 수군거림이 들리는 것 같았다. 아니, 그들은 절대적으로 침묵하고 있었지만, 시선이 수군거리는 것과 크게 다를 바가 없었다. 랑세는 근사한 정원을 구경하고 싶었지만 일단 인사가 먼저이기에 꾹 참았다.

　나이 지긋한 남자가 케일에게 고개를 숙이며 문을 열어 주었다.

　"도련님, 오셨습니까?"

　"오랜만이네, 집사."

　우와, 이야기책에서만 보던 집사를 여기서 보는구나. 호기심 반, 어색함 반이 담긴 랑세의 시선에도 집사는 표정 변화 없이 랑세를 맞이해 주었다. '역시 사람은 관록'이라는 쓸데없는 생각을 하는 랑세였다.

　"어머니는?"

　"응접실에 계십니다."

　"그렇군. 가 보겠네."

　랑세가 알고 있는 케일과 도련님이라는 호칭은 여전히 안 어울리는 듯하지만, 집사에게 능숙하게 이러저러한 말을 하는 모습에는 조금쯤 어울리는 것 같았다. 기다란 복도를 통과하는 동안 케일은 별말이 없었다. 복도에 켜켜이 쌓아 올린 가문의 역사를 구경하는 랑세 역시.

　"여기다."

　어느 방문 앞에 서서 의복을 정제하는 케일의 모습에 랑세도 더듬더듬 치마의 주름을 폈다. 둘의 시선이 마주쳤다. 랑세는 가볍게 고개를 끄덕였고, 그걸 신호로 케일이 문을 열었다.

"어머니."

우와와, 랑세는 저도 모르게 그렇게 외칠 뻔했다. 응접실 안에는 케일과 똑같이 생긴 나이 든 여성을 비롯하여 케일과 꼭 닮지는 않았지만 가족이라는 것을 알아챌 만큼은 닮은 사람들이 득실득실했다.

케일의 어머니가 먼저 일어나 케일의 볼을 가볍게 쓰다듬었다.

"잘 왔다."

"……예, 어머니."

눈에 담긴 것은 걱정 또는 그리움, 그리고 반가움. 랑세는 케일만큼이나 무뚝뚝한, 그러나 보다 더 온기 있는 눈에 조금쯤은 안심이 되었다.

"친구를 소개해 주겠느냐?"

"예, 어머니. 이쪽은 랑세 엔나, 외무부 7급 문관입니다."

랑세는 문관 시험 과목 중 하나였던 예법에 대한 기억을 죄다 끌어모아 최대한 예의를 차려 케일의 어머니에게 인사를 올렸다. 케일 어머니의 눈썹이 슬쩍 올라갔지만, 랑세는 고개를 숙이고 있느라 보지 못했다.

"오늘 초대에 감사드립니다. 그리고 이것은 약소하나마 감사의 뜻으로 준비한 것입니다."

"흡."

랑세가 선물을 내밀었을 때 어디선가 흡, 하고 숨을 들이켜는 소리가 들렸다. 이 으리으리한 집에 걸맞지 않게 한없이 소박한 선물이라고 걱정할 틈도 없이, 랑세는 그 숨 들이켜는 소리가 무슨 의미인지 알 것 같아 속으로 비명을 꽥꽥 질렀다. 아아아, 마법사님들. 아, 제발 좀. 아파트로 돌아가면 와렌에게만이라도 일반 예절 수업을 해 줄 것이다, 반드시.

"케일의 어미 되는 렐 튀르하네. 튀르하 공이라 부르면 되네."

"아, 네. 튀르하 공."

그래도 튀르하는 놀란 티를 내지 않고 랑세가 내민 꽃을 받아 냄새를 맡았다. 흡족한 미소가 얼굴에 묻어났다.

"소개하지. 이쪽은 내 큰딸 퀼하, 둘째 딸 렐리프, 셋째 아들 릭스. 여기는 내 남편 케이즈."

"아, 만나 뵙게 되어 반갑습니다."

랑세는 퀼하와 케이즈에게는 귀족에게 하는 예를 올리고, 렐리프와 릭스에게는 손을 내밀었다.

"릭스입니다. 부족하지만 왕립 대학 역사과에서 후학들을 가르치고 있죠."

부드러운 인상의 남자는 꽤 유쾌하게 웃으며 랑세와 악수했다.

"그런데 우리 막내한테 협박받은 겁니까?"

"네?"

"아니면 돈을 준다고 하던가요?"

"네?"

"아니, 랑세 씨같이 훌륭한 사회인이 우리 막내랑 같이 오니까 궁금해서 그럽니다."

"형님!"

아하하하, 랑세는 어색하게 웃었고 케일은 버럭 짜증을 냈다. 케일의 짜증이 또 뭐가 웃긴지 가족들은 웃는다.

케이즈가 릭스의 어깨를 가볍게 두드리며 나섰다.

"막내 그만 놀리거라, 릭스."

이 집 식구들은 케일을 케일이라고 부르는 법이 없구나. 죄다 막내라고만 하네. 어쩐지 케일의 귓가가 붉어진 것 같아 랑세는 다시 이를 꾹 깨물었다.

케일에게 부드러움을 더 넣고 날카로움을 빼면 비슷해질 얼굴의 케일의 아버지가 손을 내밀었다.

"케이즈네. 아들 친구라니 반갑네."

"예, 저야말로 영광입니다, 튀르하 님."

"하하하, 케이즈 아저씨라고 불러도 괜찮아."

"아, 아니요, 제가 어찌 감히……."

뭔가, 기분이 이상했다. 여기에 자신을 아는 사람은 한 명도 없지만, 소매가 좁다는 이유로 어마어마한 귀족들에게서 유쾌한 농담과 과한 환영을 받는다. 에잇, 평민 따위는 꺼져라, 하는 소리보다야 환영이 낫다만, 소매 모양으로 사람의 가치가 정해진다는 것은 안타깝지 않은가. 좋은 쪽이든 나쁜 쪽이든. 뭐, 이건 전적으로 자신 탓이 아니라 먼저 왔던 마법사들 탓이리라. 으르렁, 컹컹.

큰누나라는 귈하는 후계자라 그런지 꽤 점잖게 인사를 받아주었다. 물론 눈에 담긴 호기심이 완전히 지워지지는 않았지만.

"일단 좀 앉지요."

아얏, 식사를 바로 하러 가지는 않는 모양이다. 늦게 일어난 데다가 선물 사러 나가느라 아침도 건너뛰었는데.

하인이 소리 없이 나타나 찻잔을 쭉 내려놓고 나갔다. 잠시 낯선 사람들끼리 있을 때의 어색한 침묵이 지나갔다. 보통이라면 케일이 나서서 가족과의 대화를 풀어 나가며 손님인 랑세를 끌어들여야 한다. 그것이 예절이고 정석이다. 하지만 그런 것은 없었다. 사실 기대도 안 했다.

"그런데 랑세 씨는 어떻게 우리 막내랑 알게 되었나요?"

다행히도 렐리프가 차의 김이 아직 모락모락 올라올 때 얼른 입을 열었다. 랑세는 쓰게 웃으며 아파트에 살게 된 이런저런 사정을 설명했다.

"어머, 그렇군요. 우리 막내가 꽤 무뚝뚝한 편이라. 그래도 어떻게 친구가 되셨네요."

렐리프가 랑세의 사연을 듣다가 그리 말하자 랑세는 힐끗, 말 없는 케일을 보고 입을 열었다.

"어, 케일 씨가 말이 없으시긴 한데요, 그래도 속정이 깊은 분이라서요."

순간, 응접실에 침묵이 내려앉았다. 어, 속정 깊다는 게 좋은 뜻인데 왜 이러지.

그때, 릭스가 벌떡 일어났다.

"막내야! 대체 이 여린 아가씨를 무엇으로 협박했느냐!"

"……형님, 제발!"

하하하, 랑세는 웃음을 터트렸다. 그것을 기점으로 응접실 안에 다시 사람들의 웃음이 차올랐다.

랑세는 문득 동생 루세가 떠올랐다. 세상에서 제일 재밌는 일 중 하나가 막냇동생 놀리기다. 거기에 우습게 보기 추가.

"우리 모두 막내 걱정이 많아요. 나이 차이가 아무래도 좀 있으니까."

막내에 늦둥이. 월척이네.

릭스는 케일의 머리를 마구 흐트러트렸다. 케일은 또다시 짜증을 냈다.

랑세는 피식피식 웃음이 새어 나왔다. 사랑이 넘쳐서, 애정이 넘쳐서 그게 귀찮아지는 지경까지 되어 버릴 때, 그 애정을 감사하게 받으면서도 표현을 감당하지 못할 때, 그럴 때 내는 어찌할 수 없는 짜증이 케일의 낯에 짙게 묻어 나와서. 부러운 걸까, 자신은.

"저도 동생이 있어서 무슨 말씀인지 알 것 같습니다. 물론 저한테 케일 씨는 동생도 아니고 그냥 좋은 분이지만요."

"어머, 어머."

랑세의 차분하고 능숙한 대답에 렐리프가 작게 박수를 보냈다.

"진짜…… 우리 막내 다 컸구나. 이런 친구도 사귀고."

"아, 제발 좀, 누님."

"좋은 친구분 앞이니 막내 체면 좀 생각해 주렴, 렐리프."

여태 그들의 농담 섞인 대화를 무뚝뚝한 얼굴로 보고 있던 퀼하가 꽤 엄숙하게 한마디 했다. 그래도 눈썹이 파르르 떨리는 것을 보고 만 랑세였다. 저 사람, 지금 엄청나게 웃고 싶은 걸 참고 있구나. 눈썹 떠는 건 케일이랑 또 닮았네.

얼마 지나지 않아 여태 말없이 있던 튀르하 공과 케이즈가 자리에서 일어났다.

"준비가 다 되었을 테니 식당으로 가지."

"아, 예."

랑세는 자리에서 일어나 두 사람 뒤를 따랐다. 그리고 그 뒤로 속닥속닥 형제들의 대화가 따라왔고. 가운데 낀 케일만이 난감한지 마른세수를 하는 모습에 랑세는 또다시 이를 깨물며 웃음을 참아야만 했다.

"와!"

식당에 들어서자마자 저도 모르게 감탄사가 튀어나온 랑세는 얼른 합, 하고 입을 닫았다. 예의 없게 뭐람. 하지만 그러면서도 눈은 여기저기를 훑어보게 되었다.

꽃과 은제 식기로 예쁘게 꾸며진 둥그런 식탁과 벽을 장식한 가지가지 화려한 식기들. 세상에, 아미아 씨는 여기서 손가락을 핥아 가며 식사를 했다는 거네. 어떤 의미로는 대단히 존경할 만한 사람일세.

"앉지."

상석에 튀르하 공과 케이즈가 나란히 앉고, 그다음 자리에 퀼하가 앉았다.

"이쪽으로."

예법을 배웠다지만 실전에서 써먹은 적이 없던 랑세가 눈치를 보고 있자 케일이 직접 의자를 빼 준다. 흡, 역시 배운 사람이야. 랑세는 쓸데없는 생각을 하며 자리에 앉았다.

"랑세 씨는 특별히 싫어하는 음식이 있나요?"

"아, 아니요."

그럴 리가.

"다행이네요."

렐리프의 답이 떨어지자 식당 어느 한쪽 문에서 하인들이 줄줄이 음식을 들고 들어와 식탁 위에 내려놨다. 세상에, 수프에 꽃도 띄우네.

"오늘 와 줘서 고맙네. 들지."

튀르하 공의 신호로 랑세는 한 숟가락 떠서 맛을 보았다.

"와……."

그리고 절로 나온 감탄.

"아미아 씨가 왜……."

손가락까지 핥았는지 알 것 같아요라고 말하다가 다행히 멈췄다. 세상에, 이런 음식 다시 먹어 볼 수 있을까.

랑세가 감탄 어린 얼굴로 튀르하 공을 보며 다시 한번 초대에 사의를 표하자 튀르하 공은 흐뭇한 얼굴을 했다.

"주방장이 기뻐하겠군."

그러더니 피식 웃었다.

"작년 아미아 양 때만큼 기뻐할지는 모르겠으나."

윽. 그래, 손가락까지 싹싹 핥고 싸 달라고도 했으면 요리사는 기뻐했겠네. 얼굴도 모르는 주방장님, 죄송해요. 저에게는 사회적 체면이 있어서 그만큼은 못 해 드리겠네요.

"그래, 막내야, 요새는 어떻게 지내느냐? 아미아 양은 잘 지내고?"

릭스의 질문에 케일은 네, 잘 지냅니다. 그 녀석도 잘 지냅니다, 하고 정말이지 성의 없는 답을 했다. 이런 속 터지는 상황이라도 형제들은 뭐가 좋은지 방긋방긋 잘도 웃는다. 아마도 익숙함이라는 거겠지.

그래도 말이야. 랑세는 수프를 깨끗이 다 먹으며 이 맛있는 음식값을 하기로 했다.

"아미아 씨는 늘 건강하지요. 제 옆방이라서 잘 아는데요……."

그러니까, 좋은 친구의 역할 말이다. 케일의 부모와 형제가 듣고 싶었을 아파트의 평범한 일상을 말해 주는 것. 랑세는 사람을 지옥으로 빠트리는 말도 잘하지만 평범하고 즐거운 대화를 하는 데도 어디 빠지지 않는다.

랑세는 아파트에서 있었던 일 중 소소하고 즐거운 사건만 골라내, 있는 솜씨 없는 솜씨 다 끌어모아 풀어냈다.

"……그래서 그때 케일 씨가 늑대 메신저를 보내서 위로해 주시지 뭐예요. 참 좋은 분이에요."

드문드문 케일 칭찬을 하는 것도 잊지 않으며.

랑세의 이야기를 흥미진진하게 듣던 케일의 가족들이 호오, 하고 감탄을 내뱉자 케일은 긴 한숨을 쉬며 자신 앞에 있는 음식을 소리 없이 씹기만 했다.

"맞아요. 우리 막내가 좀 다정한 구석이 없잖아 있어요."

렐리프가 즐거운 듯 저쪽에 장식된 꽃다발을 손으로 가리켰다. 계절에 맞지 않는 아난나꽃이었다.

"저거요, 저게 우리 막내가 보존 마법을 처음 배워서 해 준 거예요. 저게 제가 어머니 생신 때 드린 거였는데, 시들어 가는 걸 안타까워하시자 밤새 낑낑거리며 해 준 거예요."

"누님!"

"그때가 일곱 살이었죠. 누나, 이거 봐, 하면서 내미는 게 어찌나 귀엽던지."

"누님!"

케일이 정색하며 말려도 아무 소용 없다. 동생 자랑하고 싶은 누나에게는. 아니, 자랑이 아닐지도 모른다. 그저 귀가 빨개져 말하지 말라는 동생을 보고 싶어서일지도. 릭스와 렐리프의 놀림에 동참하고 싶지만, 이건 형제들의 몫이다. 남이 잘못하면, 자칫 선을 넘으면 외려 욕먹는다.

"어려서부터 심성 고우신 분이셨네요."

랑세의 예의 바르고 얌전한 말에 렐리프는 재미가 떨어진 듯 곧 그만두었고, 그 반응에 외려 케일이 놀란 듯했다. 몰랐구나, 저 사람. 저런 놀림은 반응이 없어야 재미없어지는걸.

거기에 아무래도 막내 체면을 세워 주고 싶었는지 퀼하가 나섰다.

"저런 어린 시절을 함께 좀 길게 보내고 싶었는데⋯⋯. 안타깝게도 그러지를 못했네. 그래서 아우들이 지금이라도 마음껏 어린 시절을 느끼게 해 주는 걸세."

"아하, 그렇군요."

놀림의 이유가 정말로 저런 것이라면 참으로 그럴듯하다고 생각하던 랑세는 문득 이상한 걸 느꼈다.

"저어……, 케일 씨가 어린 시절을 함께 보내지 못하셨다는 건……."

여기까지 말하고 잠시 멈칫했다. 이런 거 함부로 물으면 안 되는 건가. 기억 속에서 《예법과 화법》, 《기초 예법의 이해》와 같은 수험서 여기저기를 뒤적거려 보지만, 답은 딱히 나오지 않았다. 아, 대체 왜 시험이 끝나면 아무것도 기억나지 않는 걸까.

"몰랐나요? 마법에 재능 있는 아이들은 비교적 일찍 학교에 들어가거나 스승 밑에서 수련을 해요."

그래도 크게 잘못된 질문은 아니었는지 아무도 탓하지 않았고, 렐리프가 곧 답을 줬다. 아하, 그러고 보니 전에 타루가 학교에서 마법사 옷만 입다 보니 보통 옷 입는 법을 잊었다고 했다. 그만큼 긴 시간이었겠지.

"그래도 케일은 우리 고집으로 집에서 비교적 오래 수학하지 않았느냐."

케이즈의 말에 렐리프가 고개를 끄덕였다.

"그나마 다행이라고 생각해요."

이건 또 무슨 소리인가 싶어 랑세가 눈치껏 렐리프를 바라보았다. 지금까지 식탁 위에서 가장 호응 좋고 발랄한 분위기를 이끌어 간 주역이었으니까.

그러나 답은 릭스에게서 나왔다.

"원래 막내의 재능을 탐내는 마법사들은 제법 있었지만, 어머니께서 이른 나이에 폐쇄된 생활을 하면 좋을 게 없다고 가능한 한 스승을 집에 모셨습니다. 가족끼리도 바깥에서 많은 시간을 보내려고 애썼죠. 본인이 워낙에 수줍음이 많아서 집에 있으려고 하긴 했지만."

음. 수줍음이 많다기보다는 놀리는 형, 누나가 귀찮은 게 아니었을까 싶기도 하고요.

"학교 다니기 시작하면서 기숙사 생활을 해야 했지만 말입니다. 완전히 독립한 건 종전 후였습니다. 그래서 우리가 걱정이 많답니다."

확실히 케일이 아미아더러 상식적이지 않다고 짜증을 낸다거나, 마법사들이 시끄럽게 굴 때면 미간을 좁히며 책에 머리를 박고 외면하는 것은 이런 가족들 덕분일지도 모른다.

"나랏일을 하다 보니 원치 않게 이래저래 마법사들을 많이 보게 되었는데……."

튀르하 공이 그런 소리를 하면서 가만히 약한 한숨을 내쉬었다. 그 한숨과 줄임말 속에 담긴 뜻을 알 것 같아 랑세는 이를 깨물며 웃음을 참았다.

"나는 케일이 그런 환경에 매몰되지 않길 바라 그리했지. 그런 마법사들처럼 자라지 않길 바랐으니까."

랑세는 악물었던 이에 힘을 뺐다. 웃음이 사그라진 탓이었다. 뭔가, 묘한 기분이었다. 튀르하 공의 말뜻이 무엇인지 온전히 이해했음에도 기분이 적잖이 이상해졌다. 아니, 솔직해지자. 기분이 썩 좋지는 않았다. 그런 사람들, 짜증은 나지만. 그 사람들이 자신을 화나게 할 때도 있고 귀찮게 할 때도 있지만.

랑세는 생선 조각을 씹으며 가만히 생각에 잠겼다. 그 사람들을, 우리 아파트의 마법사들을 이상한 놈들이라고 말하는 것은 자신만이었으면 좋겠다는 생각.

"그……, 렐리프 씨는 재무부에서 일하신다고 하셨지요?"

"어머, 네. 재무부요."

갑작스레 화제가 바뀌었지만, 뜬금없이 말을 잘라 낸 것도 아니기에 대화는 자연스럽게 흘러갔다.

"저기, 혹시 다른 부서 사람들이 재무부 사람들을 뭐라고 하는지 들어 보신 적 있나요?"

"아하하, 알지요. 숫자만 아는 짠돌이 꼴통들."

외무부에도 회계과가 있고 재무과가 있다. 그들도 외무부 산하지만 최종 보고는 재무부로 간다. 결재를 위해서 재무부 사람을 만날 때마다 실은 저것보다 심한 욕을 하면서 분통을 터트린다. 걸레를 쥐어짜서 나올 똥물도 돈으로 바꿔 먹을 놈들이라나 뭐라나.

어쨌든 렐리프는 재무부에 대한 그런 원성이 높아질수록 일을 잘한다는 뜻으로 적당히 걸러 듣기에 웃으며 답했다. 그리고 마침 생각났다는 듯 물었다.

"그럼 랑세 씨는 외무부 사람들을 다른 부서 사람들이 뭐라고 하는지 아세요?"

"네. 의전밖에 모르는 허례허식 꼴통들요."

실은 저것보다 심하지만, 식사 자리라 적당히 순화시켰다. 대민지원과의 랑세야 그럴 일이 별로 없으나 어쨌든 외교의 시작과 끝은 의전인지라, 남들 보기에 하찮은 것도 다 챙겨야 해서 생긴 불명예스러운 별명이었다.

"하하하, 공관끼리 사이도 참 안 좋네요, 이렇게 풀어놓고 보니까. 사실 다 중요한 일이긴 하지요."

"네. 그래서…… 전 마법사들도 그냥 그런 거라고 생각해요."

딸각, 순간 랑세가 숟가락을 내려놓는 소리가 들릴 만큼, 식탁 위가 고요해졌다. 랑세는 가만히 시선을 손끝으로 피해 조심스럽게 덧붙였다.

"물론 그래도, 확실히 새로 배워야 하는 부분은 분명히 있지만…… 나쁜 건 아니니까. 그래도 괜찮은 것 같아요."

결국, 중요한 것은 사람. 넓은 소매 옷, 좁은 소매 옷 다 벗기고 나서 그 후의 본질이 중요하다. 아니, 물론 자주 그 사람들이 이상하고 짜증 나긴 하지만, 그래도, 그래도 말이야…….

"하하하, 그렇군요. 그렇게 생각해 보니까 대학의 선생들만큼이나 이상한 사람도 많지 않지요."

릭스가 생각났다는 듯 자신이 근무하는 곳에 있는 괴짜 선생들에 관한 이야기를 해 줬다. 선생들의 어떤 점들은 마법사들과 언뜻 비슷한 구석이 있었다. 제한된 환경 안에서 폐쇄적으로 하나의 일만 파고들다 보면 어찌할 수 없는 부분이 생기는 것이겠지. 그렇기에 랑세는 흥미진진하게 릭스의 이야기를 경청하며 맞장구를 쳐 줬다. 케일과 케일의 다른 가족들이 자신을 어찌 바라보는지 모르고.

랑세는 대화가 길어져도 별다른 부담감을 느끼지 않았다. 케일의 어머니나 큰누나는 케일과 비슷하거나 그보다 더 무뚝뚝하고 어려운 느낌이 나기는 했다. 그러나 대부분의 대화를 주도하는 사람들이 처음 봤을 때부터 친근하게 굴던 렐리프와 릭스여서 그런지도 모른다. 물론 이런 격의 없는 대화가 가능했던 것은 튀르하 공과 그 부군의 말 없는 허락이 있었기 때문이라는 것도 잊지 않았다.

여하간 처음에 마차가 귀족가로 향하던 것 때문에 바짝 긴장했던 때와 달리 랑세는 꽤 편안한 마음으로, 진짜 이웃집에 놀러 온 기분으로 앉아 있었다.

"아, 배부르네요."

그렇다고 허리띠를 풀 수 없는 노릇이지만.

랑세는 왜 아미아가 닭고기, 소고기, 양고기, 하는 이상한 노래를 불렀는지 식사 중에야 깨달았다. 말고기 빼고 딱 저 순서대로 다 나왔으니까. 거기에 생선도 민물 생선, 바다 생선 하나씩. 아무리 접시당 양이 적었다 하더라도 티끌 모아 태산인지라.

"어머, 그래도 마지막 후식은 드셔 보세요. 작년에 아미아양이 그걸 진짜 좋아했거든요. 올해도 주방장이 신나서 준비했다던데."

렐리프의 말에 랑세는 부끄러워졌다. 그 사람은 뻔뻔하게 있었을 텐데 왜 자신이 부끄러워하는지 모르겠으나.

"와아."

하지만 역시 아미아를 이해해 버리고 말았다. 살짝 얼린 과일에 무엇을 뿌렸는지 부드럽고 달콤한 맛이 난다. 지금까지 배불렀던 것이 거짓말인 양 단숨에 먹어 버린 랑세였다.

"와, 진짜 맛있어요."

감탄을 거듭하는 랑세를 보던 케일이 슬그머니 제 접시를 조금 밀어냈다.

"더 먹겠나?"

케일 몫으로 나온 접시 위의 후식은 하나도 손대지 않은 상태였다.

"아, 어……."

랑세가 순간 주춤하자 렐리프가 옆에 앉은 케일의 어깨를 가볍게 내려치며 타박했다.

"어우, 막내야. 손님께 네 거 밀어내면 어지간히 잘 드시겠다. 여기, 손님께 후식 좀 더 드려."

렐리프가 하인을 부르자 케일은 머쓱한 얼굴을 하며 랑세에게 가볍게 고개를 숙였다.

"미처 생각 못 했다."

거친 아파트 생활에 익숙해진 탓이었을까. 이런 걸 잊다니 말이야.

"아니에요. 어, 그래서 그런 게 아니라 배가 불러서……."

랑세가 손을 휘적거리며 어색함을 수습하려 들자 렐리프의 눈이 동그래졌다.

"배불러요? 더 못 먹겠어요?"

더 못 먹을 것 같은데 이것만은 먹고 싶었다. 처음 느껴 보는 듯한 감정. 그 때문에 랑세는 이 집에 들어온 이후 처음으로 어, 으, 하며 말을 잇지 못한 채 어찌할 바 몰라 했다.

오오, 어른스럽다고 생각했지만 아직은 젊어, 어려, 놀릴 만해. 렐리프가 장난기로 눈을 반짝일 때.

"그만, 렐리프. 서재로 올라가 차를 낼 때 다시 드리렴."

궐하가 적당히 막아 냈다.

렐리프는 쳇, 하면서도 언니의 말을 착실히 따른다. 오늘 대화가 활기찼으면서도 수렁에 빠지지 않은 데는 궐하의 도움이 컸던지라, 랑세는 마음속으로 궐하 언니 만세를 세 번 외쳤다.

몇 번인가 웃음이 오가는 대화와 함께 후식까지 다 먹자, 튀르하 공은 자리가 파함을 알렸다.

"자, 이제 다들 끝났나?"

랑세는 고개를 꾸벅 숙였다.

"아, 네. 정말 맛있게 잘 먹었습니다."

"맛있었다니 다행이네. 차는 자리를 옮겨서 마시도록 하지."

진짜 맛있었다. 최고였다. 싸 달라고는 차마 못 하겠지만 아미아의 마음은 충분히 이해할 수 있을 것 같았다. 랑세는 충만한 배와 마음을 다듬으며 자리에서 일어났다.

그때 케일이 옆에서 작게 속삭였다.

"랑세, 누님과 형님을 따라가라."

"예? 케일 씨는요?"

"잠깐 어머니께 따로 드릴 말씀이 있어서."

"아, 예."

뭐, 들어와서 딱히 열렬한 친구인 척한 것도 아니고, 대화할 때 케일이 도움 된 적도 없으니, 있어도 그만 없어도 그만.

"랑세 씨, 이쪽이에요."

조금 섭섭할 수도 있는 상황이었으나 릭스와 렐리프가 워낙에 친근하게 잘해 준 덕에 솔직히 그런 마음 들 틈도 없었다. 케일은 부모를 따라가고, 랑세는 케일의 형제들을 따라갔다.

"여기예요."

"우와."

이 집 와서 자꾸 우와 소리만 내게 되네.

그들이 랑세를 이끈 곳은 서재였다. 이거, 마치 꼭 이야기책에 들어갔을 때 보았던 서재 같잖아. 엄청난 규모는 꼭 도서관 같기도 했으나 동시에 정돈되고 편안한 느낌이었다. 구석구석 무엇이 있는지 아는 사람들이 정돈한 느낌. 책을 썩 좋아하지 않는 랑세도 이런 공간은 얼마든지 환영이었다.

"랑세 씨도 책 좋아하나 봐요."

이 서재를 볼 때마다 눈이 돌아가던 마법사들을 아는 렐리프가 그리 묻자 랑세는 쑥스럽게 웃었다.

"고향에서 아빠, 아니, 아버지가 서점을 하긴 하시는데요, 마법사들만큼 책을 좋아하지는 않아요."

"아하하, 그 사람들은 유난스러운 거고요."

"마법사만큼이나 책 밝히는 사람들이 있는 곳이 또 대학이

랍니다.”

릭스가 자연스럽게 끼어들었다. 하긴 그곳은 공부하는 사람들이 모인 곳이니까 당연하겠지.

랑세는 소화도 시킬 겸 책장 주변을 슬슬 걸어가며 책 구경을 했다. 역사, 철학, 사회, 경제, 문학, 마법……. 정말이지 다양한 종류가 착실하게 갖춰져 있었다.

그러다 랑세의 걸음이 문득 한 곳에서 멈췄다.

“동화책…….”

고급스러운 가죽 양장 책등에 낯익은 제목들이 금박으로 박혀 있었다.

“저, 이거 꺼내 봐도 될까요?”

“네, 물론이지요.”

랑세는 살그머니 책을 꺼내었다. 할머니, 할아버지의 황금 복숭아 이야기. 사람 손을 제법 탄 듯 보였다. 이거겠구나, 튀르하 공이 케일 씨에게 읽어 줬을 책이.

“뭘 그렇게 웃으세요? 재밌는 책이라도 있나요?”

“아, 아뇨. 케일 씨가 어머니께서 책을 읽어 주셨다고 한 말이 떠올라서요.”

랑세가 조금 당황하여 책을 내밀자 렐리프가 까르르 웃었다.

“아하하, 그 녀석이 그렇게 말했어요?”

“네?”

렐리프는 책장 하나를 빼곡히 메운 동화책을 한 손으로 쓸어보았다.

"어머니나 아버지나 늘 바쁘신데, 일부러 시간을 내서 책을 읽어 주시곤 하셨어요. 유모에게 맡겨도 되는 일인데, 그건 꼭 두 분이 하셨죠."

"아."

"우리 막내가 좀 애늙은이 같은 구석이 있어서⋯⋯. 그런 어머니가 신경 쓰였는지 얼른 들어가서 주무시라고, 유모가 더 재미있게 읽어 주니 어머니는 주무시라고 말했었지요."

"어머."

이걸 귀엽다고 해야 하나, 귀엽지 않다고 해야 하나.

릭스는 킬킬거렸다.

"어머니야 막내가 무슨 생각 하는지 뻔히 아시면서도 일부러 하루 안 가 보셨어요. 그랬더니 혼자 침대에 누워서 몰래 훌쩍훌쩍 울더라고 하인이 알려 줬죠."

아, 이건 귀엽다. 랑세는 같이 키득거리며 웃었다.

"어머니는 그게 웃기고 불쌍해서 결국 어느 정도 나이가 들 때까지는 곁에서 읽어 주셨어요."

어른스러운 척 굴어도 결국은 엄마 품을 그리워하는 아이였구나, 당신도.

랑세는 책을 제자리에 집어넣고 다시 서가 주변을 쭉 둘러보았다. 그러다 문득, 어느 곳에서 다시 멈추게 되었다. 역사 분야 책이 한곳에 모여 있었다.

그 시선을 눈치챘는지 릭스가 나섰다.

"이건 제가 모아 둔 책입니다. 학생 때 보던 책이라 중요한 건 연구실에 있습니다. 역사에 관심 있으세요?"

"역사에 관심이⋯⋯."

없다. 정말 별 관심 없다. 그러나, 관심을 가져야 할 일이 생겼기에 랑세는 말끝을 흐렸다.

이분한테 한번 물어봐도 될까, 그건 실례하는 게 아닐까. 정말이지 조금이라도 단서가 있다면 알아서 도서관을 뒤적거리기라도 할 텐데, 될트렝이 지역 이름인지, 사람 이름인지, 마법 이름인지조차 모른다. 여기서 약간의 단서라도 얻을 수 있다면.

"저기, 혹시 현대사나 이런 거 좀 여쭤볼 수 있을까요?"

"아, 저는 그쪽 전문은 아니지만, 기본적인 건 압니다."

"그⋯⋯, 혹시 될트렝 사건이 뭔지 알아보려면 어떤 책을 봐야 하나요?"

랑세의 질문에 릭스의 낯이 굳었다.

"그건 어디서 들으셨습니까?"

"들어오너라."

케일은 튀르하 공의 개인 집무실로 들어와 소파에 아버지와 나란히 앉았다. 짙은 색 나무로 만든 가구로 묵직한 느낌을 주는 공간은 자신이 어렸을 때나 지금이나 별로 달라진 것이 없었다.

튀르하 공이 책상에서 연초 하나를 꺼내 입에 물고 하얀 연기를 뿜어내는 동안 케이즈는 즐겁게 웃었다.

"친구가 참 특이하더구나."

가장 멀쩡해서 데려온 사람인데 특이하다고 말한다. 그러나 케일은 그게 무슨 의미인지 알아들었다. 지금껏 자신이 데려온 이들과 아주 다르다는 것이겠지.

"그래서, 요즘 잘 지내는 것 같구나. 랑세 양 말을 들어 보면 말이야."

튀르하 공이 연기를 뿜어내며 하는 말에 케일은 고개를 끄덕였다. 그러나 몸짓으로 한 답에 튀르하 공이 미간을 좁혔다.

"잠은?"

"잘 자고 있습니다."

미간이 더 좁아졌다.

"여전히 거짓말은 못하는구나."

"……전과 비슷합니다."

"여전히 못 자니?"

"……비슷합니다."

전후에 편한 이곳 생활을 버리고 독립한 이유 중 하나는 불면이었다. 걱정을 끼치기 싫어서.

"어미에게 거짓말을 해서 쓰겠느냐?"

"케일, 걱정 끼치기 싫어서 하는 거짓말이 더 걱정을 끼친다는 것은 모르는구나."

아버지의 말에도 케일은 그저 가볍게 고개를 숙였다. 아이들은 종종 부모에게 거짓말을 한다. 이유는 다양하다. 그러나 점차 자라면서 하는 거짓말의 대부분은 아마도 걱정을 끼치기 싫어서가 아닐까. 거짓말을 해도 걱정하고, 진실을 말해도 걱정한다면, 아이는 어찌해야 할까.

케일의 침묵에 튀르하 공은 그저 긴 한숨을 쉴 뿐이었다.

"수면향은 여전히 안 쓰느냐?"

"네……."

"조금이라도 도움이 되는 것을."

케일은 허벅지 위에 올렸던 손을 꾹 쥐었다가 풀었다.

"그저……, 제가 바라지 않습니다, 어머니."

"쓸데없는 고집을 부리는구나."

"어머니, 저는……."

"아직도 네가 만든 시체들 때문에 편히 잠들 수가 없다는 말 따위 하지 말렴."

그게 부모 마음 갈가리 찢어 놓는다는 것 따위 모르는 아이들은, 그저 잘 잔다는 거짓말 한마디로 부모의 마음이 편해질 것이라 착각하겠지. 케일은 고개를 다시 숙였다.

"그래, 내 잔소리라면 기겁을 하면서 왜 따로 보자고 했느냐?"

어차피 막내 녀석을 추궁해 봤자 마땅한 답을 들을 수 없다는 것을 익히 아는 어머니이기에 말을 돌렸다.

"부탁이 있습니다."

"부탁?"

생전 부모에게 손을 안 벌릴 것같이 굴고는 갑자기 부탁이 있단다. 튀르하 공은 연초를 끄고 아들 앞에 앉았다.

"무엇이더냐?"

케일은 자신의 손을 보다가 주먹을 가만히 쥐고 고개를 들었다.

"당장은 아닙니다만…… 한 번은 랑세의 뒤를 봐주시길 부탁드립니다."

"뒤?"

케이즈는 놀란 두 눈을 끔뻑였고 튀르하가의 가주 역시 낯을 굳힌 채 아들을 내려다보았다.

"무슨 뜻이더냐?"

케일은 말을 고르는 듯 잠시 침묵하다 다시 입을 열었다.

"랑세가 원치 않게 마법사들 간의 다툼에 휘말릴 가능성이 있습니다."

"마법사들의 일이면 마법사가 처리하면 될 것을. 그만한 힘은 네게도 있지 않느냐?"

"……저희들의 다툼이 언제 저희들만의 일로 끝났습니까?"

아들의 말에 그릇된 곳은 없었다. 오늘 본 아들의 친구는 하급 문관. 언제라도 어떤 태풍에 휩쓸리면 바람같이 날아갈 수 있는 하찮은 존재. 모든 인간이 귀중하다 가르치지만 실은 세상이 그렇게 돌아가지 않는다는 것을 뉘 모를까.

"랑세 양이 네 친구라는 것 말고 내 힘을 빌려 줄 만한 가치가 있느냐?"

따라서 따스한 대접과 사람의 인격적 가치와는 별개로, 다른 가치를 평가하게 된다. 아들의 친구라 할지라도.

"은인입니다."

그러나 아들은 다시 인정을 들이댄다.

"랑세가 검은 매 레인의 큰딸입니다."

"뭐?"

튀르하 공이 저도 모르게 큰 소리로 외쳤다. 케일이 차분하게 말을 덧붙였다.

"저의 은인이자, 마법사들의 은인이고 왕국의 은인입니다."

때로 어떤 인정은 개인의 정략적 가치보다 높다.

"하! 대단하구나."

튀르하 공이 하하 웃었다.

"군무대신이 그토록 붙잡아도 딸이 보고 싶다며 뿌리치고 갔다더니. 그런데 그 딸이 랑세 양이라니."

"랑세는, 그런 검은 매가 출전할 수 있도록 독려한 사람입니다. 충분합니까?"

케일의 말에 튀르하 공은 잠시 생각에 잠긴 듯 눈을 내리깔았다. 어떤 인정과 은혜 사이에 정략이 이리저리 움직인다. 그리고 눈을 떴다. 아들은 침착함을 유지하지 못하는 드문 얼굴로 자리를 지키고 있다. 남편은 그런 아들을 신기해하는 얼굴로 보고 있다.

"그리하지."

허락의 이유는 인정일까, 모정일까, 아니면 정략일까.

"아…… . 감사합니다."

"부디 법무대신의 권한을 넘는 일만 아니면 좋겠구나."

케일은 쓰게 웃었다.

"그조차도 빌릴 일이 없길 빕니다."

셋 사이에 잠시 침묵이 흘렀다. 기실 렐리프와 릭스를 제하고는 원래 말이 많지 않은 가족이었던 바, 이 침묵으로 인하여 서로가 서로를 오해한 적은 없었다. 언어가 없으면 표정으로, 표정이 없으면 행동으로 서로에게 최선을 다해 온 만큼 침묵은 그저 일상의 한 파편일 뿐이다.

"그만 일어나자. 손님을 더 기다리게 할 수 없는 노릇이니."

"릭스와 렐리프가 알아서 잘하겠지요."

케이즈의 말에 튀르하 공은 남편의 손을 잡고 일어났다.

"그 애들은 랑세가 몹시 마음에 들었나 봅니다."

"부인께서는 아니 그러시고요?"

셋이 일어나 천천히 복도를 걷기 시작했다. 튀르하 공은 뒤따라오는 케일을 힐끗 보고 피식 웃었다.

"내 마음에 들면 뭐 합니까? 아들 마음에 들어야지. 그렇지 않느냐, 케일?"

"네?"

대화의 맥락을 따라가지 못한 케일이 눈을 동그랗게 떴다.

"왜? 내가 앞서 나간 것이더냐? 친구가 아니라 더한 관계라서 데려오고 부탁까지 한 거 아니고?"

"네? 아닙니다."

케일이 정색했지만, 그 표정에 케이즈는 외려 더 킬킬거렸다.

"아비는 네가 어떤 사람을 데려오건 찬성이다마는, 랑세 같은 며느리라면 더 바랄 것이 없지."

"아닙니다, 그런 거."

"으으음, 아니야? 정말이더냐?"

"정말입니다."

"아닌 게 아닌 것 같은데⋯⋯."

"아닙니다, 진짜."

역시나 피는 못 속인다. 형과 누나가 막내 놀리기를 어디서 물려받았는지 새삼 깨달은 케일은 그저 한숨만 폭폭 내쉬며 마른세수를 할 뿐이다. 부디 이런 장난은 안 해 줬으면 좋겠다.

긴 복도를 따라가던 세 사람은 손님을 맞이하는 가족 서재의 문밖까지 들리는 작은 웃음소리에 걸음을 멈추었다. 그 웃음에 튀르하 공 부부와 케일이 설핏 웃음 지었다. 사람과 잘 어울리는 이들이니 걱정할 것은 애초에 없었다.

"늦었네."

셋의 등장에 랑세가 벌떡 일어나 예를 표하려 하지만 튀르하 공은 되었다는 듯 손짓을 하여 자리에 다시 앉혔다.

"무슨 이야기들 하고 있었나?"

튀르하 공의 말에 렐리프가 까르르 웃으며 케일이 어릴 때 사과주를 잘못 마시고 취해 주정 부린 이야기를 했다고 말했다. 케일은 그저 모든 것을 포기한 듯 한숨을 내쉬고 자리 끝에 앉았다.

"어머, 그러고 보니 랑세 양 팔렝 출신이라고 했죠? 술 잘하시겠네요."

"앗, 아니에요. 편견이에요."

편견이지만, 랑세는 물론 잘 마신다.

"에이, 잘하실 것 같은데. 아직 오후라 술 마시기는 그렇고, 다음에는 저녁때 와요. 집에 좋은 술이 꽤 있어요. 여기가 어려우면 우리 집도 괜찮고."

"아, 렐리프 씨도 분가하셨어요?"

"어머, 그럼요. 남편도 있고 아이도 있어요."

"네? 아아, 전혀 그렇게 안 보이셨어요."

그 말에 렐리프는 좋다고 웃었다.

랑세는 자연스럽게 그리 답하고서도, 참 이런 대화가 아파트에서 나누는 대화와 다르긴 다르구나 싶었다. 전혀 그렇게 안 보인다고 아파트의 누군가에게 말해 봐라. 나이랑 생김새를 다르게 만드는 마법 이야기나 하겠지. 진짜 그런 마법을 만들 수 있네, 없네, 하면서.

그래도 뭐, 그런 말도 안 되는 분위기도 이런 평범한 분위기만큼 나쁘지 않은 걸 보니 익숙해진 듯하다.

"그런데 오늘은 같이 안 오셨나 봐요."

"아."

그 순간 침묵이 지나갔다. 랑세는 흠칫했다. 자신이 혹시 결례될 질문을 한 건가 싶어서.

렐리프는 애써 케일 쪽을 바라보지 않고 흠흠 헛기침을 했다.

"아무래도…… 어린아이가 과격한 마법사를 만나는 건 좋지 않아서……. 남편 생각도 그렇고……."

아아아아, 아미아 씨. 대체 작년에 무슨 일을 저지르신 건가요. 아파트로 돌아가서 아미아를 한 대 때려 주고 싶은 랑세였다.

"내년에는 모시고 오세요."

랑세가 식은땀을 흘리며 그리 말하자 케이즈가 사람 좋게 웃었다.

"내년에도 올 수 있는 겐가?"

"아⋯⋯."

미처 생각 못 했다. 친구라기에는 모자라고, 지인이라기에는 넘치는. 케일을 몹시도 아끼는 가족은 그런 애매한 위치의 자신을 금방 알아봤겠지. 그러나 내년이면 좀 더 친해져 정말 친구가 되어 있지 않을까. 랑세는 케일을 돌아보며 웃었다.

"케일 씨가 초대해 준다면요. 아, 물론 가족분들도 환영해 주신다면요."

"어머, 어머, 랑세 양이라면 얼마든지 환영이에요."

렐리프는 정말이지 랑세가 마음에 든 듯했다. 아니, 다른 가족들도. 하긴 작년에 아미아를 겪었으니 다른 마법사가 왔더라도 이만치는 환영받았을 거야.

"참, 누님."

그때 드물게도 케일이 먼저 렐리프를 불렀다. 막내가 간만에 자신을 부르는 소리에 무슨 말을 할까 싶어 렐리프는 눈을 깜빡였다. 케일은 제 기다란 소매를 뒤적거리다 작은 상자 하나를 꺼내 렐리프에게 밀었다.

"그건 엣시에게 전해 주세요."

"이야, 우리 막내가 조카한테 선물도 챙겨 주는 거야? 고마워, 이거 뭐야?"

렐리프는 상자를 들고 작게 흔들어 보기도 하고 귀를 기울여 보기도 했다.

"그냥 마법이 담긴 인형입니다."

"무슨 마법인데?"

"그냥 이것저것……, 윽!"

"고마워!"

렐리프는 말끝을 흐리는 막내를 덥석 끌어안았고, 케일은 좀 지겨운 얼굴을 하면서도 굳이 밀어내지는 않았다. 렐리프가 슬금슬금 물러나자 케일은 다시 소매를 뒤적거리며 상자 두 개를 꺼내 각각 궐하와 릭스에게 내밀었다. 그건 궐하의 남편과 릭스의 애인에게 주는 선물이란다.

"막내야!"

릭스가 부러 과장되게 울먹거리며 막내를 덥석 끌어안았고, 그에 장난기가 동한 렐리프가 또 다시 덥석 안았다. 그리고 다른 한 손으로는 큰언니의 옷자락을 잡아당겼다. 아이참, 언니 뭐 해.

체통이 없구나, 동생아. 궐하는 차마 동생들 짓에 동참은 못 하겠지만 막내가 못내 귀엽기도 해 케일의 머리를 쓰다듬었다.

아니, 잠깐만요. 그게 더 어린아이 취급하는 게 아닌가요.

자식들의 한없이 다정한 모습에 케이즈가 흐뭇하게 웃으며 그 끌어안음에 동참했다.

손님 두고 뭐 하는 짓인가 싶으면서도 훈훈한 광경에 랑세는 푸스스 웃으며 지켜보았고, 튀르하 공은 슬그머니 랑세를 훔쳐보았다. 밝게 웃고 있지만, 어쩐지 식사 때와 달리 안색이 좀 어두워 보인다. 무슨 일이 있었나 싶으면서도 굳이 묻지는 않기로 했다. 필요한 일이면 렐리프나 릭스가 말하겠지.

　"어……, 공께서는……."

　문득 시선을 느낀 랑세가 케일을 둘러싼 사람 무더기를 향해 손짓을 하며 당신은 저기 가지 않느냐는 듯 물었다.

　"되었네."

　"예……."

　튀르하 공이 픽 웃으며 거절하는 모습이 케일과 정말이지 꼭 닮아 랑세는 억지로 웃음을 참았다.

　한참 동안 가족들에게 끌어안겼던 케일이 종국에는 참지 못하고 빽 소리를 지르며 짜증을 냈고, 가족들은 킬킬거리며 거기서 물러섰다.

　그렇게 한참을 더 과자도 먹고 차도 마시고 수다를 떨다가 오후 느지막한 시간, 슬그머니 자리에서 일어났다.

　"오늘 초대에 정말 감사드립니다."

　물론 제대로 된 예절이라면 이 헤어짐의 시간도 한참 걸리기 마련이다.

　"나도 자네를 만나게 되어 반가웠네."

　튀르하 공은 잠시 가만히 있다 다시 입을 열었다.

　"그리고, 내년에 또 오기를 바라지."

"아하하하, 감사합니다."

감사는 진심이었다. 대귀족과 귀족 출신 사람들이 자신 같은 평민을 이토록 편하게 대해 주는 일이 어찌 흔하랴.

잘 가라, 또 보자, 건강하셔라, 등등 인사를 길게 나누며 현관까지 한참 걸었다. 뤼르하 공 부부, 궐하와는 입구에서 헤어지고 대문까지 렐리프와 릭스가 따라 나왔다. 올 때는 영업 마차를 타고 왔지만, 돌아가는 길은 이 집 마차를 얻어 타고 가게 되었다.

"도련님."

마차를 대기시켜 둔 집사가 케일을 부르고 무어라 작게 속삭인다. 무슨 일인가 싶을 때.

"랑세 양."

릭스가 조용히 랑세를 부르며 명함을 손에 쥐여 주었다.

"시간 될 때 제 연구실에 들르시면 관련된 책을 빌려 드리겠습니다."

"네…… 감사합니다."

릭스는 그 말만 하고 조용히 뒤로 물러섰다. 서재에서 내용을 들었던 렐리프도 모른 척 먼 곳을 바라보았다.

"랑세, 가자."

"아, 네."

"누님, 형님, 그럼 가 보겠습니다."

"그래, 조심해서 들어가고 또 와!"

안녕, 안녕, 아무 일도 없었던 것처럼 둘은 열렬하게 손을 흔들며 막내와 그 친구를 전송했다. 따스하고, 흐뭇한 하루였다. 그 어떤 것이 마음 안에 그림자를 만들지라도.

랑세는 그 어떤 것도 굳이 입 밖으로 내지 않았다. 그리하여 노을빛에 물들어 가는 마차 안은 고요했다.

"……나중에 가족분들께 편지를 써도 될까요?"

랑세가 상념에서 깨어나 문득 그리 물을 때까지.

"무슨 편지?"

창밖에 시선을 걸치고 있던 케일이 의아한 얼굴로 돌아보았다.

"오늘 정말 감사했다고요. 진짜 그렇게 대귀족 가문인지도 몰랐고요, 그런 분들이 편하게 대해 주지 않으셨더라면 정말 먹은 거 다 체했을 거예요."

랑세가 가슴에 손을 얹으며 말하자 케일이 피식 웃으며 고개를 끄덕였다.

"그런데……."

"네?"

"그런데, 진짜 그렇게 생각하나?"

"뭐가요?"

뜬금없는 말에 랑세가 눈을 동그랗게 떴다.

"마법사들이 이상한 건 이상한 게 아니라고."

아, 아까 식사 때 했던 이야기였나 보다. 랑세는 가볍게 고개를 끄덕였다.

"넌 항상 그놈들 때문에 짜증 내지 않나?"

그놈들이라니, 자기는 마법사가 아닌 것처럼 말하네.

"뭐, 케일 씨도 형제분들이 장난치면 짜증 내시잖아요."

아, 하고 케일은 입을 다물었다.

둘은 각각 다시 창밖으로 고개를 돌렸다. 다각다각, 가문의 마부가 영업 마차 마부보다 솜씨가 좋은 건지, 아니면 마차가 훨씬 좋은 건지 큰 흔들림 없이 길을 간다. 다각다각, 흔들리는 것은 아마도 마음. 흔들리는 것은 아마도, 복잡한 머릿속.

"도련님, 도착했습니다."

"아, 고맙네."

얼마 지나지 않아 아파트 앞에 도착했고 마부가 문을 열어 줬다. 오, 역시 가문 전속 마부다. 훌쩍 마차에서 내린 랑세는 마차 뒤에 실린 뭔가를 보았다. 케일은 마부의 도움 없이 그것을 하나씩 꺼내 양손에 든다.

"그건 뭐예요?"

"음식."

앗, 설마.

"아미아 씨 거요? 그거 싸 달라고 말씀하신 건가요?"

와, 설마 그거까지 챙긴 거야?

"……안 싸다 주면 그 녀석이 매일 귀찮게 굴 테니까."

아아아, 역시 케일 씨다. 자신은 아미아 씨와의 인연이 짧으니 미처 이건 생각 못 했다.

케일은 불쑥 작은 상자 두 개를 랑세에게 내밀었다.

"네 거."

"네?"

"그건 네 거."

아니, 맛있긴 했는데 전 그 정도까지는 바라지 않았는데.

"그 후식."

랑세는 케일이 내민 상자를 멍하니 바라보았다.

"그리고 다른 과자도 조금 더 있다."

사람이란 알 수 없다. 참으로 알 수 없다, 사람이라는 것은.

"뭐 하나?"

"아, 아니요. 네, 감사합니다. 잘 먹을게요."

랑세는 거절하지 않고 후식과 과자가 든 상자를 받아 품에 안았다.

"케일! 케일! 케일!"

그때, 마차가 도착한 것을 발견한 아미아가 대문을 열고 뛰쳐나왔다.

"케일! 랑세! 고기!"

그리고 너무도 당연하게 케일의 손에 들린 것들을 탈취했다. 몇 개는 날아다닌다. 당연히 마법이겠지.

아미아는 상자부터 냉큼 열고 고기를 손으로 집으려 했고.

"꼴 보기 싫으니 부엌이든 네 방으로든 꺼져!"

"야! 인수인계 안 해?"

"하고 먹든가!"

"먹으면서 하자!"

케일이 온갖 짜증을 내며 아미아를 걷어차려 했지만 역시 만만치 않은 아미아가 케일에게 달려든다. 물론 상자는 안전하다. 공중에 둥둥.

랑세는 케일만큼이나 긴 한숨을 내쉬었다. 진짜 뭐랄까, 오늘 그분들 앞에서 마법사를 편든 게 과연 잘한 짓인가 지독한 후회가 든다. 에이씨.

"전 들어가요, 오늘 잘 먹었어요!"

랑세는 케일에게 대충 인사하고 계단 위로 올라섰다. 두 사람의 다툼 소리가 작게 들리고 제 모습이 그들에게 안 보일 만큼 올라왔을 때, 랑세는 자리에서 멈춰 섰다. 머금었던 웃음이 사그라지고 긴 한숨이 나왔다. 마지막의 마지막까지 사회인의 힘을 이끌어 내어 아무렇지 않은 척했다.

'하긴, 마법사들과 생활하시니 어디선가 들어 봤을 법도 하군요. 하지만 랑세 씨, 그건 일종의 기밀입니다. 가능한 한 그걸 알고 있다는 것을, 알아보려 한다는 것을 누구에게도 알리지 마세요.'

릭스는 굳은 얼굴로 말했고 렐리프와 궐하는 모르는 척 시선을 돌렸다. 그들도 최고위 귀족 출신이 아니었다면 몰랐을 이야기.

'그건 우리 왕국의 치욕, 아니, 인간의 치욕이며 야만이었습니다. 더군다나 문명이 만들어 낸 야만이었죠.'

그 말을 하던 릭스는 환멸감 가득한 얼굴이었다. 그도, 아마 간만에 집에 들른 아우를 위해 최후까지 웃음을 짜냈으리라.

'더러운 야합의 결과였습니다.'

타박, 타박, 오후 시간, 0층에 있는 아미아의 목소리는 이미 들리지 않았다. 아무도 방 밖을 나서지 않는 복도는 고요하다. 발소리와 숨소리만이 들리는 복도.

랑세는 3층에 도착해서 한동안 가만히 서서, 복도를 바라보았다. 그리고 제 손에 들린 후식 상자를.

'뒬트렝은 작은 마을이었습니다. 학교 대신 도제식으로 마법을 가르치던 마법사들이 모여 사는 마을이었죠.'

노을도 다 저물어 작은 빛조차도 들어오기 힘들어지자, 어두운 복도에 걸린 마석으로 만든 등에 불이 들어온다. 마법. 우리가 사용하는 마법.

'이십여 년 전, 그 당시 가뭄이 심해 모두가 고생이었습니다. 그리고 그 가문 날씨에 뒬트렝에 제법 큰불이 났죠. 마을의 마법사들은 단번에 화재를 진압했고 심지어 넘치는 물 때문에 마른 강에 다시 물이 흐를 정도였다고 합니다.'

가만히, 스테인과 겹쳐졌던 기억의 광경을 더듬어 본다. 조용하고 평화로웠던 곳. 증오를 말하던 그의 뒤에 타오르던 불.

'그리고 그 마법사들은 관의 처벌을 받았습니다.'

'네? 어, 어째서요?'

'규정 이상의 마법을 과하게 사용해 법을 어기고 자연의 법칙을 필요 이상으로 깨트렸다는 이유로.'

랑세는 주먹을 꾹 쥐었다.

'큰 벌은 아니었습니다. 며칠의 구류와 벌금. 문제는 그다음이었습니다. 다음 해, 다시 불이 났습니다. 마법사들은 규정만

큼만 마법을 사용해 화재는 완전히 진압되지 않고 크게 번져 많은 사람들이 다치고 사망했습니다.'

증오는 모든 것으로부터 자유로워지게 할 수 있을까.

'이미 자신들만의 마을을 만들어 살던 마법사들을 좋지 않은 눈으로 봤던 주민들은 분노했고, 폭동이 일어났습니다. 마법으로 막을 수 없을 만큼 사람들이, 가뭄에 지친 사람들이 몰려들어 뷜트렝의 마법사들을, 아니, 사람들을……'

조용히 걸음을 옮겨 311호실 앞에 섰다. 처음 와 봤다, 스테인의 방에는. 그의 방문 앞에는 치료사를 상징하는 인장이 찍혀 있었다. 랑세는 숨을 들이쉬고는 똑똑, 하고 문을 두드렸다.

"네에."

찰칵, 찰칵, 보안이 풀리는 소리가 나며 곧 문이 열리고 낯선 약초 냄새가 훅, 하고 풍겨 왔다. 문 사이로 보이는 저쪽에는 약합들이 빼곡히 차 있는 거실이 보였다.

방 주인 스테인이 놀란 얼굴로 랑세를 바라보았다.

"랑세 씨? 무슨 일입니까? 어디 편찮으신지요?"

"여기, 이거요."

랑세는 케일이 챙겨 줬던 후식 상자 중 하나를 내밀었다.

"오늘 케일 씨 집에 갔었어요. 거기서 받은 거예요."

"아, 그 집 음식 맛있지요."

스테인은 멀뚱멀뚱 랑세를 보았다. 랑세는 고개를 숙이고 상자를 내밀었다.

"드시라고요."

"네?"

"맛있으니, 드시라고요."

'겨우, 겨우 도망간 몇 사람이 관에 신고하고 도움을 요청했습니다.'

그 말을 하던 릭스의 얼굴은 일그러져 있었고 그것은 랑세도 마찬가지였다.

'하지만 소용없었습니다. 시골의 관이란 지역 사람들과 긴밀하게 연결되어 있고, 예산 부족과 인력 부족을 핑계로 아무도 도와주지 않았습니다. 살아남은 이들은 중앙 관청에 알려 이 관청과 마을 사람들의 처벌을 요청했지만.'

"제게 주시는 겁니까?"

스테인의 목소리는 의아함 반, 경계심 반, 복잡하게 들렸다. 랑세는 대답 대신 고개를 끄덕였다.

하지만 그는 여전히 받지 않았고, 랑세는 떠넘기듯 그의 품에 과자를 안겨 줬다.

"맛있으니까…… 드세요."

'덮었습니다. 그 당시 마법사 관련 법 개정을 앞두고 있었기 때문이죠.'

'다, 다른 마법사들은 안 도와줬나요?'

'네. 당시에 마법사들은 마법 대중화와 제도화를 위해 바빴고, 그들 대부분은 학교 출신이기 때문이었습니다. 도제 마법사들과는 사이가 좋지 않았죠.'

"맛있게 먹겠습니다만……."

스테인은 여전히 꺼림칙한 얼굴로 과자를 내려다보고 있었다. 이쯤 되면 이 문관이 아, 좀 받으라며 짜증 한번 낼 법도 하건만, 말없이 고개만 숙이고 있네.

"랑세 씨."

"네."

"무슨 일입니까?"

"……그냥 맛있어서, 생각나서 가져왔어요. 그러니까, 그냥 드세요."

랑세는 고개를 꾸벅 숙이고 뒤돌아선다.

그리고 스테인은 보았다. 그 눈에 눈물이 매달려 있는 것을. 아아, 알았구나. 어디서든 알게 되었구나. 스테인은 웃었다.

"들어가세요. 주신 것은 잘 먹지요."

랑세는 스테인의 인사에 뒤도 돌아보지 않은 채 손만 흔들고 빠른 걸음으로 사라졌다.

스테인은 식탁에 앉아 상자를 열어 보았다. 과연, 케일의 집에서 한번 맛보았던 후식이 예쁘게 정렬되어 있었다. 과자를 하나 집어 입에 넣었다. 단맛이 입 안에 널리 퍼져 나간다. 단 것, 별로 좋아하지 않지만 이 집 것은 참 맛있었지. 하물며 누군가의 죄책감이 스며든 맛인데 어찌 달지 않을까. 스테인은 조용히 미소 지었다.

'그렇게 문관들과 마법사들의 야합으로 수십이 죽었던 사건은 알려지지 않고 어떤 처벌도 받지 않은 채, 조용히 덮였습니다. 아주, 조용히.'

끼니를 주세요

랑세는 보글보글 물이 끓는 냄비에 있는 재료를 무성의하게 집어 던졌다. 이유는 단순했다. 귀찮아서였다. 돈 많은 사람은 좋겠다. 매번 사 먹거나 누군가에게 식사 준비를 시킬 테니까.

퇴근 후의 피로함 때문에 저녁 식사 준비는 늘 귀찮았다. 대충 오늘 한 냄비 잔뜩 끓여 놓고 내일 또 먹어야겠다 싶은 마음으로 물을 더 부었다. 누군가 본다면 이래도 되냐고 묻겠지만, 된다. 엄마한테 배운 비법이다.

보글보글, 괴상한 색을 내며 국물이 끓어오르는 소리가 들릴 만큼 부엌은 조용했다. 이 시간 즈음이면 와렌 정도는 있어야 하는데. 그러고 보니 요 며칠 계속 못 본 듯했다.

"랑세 씨……, 안녕하세요."

어이쿠. 생각하자마자 오셨네. 랑세는 반갑게 인사라도 하려고 했지만 그럴 수 없었다. 축 처진 어깨와 꺼멓게 변한 눈 밑. 와렌은 안녕하지 못한 게 뻔했기에.

"와렌 씨? 무슨 일이에요?"

"좀 피곤하네요……."

랑세는 터덜터덜, 비틀비틀, 화덕 근처로 오는 와렌을 덥석 잡았다. 와렌 씨, 까딱하면 큰일 날 뻔했어요.

"일단 앉으세요."

랑세는 와렌을 질질 끌어 식탁 앞에 앉혔다. 와렌은 식탁 위에 엎드려 한숨을 쉬며 칭얼거렸다.

"식사, 식사 준비를 해야 하는데……. 세끼 굶어서……."

"제 거, 제 거 드세요. 제 거 많아요."

랑세는 마침 다 되어 가는 국물에 얼른 간을 맞추고, 두어 번 더 저어 그릇에 떠서 내밀며 숟가락까지 와렌 손에 쥐여 줬다. 와렌은 눈물이 그렁한 눈으로 랑세의 눈치를 보자 랑세는 결연한 얼굴로 고개를 끄덕였다. 드세요, 드시라고 떠 드린 거예요.

"감사……합니다……. 잘 먹겠습니다."

꿀꺽꿀꺽꿀꺽.

숟가락 없어도 될 뻔했네. 아니다, 있어야 했다. 와렌은 국물부터 다 마시고 남은 건더기를 숟가락으로 박박 긁어 먹었다. 평소 얌전하고 예의 바르게 먹는 와렌을 떠올리지 못할 만큼 격한 모습으로.

"자, 잘 먹었습니다. 맛있었어요! 감사합니다."

설거지가 필요 없을 만큼 깨끗한 그릇을 탁, 소리가 나게 내려놓은 와렌이 기운찬 목소리로 말했다. 아직 음식이 위에 도착도 안 했을 텐데 말이야.

"바쁘신가 봐요. 식사도 못 하실 정도로."

물론 랑세는 이런 말 저런 말 다 빼놓고 위로 겸 그리 물었다. 그러길 잘했다. 당장에 와렌은 눈에 눈물이 그렁그렁하여 식탁에 얼굴을 묻고 우는 소리를 냈다.

"갱신 시험 준비해야 하는데 스승님이 시키신 일이 있어서요……."

"엑!"

갱신 시험이라면 일전에 아미아가 랑세에게 실험체가 되라며 강요한 이유이지 않은가. 하여튼 그게 굉장히 복잡하고 힘든 일이라는 건 알았다.

"그거 되게 중요한 시험인데, 스승님이 시키신 일이라니요?"

스승이면 이럴 때 다른 일을 시키시면 안 되는 거 아닌가요, 하고 랑세가 불만 어린 말투로 덧붙이지만 돌아온 건 와렌의 더더욱 애처로운 눈이었다.

"스승님은 지금 제가 시험 준비 중인 거 모르세요."

"엇! 말씀하시지요……가 안 되나 보네요."

와렌의 익숙한 눈빛, 그러니까 랑세 씨는 마법사가 아니시군요, 하는 눈빛을 보자 랑세는 말을 얼른 바꾸었다. 와렌은 고개를 끄덕였다.

"원래 스승의 말씀이 절대적이기도 하거니와 전 그분을 실망시켜 드리고 싶지 않거든요."

어쩌면, 사실은 많은 이들이 나이가 들고 머리가 자라고 어느 정도의 위치에 오르게 되면 하늘 같은 스승의 말이라 하더라도 아이고, 죄송합니다, 제가 바빠서요, 하고 한 번쯤은 뻗댈 수 있을지도 모른다. 그러나 와렌은 그럴 수 없었다.

'너라면 할 수 있지?'

어떤 신뢰를 보여 준 첫 사람이기에.

물론 와렌은 이런 설명을 구구절절 랑세에게 하지 않았기에 랑세는 적당히 좋을 대로 해석했다. 뭐, 저는 좋아서 웃뭉난의 통역을 맡았던가.

"에구, 고생하시네요. 저번에 그렇지 않아도 갱신 시험 조건을 봤거든요."

어찌어찌 마법사 관련 법령 따위를 뒤적거릴 때 갱신 시험과 관련된 대목도 읽었다. 뭔가 계열별로 조건도 정말 세세하고 전문적이어서 제대로 다 이해한 건 아니었지만 전 계열 공통 사항은 기억하고 있다.

"그게…… 대중 전체에게 이익이 될 것……이었나요?"

와렌은 식탁에 엎드린 채로 고개를 끄덕였다.

"그때 아미아 씨가 한 메신저를 고치는 마법은 대중 전체에게 어떤 이익이 있던 거였을까요?"

전장에서 도움 되니까 대중 전체에게 이익이 되는 거였을까.

하지만 와렌은 쓰게 웃었다.

"실은 그거는 오히려 안 중요해요."

"그래요?"

"네. 그런 건 서류상으로 처리되는 부분이니까요, 그럴듯하게 써 놓는 것으로 충분할 때가 있어요. 특히나 원소나 전투계는요."

"아하."

하긴, 중앙 본부에서 내려오는 공문을 보면 앞부분에 멋들어지고 그럴듯한 이유가 있지만 뜯어보면 말도 안 되는 경우가 대부분이었으니.

랑세는 눈앞에 보이는 와렌의 머리카락을 걱정스레 바라보았다. 식탁이 깨끗하지 못해서 이러면 안 될 텐데.

"그래서, 와렌 씨의 이번 갱신용 마도구는 어떤 건가요?"

벌떡, 랑세의 그 말에 와렌은 벌떡 몸을 일으켰다.

아이, 깜짝이야. 하지만 생각보다 놀라지 않았다. 그럴 줄 알았으니까.

"문이에요."

"네? 문요?"

"네, '보안튼튼 문'요. 저번 랑세 씨 방문 수리하면서 느낀 건데요, 이건 정말 실용성, 대중성까지 꽉 잡는 거예요."

와렌은 두 손을 꼭 모으고 눈을 빛내면서 설명하기 시작했다. 눈 밑이 까맣고 얼굴은 핼쑥했어도 눈빛만큼은 그 어느 별이 따라올 수 있으랴.

랑세는 피시식 웃으며 와렌의 설명을 경청했다. 랑세 엔나 저著《마법사를 다루는 법》 1장 1절, 마법사를 기운 내게 하는 법. 그 사람이 집중하고 있는 마법 이야기를 물어봐라.

"아하. 새로 고쳐 주신 문이라면 확실히 보급이 쉽기도 할 것 같아요. 저야 처음에 케일 씨 도움을 받았지만, 사실 누구나 그렇게 곁에 마법사가 있는 것도 아니고, 마법사가 없으면 사용 못 하잖아요."

"그렇죠? 그렇죠?"

1장 2절, 그 마법을 칭찬해 줘라. 잘 모르겠으면 적당히 알아들은 부분만 골라서. 와렌이 신이 나서 설명하는 모습을 보니 안심이 되는 랑세였다.

그 빛나는 모습을 흐뭇하게 감상하고 있자니, 저쪽에서 무즈도 터벅터벅 다가와 옆자리를 차지하고 아롱아롱한 눈으로 와렌을 바라보았다. 그치, 네 눈에는 더 예쁘고 멋지겠지.

"이번에 이거 성공해서 상용화 가능성 판정을 받으면 상단에 판매도 할 수 있거든요! 그러면 돈도 벌어요! 성공하면 랑세 씨 맛있는 것 사 줄게요!"

아아, 와렌 씨! 랑세는 말이라도 고마워 와렌의 두 손을 꼭 잡았다.

"제가 없는 솜씨지만 그래도 끼니라도 챙겨 드릴게요."

"앗! 아니에요, 랑세 씨도 피곤하시잖아요! 오늘만 해도 감사했어요!"

와렌의 거절에 랑세는 화덕 쪽에 있는 냄비를 힐끗 살펴보았다. 저건 엄마가 알려 준 비법으로 만든 바쁜 날의 영양식. 아빠, 엄마, 우리 다 바쁠 때 먹는 대용량 식사.

"아니요, 진짜로요. 제가 제 거 할 때 와렌 씨 몫도 해 놓을게요. 꼭 와서 떠 드세요. 저거 비싸지도 않고 만들기 어렵지도 않아요."

랑세는 진심으로 말했다. 지난번 문을 고쳐 준 것도 있거니와 와렌이야말로 이 아파트에서 가장 친구 같은 사람이기도 하니까. 더군다나 둘은 결혼할 사이로 오해받을 정도가 아니었던가. 그때 무어라 생각했더라. 와렌과 결혼하면 연구에 매진할 수 있도록 응원하겠다고 맹세하지 않았던가.

사실 그런 맹세 따위 한 적 없지만, 와렌의 열정에 랑세는 적당히 머릿속에서 왜곡했다.

"식사 안 하면 머리도 안 돌아가잖아요. 연구에 성공하시려면 꼭 잘 먹고 잘 쉬어야 해요."

와렌은 랑세에게 폐를 끼치고 싶은 마음은 없었지만 정말 상황이 급했기에 입술을 꼭 깨물고 고개를 끄덕였다.

"랑세 씨……, 정말 감사해요. 제가 그럼 한동안 신세 져도 될까요?"

와렌이 촉촉한 눈으로 바라본다. 그럼요, 그럼요, 랑세가 고개를 끄덕일 때.

"윽. 내가 챙겨 주고 싶은데."

무즈가 입이 한 발 나와 삐죽거린다.

흥, 뭐래. 랑세는 부러 보란 듯이 와렌의 손을 잡고 흔들며 말했다.

"왜요? 무즈 씨도 챙겨 주시든가요. 제가 저녁 담당하고 무즈 씨가 아침 담당하고 그러면 되겠네."

"흑, 그럴 수 없어. 미안해, 와렌."

무즈도 식탁에 고개를 박았다.

"나도 갱신일이 얼마 안 남았어."

"무즈……."

아아, 와렌을 향한 무즈의 사랑은 제 마법에 대한 것보다는 작았나 보다.

"나도, 나도 네 거 챙겨 주고 연구도 도와주고 싶은데……. 나도 굶고 다니는 꼴이라서."

"신경 쓰지 마, 무즈. 우리는 항상 갱신일이 비슷한데, 뭘. 그리고 네가 왜 나를 챙겨 줘?"

푹푹푹, 너랑 나는 아무 사이도 아니잖아라는 뜻이 담긴 말을 아무렇지도 않게 한다. 무즈의 얼굴이 창백해졌다. 와아, 역시 와렌이다.

거기에 더해, 또 와렌은 아무렇지도 않게 무즈의 머리 가마를 살살 만진다. 이번에 무즈는 귀까지 빨개졌다. 병 주고, 약 주고. 좀 불쌍하다.

랑세는 빨갛게 익은 채로 어쩔 줄 모르는 무즈를 보고 한숨을 내쉬며 국을 한 그릇 더 퍼 와 무즈에게 내밀었다.

"드세요."

무즈는 국 한 번, 랑세 얼굴 한 번 본다.

"도, 동정이냐?"

"네."

응. 동정.

"흑, 고마워."

엇, 이게 아닌데.

무즈는 냉큼 국그릇을 들고 꿀꺽꿀꺽 마시기 시작했다. 아아, 그의 굶주림은 동정도 고맙게 받아 마실 만큼이었나 보다.

탕, 무즈가 국그릇을 소리 나게 내려놓고 눈을 동그랗게 떴다. 그리고 랑세를 바라보았다.

"마, 맛있어!"

"그렇지? 그렇지?"

와렌이 무즈의 감탄에 동의를 표하자 무즈는 격하게 고개를 끄덕이는 것으로 답했다. 무즈의 동공이 작게 흔들렸다.

"저기, 문관."

"랑세요, 문관이 아니라."

"저기, 랑세."

무즈는 와락 랑세의 치맛자락을 붙들었다. 어머, 왜 이래, 이 아저씨가.

"나, 나도, 나도 끼니 챙겨 줘!"

"내가 댁 걸 왜요?"

"도, 돈 줄게!"

"아, 싫어요! 힘들어요!"

랑세가 격하게 치마를 흔들어 무즈를 떼어 내며 하는 답에 와렌의 눈이 흔들렸다.

"여, 역시 힘든 일이죠? 그런 걸 제가 너무 당연히……."

"아니, 아니, 아니요! 아니요! 와렌 씨! 그런 게 아니고요! 아니, 해, 해 드릴게요! 안 힘들어요, 진짜로."

무즈와 와렌은 각자 양손을 꼭 모으고 먹이 기다리는 새끼 새처럼 올망졸망 랑세를 바라보았다. 랑세는 한숨을 푹 내쉬었다.

"……알았어요, 두 사람 다 해 줄게요. 무즈 씨만 돈 내세요."

"응!"

《마법사를 다루는 법》 1장 3절, 밥 줘라. 그런데, 적당히 줘라, 적당히. 안 그러면 네 고생이다.

에잇, 젠장.

랑세는 퇴근길에 시장에 들렀다. 무즈한테서만 돈을 받으려 했는데, 와렌이 그걸 보더니 생각이 짧았다며 자기 돈도 받아야 한다고 우겼다. 괜찮아요, 안 괜찮아요, 실랑이 끝에 재료값만이라도 꼭 받으라며 와렌은 랑세의 주머니에 돈을 찔러 넣었다. 평소에 얌전한 사람이 이럴 때면 적극적으로 된다.

물론 무즈에게서 돈을 받는 일에는 어떤 거리낌도 없었다. 무즈 역시 돈을 주는 데 한 치도 아까워하지 않는 듯했다. 유노동 유임금이라나. 참으로 무즈답지 않게 건전한 사고방식이라고 생각한 랑세였다.

여하간, 그렇게 돈을 받고 나니 일종의 책임감 같은 것이 생기고 말았다. 노동이 있으면 임금이 있고, 또한 임금이 있으면 임금만큼의 책임감이 생긴다는 인간의 복잡 미묘한 심리를 꿰

뚫은 무즈의 책략이 아닐까 싶었다. 그러니까 더 맛있게, 더 정성스럽게 만들어 내라는 책략.

랑세는 채소와 고기 뼈 따위에 각종 곡물까지 가득 사서 어깨에 둘러메 아파트로 돌아와 부엌으로 바로 들어왔다. 재료를 내려놓고 냄비를 열어 보았다. 바닥에 당근 두 조각 돌아다니는 게 다였다. 어젯밤 한가득 끓여 놓은 것을 오늘 와렌과 무즈가 깨끗이 다 먹었구나.

랑세는 어제 끓였던 양을 대충 계산해 보았다. 이게 두 번째로 큰 냄비니까, 제일 큰 냄비에 끓이면 최대 이틀 동안 세 사람은 먹을 수 있겠다 싶었다.

"좋아."

랑세는 일단 제일 큰 냄비를 꺼내 물을 담아 뼈를 집어넣고 화덕 위에 올린 뒤에 다 먹은 냄비를 설거지통에 넣었다. 바닥에 곡물이 조금 눌어붙어 있어 힘을 줘서 박박 닦고 나니 큰 냄비 속 물이 끓기 시작했다. 사 온 재료를 잘 씻어서 툭툭 썰어 냄비 안에 모조리 넣었다.

"이얍, 맛있게 되어라. 짜라짜라."

요리를 잘하는 마법, 음식을 맛있게 만드는 마법은 없으려나. 랑세는 말도 안 되는 주문을 제멋대로 만들어 흥얼거리며 냄비를 휘휘 저었다.

"으라차라, 맛있게, 으짜짜짜……, 윽."

아마 케일이 들어오지 않았으면 비마법사 입에서 새로운 마법이 탄생했을지도. 랑세는 자신이 한 헛소리가 부끄러워 얼굴을 새빨갛게 붉히고 고개를 푹 숙인 채 냄비만 열심히 저었다. 케일이 들었을까?

"뭔가, 그건?"

드, 들었구나!

케일은 자신 몫의 냄비를 화덕에 올리며 툭 내뱉듯 물었다. 와렌만큼은 아니더라도 케일도 가끔 부엌에서 마주치는 사람이다. 그래서 옆 화덕에 서 있는 것이 낯선 일은 아니나 뭔가 물은 적은 없다. 그러니 들은 거겠지. 그 엉터리 마법 주문을.

랑세는 조그맣게 중얼거렸다.

"……마법 주문요. 아니, 그게, 음식이 맛있게 되는 마법 주문이 있었으면 어떨까 하고, 그냥 그래서 멋대로 만들어 본 건데, 그런데 뭘 알아야 말이죠. 그래서, 뭐, 아, 그런데 그런 마법은 없나요……."

이쯤 되면 그냥 변명도 아니고 아무 말이라고 해도 된다.

"없다."

"네?"

"그런 마법은 이론적으로 불가능하다."

그 아무 말에서 마법은 또 기가 막히게 찾아내는 게 마법사이니. 《마법사를 다루는 법》 2장 1절, 창피하거나 숨기고 싶은 일이 있으면 마법 이야기를 꺼내라.

"그런 마법 있으면 실용성으로는 최고일 텐데요?"

"맛이나 아름다움같이 객관적인 기준이 없는 걸 만들어 내는 마법은 불가능하다."

"아."

하긴, 누구 입에 맛있는 게 누구 입에 맛없을 수도 있지. 그래도 대충 대중적이고 평균적인 맛은 있지 않나 싶지만 뭐, 마법사도 먹고사는 데 그렇게 실용적이면 알아서 벌써 만들었겠지.

"그리고, 내가 물은 건 그게 아니다."

"네?"

케일의 말에 랑세는 다시 정신을 차렸다. 케일은 들고 있던 국자로 랑세의 큰 냄비를 가리켰다.

"뭔가, 그건?"

뭐긴요. 그냥 냄비인데. 아, 너무 커서 그런가?

"와렌 씨랑 무즈 씨가 요새 그 갱신 시험 때문에 너무 바빠서 식사 만들어 먹을 시간도 없다고 해서요, 제가 재료값 정도만 받고 만들어 주기로 했어요. 그래서 이렇게 큰 냄비에 끓이게 되었고요."

랑세는 남은 곡물을 냄비에 모두 쏟아붓고는 다시 휘휘 저었다. 소금도 좀 뿌려 가며.

케일은 그런 랑세의 모습을 묘한 얼굴로 바라보다 슬그머니 다가와 냄비 속을 본다. 그의 눈이 조금 커졌다.

"이거……."

퐁, 퐁, 찐득해진 국물에서 작은 거품이 솟는다.

"이거, 설마, 검은 매께서 가르쳐 주신 건가?"

"아."

그래, 엄마랑 케일은 아는 사이다. 아는 사이 정도가 아니다.

깊은 인연이 있는 사이.

그러하니.

"아, 케일 씨도 이거 드셔 보신 거예요?"

식사 한 끼 정도 같이한 적 있었을지도.

케일이 짧게 고개를 끄덕였다. 혹시 그리워진 걸까?

"그럼 케일 씨도 한 그릇 드실래요?"

"⋯⋯아니, 됐다."

케일은 등을 돌려 자기 음식을 대강 다 하더니 냄비를 들고 부엌을 나가려 했다. 케일은 나가기 전, 잠시 걸음을 멈추고 뒤돌아보았다.

"와렌과 무즈라고?"

"아? 네."

"⋯⋯그래."

왜요? 왜 그런 이상한 표정을 짓고 나가는 건데요. 국이 끓어오르는 것만 아니었다면 가서 붙들고 물어봤으리라. 음식을 하는 데 있어서 마무리만큼 중요한 일이 어디 있다고.

랑세는 간을 맞추고 한 그릇 떠서 자리에 앉았다. 이 요리의 장점 중 하나는 만들기도 쉽고 먹기도 쉽다는 것이다. 뜨끈뜨끈한 음식을 잘 못 먹는 사람이 아니라면, 훌렁훌렁 마시듯 먹고 건더기만 마무리로 건져 먹어도 충분한 것. 랑세는 금방 식사를 끝내고 설거지도 한 후 자리에서 일어났다.

"뭐 안 써 놔도 되겠지?"

마법사라면 소매 안에 종이와 펜 따위가 있으나 문관인 랑세에게 그런 게 있을 리가. 아, 뭐, 어떤 문관들은 품 안에 펜 하나쯤 들고 다니긴 하지만.

맛있게 드시고 열심히 하세요, 같은 응원 메시지를 남기지 못하는 것은 아쉬우나 그런 거야 다음에 얼굴 보고 하면 되겠지. 랑세는 냄비를 그대로 놔두고 방으로 올라갔다.

"어?"

이튿날 아침, 출근 전 아침 식사를 방에서 빵으로 대충 먹은 랑세는 혹시 몰라 잠시 부엌에 들렀다. 와렌과 무즈가 일에 치여 못 먹었으면 먹고 하라고 말이라도 전하려고.

"배가 많이 고팠나 보네."

그러나 열어 본 냄비에 음식은 벌써 절반이 훅 줄어 있었다. 세 명이 이틀 먹기에는 적은 양인 듯했다.

"더 끓여 놔야겠네……."

와렌에게 재료값 받길 잘했다 싶었다. 본인도 그걸 알아서 재료값을 준 걸까. 아니야, 욕심 많은 무즈가 다 먹었을지도. 무즈에 대해 편견 어린 생각을 하며 랑세는 출근했다.

"어어어?"

그리고 퇴근 후, 시장에 다시 들러 재료를 약간 더 사 온 랑세는 눈을 크게 떴다. 냄비에 남은 음식이 거의 없었다. 세 사람이 반 그릇씩 더 먹을 정도의 분량뿐.

"진짜 배고팠나 보네."

랑세는 일단 물을 더 붓고 재료를 더 넣어 다시 끓이기 시작했다. 보글보글, 바글바글, 열심히 국이 끓고 간을 맞출 즈음.

"아, 배고파."

무즈가 나타났다. 옆에 비틀거리는 와렌을 붙들고.

"아, 안녕하세요, 랑세 씨."

"아, 네! 얼른 앉으세요."

그저께 봤던 꼴과 썩 다르지 않았다. 저거 밥이 문제가 아니라 잠이 문제인 것 같은데. 그래도 굶고 밤새우는 것과 배부르게 밤새우는 것은 다른 법. 랑세는 얼른 갓 완성된 국을 한 그릇씩 떠서 무즈와 와렌 앞에 내려놓았다.

꿀꺽, 꿀꺽, 랑세가 자신 몫의 그릇을 가지고 오기도 전, 두 마법사는 국을 시원하게 마셨다. 어이쿠, 저렇게 나란히 국 마시는 모습은 마치 사흘 굶은 거지 같았다. 탕, 둘은 거의 동시에 그릇을 내려놓고 쓱싹쓱싹, 숟가락으로 건더기를 긁어 먹었다.

"아, 살 것 같아."

"아, 진짜로. 고마워요, 랑세 씨."

둘의 배부른 한숨 소리에 랑세는 대충 고개를 끄덕였다. 두 사람이 먹는 꼴을 보자니 자신은 저렇게 먹으면 안 되겠다 싶어 랑세는 숟가락으로 예의 바르게 국을 떠먹기 시작했다.

"차는 내가 끓일게."

"아, 아냐, 내가 할게."

"그래요, 무즈 씨가 가서 끓여요."

랑세는 식탁에서 무즈를 쫓아내고 노곤하게 잠길 것 같은 와렌의 눈을 바라보았다.

"일은 잘되어 가요?"

"네, 헤헤. 스승님이 주신 건 거의 다 끝나 가요. 그런데……."

와렌은 쭈욱, 기운 없이 녹아내린 눈처럼 식탁에 늘어졌다. 머리 위에는 작은 검은 구름이 둥둥 떠다니는 것 같다. 거기에서 비도 내리고, 번개도 치고.

뒷말은 안 들어도 알 것 같네요. 실수했네. 수험생에게 시험 결과를 묻지 말고, 마법사에게 과정이 잘되어 가냐고 묻지 마라, 《마법사를 다루는 법》 2장 2절.

"스승님께서 시키신 일 끝내고 나면 더 집중해서 하실 수 있을 거예요. 기운 내세요."

"네, 고맙습니다."

엎드린 자신의 머리카락을 슬금슬금 쓰다듬어 주며 하는 랑세의 위로에 와렌은 또 배시시 웃었다. 투덜거리며 차를 가져오던 무즈는 그 모습에 또 배시시 웃었고.

무즈는 얌전히 와렌 앞에 차를 내밀었고, 랑세에게는 던지듯 한 잔 내밀며 자리에 앉았다. 어쭈, 이 새끼가. 으르렁, 랑세가 이를 드러내며 왈왈거려도 무즈는 와렌에게서 시선을 떼지 않아 그런 랑세를 보지 못했다.

"그래도 이번에는 식사가 준비되어 있어서 더 안 굶어도 되니 좋았어요. 그렇지, 무즈?"

호로록, 와렌이 차를 마시면서 포근하게 웃으며 말하자 무즈의 눈이 감실감실 감긴다.

"응, 아, 그렇긴 해. 그래도 내가 부르러 안 갔으면 너 또 이틀 꼬박 굶은 셈이었잖아. 문관, 아니, 랑세가 기왕 식사 준비해 주는 거 좀 챙겨 먹어."

"으응, 랑세 씨가 수고해 주신 거 생각하면 먹어야 하는데 자꾸 까먹어서."

좋을 때다, 하고 속으로 빈정거리며 두 사람의 대화를 듣고 있던 랑세가 눈을 동그랗게 떴다.

"무슨 소리예요? 굶었다니?"

"아! 죄송해요. 너무 바빠 때를 놓쳐서 이따 먹어야지, 이따 먹어야지, 하면서 잊어버려서."

네?

"연구하다 보면 그런 일이 자주 생기긴 하지만, 건강 챙겨, 와렌."

"으응……."

"저기, 잠깐만요."

랑세는 급히 두 사람 사이에 끼어들었다. 좋을 땐데 왜 끼어들어. 으르렁, 이번에는 무즈가 보이지 않게 왈왈거리지만 랑세는 신경 쓰지 않고 눈을 부릅떴다.

"저기, 그럼 제가 해 놨던 음식, 무즈 씨가 여태껏 다 먹은 거예요?"

무즈 역시 눈을 부릅떴다.

"무슨 소리야! 와렌이 식사를 안 했는데 내가 왜 먹어?"

랑세는 혹시나 해서 와렌과 무즈에게 재차 확인했다. 정말로 식사를 하지 않은 것이냐고. 무즈는 무슨 소리냐고 꽥꽥 소리를 질렀고, 와렌은 상황을 대강 파악하고 얼굴이 하얗게 질리고 말았다.

"음식 해 둔 것이 없어진 건가요?"

"하⋯⋯. 네."

울컥울컥, 랑세는 솟구치는 짜증을 꾹꾹 내리누르며 흘러내리지도 않은 앞머리를 재차 쓸어 올렸다.

보통 양념 통이나 간단한 재료 정도는 부엌에 놔두고 이름을 써 붙여 놓으면 알아서, 양심껏 쓰지 않았다. 양심껏 말이다, 양심껏. 소금이나 백리향처럼 한 번에 많은 양을 쓸 일이 없는 것들은 누군가 오가며 슬그머니 한 번 썼더라도 티가 나지 않아 몰랐을 수도 있다. 공동 부엌이라는 곳은 으레 그런 것이니까.

"이 부엌에 사람들이 자주 오지도 않잖아요."

더군다나 마법사들은 대부분 불법적으로 방 안에 마법 화덕을 갖추어 두고 거기서 해 먹기 때문에 부엌을 자주 사용하는 사람은 손에 꼽을 정도다. 그 손에 꼽는 사람 중에서도 일부만 알았다. 식사 시간이 늘 비슷한 사람들만 보게 되기 때문에. 그중 하나가 와렌, 와렌에게 금붕어 똥처럼 들러붙는 무즈, 아마아도 가끔 봤고, 그리고 케일도⋯⋯.

"아."

'이거, 설마, 검은 매께서 가르쳐 주신 건가?'

랑세는 문득 케일이 자신의 냄비를 바라보며 했던 말이 떠올랐다. 이 음식에 관심을 가지던 케일. 아니, 설마. 거절했었는데. 아니, 아니지. 엄마의 맛이 그리워져 한 숟가락 슬쩍 떠먹어 봤다가 맛있어서 자기도 모르는 새 더 먹었을지도 모르잖아.

힐끗, 랑세는 바깥쪽으로 시선을 돌렸다. 랑세의 시선에 무즈와 와렌의 시선도 돌아갔다.

"문관, 마음에 걸리는 사람이라도 있어?"

이 귀중하디귀중한 식량을 탈취한 사람을 만나면 한 대 크게 마법으로 때려 주겠다는 듯, 무즈는 손 위로 불을 지글지글 피워 올렸다.

"케일 씨요."

불이 피시식 꺼졌다.

"그럴 분이 아닌 것 같긴 하지만, 제가 요리하는 걸 관심 있게 보고 있었단 말이지요."

랑세가 슬그머니 한 걸음 옮기자, 무즈가 랑세의 옷자락을 붙들었다. 어머, 이 아저씨 요새 내 옷자락 자주 잡네.

"왜요?"

"어, 어디 가?"

"케일 씨에게 한번 물어나 보게요."

"너, 너, 너, 너 미쳤어?"

무즈가 랑세의 옷자락을 다시 붙들지만, 랑세는 화려한 치마 휘몰아치기 기술로 무즈를 떼어 냈다. 아, 뭐, 왜. 그냥 물어본다는데. 어차피 아파트 관리도 하니까 혹시 범인을 알지도 모르잖아.

분연히 걸음을 내딛는 랑세와는 반대로 무즈와 와렌은 부엌 문 뒤에 숨어 눈만 내놓고 그 뒷모습을 지켜볼 뿐이었다.

"저기……."

하고 케일을 부르려던 랑세는 멈칫했다. 아, 아앗, 와렌과 무 즈가 문 뒤에 숨어 있는 이유를 알 것 같아.

역시나 입을 꾹 다물고 책을 읽는 케일의 모습을 멀리서 보 고 있자니 냉기가 폴폴 흘러나오는 차가운 느낌의 사람임을 알 게 된다. 아니, 아니야. 그래 봤자 막내 도련님일 뿐.

"저기, 케일 씨."

"왜?"

케일이 책에서 시선을 떼며 랑세를 바라보았다. 랑세는 침을 꿀꺽 삼키고 조심스레 물었다.

"오늘 혹시 부엌에 들어오셨어요?"

"그래. 그런데 왜?"

"아니, 혹시 제 냄비 건드린 사람 있었나요? 해 놓았던 음식 이 없어져서……."

당당하게 나섰던 것과는 달리 랑세의 목소리는 한참 쪼그라 들었다. 하기야 당신을 도둑으로 의심한다는 질문을 하려는데 안 그럴 수가 있나.

"……내가 먹었다고 생각하나?"

그리고 그 말에 숨어 있는 의도를 모를 수도 없었으니. 랑세 의 어깨가 목소리만큼이나 쪼그라들었다.

"아니, 꼭 그런 건 아니고요……. 그냥 엄마 맛이 그리워서 그럴 수도 있을 거고…….”

“아니. 그런 일 없다. 그립지도 않다.”

단호하게 딱 잘라 말하는 데에 더 무어라 하겠는가. 애초에 케일을 크게 의심하지도 않았거니와 증거도 증인도 없었다.

“그럼 부엌에 출입한 사람은 혹시 아세요?”

“매번 들락거리던 놈들이다.”

그리고 다시 케일의 고개가 책으로 돌아갔다. 앗, 매번 들락거리던 놈들이 누군지나 좀 말씀해 주지시.

“아미아, 엘마스, 스테인, 에스라, 하타인, 질리엔. 하이란, 젠나.”

그 마음을 듣지도 않고 알아낸 듯 케일은 몇몇의 이름을 줄줄이 읊었다.

앗, 하지만 랑세는 다시 당황할 수밖에 없었다. 아미아, 스테인을 빼고는 잘 모르는 사람들이었다. 엘마스와 하이란은 그래도 좀 알긴 안다만, 어찌 되었든 간에 문을 열고 들어가 너 내 냄비 건드렸냐라고 물을 수 있는 사이는 아니었으니.

“……감사합니다.”

어쨌든 케일에게 얻을 수 있는 정보는 다 얻었다.

터덜터덜, 부엌으로 돌아가던 중에 계단 앞에서 멈췄다. 저기 위에 아미아에게 쳐들어가서 물어볼까. 솔직히 케일이 읊은 사람 중에 제일 의심이 간단 말이지. 갈까, 말까.

제가 받은 손해가 크고 억울해도 엄한 사람을 의심하는 것은 못 할 짓이다. 그래도 어쩐지 아미아 같다. 네 것도 내 것, 내

것도 내 것 같은 아미아라면. 그리고 물어도 크게 화를 안 낼 것 같아.

"어? 안녕!"

"랑세 씨, 안녕하세요?"

그때, 계단에서 아미아가 스테인과 함께 내려오고 있었다. 아미아만 내려오고 있었다면 달려가 내 음식 먹었냐고 물었겠지만, 랑세는 순간 주춤했다. 스테인 때문에. 그때 이후로 스테인을 본 적은 몇 번 없었다. 그나마도 멀리서, 지금처럼 눈앞에서 피할 수 없는 상황이 아닐 때만 몇 번.

"……안녕하세요?"

그래도 아무렇지 않은 척 인사는 한다. 당신이 받은 고통이 안타깝고, 미안하다 하더라도, 그 이상 우리가 무엇을 할 수 있는가.

"오랜만입니다."

스테인은 무슨 생각을 하는지 알 수 없으나 늘 그랬듯 그린 듯한 얼굴로 인사를 한다. 랑세는 슬쩍 시선을 피해 아미아를 바라보았다.

"두 분 같이 어디 가세요?"

"아니? 그냥 내려오는 길에 만났는데?"

그러고 보면 아미아는 누구에게나 차별 없이 막 대해서 그런가, 스테인과도 곧잘 어울리는 듯했다. 어쨌든 지금 중요한 것은 그게 아니다.

"저기, 아미아 씨. 혹시, 부엌 오가시면서 화덕에 있는 제 냄비를 건드린 사람 본 적 있으신가요?"

뾰족, 뾰족, 아미아의 눈썹이 치켜세워졌다. 아니, 눈 끝도.

"뭐? 내가 네 냄비 건드렸냐고?"

"아, 아니, 꼭 그런 의미는 아니고요."

"뭐 했는데?"

그렇다 아니다, 하는 답 없이 아미아는 후다닥 계단을 뛰어 내려와 부엌으로 달려갔다. 아미아 생각은 당최 읽을 수가 없네. 랑세도 우다다 아미아의 뒤를 따라갔다. 케일만큼이나 아미아도 무서운지 와렌은 무즈 뒤쪽에서 고개를 슬그머니 돌리고 다른 곳을 보고 있었다.

"뭐야, 이거?"

아미아는 랑세의 냄비를 열어 보더니 그리 외쳤다.

"이거 네가 한 거야?"

"아, 네."

저렇게 물어보는 걸 보니 아미아도 범인이 아닌가?

"내가 이걸 왜 건드려?"

"아니, 꼭 아미아 씨가 먹었다는 건 아니고, 혹시 그런 사람을 본 적 없냐 이거죠."

"야, 이딴 걸 누가 먹냐?"

뾰족, 이번에는 랑세의 눈이 올라갔다.

"이딴 거라니요?"

아무리 미워해도 우리 엄마인데. 우리 엄마가 알려 준 건데.

"마, 맞아요. 맛있었어요."

아미아가 의도치 않게 남의 집 엄마 흉을 보게 되자, 앞뒤 사정 몰라도 음식을 맛있게 먹은 와렌이 용기를 내어 목소리를 높였다.

"흥."

그러나 아미아가 그런 걸 신경 쓸 사람이던가.

"영양가는 있어 보이는군요."

그때, 스테인이 옆으로 다가와 냄비를 보며 그렇게 말했다. 이 사람도 아닌가, 이렇게 말하는 걸 보면?

"그것 봐! 내가 맛만 있는 음식은 먹어도 몸에만 좋은 음식은 안 먹는다고."

아, 뭔가 말이 안 되는데 말이 되는 것 같은 게 아미아 씨답다.

"이것도 맛있다니까요?"

한 숟가락 잡숴 봐, 랑세가 국자로 한 그릇 뜰 기세이자 아미아는 기다려, 하고 후루룩 부엌 밖으로 나갔다.

부엌에 남은 사람은 무즈와 와렌, 그리고 랑세와 스테인. 그러하니 함께 남는 것은 침묵뿐이었다. 특별히 무엇을 말할 필요는 없는 상황임에도, 미묘한 삐걱거림이 깔린.

"누군가 랑세 씨가 한 걸 다 먹었나 보죠?"

그러나 그 삐걱거림은 랑세 혼자의 몫이었는지, 스테인은 아무렇지도 않은 듯 말했다. 랑세는 어색하게 고개를 끄덕였다.

"그게, 당분간 와렌 씨랑 무즈 씨 다 바빠서 식사 준비할 시간도 없다기에 대량으로 해 놓은 거거든요. 근데 누가 먹은 것 같아서요."

"흠⋯⋯."

스테인은 냄비 속을 뚫어져라 보더니 픽, 하고 웃었다. 뭔가 알아낸 걸까. 저 사람도 마법사이니 마법사들 머리 돌리는 걸 더 잘 알지 않을까.

"랑세!"

그때, 아미아가 부엌으로 쳐들어왔다. 그 손과 주변 공중에 상자가 둥둥 떠 있었다.

"난 이런 거나 먹는다고."

뚜둥, 이런 북소리가 어디서 들린 것 같다. 아미아가 상자를 식탁에 좌라락 늘어놨고 일일이 열어 보였다.

"와아!"

그리고 부엌에 남았던 이들은 자신도 모르게 감탄을 내뱉었다. 반짝반짝, 기름이 흐르는 고기와 양념이 잘 섞인 요리가 있는가 하면, 신선한 채소를 소스에 잘 묻힌 요리도 있었다. 하여간 뭐가 되었든 보기에는 썩 좋지 않은 랑세의 요리에 비할 바가 아니었다.

"내가 이런 걸 쟁여 놓고 사는데, 저런 걸 훔쳐 먹는다고?"

"아, 어, 죄송해요⋯⋯."

할 말이 없어진 랑세였다.

"이거 선배가 직접 하신 거예요?"

그때 무즈가 눈을 반짝이며 묻자, 아미아는 씨익 웃으며 커다란 과자 하나를 들어 무즈의 입에 쑤시듯 넣어 줬다. 무즈는 우물우물 잘도 받아먹었다.

"어. 우리 집안이 대대로 요리사거든."

"진짜요?"

랑세는 눈을 동그랗게 떴다. 뭔가 저 사람은 혼자 태어나서 혼자 자랐을 것 같은데. 아니, 그리고 대대로 요리사를 하는 집 딸이 음식 먹을 때 손가락을 쪽쪽 빤단 말이야? 하긴, 케일 씨 네 집 음식이 맛있기는 하다만.

"그래. 그런 우리 집 가훈이 뭔지 알아?"

"뭔데요?"

"인생은 짧으니 죽을 때까지 맛있는 것만 먹고 다녀도 다 못 먹는다. 먹고살자고 하는 일, 잘 먹고 다니자."

과자를 맛본 무즈는 고개를 격하게 끄덕이며 동의할 수밖에 없었다.

아미아는 코웃음을 치며 고기가 가득 든 파이를 집어 와렌의 입에도 하나, 랑세의 입에도 하나 넣어 줬다. 랑세는 케일네 음식에 비견할 만한 파이의 맛에 눈이 커다랗게 뜨였다. 남의 집 가훈을 이렇게 몸으로 체험하게 되다니.

"그러니 저딴 걸 먹겠냐고, 그것도 훔쳐서. 이 내가."

흑, 엄마의 음식도 맛있지만 이만한 맛은 아닌지라 랑세는 울분에 차 부르르 떨면서도 아무 말 할 수 없었다.

"그럼 범인은 이런 음식을 훔쳐서라도 먹을 만큼 급한 사람 이겠군요."

모두가 파이의 맛과 울분 사이에서 어찌할 바 모를 때, 숟가 락으로 랑세의 음식을 맛본 스테인이 그리 말했다.

"급한 사람들요?"

스테인에게는 정말로 다행이었다. 랑세의 귀에 이런 음식보다 급한이 더 강하게 들렸던 것은. 자신이 만든 음식이 맛있긴 했지만, 아미아가 만든 것보다는 못하다는 깨달음 때문이었는지도 모른다.

"계속 굶고 있다가 부엌에 들어와 무언가를 하려 했지만 귀찮은 나머지 한 그릇만 먹자, 하고 먹어 버렸을 수도 있다는 겁니다."

탕탕, 스테인은 국자에 진득하게 묻은 국물을 털어 내고는 옆에 내려놓았다.

랑세는 잠시 생각에 잠겼다. 그럴듯한걸.

거기에 스테인이 덧붙였다.

"이러니저러니 해도 아파트 자치회장 생활한 지 한 삼 년 되었습니다. 이런 사건이 아예 없었던 것도 아니고요."

"아, 진짜요?"

앞서 말했듯 공동 부엌이란 으레 그런 곳이니까.

스테인이 고개를 끄덕이자 랑세는 스테인을 붙들듯이 달려들어 물었다.

"그래서, 그럴 때 범인은 어떻게 찾으셨나요?"

"못 찾았습니다."

네? 이건 또 무슨 소리람.

"아무래도 서로 다 아는 사이이니 일일이 의심도 못 하고, 또 음식을 제대로 보관하지 않은 쪽이 먼저 물러서는 경우가 많으니까요."

참 이상하다. 어째 냄비 보관을 제대로 못 한 쪽이 잘못한 것 같이 일이 돌아가 버리네. 훔쳐 먹은 놈이 나쁜 놈인데.

"으음."

"그럼 스테인, 급한 사람들이라는 건 뭐야?"

랑세가 어찌할 바 모르고 침묵하자 아미아가 끼어들었다. 모두가 눈을 동그랗게 뜨고 호기심을 폴폴 날린다.

"뭐긴 뭡니까. 시험이나 작업 마감이 얼마 안 남은 사람들이지요."

"아!"

그렇긴 하다. 사람은 제 일이 바쁘면 남의 것을 우습게 알긴 하지. 랑세에게 흔쾌히 돈을 준다고 했던 무즈가 당연한 일을 했다 생각했으나 당연한 일이 아니었구나.

스테인은 냄비 뚜껑까지 잘 닫아 랑세의 품에 안겼다. 아직 식지 않은 냄비가 따끈따끈했다.

"마감이 얼마 안 남은 마법사들은 제가 봐도 짐승보다 못할 때가 많습니다. 냄비 관리 잘 하세요."

스테인은 그 말만 남기고 부엌을 떠났다.

따끈따끈한 냄비가 무거워 랑세는 일단 다시 화덕 위에 올려놓고 짐승보다 못한 마법사 둘을 돌아보았다.

까맣게 처진 눈 밑, 기운 없는 어깨. 저 사람들을 도와주고 싶은데, 짐승보다 못한 놈들이 이 아파트에 있다니 이걸 어쩌나. 부엌 출입자들 방문 하나하나 열어 보든지 집합을 시키든지

해서 멱살 한 번씩 잡으면 범인이 튀어나올 것 같다만, 그렇게 까지는 못 하겠고.

"이거, 제가 해서 매번 두 사람을 부르면 번거로울 텐데, 어쩌면 좋죠?"

그리하여 범인 잡기를 포기하고 두 사람이 안전하고 편하게 먹을 방법을 찾는 게 우선이었다. 그냥 자기 먹을 때 두 사람 방문 앞에 가져다줄까 어떻게 할까 생각하는 사이.

"응용!"

와렌이 와락 소리를 질렀다. 그 소리에 모두의 어깨가 움찔했다.

"네?"

"제가 지금 하는 작업, 보안 작업이잖아요!"

그렇지. 문에 마도구로 보안을 하는 거였지.

"그걸 이 냄비에 달아 보는 거예요!"

"네?"

"잠깐만요!"

와렌은 후다닥 부엌을 뛰쳐나갔고.

"와렌, 같이 가! 도와줄게!"

무즈가 뒤쫓아갔다.

어, 음, 이게 거기에 응용이 되나. 마법은 모르니까, 뭐. 그런데 저 사람들 시험을 앞두고 있지 않나? 랑세가 멍하니 있자 아미아가 킬킬거렸다.

"시험 때는 딴짓이 제일 재밌지."

아, 동감. 이건 문관도 동감.

"자, 다 되었어요."

도구를 들고 부엌으로 내려온 와렌은 빈 냄비에 이런저런 것들을 달고 이런저런 주문을 외웠다. 그 결과 탄생한 것은 보안 튼튼 냄비 1호였다.

와렌이 도구를 달기 전까지는 냄비에 자물쇠가 달린 괴악한 형체를 상상했다. 웃뭉난 사건 때 와렌이 새로 해 준 랑세의 방문에는 어마어마한 마도구들이 주렁주렁 달려 있었으니까.

그러나 냄비의 겉모습은 의외로 보통의 냄비와 그리 다를 바가 없었다. 무언가 작은 쇰쇠 같은 것이 달린, 음식을 장기 보관할 수 있는 통과 조금 비슷하다고 해야 하나.

"자, 한번 열어 보세요."

이 사람의 마법 솜씨를 본 적이 없었더라면 아, 이 정도로 뭐, 하고 우습게 생각했을 터였다. 그러나 비마법사 손길 한 번에 빛이 펑, 소리가 펑, 하는 경관을 익히 보았기에 냄비를 열어 보려는 랑세의 손길은 매우 조심스러웠다.

"어?"

과연 열리지 않았다. 기존 보관 통처럼 열어 보려고 쇰쇠를 달각거리는 소리가 나도록 열심히 건드렸지만, 꼼짝도 안 했다.

"뚜껑 손잡이를 잡아 올려 보세요."

랑세는 와렌이 시키는 대로 뚜껑 꼭지를 잡아 냄비를 공중에 들어 올렸지만, 여전히 냄비는 꼭 닫힌 상태였다.

"흔들어 보세요."

흔들흔들, 냄비는 흔들리기만 할 뿐 역시나 닫힌 채.

"우와! 성공이에요!"

랑세의 감탄에 와렌은 뿌듯한 얼굴을 하면서도 아직 끝나지 않았다는 듯 소매에서 납작한 돌을 꺼내 랑세에게 건넸다.

"자, 이걸 여기에 대어 보세요."

"음? 이건 뭐예요?"

랑세는 답을 듣기도 전에 와렌이 시키는 대로 냄비 뚜껑 어딘가에 돌을 가져다 대었다. 뿍.

"오!"

정말로 냄비가 뿍 소리와 함께 열렸다. 와렌은 이번에야말로 환한 미소를 지었다.

"마석에 삼중 주문을 걸었어요. 이게 없으면 냄비를 못 열게 설계했어요."

와렌은 랑세에게서 돌을 돌려받아 똑똑, 소리 나게 삼등분했다. 아니, 잠깐. 돌을 삼등분할 수 있는 거야? 뭐, 이것도 마법이려나. 와렌은 그 돌 조각을 무즈와 랑세에게 내밀었다.

"이제 이게 있으니 안심하고 요리하세요."

"아, 정말 고마워요!"

랑세가 순수하게 와렌의 정성과 미래에 대한 안심에 기뻐할 때, 무즈는 무언가를 느꼈는지 부르르 떨었다. 그것은 아마도

감동.

"와렌……."

"응?"

심지어 눈물까지 글썽.

그 꼴에 랑세의 눈썹이 저 위로 올라갔다. 설마 저놈, 이 돌 조각을 증표 따위라고 생각하는 건가?

"저기……, 이 조각 잠시 맞추어 줄 수 있겠어?"

아악, 싫어. 정말이잖아. 세탁실에서 봤던 소설에서 종종 등 장하는 장면이다. 오래전 헤어진 연인, 또는 출생의 비밀을 가 진 부모 자식 간에 일어나는 일. 아이, 꼴 보기 싫어.

"응?"

그러나 와렌은 무즈가 무슨 생각을 하는지 눈치채지 못한 듯 순진한 얼굴로 증표, 아니, 마석 재질의 냄비 전용 열쇠를 내밀 었다.

"앗."

그러나 아귀가 맞지 않는 두 조각의 만남에 랑세는 흐, 하고 비릿한 웃음을 흘리며 제 조각을 내밀었다. 와렌 쪽으로.

"이거요, 이거."

"네?"

찰싹, 두 조각의 아귀가 찰싹 맞아 들어갔다.

"어머! 이건 생각 못 했어요!"

이런 게 있으니 우리 더 친해진 것 같고 좋아요, 와렌이 붉게 상기된 얼굴로 손뼉까지 치자 무즈의 얼굴이 형편없이 일그러졌다. 메롱이다, 이놈아. 더 놀려 줄까?

"무즈 씨, 제 거가 가운데 조각이었어요."

즉, 무즈의 조각도 랑세 것에 맞출 수 있다는 뜻.

그 말에 무즈는 으엑 소리를 내더니 신경질적인 발걸음으로 쿵쾅쿵쾅 부엌을 나갔다.

"나 시험 준비할 거야!"

"아, 아차! 저, 저도요!"

한창 시험 대비 중이었다는 걸 깨달은 와렌은 얼굴이 창백해져 허둥지둥 마도구를 챙겨 들고 부엌을 나갔다. 두 사람이 폭풍같이 휩쓸고 간 부엌에는 고요함만이 남았다.

"흠."

랑세는 냄비를 깨끗이 씻은 후, 다시 몇 번이고 냄비에 돌을 댔다 뗐다를 반복하며 보안을 확인했다. 하면 할수록 신기하네. 자신의 큰 냄비에 남아 있던 음식을 모두 이 냄비에 옮긴 후 뚜껑을 잘 닫아 한쪽에 놔두었다.

"자야겠다."

여차여차 밤이 결국 깊었다. 마법사들이랑 얽혔는데 밤 안 새운 게 어디야, 이거면 되겠지, 랑세는 그리 혼자 중얼거리며 방으로 올라갔다.

물론.

"어떤 놈이야!"

이거면 될 리가 없었다.

이튿날 아침, 혹시나 해서 들러 확인했을 때만 해도 냄비는 멀쩡했다. 그러나 퇴근 후 둘러보았을 때 냄비 뚜껑은 열려 있었다. 거기에 음식도 절반이 쑥 사라진 상태였다. 잊고 있었다. 훔친 놈도 마법사 놈이었다는 걸.

"하, 어이가 없어서."

"왜 그러세요?"

랑세가 씩씩거리며 사태 파악을 하는 사이에 와렌이 내려왔다. 와렌 역시 배가 고파서라기보다는 냄비 보안이 잘 되었는지 궁금하여 내려왔던 참이었다. 물론 보안이 형편없이 깨진 것을 발견하고는 창백해졌고 눈에 눈물이 고였다.

"어떻게 해요, 일단 제가 나가서 뭐라도 좀 사 올……."

랑세는 당장에 와렌의 시장기를 걱정했으나.

"아니요. 그게 중요한 게 아니에요."

세상에 먹는 일보다 중요한 게 뭐가 있다고! 어느샌가 아미 아네 가훈에 물이 든 듯한 랑세가 뭐라고 하기도 전에 와렌은 흘러내린 눈물을 거칠게 소매로 닦아 냈다.

"이 냄비에 삼중 보안을 했어요. 주문에 암호화도 인식시켰고요. 그런데 이걸 깼어요."

저게 무슨 소리인지.

"프리페랑에 에디알 법칙까지 다 썼어요!"

뭐, 좋은 건 다 썼다는 거겠지?

"그런데, 이렇게 깔끔하게 마법을 지워 내고 열었다는 건……."

부르르, 와렌이 작은 주먹을 꼭 쥐었다.

"이 마도구가 완벽하지 못하다는 거예요."

세상에 완벽함이란 게 있을까 싶지만.

"이럴 수는 없어요, 절대로. 이렇게 쉽게 열리게 되면 이 마도구에 아무런 의미가 없어요."

와렌은 랑세의 손을 덥석 붙잡았다.

"랑세 씨."

"네?"

"조금만 더 참아 주세요. 제가 꼭 완벽하게 보안이 되는 냄비를 만들어 드릴게요."

와렌은 한숨을 내쉬는 랑세를 뒤로하고 후다닥 제 방으로 달려갔다. 아아, 그대 이름은 마법사여. 앞날이 평탄치 못할 거라는 불길한 예감이 폭풍처럼 부는구나. 《마법사를 다루는 법》 서문, 그냥 읽히지 마라.

얼마 지나지 않아 와렌이 보안튼튼 냄비 2호를 가지고 내려왔다. 이럴 줄 알아서 1호에 1호라는 이름을 붙였나.

똑같은 삼중 보안이지만 무슨무슨 이론은 빼고 뭐뭐 이론을 적용하고 쇠쇠도 교체했다고 한다. 응, 그러세요. 아무리 와렌이 하는 일이지만 마법 쪽으로 빠지면 그냥 내버려 두고 싶어진다. 그리고 마법사 아파트에 살아 온 경험을 토대로 예상해 보자면, 이걸로 안 끝난다. 절대로.

"아악! 누구야!"

이튿날 아침, 부엌에서 뚜껑이 굴러다니는 냄비를 보고 비명을 지른 사람은 이 모든 것을 예상한 랑세가 아니었다. 조금 이르게 체념 단계를 밟기 시작한 랑세와 달리 세상에 대한 희망이 남았던 와렌이었다.

랑세는 출근 준비를 하며 들은 비명에 긴 한숨을 내쉬었다.

"와렌 씨, 아무래도……."

덥석, 와렌은 랑세의 손을 붙들었다. 역시나 눈에는 눈물이 그렁그렁. 눈이 빛나는 것은 눈물 때문일까, 아니면 그저 와렌의 의지 때문일까.

"저를 믿어 주세요. 제가 꼭 다음에는 실패 없이 해낼게요."

"네……."

힘내는 사람 기 꺾기도 싫기에 랑세는 그저 성의 없이 답했다. 그러거나 말거나, 먹고살기는 해야 하지 않겠는가. 랑세는 제 방에 숨겨 놨던, 손으로 집어 먹을 만한 음식을 와렌의 손에 얹어 두었다.

"와렌 씨를 못 믿어서가 아니라……."

그래도 혹시 저를 못 믿어서 미리 음식을 준비했냐고 마음 상해할까 봐 말을 꺼내는 랑세의 태도는 조심스러웠다.

물론.

"아아아! 고마워요! 먹고 힘내서 꼭 냄비 완성할게요!"

"아, 네."

와렌은 일절 신경 쓰지 않았다. 아니, 그보다는 뭐 때문에 냄비에 보안 장치를 달기 시작했는지 그 자체를 잊은 것 같다.

"저, 출근할게요!"

입에 빵을 물고 후다닥 달려가는 와렌의 뒷모습을 향해 랑세가 외치자 와렌은 손을 흔들었다. 자, 돌아오면 보안튼튼 냄비

3호가 완성되어 있겠구먼. 그렇지 않아도 오늘 케일 씨네 형을 잠깐 보기로 해서 심란한데, 요놈이 해결되지 않으니 근심이 두 배다.

랑세는 나가는 길에 관리사무실에서 책을 보는 케일에게 시선을 주었다. 물론 그 시선에도 고개 한 번 들지 않는 케일이었다. 기숙사 구조상 관리사무실 앞을 지나쳐야 부엌에 들어갈 수 있는데 저렇게 책을 보다가 놓친 사람이 있는 건 아닌지. 말하다 빼먹은 사람은 없는지.

하긴 안다 해서 무엇이 달라지겠는가. 어차피 방에 쳐들어가 멱살 잡아 끌어내 심문할 수도 없는 것을. 랑세는 주먹을 꾹 쥐고 출근길을 서둘렀다. 오늘 돌아오면 또 무슨 난리를 맞이할 것인가.

"아아아아! 말도 안 돼!"

무슨 난리긴, 이런 난리지. 와렌의 비명 같은 거. 보안튼튼 냄비 5호가 참담한 꼴을 맞이한 것을 본 게지. 왜 보안튼튼 냄비 3호와 4호가 아닌가 하면, 이미 사흘 전과 이틀 전에 당했기 때문이다.

그러하다. 저런 비명, 아침마다 들은 지가 벌써 며칠째인 것이다.

랑세는 와렌의 동공이 심각하게 흔들리는 것을 보며 한숨을 내쉬었다. 귀찮은 것 반, 믿어 주는 것 반 해서 그냥 내버려 두었는데.

랑세는 냄비를 내려다보았다. 대용량 특제 영양식은 없었다.

당연하다. 자기가 담아 두지 않았으니까. 누가 봐도 냄비는 가벼웠는데 이런 꼴을 만들어 놓은 걸 보니, 아무래도 음식은 상관없어진 와렌처럼 도둑놈도 도둑질이 아니라 그냥 냄비의 보안을 풀어내는 것에 재미를 들린 듯했다.

"와렌 씨, 이제 그만……. 아니, 왜 울어요?"

이제 그만 포기하자고 말하려는 순간, 와렌의 눈물을 발견했다. 훌쩍거리거나 눈물 몇 방울 흘리는 것은 자주 보았지만, 이렇게 닭똥 같은 눈물을 서럽게 흘리는 것은 만난 지 얼마 안 되었을 때, 공관 사건 때 말고는 처음 보는 것 같았다.

"와, 와렌 씨, 왜 울어요?"

"제가, 제가, 해내고 싶었는데……. 저, 전 안 되나 봐요. 전, 아무래도."

우선 알아 두자. 와렌이 마음 약하긴 하지만 실패하는 마법 앞에서 쉬이 꺾이는 성격은 아니라는 것을. 다만 지난 몇 주간 갱신 시험 준비와 스승님이 내준 업무로 인하여 극도로 몰린 상황에 마음이 물먹은 종이처럼 아주 잠시 얇아졌을 뿐이라는 것을.

물론 랑세는 이런 것까지는 생각해 내지 못하고 일단 당황하여 와렌의 어깨를 꼭 감쌌다.

"아니에요, 그런 게 아닐 거예요. 아니에요. 진정하세요."

"흑……. 죄송, 허어엉, 해요, 랑세 씨, 소중한 음식을, 허어엉."

불끈불끈, 랑세의 주먹에 힘이 들어갔다. 자기 음식을 소중하게 생각하지 않는 사람이 어디 있겠냐마는, 이렇게 크게 울 정도는 아니었다. 말마따나 값싸고 쉬운 음식일 뿐. 제 소유가 침범당하는 데 대한 불쾌감일 뿐.

그런데 감히 와렌을 울게 하다니.

"와렌 씨, 진정하세요."

후회도 들었다. 진작 마음잡고 잡아 버릴걸. 와렌이 시험 도 피용 마법 실험을 마음껏 할 수 있게 내버려 두려 했던 마음에, 아니, 솔직히 귀찮아서 가만히 있었더니.

"문관? 와렌?"

그때, 보안 냄비의 상황이 궁금했던 무즈가 울고 있는 와렌 을 발견하고 후다닥 달려왔다. 평소라면 랑세가 와렌을 울렸다 며 방방 뛰었을 놈이지만 감히 그러지 못했다. 와렌의 울음도 울음이거니와 랑세의 기세가 심상치 않기 때문이었다. 뜨거운 김이 랑세의 몸에서 솟아 나오는 듯했다.

"무즈 씨."

"네? 네."

그러하니 나오는 대답도 응이 아니라 네다.

"와렌 씨 좀 잘 달래 주세요. 일단 와렌 씨 시험도 중요하니 까요."

"아, 네."

"와렌 씨, 저 좀 보세요."

눈이 빨개진 와렌이 코를 훌쩍이며 랑세의 눈을 보다가 흠칫 물러섰다. 다정하게 웃고 있지만, 웃는 게 아니었다.

"제가 그 사람 잡아서 와렌 씨 앞에 대령할게요."

"네? 아니, 저기, 그게, 제가 잘못한…….."

"아니요. 와렌 씨 잘못은 없어요. 세상에 도둑놈들이 잘못한 거지, 피해자가 잘못한 건 아무것도 없어요."

랑세의 기세에 와렌과 무즈가 발발 떨기 시작했다. 그 둘이 그러든가 말든가, 랑세는 주먹을 꾹 쥐었다.

"아미아 씨네 가훈이 잘 먹고 잘 살자였죠? 우리 집 가훈은 법보다 가까운 건 대화고, 대화보다 가까운 건 주먹이에요."

남의 집 가훈과 자기 집 가훈을 제멋대로 바꿔 버린 랑세가 후다닥 위층으로 뛰어 올라갔다. 오늘 밤새워서라도 잡는다. 그리고 잡아서 죽여 버릴 테다.

아파트 복도에 살벌한 기운이 후루룩 지나갔다.

랑세는 일전에 마법사 대회를 위해 샀던 목검을 챙겨 부엌 한구석에 숨었다. 물론 불도 켜지 않고 식탁 뒤쪽 구석에 앉아서, 눈을 번뜩이며. 번쩍번쩍, 랑세의 눈이 번들거리자 옆에 같이 쪼그리고 앉은 무즈가 움찔움찔한다.

"그렇게 겁나면 올라가요."

그런 무즈의 움직임이 거슬렸던 랑세가 속삭이자 무즈가 다시 움찔하다가 어깨를 쭉 편다.

"아니, 겁나는 건 도둑이 아니라 문관 너거든……요?"

그 어깨, 마지막에 다시 소심하게 움츠러들었지만.

"나 혼자 할 수 있다니까요."

"아니, 와렌을 울린 범인 잡는 데 내가 빠질 수는 없지."

무즈는 손에서 불을 불러일으켰다.

"그리고 원소계는 전투계로 곧잘 빠지기도 해. 기본적인 전투 마법 정도는 할 수 있어."

랑세는 제 어깨에 걸쳐 둔 목검을 손으로 쓰다듬었다. 그래, 뭐가 되든 잡아 족치려면 머릿수가 많은 쪽이 좋겠지. 하아, 그렇지 않아도 빌린 책 좀 보느라 요 며칠 피곤했는데.

둘 사이에 말이 없자 바깥의 밤 벌레 소리가 잘도 들렸다. 간간이 위층 복도에서 사람이 움직이는 소리도. 누군가 물을 사용하는 듯 파이프를 통해 물이 흐르는 소리도. 저기 멀리 길에서 술에 취한 사람의 노랫소리도.

이런 고요한 시간을 함께할 사람이 무즈라니, 싫다.

"쉿."

그때, 이쪽을 향해서 찰팍찰팍하는 발소리가 들렸다. 실내화를 질질 끄는 듯한 걸음 소리는 분명 케일이 아닌 듯했다. 찰칵, 발소리의 주인은 부엌에 설치된 마석 등을 켰고, 랑세와 무즈는 그림자도 보이지 않게 있는 힘껏 숨었다. 물론 불을 켜서 발견될까 봐 미리 실험도 다 해 본 각도에 잘 숨었다.

"오호?"

발소리의 주인은 냄비 앞에서 요상한 소리를 냈다. 그 냄비는 와렌의 보안튼튼 냄비 4.5호다. 덫으로 쓰기 위해 중간 실패

작을 얻어 왔다. 그리고 도둑놈은 덫에 걸려들었다. 너무나도 쉽게.

도둑은 흐흐 웃으며 냄비에 이것저것 주문을 외운다. 랑세는 짐승이 사냥감에 다가가는 자세로 걸음 소리를 낮춘 채 조심스럽게 다가갔다. 무즈가 잠시 옷자락을 잡아당기자 랑세는 돌아보았다. 둘의 시선이 마주쳤다. 좋아. 의지력, 전투력, 합해서 백. 잡아 죽인다. 끄덕, 끄덕.

입으로 셌다. 하나, 둘, 셋!

"야이 자식아!"

랑세는 후릅 뛰어올라 목검을 크게 들어 올렸다. 파팟! 뒤에서 무즈의 엄호 마법이 날아왔다.

채챙! 도둑이 순간 들고 있던 냄비로 랑세의 목검을 막았다. 파팟! 다른 손으로는 무즈의 마법을 막았다.

"어?"

"어?"

그리고 범인과 눈이 마주쳤다.

"리, 리엔 님?"

"어머, 랑세 양!"

풀썩.

전투력, 의지력 모두 사그라졌다. 랑세는 어이가 없어 주저앉았고, 무즈는 새하얗게 질리고 말았다.

"어머, 놀랐잖아! 무슨 일이야?"

이렇게 주저앉을 수는 없다. 랑세는 이를 아득 물었다.

"대체 왜 이걸 매일 훔쳐 드신 거예요! 보안 마법은 왜 푸셨고요!"

세상에, 생각도 못 했다. 리엔이 그럴 줄은. 그러나 마법에 대해 잘 모르는 랑세가 봐도 리엔의 마법은 아파트 내에서 독보적이기도 하거니와, 일전에 마탑에서 훈련용 천막을 훔쳤던 것을 떠올려 보면 어쩌면 당연한 일이었다.

다만.

"아, 진짜 한 숟가락 달라고 했으면 그냥 드렸을 거라고요!"

"어머, 랑세 양 음식이었어?"

세상에, 리엔은 창피한 듯 입을 가리고 호호 웃는다. 으득, 어른만 아니었으면 벌써 멱살 잡았을 텐데.

"제 음식이 아니더라도 남의 음식을 먹으면 안 되죠! 그리고 보안 마법까지 걸어 놨으면 먹지 말라는 뜻이잖아요!"

"아니, 난 진짜 처음에는 그냥 뭐가 있는지 보기만 하려고 했거든? 그런데 음식을 보니까 갑자기 먹어 보고 싶어서, 진짜 한 숟가락, 딱 한 숟가락 맛만 보려고 했는데……."

"한 숟가락이든 한 국자든 남의 음식은 먹으면 안 되는 거라고요!"

"아이, 랑세 양, 미안해. 진짜, 보니까 그리워져서."

네?

"그, 그립다니요?"

"응? 아, 응, 그러고 보니 랑세 양은 이 음식을 어떻게 알지?"

리엔도 참전 마법사, 그녀도 우리 엄마를 아는 걸까.

"선배."

그때, 부엌의 우당탕와당탕 시끄러운 소리에 달려온 케일이 짜증스러운 얼굴로 한숨을 내쉬었다.

"범인이 선배셨습니까?"

"어머? 얘, 범인이라니 무섭다."

"그러고 보니, 부엌에 간 사람 명단 중에 리엔 님은 없었잖아요!"

랑세가 바락 외치자 케일은 미간을 좁혔고, 리엔은 호호 웃었다.

"어머, 얘, 케일이 눈치채게 돌아다닐 급은 아니지, 뭐."

아, 네. 잘나셨습니다. 그 잘난 기술로 식사나 훔치십니까. 아이씨, 그럼 와렌에게 네 존경하는 선배가 도둑이라는 말이나 해야겠네. 저기 선배 뒤통수 친 게 무서운 인간은 바들바들 떨고 있으니 도움이 안 되고.

한밤중의 소란이 적잖이 짜증 난 케일이 랑세를 대신해 따져 물었다.

"대체 왜 훔쳐 드신 겁니까?"

"아니, 내가, 그리워져서라니까."

"그러니까, 군대 짬이 그리워질 이유가 뭡니까, 대체?"

네? 군대 짬요?

"군 시절 추억이라고 그립지 말라는 법이 있니?"

"아무리 그렇다 하더라도 짬을 그리워하라는 법은 없습니다."

리엔과 케일이 목소리를 높여 가며 각자 제 이야기를 하자 소란을 눈치챈, 그리고 심심한 마법사들이 하나둘 부엌으로 모여들었다. 뭐야, 무슨 일이야, 리엔 선배가 음식을 훔쳐 먹었다 걸렸대. 그들의 숙덕거리는 소리에 랑세는 겨우 정신을 차렸다.

"잠깐만요, 잠깐만요!"

"응?"

"뭐예요, 그게 군대식 식사라고요?"

랑세의 말에 케일과 리엔의 눈이 동그랗게 떠졌다.

"몰랐니?"

몰랐다. 진짜 하나도 몰랐다. 가족 모두가 바빠 식사에 신경 쓰지 못할 때면 엄마가 만들어 주던 음식이었을 뿐이다.

"이런 음식이 멀쩡한 식사일 리가 없잖니?"

"그 많은 걸 훔쳐 먹은 사람이 하실 말씀은 아니잖아요!"

리엔의 말에 랑세는 자기도 모르게 꽥 목소리를 높였다.

리엔도 최소한의 양심은 남아 있었기에 랑세가 하는 말에 볼이 붉어져 그녀답지 않은 아양을 떨었다.

"아이, 미안해, 랑세 양. 처음에는 그리워서 먹었고, 다음에는 자물쇠를 달아 놨기에 풀어 보고 보상이라고 생각해서 먹었거든. 마법사가 마법을 보고 그냥 지나칠 수 있니?"

리엔이 보안튼튼 냄비 4.5호를 톡톡 두드렸다.

"이거 정말 잘 만든 보안이라서 풀어 보고 싶었거든. 아직 몇 군데 단점이 있지만, 그래도 좋았어. 간만에 나도 좋은 과제를 푼 기분이었고. 그래서 보상으로 안에 든 거 먹었지."

"진짜요?"

소란에 슬그머니 나왔던 와렌은 냄비의 보안을 누가 건드렸는지 알게 되었고, 이미 어느 정도 납득한 상태였다. 대단하신 리엔 님인데 나 따위의 보안을 푸는 건 일도 아니었겠지, 하고. 그런데 기대도 하지 않았던 칭찬이라니! 눈물로 퉁퉁 부은 눈과는 달리 볼이 발갛게 상기되었다. 와렌은 눈을 반짝반짝 빛내며 리엔에게 다가갔다.

"어머, 와렌의 솜씨였구나. 훌륭해."

"감사합니다. 감사합니다."

"물론 프리페랑에 에시드를 겹쳐서 사용한 건 훌륭한 아이디어였지만 물리력이 가미된 마법에는 약하다는 건 알아 두렴."

"네, 네, 알겠습니다!"

와렌은 소매에서 펜과 종이를 꺼내 리엔의 이런저런 충고를 얼른 받아 적었다.

이런 훈훈한 광경에 모두가 흐뭇한 미소를 지었으나, 랑세만이 예외였다.

"이게 군대 식사고 맛이 없는데 추억 때문에 먹었다고요?"

랑세의 스산한 목소리에 훈훈함이 와장창 깨졌다. 리엔은 얼른 랑세의 어깨를 감쌌다.

"미안해, 랑세 양. 내가 더 맛있는 거 많이 사 줄게."

아니요, 이미 음식을 도둑맞은 건 아무 상관이 없어졌어요.

"이게 맛이 없었다고요?"

"응! 먹긴 했지만 맛은 없었지!"

그게 다 추억인걸, 하고 말을 덧붙이는 리엔은 랑세가 왜 화가 났는지 전혀 파악을 못 하는 눈치였다.

랑세는 케일에게 눈을 치켜떴다.

"케일 씨, 그립지도 않다고 말한 게 그 뜻이었어요?"

움찔, 드물게도 케일이 잠시 어깨를 움찔했다. 그러나 짧은 사이 케일은 정신을 차리고 긴 한숨을 내쉬었다.

"그래."

"맛이 없어서?"

케일은 먼 곳을 바라보며 시선을 피하고는 아련한 목소리로 말했다.

"군대란 그런 거지."

그리고 자리를 피해 버린다. 아니, 어디 가요.

"맛만 있구먼!"

랑세의 말에 부엌에는 순식간에 침묵이 내려앉았다. 리엔의 동공은 심하게 떨렸고, 군대는 겪지 않았지만 군대 식사에 대해 이미 들은 바가 있던 이들이 입을 다물었다. 침묵이 곧 소란으로 변했다. 웅성웅성, 미친 거 아냐.

"왜, 왜, 뭐요! 군인들은 잘 먹어야 하잖아요! 맛이 없을 리가 없잖아요!"

"라, 랑세 양, 세상은 그렇게 돌아가지 않는단다."

리엔이 몹시도 처량한 목소리로 랑세를 꼭 끌어안았다. 꼭 불쌍한 아이를 보기라도 한 것처럼.

"맛있었어요!"

랑세가 어이없어하는 사이 와렌이 벌떡 일어나 나섰다. 그래, 분명 뜨끈뜨끈한 국물은 맛있었다.

그때, 무즈가 하얗게 질려 와렌의 소매를 붙들었다.

"와렌, 우리가 배가 고파서 맛있게 느껴진 거지 별로 맛있는 식사는 아니야. 객관적으로."

"무즈, 맛은 객관적일 수 없잖아."

저 새끼가? 실컷 먹여 놨더니? 랑세가 리엔의 품에서 벗어나 와락 외쳤다.

"맛은 객관적으로 평가할 수 있어!"

······아니, 외치려 했다. 아미아가 끼어들지 않았더라면.

"분명히 수치화시킬 수는 없지만, 어느 정도 평균적으로 인정받는 맛이라는 게 있어! 그렇지 않으면 식당이 장사를 할 수 있을 리가 없잖아!"

대대로 요리사 집안의 딸이 할 만한 이야기였다. 그러나 또 어느 마법사가 외쳤다.

"수치화시킬 수 없다는 건 객관적이지 않다는 거죠!"

"맞아요! 평균을 만들려면 수치화시킬 수 있어야 하죠!"

와와, 아미아의 말에 반대하는 마법사들이 달려들지만, 아미아는 콧방귀를 뀌었다.

"어쨌든 저건 아니잖아!"

아니긴 뭐가 아니야! 랑세의 발악에도 마법사들은 저 좋은 대로 떠든다.

"보세요, 리엔 선배님께서도 결국 추억 때문에 드신 거지, 맛 때문은 아니잖아요!"

"아니, 그래도 수치화시킬 수 없는 것에 객관과 평균이라는 말을 붙이기에는……."

마법사들은 와글와글, 랑세는 부글부글. 남이 만든 식사를 두고 뭐라는 거야. 랑세의 불꽃 주먹이 솟아오르려는 순간, 탕탕, 하는 소리가 났다.

"저는 걱정이 되는군요."

국자로 냄비 때리는 소리를 내 모두를 주목시킨 사람은 스테인이었다.

"랑세 양이 정말로 이 음식이 맛있다면 미각에 심각한 문제가 있다는 뜻이고, 그건 건강과 직결이 되니까요."

"야!"

랑세가 스테인의 멱살을 잡으려고 덤벼드는 순간, 아미아가 랑세의 팔을 붙들었다. 얼마나 힘이 좋은지 랑세는 옴짝달싹 못 했다. 아니, 아니, 아등바등은 했으니까 옴짝달싹 못 한 건 아니다.

"그러게. 그도 그러네. 걱정은 된다."

"정말 맛있었던 거야, 랑세 양?"

수군수군, 마법사들이 또 숙덕거린다.

"맛있다니까요!"

랑세가 악을 쓰지만 마법사들은 끄떡없다. 그리고 어느덧 자기들끼리 외친다.

"실험이다!"

"그래, 실험이다!"

"공개 실험이다!"

"우와와와!"

……어쩌다 일이 이렇게 되었을까. 분명 도둑 잡기였는데, 아니, 와렌 끼니나 챙겨 주자였는데, 왜, 어째서, 이들 앞에서 제 미각을 시험받게 되었나.

랑세는 인생에 깊은 회의를 느꼈다.

마법사는 크게 두 패로 갈렸다. 아미아와 마찬가지로 '수치화할 수는 없지만 일반적으로 맛있다고 인식되는 기준은 있다'파와 '맛은 비객관적이다'파.

실험은 '평균은 있다파'가 주도하게 되었다. 그리하여 마법사들의 생체 실험 대상은 랑세, 여전히 그 음식이 맛있다고 말하는 와렌, 맛은 비객관파 두 명이었다. 비객관적파 두 명이 실험에 참여한 것은 자신들의 말이 맞는다는 걸 증명하기 위해서라기보다는 그냥 이것저것 먹고 싶어서였다. 애초에 이 인원과 저 엉터리 이론으로 실험다운 실험이 될 리도 없었다. 저 사람들은 그냥 궁금했을 뿐이다. 랑세의 입맛이 어떤 지경이기에.

"그럼, 시작해 봅시다."

실험 담당자는 스테인과 리엔이었다. 실험 대상 네 사람 앞에는 음식 다섯 종류가 주욱 놓여 있었다. 아미아 제공의 요리 하나, 그럭저럭 요리를 할 줄 안다는 엘마스와 하이란의 요리

각각 하나씩, 먹고 죽지는 않겠지만 맛있지는 않다는 리엔의 요리 하나, 그리고 마지막은 물론 군대, 아니, 랑세의 음식이었고.

랑세는 입이 댓 발은 나와 자리에 앉아 있었다. 저 마법사 놈들을 떨쳐 내고 도망 나올 수도 있었지만, 증명해 보이고 싶었기 때문이었다. 자신의 요리가 맛있다는 걸. 제 미각이 틀리지 않았다는 걸.

"맛이 없으면 1점, 맛이 있으면 5점 기준입니다."

랑세는 분연히 숟가락을 손에 쥐었다. 배고플 때 이 실험을 하면 아무 의미가 없다고 뭐 하나씩 먹기까지 했다.

"그리고, 거짓말하지 마십시오."

아, 왜, 왜 나를 보는데. 흥, 하고 랑세는 콧방귀를 뀌었다. 애초에 자존심 때문에 거짓말을 하지 않을 것이기도 하거니와, 해서 뭐 하게.

"첫 번째 음식부터 드세요."

네 사람은 음식을 조금 덜어 먹었다. 한 입, 한 입, 먹는 모습에 모두가 침묵을 지킨다.

모두 랑세의 입을 바라본다. 눈앞에 있는 음식이 누구 것인지는 모르기에 랑세는 집중하여 맛을 봤다. 그리고 고개를 끄덕이고 스테인이 나누어 준 종이에 점수를 썼다. 3점.

"두 번째 음식 드세요."

입을 물로 헹군 피실험자들이 다음 음식을 맛봤다. 세 번째도, 네 번째도, 그리고 드디어 다섯 번째 그 음식. 랑세의 음식을 먹어 보지 못한 피실험자 두 명은 조금은 떨리는 손길로 음식을 떴고, 랑세와 와렌은 보란 듯이 푹푹 떠서 먹었다. 맛만 있구먼, 왜들 저러는지.

"으."

그때, 비객관적파 피실험자 둘이 맛을 보자마자 으, 하며 고개를 내저었고 랑세의 눈썹은 높이 올라갔다. 그들은 랑세를 기묘한 눈으로 보더니 고개를 저으며 종이에 대뜸 뭐라고 쓴다.

흥, 이놈들아, 문관 무시하지 마라. 네놈들 펜 움직이는 모양새를 보니까 1점이구나. 흥흥, 랑세는 콧방귀를 뀌며 5점을 쓰고는 스테인에게 내밀었다.

"자요!"

우르르, 모두가 그 근처로 몰려든다. 그 점수표를 보고는 또 이놈들도 접시에 짐승처럼 달려든다.

"말도 안 돼!"

"맞아, 말도 안 돼!"

랑세가 2점을 준 음식은 정말 맛이 없었고, 3점을 준 음식은 먹을 만했으며, 4점은 그보다 좀 나았고, 5점을 준 음식은 훌륭했다. '그 음식' 빼고는.

비객관적파 피실험자들이 준 점수는 랑세와 대동소이했다. '그 음식' 빼고는.

"거짓말한 거 아냐?"

아미아가 멱살을 잡고 묻지만, 랑세는 손으로 탁, 쳐 냈다.

"아, 거짓말하는지 안 하는지 구분도 못 할 거면 실험 같은 거 하지 마시든가, 처음부터."

아미아는 랑세를 뚫어져라 바라보았다. 다른 마법사들도. 그렇게 하면 마치 진실을 알아낼 수 있다는 듯이.

"하! 진짜 자존심 상하네."

아미아의 말에 랑세는 허리에 손을 얹고 목소리를 높였다.

"누가 할 소리를! 남의 엄마 음식을 그렇게 폄하해 댔는데, 누가 할 소리를."

따닥, 따닥, 그 순간 누군가 이빨을 부딪치며 떨었다. 엄마 음식이래, 헉, 어떻게 해, 못 할 소리 했네. 심지어 아미아조차도 당황한 듯했다. 아무리 마법사라도 어느 기준선 이하로 떨어지지는 않나 보다. 그러고 보니, 엄마가 해 주곤 했던 음식이라는 걸 아는 건 케일뿐이었다.

"아, 어, 미안, 그런 줄은……."

아미아가 뒷머리를 벅벅 긁으며 사과를 했고, 리엔은 호호 웃으며 어머나, 어머님이 군인이셨니, 하고 속없는 소리나 한다. 랑세의 음식을 맛보고 웩 소리를 했던 마법사들은 먼 산 바라보며 시선을 피했다. 흥이다, 이놈들아.

"랑세 양은 어머님을 무척 사랑하시는군요."

그때, 스테인의 다정한 목소리가 들렸다.

"어머님을 무척 사랑하시니 이 음식이 맛있게 느껴지겠지요."

땅땅, 스테인은 국자로 냄비 뚜껑을 두드려 실험 종료를 선언했다.

"자아, 아무래도 개인의 추억이 맛에 부여되는 것을 보면, 맛의 완전한 객관화는 어렵다고 생각합니다. 저는 이만."

그러고서는 가 버리네?

스테인의 선언에 모두가 수군덕거리더니 랑세에게 한마디씩 던지며 자리를 떠난다.

"그래, 엄마가 보고 싶을 때가 있지."

"객지에서 고생하네."

"어머님께 효도하세요."

"어머니를 사랑하시는군요. 누구나 그렇지요, 그럼요."

아아, 사랑. 그 얼마나 아름다운 말인가. 그럼에도 랑세의 얼굴은 붉게 달아오른다. 엄마를 사랑한다고? 미운 엄마를 사랑한다고? 야이씨, 네놈들이 뭘 알아, 하고 소리를 빽 지르려는 순간.

"랑세 씨."

와렌이 볼을 붉히며 랑세의 치맛자락을 당겼다.

"네?"

"저도, 맛있었어요. 배부른데도 맛있었어요."

와렌은 수줍게 웃으며 맛 평가를 한 종이를 내밀었다.

"정말요, 맛있었어요. 이건 아마……."

"아니얏!"

와렌의 말끝을 무즈가 채 갔다.

"아니야, 아니야, 아니야. 와렌, 그건 아니야!"

"응? 뭐가?"

"몰라, 나 시험 준비나 할 거야!"

"아, 아차, 나도 시험!"

우르르, 둘은 달려 나가고 랑세는 허허허허 허탈한 웃음소리를 내며 자리에 주저앉았다. 텅 빈 부엌, 홀로 남은 랑세는 목검을 공중에 휘둘렀다. 야, 이놈들아!

"야, 이놈들아! 이건 그냥 맛있는 거라고!"

《마법사를 다루는 법》 결론, 마법사를 피하는 것에 실패했나요? 그럼 포기하세요. 그냥 그러려니 하세요. 그럼 편하……긴 뭘 편해! 에이씨, 젠장.

책을 보여 주세요

"아, 다 읽었다……."

랑세는 한숨처럼 중얼거렸다. 읽는 내내 가슴 조이고 답답하고 눈물 또한 여러 번 흘렸으니, 저 말이 입 밖으로 나온 것이 어쩌면 당연한 일일 터였다.

랑세가 읽은 것은 될트렝 사건의 기억이 담긴 책. 얼마 전 케일의 형인 릭스의 대학 연구실에서 빌려 온 책이었다. 사건의 생존자가 담담한 문체로 풀어놓은 끔찍하고 참담한 사건의 회고. 그나마도 누군가 알게 되면 피해를 받을까 봐 여기저기 가명과 가짜 지명이 들어간 그런 책. 여기 기록되어 있는 누군가 중 한 명은 랑세가 아는 사람, 스테인일지도 몰랐다.

국가가 덮은 사건을 기록한 책, 즉 일종의 금서였으므로 인쇄할 수는 없었는지 필사본이었다. 인쇄용이 아닌 필기용 잉크는 물에 쉬이 번진다. 책에 희미하게 물에 번진 자국이 여기저기 남아 있었다. 필사하던 누군가도, 몰래몰래 빌려 읽어 왔던 누군가도 눈물로 그 자국을 만들어 냈겠지. 랑세 역시 그 번짐에 한몫하게 되었다.

"아후……."

처음에는 스테인의 말이 걸려서 릭스에게 물어봤고, 릭스의 말을 듣고서는 사람으로서 부끄럽지 않기 위해서는 알아야 한다고 생각했다. 그러나 다 읽고 나서는 괜한 짓 했나 싶었다. 이토록 지독한 사건이라니.

랑세는 책을 얼른 덮었다. 금서였으므로 들키지 않기 위해 책 표지는 당연히 전혀 다른 제목이었다.

《일반역사개론》

'제 연구실에는 역사에 관한 책이 대부분이니까 여기 숨기기 적당한 표지로 제본했습니다.'

릭스는 그리 말했더랬지.

랑세는 자신의 책장을 바라보았다. 전부 헌책방에서 산, 가볍게 읽기에 적당한 소설류였다. 저기 놔두었더니 얼마나 어색하던지. 랑세는 책장에 집어넣으려다 멈칫했다.

갑작스레 가슴이 두근두근하기 시작했다. 누가 와서 이걸 발견하면 어떻게 되는 거지?

아니, 물론 방에 함부로 들어올 사람은 없고 들어올 수도 없다. 얼마 전에 갱신 시험을 통과한 와렌의 최신작, 보안튼튼 문 5.9호를 달았다. 이건 심지어 리엔마저도 일곱 번 만에 풀어냈고, 그 대가로 손에 화상을 입을 뻔했다.

하지만 벽은 튼튼하지 않다. 이 빌어먹을 체질 때문에 언제 어디서 누군가의 메신저가 들어올지도 모른다. 그러다 책이라면 환장하는 마법사 놈들이 어울리지 않게 툭 튀어나온 《일반역사개론》이라는 책을 발견하고 꺼내 볼지도 모른다. 꺄아아악, 랑세는 내적 비명을 질렀다.

책 읽기 전에는 이런 생각 안 했는데 읽고 나니 생각이 많아진 탓이었다. 자, 그럼 이걸 어디에 숨겨야 할까. 침대 밑은 어떨까. 랑세는 얼른 몸을 숙이고 침대 밑을 보았다. 주기적으로 꼬박꼬박 청소한 덕에 먼지도 많이 없다. 여기에 넣으면 되겠네, 하는 순간.

'랑세, 랑세, 이것 좀 숨겨 줘!'

고향에서 이웃 언니가 책 두세 권을 급히 맡겼던 기억이 떠올랐다. 헐벗은 남녀가 침대 위에서 이러쿵저러쿵하는, 어른들이 보는 책이었다. 그 언니는 걸릴 뻔했다면서 좀 숨겨 달라고 했더랬다. 한창 사춘기였던 랑세는 흥미진진하게 볼을 붉히며 읽고는 침대 밑에 숨겼었다. 그리고 청소하던 아빠에게 걸렸다. 약 세 시간가량의 잔소리를 들었고.

참고로 나중에 알고 보니 그 언니가 걸릴 뻔한 장소도 침대 밑이었더랬지. 어쩌면 아빠와 엄마도 어렸을 때 이런 책을 숨긴 곳이 침대 밑일지도 모른다. 물론 이 방에 들어와 침대 밑을 뒤적거릴 사람도 메신저도 없긴 하지만, 어쩐지 안심이 되지 않았다.

랑세는 방 여기저기 둘러보았지만 마땅한 장소가 없었다. 두근두근, 이 책을 어쩌지. 잠시라도 더 가지고 있기가 무서웠다. 슬픔은 슬픔, 동정은 동정, 연민은 연민, 그리고 공포는 공포였으니까. 단순한 불이익이 아니라, 책에 묘사된 대로라면 이런 일에 국가는 일말의 자비도 없으니까.

"아으⋯⋯."

릭스는 이런 걸 가지고 있는 게 하나도 무섭지 않았을까? 그래서 아무렇지도 않게, 물론 실제로는 조심스럽게, 자신에게 빌려 줄 수 있는 거였을까.

랑세는 작은 방 안을 뱅글뱅글 돌다가 주저앉았다가 일어났다가 누웠다가 굴렀다가 어찌할 바 모르다 다시 일어났다.

"돌려주자."

마침 공관은 휴일이고 대학은 휴일이 아니니까 찾아가서 돌려주면 될 일이다.

랑세는 책을 가지고 문을 나서려다 멈칫했다. 이대로 책을 들고 가다가 소매치기한테 뺏기면? 아니, 책을 훔쳐 갈 놈은 없지만, 누군가와 부딪혀서 떨어트리기라도 하면, 그래서 그 내용을 누군가가 보게 된다면? 랑세는 부르르 떨었다.

얼른 다시 들어가 장바구니로 쓰는 가방을 꺼내 거기에 책을 담고 품에 껴안았다. 아니, 너무 어색하잖아. 아무렇지 않게, 아무렇지 않게. 최대한 자연스럽게 보이기 위해 평소 장바구니

들듯 들었다. 진짜 죽어도 나쁜 짓 또는 큰일은 못할 타입이라 할 수 있겠다.

"오! 안녕!"

그때, 아미아가 방을 나서다 랑세와 마주쳤다. 움찔, 랑세는 자기도 모르게 손으로 가방 한쪽을 가렸다.

"뭐야?"

아미아의 눈썹이 한껏 치켜세워졌다. 움찔, 움찔, 랑세는 가방끈을 쥔 손에 힘을 주었다. 여차하면 이 가방으로 돌려 때리고……

"어디 가? 애인 만나?"

"네?"

때릴 뻔했다. 아니, 아미아의 말이 밉살맞아서가 아니라 온몸의 근육이 긴장하고 있어서 말이지. 아니면 평소에 아미아가 밉살맞아서거나.

"애인이라니요?"

당황한 랑세는 뭔 소리냐고 일부러 목소리를 높였다. 설마 릭스와 만나는 걸 본 거 아냐? 랑세는 자신의 망상이 인생 최대로 뻗어 나가고 있다는 사실을 전혀 눈치채지 못했다.

"뭐? 진짜 애인 만나? 왜 목소리를 높여, 수상하게."

"아, 아니에요! 하도 말도 안 되는 소리니까 그렇죠."

"야! 휴일이면 뒹굴뒹굴하던 애가 나가니까 당연히 애……인이 아니겠구나."

참고로 아미아가 말을 급격히 바꾼 것은 아래위로 랑세를 훑어본 이후였다.

"꼴 보니 그건 아니네. 어디 가?"

"꼴이라니요! 제 꼴이 어때서요?"

"그 옷이 애인 만날 꼴은 아니라는 거지!"

아미아는 까르르까르르 웃음을 토해 내며 저리로 가 버린다. 평소라면 이 빌어먹을 마법사야, 네가 의상에 대해 아느냐고 신발이라도 저 등짝에 던졌겠지만, 랑세는 화가 좀 나긴 했어도 다행이라고 생각했다. 가, 가 버려. 얼른 꺼져 버려.

"어머, 랑세 씨!"

아미아가 소리 없이 꺼져 버려 안심한 것도 잠시, 이번에는 계단에서 와렌을 마주쳤다.

"안녕하세요!"

"아, 안녕하세요?"

와렌은 잠시 랑세의 손에 들린 장바구니에 시선을 주더니 곧 방긋 웃었다.

"시장 가세요?"

"아, 어……."

"저도 가는데, 같이 가실래요?"

"네니요!"

"네?"

말이 꼬이고 말았다. 네도 아니고 아니요도 아니고.

다행히 와렌은 알아듣지 못했는지 고개만 갸우뚱한다. 랑세는 허겁지겁 손을 휘저었다.

"아니, 아니라고요. 말이 이상하게 꼬였네요, 하하하."

"아, 네……."

랑세의 황급한 수습에 와렌은 묘하게 침울한 분위기가 되었다. 왜, 왜 그러지. 랑세는 당황해 어쩔 줄 몰랐다. 별로 말실수한 것도 아닌데.

"저기, 왜……."

그래도 평소 가까운 와렌인지라 솔직히 물어볼 수 있었다.

"아, 아뇨. 그, 저기 그냥……."

와렌은 고개를 푹 숙였다.

"그냥…… 장에 같이 갈 수 있으면 좋을 텐데, 생각하고 저혼자 들떠서……."

아아악. 그래, 그러고 보니 요새 서로 바빠서 같이 느긋하게 식사도 제대로 한 적 없었지. 평소라면 어머, 가는 길이니까 함께 가요라거나 그럼 모월 모일에 만나서 밖에서 식사라도 한 끼해요, 하고 권할 텐데 지금 랑세는 제정신이 아니었던 고로.

"아, 음……."

이거 말고는 나오는 말이 없었다. 와렌은 얼굴이 붉어져 고개를 도리도리 저었다.

"제가, 저기, 그냥 랑세 씨를 곤란하게 하려 했던 건 아니에요. 죄송해요."

"아, 아니, 제가 볼일이 좀 있어서, 그래서, 어, 음, 저도 같이 가면 좋을 텐데, 하고. 그, 그래요! 다녀오면 차라도 함께 마시든가, 아니, 오는 길에 과자라도 사 올게요. 같이 차 마셔요."

와렌의 사과에 정신 차린 랑세가 겨우 수습을 했다. 랑세의 말에 와렌은 또 빵끗 웃는다.

"진짜요?"

"네, 진짜요!"

이 썩을 놈의 귀중한 책을 잘 모셔다 주고 오면 차도 마시고 수다도 떨어요!

"그럼 오늘은 제가 과자를 장만할게요!"

와렌은 호로록 날듯이 계단을 뛰어 내려갔고, 그 뒷모습에 랑세는 안도의 한숨을 내쉬었다. 오늘 무슨 날인가. 맨날 조용하던 아파트에서 왜 자꾸 사람을 마주쳐. 이놈의 아파트는 조용할 날이 없다고 한탄하던 며칠 전과는 완전히 다른 감상이지만, 세상에 불만이 많으면 어쩔 수 없는 일이니 그냥 넘어가자.

릭스에게 가서 책을 넘겨줘야 이 불운 아닌 불운이 끝날 것 같아 랑세는 서둘러 걸음을 옮겼다. 릭스가 일하는 왕립 대학까지 합승 마차로는 금방 가지만 걷기에는 조금 애매한 거리였다. 그러나 랑세는 합승 마차 따위는 고려 대상에 넣지 않았다. 사람이 바글바글한 마차 안에서 실수로 책을 떨어트리기라도 하면! 겨울은 머나먼 여름날이건만 랑세는 추위를 느끼고 몸을 부르르 떨었다. 체력 하나는 자신 있으니까 열심히 걸어서 가자. 가서 책을 넘겨주고 나면 마음의 짐을 던 느낌일 거야.

대학에 도착하고, 역사학과가 있는 인문대 건물은 제일 안쪽이라 한참 더 걸어야 했지만 일단 건물이 다가온다는 마음에 발걸음은 점점 가벼워졌다.

"네?"

도로 엄청 무거워져 자리에 주저앉을 지경이었지만.

"교수님께서 자리에 안 계시다고요."

"왜, 왜요?"

연구실을 지키고 있는 조교가 한심하다는 눈으로 랑세의 장바구니를 보고 툭 내뱉었다.

"학회 때문에 이웃 나라 가셨어요. 닷새 후에나 오실 거예요."

"닷새요?"

랑세의 말에 조교는 한숨을 내쉬었다.

"미리 약속을 잡으시지 그러셨어요?"

책을 빌릴 때는 분명 그랬다. 공관 근처 심부름하는 아이에게 얼마간 돈을 주고 연락을 주고받았을 때, 나도 메신저 쓸 수 있으면 좋겠다, 뭐 이런 마음 편한 생각이나 하면서. 그때 릭스는 학교에 거의 항상 있으니 언제든 오면 된다고 했더랬다. 그래서 마음 편하게 왔지. 아니, 학회가 뭐기에, 그냥 우리 왕국 대학에서 하면 어디가 덧나나.

"무슨 일이신데요? 교수님께 메모 남겨 둘까요?"

랑세의 절망 어린 표정에 조교가 약간의 동정을 내비쳤다. 기실 조교는 장바구니 때문에 외상값이라도 받으려고 온 동네 상인 정도로 랑세를 인식하고 있던 터였다. 그래, 외상값 못 받으면 화나지.

"그⋯⋯."

랑세는 조교에게 책을 맡겨도 될까, 하고 잠시 생각했으나 얼른 접었다. 잘은 모르지만, 학자면 마법사만큼은 아니더라도 책을 좋아할 사람. 《일반역사개론》이라는 제목을 보고 조교도 훑어본답시고 주르륵 페이지를 넘겨볼지도 모르니까.

"랑세 엔나가 왔다 갔다고만 전해 주세요. 닷새 후에 연락드리고 다시 올게요. 안녕히 계세요."

"네, 안녕히 가세요."

터덜터덜 학교를 나오면서도 책이 든 장바구니를 꼭 끌어안았다. 이놈을 닷새간 보관해야 한다고? 와렌의 보안튼튼 냄비라도 빌려서 그 안에 숨겨 두어야 할까. 랑세는 긴 한숨을 내쉬었다.

"무슨 일이신가요? 길을 잃었다면 도와 드릴까요?"

랑세는 움찔하며 돌아보았다. 학생처럼 보이는 웬 남자가 랑세를 보며 그리 물었다.

랑세는 의심 어린 눈으로 남자의 아래위를 훑어보았다. 남자는 적잖이 당황하였다. 학생 같지 않아 보이는 웬 예쁜 여자가 한숨을 쉬고 어깨를 축 늘어뜨린 채 가니 도와줄까 하고 물었는데, 왜 저런 눈이람.

자신에게 흑심이 있다는 걸 눈치챈 걸까, 하는 남자의 생각과 달리 랑세는 저놈이 혹시 비밀스러운 일을 처리하는 관리 같은 게 아닐까, 하는 쓸데없는 생각 중이었다.

"아, 아닙니다. 고맙습니다."

눈과 눈이 한참 대치하다 랑세는 겨우 정신을 차리고 얼른 걸음을 옮겼다. 남자는 뒤에서 머리를 벅벅 긁으며 뒤돌아 제

갈 길을 갔다.

한번 의심을 하기 시작하니 세상천지 모든 놈이 이 책을 노리는 사람같이 보였다. 일단 아파트로 얼른 돌아가자. 거기라고 완전히 안심할 수 있는 것은 아니지만, 그래도 뒬트렝 사건에 대해 아주 모르는 사람들만 모여 있는 곳도 아니고. 거기까지 생각이 미치자 걸음이 멈췄다.

그때, 웃뭉난 앞에서 스테인이 자신이 뒬트렝 사건의 생존자라고 고백했을 때, 몇몇 마법사들은 탄식하거나 놀란 눈치였다. 그렇다면 대부분 사건의 대략은 이미 알고 있고, 스테인이 그 사건의 생존자라는 것은 그제야 알게 되었다는 의미였다. 그렇게 다 아는 사람들에게라면 이 책을 들켜도 크게 문제가 안 되겠구나.

"아……, 나 바보였구나."

랑세는 다리에 힘이 빠져서 저도 모르게 길 한가운데 주저앉을 뻔했다. 얼굴도 새빨갛게 달아올랐다. 끔찍한 비밀을 담고 있는 책을 가지고 있다는 데 빠져서 당연한 생각도 못 하고 괜히 긴장했네. 안도의 한숨을 내쉬었지만, 언뜻 다른 생각이 또 떠오르자 다시 다리에 힘이 들어갔다.

머릿속에 있는 것을 모르는 척할 수는 있어도 존재하는 책은 모른 척할 수 없다. 만약 스테인과 반대파에 있는 마법사가 고발이라도 한다면? 그때 하이란이 그려 준 계보도를 떠올리면 말이 크게 세 계파지, 그 안에서도 또 갈리고 갈렸지.

마법사들의 계파 싸움이 어느 정도인지는 모르겠지만 공관의 문관들 싸움에 못지않다면 한집안 망하게 하는 일도 있을 것이다. 굳이 문관들 싸움에 비교하지 않는다 하더라도 이런 일이 있었을 때 눈감고 지나갈 정도였다니까.

그럼 이 책은 어떻게 한담. 어쩌긴, 일단 아파트로 돌아가야지.

랑세는 다시 걸음을 옮겼다. 어쩌다 이런 걸 알게 되었을까. 호기심이 죄다. 그냥 세상 많은 사람처럼 눈감고 지나가도 되었는데.

랑세는 자신이 크게 악하지도 않지만, 그렇다고 대단히 정의로운 사람도 아니라는 것 정도는 알았다. 적당히 하루 잘 지내고 가까운 미래 정도만 그리면 되는 사람. 끔찍한 일에 동정심 정도는 보낼 수 있지만, 그 이상은 아무것도 못 할 사람.

'아이고, 랑세네 불쌍해서 어쩌니.'

헤세가 죽었을 때 동네 사람들은 혀를 찼고, 같이 슬퍼해 줬으며, 때로는 동정을 했다.

'랑세 아빠, 힘내요. 산 사람은 살아야죠.'

그들도 나쁜 뜻으로 한 말이 아님을 알고 있다. 그 이상 할 수 있는 말도 없었을 터이니. 마치 자신이 케일에게 받은 맛있는 과자를 스테인에게 떠넘기듯 준 것 말고는 할 수 있는 일이 없던 것처럼.

'랑세, 오늘 술 마시러 같이 갈래?'

'야야, 너 쟤 상중인 거 몰라?'

'아, 어, 미안. 내 생각이 짧았어.'

그리고 그들은 금방 잊는다. 내 슬픔이 아닌 바에야.

랑세가 엄마에게 어찌 말해야 하는지, 차게 식은 동생의 체온을 아직 품에서 느끼는지 마는지.

어쩌면 그들처럼 되기 싫어서.

한 개인은 결국 타인을 온전히 이해하기 힘듦을 알 나이임에도, 아직 덜 자랐는지 조금이라도 알고 기억해야 할 것 같아서 그냥 지나치지 못한다.

랑세는 장바구니를 추슬렀다. 어쩌면 이 책을 쓴 사람은 자신의 기억을, 경험을 누군가에게 알리고 싶었으리라. 이 책을 가지고 있고 빌려 준 릭스도, 릭스 이전에 이 책을 필사한 사람도, 그 전의 사람들도.

아는 게 병이지. 랑세는 자조했다. 아는 것 이상의 의미도 없으면서 말이야. 괜히 좋은 사람이 되고 싶어서, 그런 마음 때문이면서 핑계는 많네. 어쨌든 알아 버렸으니 일단 책을 들키지나 말자. 여러 생각을 접고 조심스럽게 걸음을 옮겼다. 대학에서 아파트까지는 멀지 않으니까 얼른 가면.

"어, 랑세 씨!"

"랑세 씨! 오랜만이에요!"

그때 길 저쪽에서 누군가 랑세를 보고 반갑게 손을 흔들었다. 으억, 랑세는 일단 손을 흔들어 답을 했지만 반갑지 않았다. 지나가라, 그냥 지나가라, 하는 마음속 깊은 기원과는 달리 그들은 랑세에게 다가왔다. 서로 팔짱을 꼭 낀 채로.

"휴일인데 어디 다녀오시는 길인가 봐요."

"네, 뭐, 그냥. 두 분은 데이트하시는 중인가 봐요."

타루와 에세였다. 좋겠다, 네놈들은. 랑세는 평소에도 하는 불만을 들리지 않게 중얼거리며 답했다.

"예. 헤헤, 타루도 계속 바빴고 저도 계속 가게 일로 바빠서 오래간만에 만나는 거라 외식이라도 하려고요."

"아, 네. 좋네요."

좋겠다. 누구는 지금 가슴이 쪼그라들고 있는데, 마음 편히 외식한다니.

"참, 이거 예쁘죠?"

에세가 옷에 달린 작은 장신구를 뻐기듯 내밀었다. 랑세는 잠시 눈을 깜빡였다. 아무리 봐도 예쁜 것과는 거리가 멀기에 당장 사회성이 발휘되지 않았다. 예쁘든 말든 어머, 정말 멋져요, 어디서 사신 거죠, 하고 얼른 답해야 하는데.

순간 에세와 눈이 마주쳤다. 에세는 칭찬을 기대하는 눈이 아니라 눈알을 굴려 타루를 가리켰다. 저 좀 도와주세요, 하는 절박한 눈빛은 덤. 아아아, 이 감각 없는 마법사 놈 같으니.

"아, 정말 개성 있고 예뻐요. 한 번도 본 적이 없는 것 같아서 어디서 사셨을까, 하고 한참을 생각했어요."

그 말에 타루가 긴가민가한 눈빛을 하면서도 엷게 미소 지었다.

"그쵸? 타루가 저한테 선물한 마도구예요. 저도 이런 걸 어디서 본 적이 없어서요."

깜빡깜빡, 에세의 눈이 격렬하게 깜빡였다. 아아, 알겠다. 칭찬이 늦어서 타루가 삐졌구나. 랑세는 있는 힘껏 미소 지었다.

"예쁜 데다 마도구니 실용성도 좋네요! 멋져요! 대단하세요."

랑세는 상사 앞에서 사용했던 사회용 문장력을 있는 힘껏 끌어올렸다.

까르르까르르. 두 여자가 자기 칭찬을 해 주니 타루는 얼굴이 상기된 채 흐뭇한 미소를 숨기지 못했다. 다행이다, 이를 뽀드득 가는 에세의 얼굴은 못 봐서.

"그래서, 마도구 기능은 뭐예요?"

랑세가 관심도 없으면서 자연스러운 대화를 위해 그냥 한마디 던졌더니 타루가 얼른 한 발 나섰다.

"아, 그게요, 에세가 작은 물건, 핀이나 리본 같은 걸 곧잘 잃어버린다고 해서요. 어딘가에 숨겨진 물건을 찾는 기능이에요."

네?

"네?"

마음속 생각이 말로 튀어나와 버렸다. 랑세의 격한 반응에 에세도 깜짝 놀랐지만, 타루는 제 아이디어에 감탄한 것으로 생각했는지 떠벌떠벌 기능을 설명했다.

"핀이나 리본 같은 건 머리 위에 있어야 하고, 책은 책장에 있어야 하고, 국자는 부엌에 있어야 하잖아요. 그런데 핀 같은 건 바닥에 잘 떨어져서 어디 구석으로 가 버리니까, 어울리지 않는 장소에 있는 물건이 느껴지면 가볍게 떨려요."

장바구니에 있는 책. 책장에 없는 책.

야, 이놈아, 그런 물건이 세상에 한두 개고 에세한테만 있는 줄 아니. 에세도 비슷한 생각을 했는지 보이지 않게 한숨을 내쉰다. 물론 랑세의 마음은 한심함보다는 급함이 먼저였다.

"그렇게 되면 바르르, 이렇게 떨, 어?"

타루는 에세의 옷에 달린 장신구를 만지며 설명하다 마도구가 격렬하게 떨고 있는 걸 느끼고는 멈칫했다. 랑세는 안색이 창백해졌다. 들켰다, 젠장.

"어휴, 너무 잘 만들었나 보다. 저 나뭇잎 봐. 나무가 아니라 바닥에 떨어져 있잖아. 그럼 떨리겠네."

"아? 아아?"

"고마워. 고마운데, 달고 다니기보다는 뭐 찾을 때 쓰는 게 더 좋겠다."

"아니야, 내가 실수했나 봐."

다행이다. 연인들은 둘만의 세상이 있어서.

"저, 전 이만 가 볼게요."

"아, 네. 오래 붙잡았네요."

"네, 잘 가요! 나중에 봬요!"

랑세는 서둘러 자리를 떴다. 제기랄, 타루 놈, 나중에 한 대 때려 줄 테다.

랑세가 무슨 생각을 하는지도 모르는 채 타루와 에세는 마도구를 가지고 티격태격했다.

"어?"

"왜?"

"멈췄어."

"응? 나뭇잎은 아직 저기 있는데?"

"어, 음, 나무랑 흙의 마력은 크게 안 달라서 애초에 떨리지도 않을 거긴 했는데."

타루는 힐끗 랑세의 뒷모습을 지켜보았다. 장바구니를 꼭 끌어안고 종종걸음으로 뛰듯이 달려간다. 혹시.

"흠, 고장 났나?"

그때 에세가 한마디 던지자 타루는 깜짝 놀라 허둥거렸다.

"아, 어, 미안. 내가 고칠게."

"아, 아냐, 장신구로도 예뻐."

에세가 타루의 볼에 쪽, 하고 입을 맞추는 바람에 타루는 무슨 일이 있었는지 까맣게 잊었다. 랑세에게는 정말 다행이다. 세상 연인들은 두 사람만의 세계가 있어서.

타루와 에세를 뒤로하고 재빨리 걸음을 옮기는 랑세의 가슴은 터질 것같이 두근거렸다. 윽, 심장이 오그라드는 기분이야. 어젯밤 이 책을 읽다 잠들어서 꿈자리가 사나웠던 탓이다. 그러니 집으로 무사히 돌아가지 못하고 오는 놈 가는 놈 한 놈씩 말을 걸지.

랑세는 논리적으로 하나도 맞지 않지만 그럴듯하게 들리는 말을 중얼거리며 고개를 푹 숙였다. 모자라도 들고 나올걸. 눌러쓰고 다니면 누구도 못 알아볼 것이고, 그러면 말도 안 걸 텐데. 그 순간, 퍽, 하고 랑세는 누군가와 부딪혔다.

"아이씨, 뭐야."

웬 커다란 놈이 어깨를 짜증스레 털어 내며 랑세를 노려보았다. 아이쿠, 모자 쓰고 나왔으면 벌써 몇 놈이랑 부딪혔으려나.

랑세는 일단 제 잘못이기에 고개를 꾸벅 숙였다.

"죄, 죄송합니다. 어디 다치지는 않으셨어요?"

물론 장바구니는 꼭 끌어안고.

남자는 랑세의 아래위를 훑어보며 침을 퉤 뱉었다. 랑세는 키가 작은 편은 아니나 큰 편도 아니다. 거기에 평소 수련을 하던 근육은 치마와 긴팔 옷에 가려져 있고, 소심하게 장바구니를 끌어안고 있는 모습은 연약한 아가씨라, 남자 놈은 시비를 더 걸고 싶어진 듯했다.

"왜? 다치면 아가씨가 책임져 주게?"

랑세는 장바구니를 쥔 손에 힘을 주었다. 재수가 없으려니, 부딪혀도 하필 이런 놈이야. 힐끗 남자의 아래위를 살폈다. 물렁살이 두껍고 자세 균형이 안 맞는다. 자신이 싸움을 아주 잘하는 편은 아니기에 검 들면 일반 병사 두 명 정도를 어렵게 이길 정도지만, 이놈 하나는 쉽게 쓰러트릴 수 있겠다.

"아, 저, 그럼 치료원에 가시겠어요?"

그럼에도 랑세는 고개를 숙였다. 지킬 것이 있기 때문이었다. 엄마는 지킬 것이 있으면 사람이 강해진다고 말했다. 물론 이건 엄밀하게 말하면 지킬 것이 아니라 숨길 것이다만.

이런 랑세의 속도 모르고 남자는 해죽 웃었다.

"치료원 대신 빨리 낫는 더 좋은 방법이 있는데, 아가씨가 여기 이렇게 해 주면 나을 것 같거든?"

하며 랑세의 어깨에 손을 걸치는 순간.

"야이씨!"

랑세의 입에서 분노의 목소리가 터지고 주먹이 올라갔다. 탁, 딱, 따닥, 쿵, 주먹이 만드는 춤곡 박자에 맞춰 남자는 꽈당, 하고 그 자리에 쓰러졌다. 깨끗한 마무리를 위해 다시 한번 주먹을 들어 올리는 순간, 랑세는 움찔했다. 그 손목에 걸려 있는 장바구니!

펙!

그래도 발은 자유롭다.

깨끗하게 마무리를 하자 지나가던 사람들이 오오, 하고 신기한 듯 탄성을 지른다. 아이씨, 창피해.

랑세는 남자 놈에게 경고의 말이나 이런 것도 남기지 않고, 장바구니를 품에 안고 서둘러 인파 속으로 파고들어 시장 골목으로 갔다. 생각 같아서는 바로 아파트 쪽으로 갈 수 있는 길을 가고 싶었으나 놈이 혹시 뒤따라오거나 하면 무척이나 골치 아파지니까. 추적을 피하기 위해서는 사람 많은 곳으로 가는 것이 하나의 방법이라고 엄마가 그랬으니까.

랑세는 시장 골목 사람들 어깨에 부딪히지 않게 조심스럽게, 그러나 빠르게 움직였다.

"싸요, 싸!"

"여기요, 여기!"

상가 앞 여기저기 좌판을 벌인 상인들이 사람들의 시선을 끌려고 애썼다. 평소라면 천천히 구경하듯 걸으며 싼 가격에 많은 걸 파는 상품 몇 개라도 살 텐데, 오늘 랑세에게는 그럴 정신이 없었다.

"감자! 감자가 한 양동이에 1에시르!"

정신이 없는데도 걸음을 멈추었다. 뭐, 1에시르? 보통 2에시르인데. 뭐가 저렇게 싸지? 랑세는 저도 모르게 고개를 돌려 그쪽을 바라보았다. 이 싼 가격에 사람이 몰려든다.

"1에시르! 1에시르! 자, 딱 반시간만입니다!"

아잇, 골목 끝에서 이렇게 짧은 시간만이면 분명히 조합 소속이 아닌 떠돌이 장사꾼이 얼른 팔고 다른 장소로 넘어가려는 게 분명했다. 랑세는 장바구니를 꾹 쥐었다. 사, 살까? 차라리 저 감자를 사서 장바구니에 담으면 완벽한 위장이 되지 않을까? 누가 감자 안에 금서를 숨겼다고 하겠어. 물론 랑세는 실제로 지하 운동가들이 사과나 감자 따위 사이에 비밀문서를 숨겨 옮긴다는 사실을 나라가 이미 다 알고 있다는 걸 모르고 있었다.

어쩔까. 랑세는 한참 갈등하다가 에이, 하고 등을 돌렸다. 저 인파를 뚫고 감자를 사겠다고 설치다가 책을 떨어트리면 답도 없다. 1에시르, 어디서 마법 생체 실험이나 당하고 돈 벌면 되지.

"꺄, 꺄악! 저, 저도 하나, 하나 주세요!"

"야, 내가 먼저야!"

"어, 엄마야!"

엄마야, 하는 비명에 랑세는 고개를 후딱 돌렸다. 분명 아는 목소리였다.

"와렌 씨!"

장바구니를 든 와렌이 감자를 사려는 인파에 밀려 넘어진 것
이었다. 랑세는 후다닥 달려가서 길 한복판 먼지 구덩이에서
엉망이 되어 버린 와렌을 끌어냈다.

"라, 랑세 씨?"

"괜찮아요?"

"네! 헤헤, 감자 싸게 샀어요!"

와렌은 자신의 장바구니를 내밀며 환하게 웃었다. 못생긴 감
자들이 빵긋빵긋 웃고, 랑세는 피식 웃음이 나왔다. 아이고, 이
아가씨야, 감자 하나 저기 굴러떨어진 건 안 보이나 보네.

랑세는 구르는 감자를 주워 와렌의 장바구니에 담으려 했다.

"피! 피 나요!"

"아……."

그러나 나오는 것은 비명이었다. 와렌의 마법사 옷 무릎께에
붉은 핏자국이 보였다. 안에 바지 하나 입고 그 위에 걸치는 옷
에 피가 밸 정도면 얼마나 다쳤다는 말인가!

"괘, 괜찮아요, 엄맛!"

와렌은 끄떡없다는 듯이 걸으려 했지만 금방 자리에서 무너
졌다. 와당탕, 감자가 다시 굴렀고, 와렌은 울상인 얼굴로 앉아
서 더듬더듬 감자를 주웠다.

랑세는 얼른 감자를 주워 자신의 장바구니에 담았다. 그때
책이 시선에 들어왔지만, 질끈 눈을 감아 피해 버렸다. 책 표지
깨끗하게 닦는 법은 아니까. 명색이 서점집 딸인지라.

"일어날 수 있겠어요?"

"아, 어, 일어날 수 있겠는데……."

와렌은 갓 태어난 아기 사슴처럼 비틀비틀, 절뚝절뚝했다. 와렌은 긴 한숨을 쉬었다. 시장에서 아파트까지 멀지는 않지만 그렇다고 가깝다고 할 만한 거리도 아니었다. 걸을 수는 있지만, 이거 당장에 움직이기는 쉽지 않았다.

"랑세 씨, 먼저 가세요. 전 여기서 좀 쉬다가 가야 할 것 같아요."

와렌이 랑세를 향해 처량하게 웃어 보였고, 랑세는 미간을 좁혔다. 감자 밑에 깔린 책이 걱정되지만, 이거 걸리면 어쩌나 심장이 오그라들지만, 자신이 크게 정의로운 사람은 아니지만.

"저기, 저쪽에서 좀 앉았다 가죠. 저도 힘들었으니까, 차 한 잔 마시고 들어가도 될 것 같아요."

그래도 친구에게 마음 한번 쓰지 못할 만큼 여유가 없지는 않았다.

"차 마시는 건 여기서 하게 되었네요."

"그러게요."

시장이 끝나는 모퉁이에 있는 노상 찻집에 랑세와 와렌이 자리를 잡고 앉았다. 와렌은 아까 넘어졌을 때 안색이 하얗게 질리더니, 잠깐 앉아 있었다고 그나마 혈색이 조금 돌아오고 있었다. 랑세 역시 감자로 책을 가린 장바구니를 적당히 다리 사이에 내려놓고 앉아 있으니 긴장된 마음이 조금 풀렸다. 그리하여 둘은 따뜻한 김이 솟아오르는 차를 두고 잠시 길가에 오가는 사람을 지켜보았다.

"어?"

"어? 와렌, 안녕!"

"아, 응! 안녕!"

그 사람들 사이에는 당연히 마법사도 있었다. 랑세에게 낯선 것을 보니 아마도 아파트 마법사는 아닌 듯했다. 그는 잠깐 손만 흔들고 지나갔고 와렌도 크게 친근하게 굴지 않았다.

"아는 사람이에요?"

"아, 네. 무즈 친구예요."

아, 친구의 친구. 인사만 하고 갈 사이겠네. 랑세는 고개를 끄덕이고 무심히 지나치려 했지만, 와렌은 잠시간 무슨 생각에 잠긴 듯했다. 가만히 얼굴에 떠오르는 쓴웃음. 무릎이 아파서가 아닌 것 같은 얼굴.

"왜요?"

"네?"

"그냥, 기분이 안 좋아 보여서요."

"아……."

와렌은 가만히 있다가 또 쓰게 웃으며 조그만 목소리로 말했다.

"저 사람, 예전에 제가 마도구계라고 무시하던 사람이었어요. 나중에 무즈랑 싸우고서 다시 안 그러긴 했는데……."

와, 듣기만 해도 화나네. 랑세는 주먹을 꾹 쥐었으나 곧 풀었다. 지금은 웃으면서 인사할 정도니까 괜찮아졌나 보지.

"자기는 얼마나 잘나서."

그래도 한마디 얹는 것은 잊지 않았다. 와렌은 랑세의 말에 피시식 웃었다.

"많이 잘났어요. 우리 때 수석이었으니까요."

"그래도요. 그게 사람을 무시할 이유가 되지는 않잖아요."

랑세의 말에 와렌은 또 웃었다. 그리고 조금은 기분이 나아진 얼굴로 가만히 생각에 잠긴다.

문득, 궁금해졌다. 감자 밑에 깔린 책 속의 이야기. 그들이 겪은 처참한 사건. 비마법사들이 자기들의 사정으로 그들을 도와주지 않은 것은 그렇다고 치자. 잔인하지만 윗사람들의 사정이란 으레 그렇게 돌아가니까.

그러나 마법사들마저도 외면한 사건이란다. 그들 내부에서조차 잔인한 사건에서 고개를 돌리게 되는 사상 차이와 계파 싸움이라는 거, 대체 뭘까.

"저기, 있잖아요."

"네?"

"전에 언뜻 들었거든요. 마법사들 사이에 계파가 갈린다고. 예를 들면, 어, 리엔 님과 스테인 씨가 차이가 있고, 전에 그 다이스라는 영감님도 그렇고……."

그리고 당신의 부모도. 랑세는 그 말은 꿀꺽 삼켰지만, 와렌은 알아들었다.

"그냥 정말로 마력이 부족? 어, 표현법을 잘 모르겠는데 정말 마도구계라고 그렇게 무시하고 사이가 안 좋은 거예요? 만약에 그런 거라면, 리엔 님은 마도구계도 아닌데 그쪽에 마도구계 아닌 마법사들이 있으면, 그것만 가지고 사이가 안 좋을 수 있는 건가요?"

물론 정말로 묻고 싶은 건 뒬트렝 사건의 이면이지만, 차마 물을 수도 없었고 말할 수도 없어 돌려 돌려 물은 것이다.

그러나 이것만 해도 의외였는지 와렌은 눈을 동그랗게 떴다. 이 사람도 마법사 아파트에서 산 지 몇 개월 지나니 이런 생각을 하게 되었구나. 와렌은 가볍게 고개를 저었다.

"그게 맞는데, 또 다르기도 해요, 랑세 씨 말대로요."

와렌은 말을 고르는지 찻잔을 손끝으로 매만지며 침묵했다.

"사실은 리엔 님을, 리엔 님의 생각을 믿고 따르고 혜택도 받았지만, 그 사람들을 아주 이해 못 하는 건 아니에요."

"네?"

그런 사람들에게 가장 상처받았을 사람이 이해라는 단어를 꺼낸다. 와렌은 다시 작게 웃었다.

"리엔 님이 추구하는 바를 따르면, 그 끝에 마법사는 사라지게 될 테니까요."

랑세가 어리벙벙하게 눈만 깜빡이자 와렌은 가볍게 웃었다. 가끔 마법에 관한 이야기가 깊어지면 저런 표정을 짓는다는 것을 본인은 알고 있을까.

"랑세 씨는 마법사와 비마법사의 가장 큰 차이가 뭐라고 생각하세요?"

"어, 음, 마력……이 있고 없는 거요?"

마법에 대해 아는 것은 없지만, 오가며 귀동냥한 것 중에 마력이라는 말을 여러 번 들었다. 더군다나 와렌은 그게 적어서 집안에서 좋지 못한 소리를 들었다는 것도 알고 있었다.

"정확히는 마력을 볼 수 있는 눈이에요. 제가 마력 자체는 거의 없어도 마력을 볼 수 있는 눈은 있어요. 다른 마법사들은 자신 몸 안의 마력을 끌어다 쓰지만, 저는 대부분 외부의 마력을 이용해서 마도구를 만들어요."

와렌은 잠시 생각하다가 콧잔등을 찡그리며 웃었다.

"이 정도 하는 것 가지고는 마법사라고 생각하지 않는 분들도 계시지만요. 어쨌든요."

"네……."

"만약에요, 정말 만약에요, 마력을 보는 눈이 필요 없는, 그런 원료가 있다면 어떻게 될까요?"

와렌은 위험한 이야기를 하듯 목소리를 낮춰 말하지만, 말의 맥락을 잡지 못하는 랑세는 눈만 깜빡인다. 그런 랑세의 모습이 낯설고도 정겨워 와렌은 또 웃어 버렸다. 와렌이 웃어 버리니 랑세는 저도 모르게 웃고 말았다.

"아마 랑세 씨는 본 적 있을 거예요. 등잔불요."

"아, 네."

저렴한 마석으로 운용되는 등불이 도시에서 대중화된 이후로, 등잔불은 그조차도 구입하기 힘든 가난한 집이나 마도구를 구경하기 힘든 아주 지방 산골 마을에서나 볼 수 있게 되었다. 랑세의 고향 마을의 경우, 각 가정에서는 마석 등이 사용되고 거리나 창고 같은 곳에서는 횃불이나 등이 사용된다. 불을 만드는 원료는 기름이나 초.

"만약에 마석 대신 모든 마도구가 기름이나 초로 움직이게 된다면요? 마법사는 무엇을 해야 할까요?"

알게 모르게 생활 전반에 마도구가 깔려 있다. 등불, 수도 시설, 각종 생활 도구. 어떤 물건은 너무 일상적이어서 마법이 스며들었는지조차도 모른다. 그래서 흔하다고 생각하던 것들. 그러나 그보다 더 흔해진다면.

랑세는 저도 모르게 팔뚝에 소름이 오스스 돋았다. 따지고 보면 자신에게는 좋은 일이다. 그럼에도 상상만으로도 무언가 무섭게 느껴졌는데, 마법사들에게는.

"그래도…… 설마 그런 원료가 생긴다고 해도 도구를 만들었던 사람들은 마법사잖아요. 보통 사람들이 막 만들어 낼 수 있는 건 아니잖아요."

자신에게 좋은 일이 될 것임에도 랑세는 어쨌든 탈출구를 만들어 본다. 무언가가 완전히 사라진다는 것은 누구에게나 공포를 주는 것일까. 그들이, 리엔을 반대하는 마법사들이 느끼는 공포는 이보다 더하겠지.

랑세의 두려움 섞인 질문에 와렌도 목소리를 낮추었다. 자신은 찬성하는 일이지만, 처음 그 점을 깨달았을 때 그녀가 느낀 것은 공포였고, 동시에 경의였다.

"리엔 님이나 리엔 님 쪽 분들이 가장 열심히 밀어붙이는 일 중 하나는 마도구 제작의 표준화 작업이에요."

"표준화요?"

"네. 전에 보안튼튼 문 만들었을 때 제가 서류 준비해야 한다고 했잖아요?"

"아, 네."

문을 다 만들고 실험도 하고 이것저것 다 하고도 와렌은 한동안 방에서 나오지를 못했다. 지금까지 만든 걸 가지고 보고서를 써야 한다고. 그 보고서에 어떻게 만들었는지, 어떤 기술이 사용되었는지 모두 순서대로 써야 한다고, 랑세가 만들어 준 음식을 먹으며 머리털을 잡아 뽑을 듯 부여잡았다.

"그걸 다 만들고 나서 원하면 나라에 돈을 받고 넘기거나 상단에 팔 수 있어요. 그리고 아주 특수한 마도구를 제외하면 어떤 마법사도 그걸 똑같이 만들어 낼 수 있어요."

"어, 그러면……."

"나중에 마석이나 마력을 대체할 원료가 나타나면 기계에 대해서 간단한 교육을 받은 누구나 만들 수 있게 될 거예요."

와렌은 가만히 눈을 감았다.

"그리고 나중이 되면 마법사 출신이 아니더라도, 마도구 제작 방법에 기반을 두지 않더라도, 더 뛰어나고 훌륭한 마도구를 만들어 내고, 마도구만이 아니라 마법보다 더 유용한 것들을 만들어 낼 수 있을 거예요."

묵직한 상상 끝에 침묵이 내려앉았다. 그리고 와렌의 한마디

가 침묵을 가로질렀다.

"그러면 마법사는, 아무런 의미가 없으니 사라지겠죠."

어떤 사람들이 완전히 의미 없이 사라진다고 하는데, 그 당사자임에도 와렌의 말은 더없이 담담하다.

"와렌 씨는 괜찮아요?"

"네?"

"와렌 씨는 마법을 무척 좋아하시잖아요. 그런데 마법도 마법사도 사라진 세상이 오는 게 괜찮아요?"

랑세의 하얗게 질린 얼굴에 와렌은 랑세의 손을 토닥거리며 웃었다.

"당연히 괜찮아요."

"네?"

"그런 일, 저 죽고 난 다음에나 일어날 텐데요."

"네?"

"마력을 대체할 원료가 한두 해 만에 나올 것도 아니고, 그게 기존 마도구에 모두 적용되는 것도 당장은 불가능하니까요. 저 늙어 죽은 다음에나 일어날 일까지 지금 당장 걱정은 안 해요."

새, 생각보다 현세 중심주의시네요.

"당장에 저 같은 마법사들이 존중받고, 저 하고 싶은 연구를 할 수 있는 게 중요할뿐더러……."

와렌은 가만히 랑세의 손을 놓고 시선을 돌려 창밖을 보았다. 수많은 사람, 저 모든 이들이 마도구를 자연스럽게 사용하고 생산하는 세상. 그것 또한 마법이 아닐까.

"그런 세상이 당장에 온다면, 제가 마법사가 아니게 되어도, 이런 눈조차 없어서 마법사가 될 수 없던 수많은 사람들은 절망하지 않겠죠."

내가 느꼈던 좌절과 절망에 대해서 생각한다. 작은 탈출구를 비집고 들어왔던 가느다란 희망의 빛을 떠올린다. 자신은 그 구멍의 빛줄기를 잡고 빠져나왔지만, 뒤돌아 그 어둠에 아직 잠겨 있는 이들을 본다. 구멍은 좁아 그 안에서 나올 수 있는 사람은 지극히 소수. 그 사람들이 모두 나오기 위해서는 탈출구를 넓히거나 아예 동굴이 무너져야 한다. 그럴 수 있다면, 아마도 그 또한 마법. 모두가 손을 보태야 하는 아주아주 큰 마법.

랑세는 그런 말을 하는 와렌을 바라보았다. 늘 순한 얼굴에 열기가 오를 때는 마법 이야기를 할 때였다. 그러나 마법이 사라진 세상 이야기를 하는 와렌은 더욱더 빛나고 반짝이는 듯했다. 어떤 신념으로 빛나는 얼굴.

무언가를 향하여 열심히 달려가는 사람들은 언제나 빛이 난다. 랑세는 제 자신의 얼굴을 한번 더듬어 보았다. 신념도 없고 문관이 된 것도 그냥 현실에서 도망 나오기 위해서일 뿐이다. 이런 삶이 결코 한심하다거나 나쁘다고 생각한 적 없지만, 평생 저런 얼굴을 한 번쯤 할 수 있다면 좋을 것 같았다.

"너무 걱정 마세요. 당장은 일어나지 않을 일인 데다가 정말로 나쁘지 않은 일이라고 생각하니까요."

그런 생각 때문에 낯빛이 어두워졌건만 와렌은 다른 뜻으로 오해한 듯 다시금 랑세의 손을 도닥여 준다. 착한 사람, 좋은 사람.

　그러나 때때로 어떤 신념은, 어떤 효율은, 잔혹함에서 고개를 돌리게 하기도 한다. 랑세는 제 손을 잡고 있는 와렌의 얼굴을 바라보았다. 이 사람도 그럴 사람이 아닌데, 자신이 믿는 바와 다르다면 그런 사건에서 고개를 돌릴까. 아니, 애초에 마법의 표준화와 그 끔찍한 사건이 무슨 연관 관계가 있을까.

　"그, 있잖아요……."

　랑세가 조심스럽게 입을 열자 와렌이 계속 말해 보라는 듯 눈을 깜빡였다. 랑세에게 격렬한 내적 갈등이 벌어지는 것도 모른 채. 뒬트렝에 대해 물어봐, 말아. 아니야, 그러다가 책이 있는 걸 눈치채면 어떻게 해. 아니야, 그냥 책 이야기만 쏙 빼놓은 채 물어보면 안 될까. 아니, 뭘 물어보게.

　"랑세 씨?"

　"아, 아니요, 그 다리는 좀 괜찮으세요? 괜찮으면 이제 슬슬 갈까요?"

　결국 랑세는 하고 싶은 말 정리가 안 되었다는 핑계를 대며 입속으로 꾹꾹 눌러 담았다.

　"아, 네. 괜찮아, 아야."

　와렌은 자신이 괜찮다는 것을 보이기 위해 벌떡 일어났다가 으으, 하고 무릎을 잡고 도로 자리에 주저앉았다. 그러고는 무릎을 몇 번 더 조몰락거리다가 조심스럽게 다시 일어났다. 천천히 일어나니 조금 나은지 절뚝거리며 걸었다. 와렌이나 자신이나 키가 비슷해서 업어줄 수 없는 것이 아쉽기만 한 랑세였다.

"돌아가서 스테인 선배에게 보이면 금방 나으니까 너무 걱정하지 마세요."

"네……."

랑세는 감자가 든 장바구니를 제대로 추슬러 끌어안고 와렌을 부축해 아파트 쪽으로 천천히 걸어갔다. 장바구니의 무게가 많이 나가는 것은 감자 때문만은 아니었다. 이 책을 숨기지 못한 근심 때문만은 아니었다. 그저 풀리지 않은 생각이 꼬리에 꼬리를 물고 똬리를 틀어 바구니에 눌러앉아서겠지.

"응? 왜 웃으세요?"

랑세가 혼자 피시식 웃기에 와렌이 눈을 깜빡이며 돌아본다. 랑세는 그냥 웃음이 나왔다며 고개를 젓고 말았다. 그냥, 여전히 아무것도 할 수 없고 할 생각도 없으면서 생각만 많구나 싶어서 나온 웃음이었으니까.

"그냥, 다른 생각요. 있잖아요, 저번에 아미아 씨가요……."

랑세는 말을 돌렸다. 하루하루 지내는 이야기들, 쌓여도 흩어져도 눈치채지 못할 만큼 작은 이야기들만, 이런 이야기만 하며 세상을 살아갈 수 있으면 좋을 텐데.

"어? 무슨 일 있나?"

아파트에 거의 다 왔을 무렵, 입구가 서너 대의 마차로 꽉 찬 것이 보였다. 랑세가 목을 쭉 빼고 기웃거리자 와렌도 잠시 고개를 갸웃거렸다.

"아, 전에 회의 때 이번에 누구 이사 간다고 했잖아요."

"아아, 맞다."

인사 한번 제대로 해 보지 않은 사람인지라 회의 때 모월 아무 날에 이사한다고 했을 때 손뼉만 몇 번 쳐 주고 말았다. 까맣게 잊고 있었다.

"왜 이사 간다고 했죠?"

"마탑 안으로 옮긴다고 그랬어요. 연구실 직속으로 들어가면 그 안에 숙소가 생기기도 하거든요."

독신 아파트인데 어째 결혼해서 나가는 사람이 없냐는 랑세의 말에 와렌은 웃음이 터져 버렸다.

그러게요, 맨날 입소 아니면 지방 발령이네요.

타루는 결혼해서 나가게 될까요?

두 사람 사이에서 가벼운 웃음이 흘러나왔다. 함께 있으면 언제나 웃게 되기에, 마음이 가벼워지기에 만날 때마다 기분 좋은 사람이 있기 마련이었다.

"어이, 거기, 조심해요."

그래서였을까. 그래서, 방심했던 걸까.

"아, 네."

마차로 짐을 옮기던 사람들이 좁은 입구를 지나는 두 사람에게 소리를 치자 랑세와 와렌은 몸을 슬쩍 틀었다.

"아앗!"

그때, 상자와 와렌이 부딪혔고.

"꺄악!"

와렌은 비틀거렸고.

"으앗!"

와렌을 부축하고 있던 랑세도 비틀거렸다.

"에잇!"

그러나 운동 신경이 좋은 랑세는 얼른 다리의 균형을 잡고 동시에 와렌을 다시 부축했다.

톡, 톡, 데구루루, 톡.

그리고 감자가 굴러갔다.

와렌을 잡기 위해서 저도 모르게 장바구니를 던져 버렸기에.

바닥에 널브러진 장바구니에서 감자가 도로록도로록 굴러 나와 사방에 퍼졌다.

"아……."

랑세는 눈을 크게 떴다. 호흡이 가빠졌다.

그러나 곧 진정했다. 감자만 굴러 나왔을 뿐, 아직 책은 장바구니 안에 있으니까.

"아, 바구니……."

랑세는 주춤, 어색하지 않은 동작으로 장바구니를 향해 다가가려 했다.

톡.

"엇, 뭐야!"

상자에 시야가 막힌 짐꾼이 장바구니를 발로 쳐 냈다. 톡. 아직 장바구니에 남았던 감자와 함께 책이 밀려 나왔다.

"어, 미안합니다!"

그러나 짐꾼은 이삿짐을 손에 들고 있어 그 무엇도 하지 않고 지나갔다. 랑세는 멈췄던 동작 그대로 장바구니로 다가갔다. 표지는 어쨌든 일반 역사책이니 괜찮을 터였다. 괜찮아, 괜찮아, 괜찮아.

장바구니를, 아니, 책을 주우려던 순간.

"랑세 씨, 책을 이렇게 험하게 다루면 어떻게 해요."

하이란이 책을 먼저 집어 흙먼지를 털어 냈다.

"아, 아니."

내가 험하게 다루려고 했나, 짐꾼이 발로 차 냈지. 아니, 지금 그게 중요한 게 아니잖아.

"어후, 이거 감자 흙도 묻었네요."

잊었다. 이곳이 책을 자신의 목숨만큼이나 소중하게 여기는 마법사들이 사는 곳이라는 것을. 랑세는 얼른 손을 내밀어 책을 가져가려 했다.

"이거 페이지 사이에도 흙이 들어간 것 같……."

하이란은 책장을 빠르게 넘기며 안으로 들어간 먼지를 털어 냈다. 아니, 털려고 했다. 하이란의 손이 멈칫하고, 말도 멈추기 전까지는.

"어으?"

하이란의 입에서 이상한 소리가 났고, 랑세는 재빠르게 그 손에서 책을 뺏어 왔다. 랑세는 품 안에 책을 안고 하이란을 노려보았다. 하이란은 눈을 끔뻑이며 으어으어, 이상한 소리를 내며 랑세에게 삿대질을 한다.

"그거, 뒤, 뒬…… 합."

하이란이 알아서 멈춘 것이 아니라 랑세가 하이란을 덥석 끌어안고 손으로 입을 막아 버렸다. 부리부리, 무시무시한 랑세의 눈이 하이란을 죽일 듯이 바라보았다.

랑세는 소리 내지 않고 입만 빠끔거려 말을 전했다.

'말하면 죽어, 알았지?'

하이란은 얼른 고개를 끄덕이려 했으나 랑세의 손에 가로막혀 눈만을 깜빡여 긍정을 표했다. 랑세의 손이 조심스레 내려온다. 그러나 언제나 목이나 배를 쳐 하이란을 기절시킬 수 있을 만큼 가까운 거리는 유지했다.

'말하면 지옥을 맛보게 해 주마.'

끄덕끄덕, 몇 번이고 하이란이 긍정을 표했을 때야 랑세는 하이란에게서 세 걸음 이상 물러났다. 그리고 장바구니를 집어 올리고 감자를 수습하려 했다. 몇몇 시선을 발견하지 않았더라면.

주춤, 랑세는 저도 모르게 한 걸음 물러섰다. 생각해 보라. 갑자기 장바구니에서 흙 묻은 책이 나오더니, 그다음 험악한 기운을 풍기며 기껏 주워 준 누군가의 입을 막았다. 절대 자연스럽지 않은 광경이다. 다행히, 정말 다행히 이사에 바쁜 이들과 환송에 바쁜 이들 덕에 시선의 주인은 몇 명뿐이었다.

"아하하, 하이란 씨. 감자, 아니, 책 주워 주셔서 감사드려요."

말도 헛나온다. 랑세는 자신이 뭘 숨기고 거짓말하며 연기하는 일에는 재능이 없다는 것을 이제야 알아채고 말았다. 살면서 얼마나 많은 것들을 배워야 하는가. 어쨌든, 랑세는 어색하게 고개를 숙이고, 어색한 손짓으로 장바구니를 집어 들고, 어색하게 감자를 집어 장바구니에 넣었다. 이상한 얼굴로 자신을 바라보는 와렌을 외면하며.

"잘 가!"

"어! 마탑에서 보자!"

이사 가는 마법사가 마차에 탄 채로 아파트에 남은 친구들과 손을 흔들고 있는 저 복잡한 입구를 어떻게 통과할 것인가. 마차가 떠날 때까지 기다릴 것인가.

랑세가 고민하는 사이, 마차가 떠났고 몇몇은 아파트로 들어가 입구는 한산해졌다. 이때다. 서둘러 걸음을 옮겼다.

"랑세, 그거 뭐야?"

아미아의 목소리가 랑세를 발을 붙들었다.

"네?"

"그 책 무슨 책이야?"

"네네?"

책이란 말에 의심스러운 시선을 보냈던 이들이 눈을 빛내고, 아무것도 못 본 이들도 랑세를 바라보았다. 아미아, 죽여 버릴 테다. 랑세는 어색하게 웃으며 책을 흔들어 보였다. 어쨌든 제목은 《일반역사개론》이니까. 릭스 씨, 정말 고마워요. 이런 위기를 대비하여 표지를 바꾸셨군요.

"《일반역사개론》요, 네. 교양을 좀 쌓으려고요, 오호호."

랑세는 그 짧은 사이에 잊고 말았다. 자신이 연기 따위에 재능이 없다는 것을.

"거짓말."

"네?"

"으흐흐."

어색한 연기 따위 덧붙이지 않았다면 그냥 지나갔을 일을. 아미아는 음흉하게 웃으며 랑세에게 다가갔고, 랑세는 주춤주춤 뒷걸음질 쳤다.

"야한 책이지?"

"네?"

"나도 해 봤어. 표지 갈이만 해서 숨기는 거."

"네? 네?"

"랑세 취향을 알고 싶네. 아! 알고 싶다. 나도 좀 보자."

"아, 안 돼요! 제 취향은 소중해요!"

그야말로 아무 말이었다. 그러나 아미아는 정말로 랑세가 야한 책을 숨기고 있다고 오해하고 말았다.

"책 좀 보자!"

"아, 안 돼!"

랑세가 아파트 밖으로 도망가려는 순간 쾅, 하고 아파트 입구가 닫혔다. 또 잊고 있었다. 여기는 독신 마법사 기숙 아파트. 마법사가 길거리 돌멩이처럼 흔한 곳.

랑세가 더 도망갈 곳이 없어지자 아미아는 음흉한 웃음을 짙게 지으며 책을 뺏으려 했다.

"으악!"

팍! 랑세가 발차기로 아미아의 다리를 걸어 버리자 아미아는 쾅당, 하고 넘어져 버렸다. 아미아가 어이없다는 눈으로 랑세를 바라보았다.

랑세는 하얗게 질려 외쳤다.

"아미아 씨! 죽여 버릴 테야!"

"야!"

랑세는 계단 쪽으로 달려가고, 아미아는 큰 소리로 외쳤다.

"랑세가 야한 책을 가지고 있다아!"

입구 현관의 소란을 지켜보고 있던 마법사들이 눈을 동그랗게 떴다. 아미아는 음향 확장 주문을 외어 다시 한번 외쳤다.

"랑세가 가진 책은 왕국에서 금지한 등급의 아주아주 야한 책이다아! 저거 가져오는 사람에게 100에시르다!"

오오오오! 아파트 여기저기서 환호성이 들렸다. 야이씨, 랑세는 악을 썼다.

"아니라니까요!"

"아니면 그냥 보여 주면 되잖아!"

"사람에게 소중한 게 있다는 걸 왜 몰라요!"

"그래 봤자 야한 책!"

저걸 어떻게 죽이지, 어떻게 죽여야 하지? 랑세는 몹시도 화가 났지만.

"랑세, 우리도 궁금하다!"

"한번 보고 싶어!"

"잠깐만 보여 줘! 문관의 야한 책은 어떤 거야?"

"연구비가 다 떨어져 가! 100에시르는 내 거!"

무척이나 야한 책이라는 말에 눈 돌아간 마법사가 반, 100에시르에 눈 돌아간 마법사가 반. 우글우글, 랑세에게 다가오고 있었기에.

"안 돼!"

랑세는 비명처럼 외치며 마법사들의 손길을 피해 달아나기 시작했다. 계단을 뛰어오르는 랑세의 발밑에 마법이 난사되기 시작했다.

"야이, 미친놈들아!"

"괜찮아! 그냥 다리 걸기 주문일 뿐이야!"

랑세는 폴짝폴짝 뛰며 마법사들의 주문을 피해 냈다. 마법사들이야 뭐, 진심이라기보다는 반쯤 즐거운 장난이지만 랑세에게는 목숨을 건 탈출이었다.

"랑세, 내놔 봐 봐! 요즘 같은 책만 봤단 말이야!"

아미아도 진심이 아니었다. 다만 랑세에게 맞은 게 화가 나 일을 키웠을 뿐.

"그럼 같은 책만 보세요! 실전을 하시든가!"

"마법 생물이랑 어떻게 해! 그건 현실적으로 불가능해!"

더군다나 원치 않게 아미아의 취향도 알아 버렸다. 랑세의 입에서는 온갖 욕이 나오지만 마법사들의 마법은 멈출 줄 몰랐다.

벌써 3층, 도망갈 곳이 없는가. 랑세는 이를 갈며 주변 지형을 살폈다. 마법사들의 마법을 피해 가며.

"야이씨, 비 오는 날 먼지 나게 맞아 봐야 네놈들이 정신을 차리지."

랑세의 욕설에도 마법사들은 마법에라도 걸린 듯 눈이 돌아가 있었다. 대체 야한 책이 뭐기에. 옆집 언니가 빌려 줬던 책은 재미도 없더구먼. 아니, 재밌기는 했는데 이 정도는 아니었다고.

"이제 끝이다!"

"아니, 아직 아니야!"

누군가의 접근에 랑세는 다시 힘차게 뛰어올라 난간 위로 올라섰다.

"어어?"

그리고 난간에 걸터앉아 미끄러져 내려갔다. 랑세가 머리카락을 바람에 휘날리며 사라져 간다.

"잡아!"

아무리 마법을 난사해도 목표물이 보여야 맞출 수 있지. 이미 시야에서 사라진 랑세의 뒤를 쫓아 마법사들이 달려갔다. 그래 봤자 마법사 달리기 솜씨야 뭐. 마법사들이 2층에서 헤맬 때 랑세는 이미 0층까지 내려갔다.

"헉, 헉."

랑세는 숨을 가다듬으며 아파트 입구를 열려고 애썼다. 덜컥, 덜컥, 덜컥. 그러나 마법으로 잠긴 문이 열리지 않았다.

"대체……."

"케, 케일 씨! 문 좀, 이 문 좀 열어 주세요!"

관리사무실에서 이 모든 소란을 지켜보던 케일이 짜증스럽게 한숨을 내쉬는 것을 발견한 랑세는 절박하게 외쳤다.

"다들 성인이다. 그런 책쯤 그냥 넘겨주면 안 되나? 네 그런 반응에 아미아가 더 난리인 거다."

물론 케일 역시 단단하게 오해한 듯했지만.

랑세는 얼굴을 붉히며 비명을 질렀다.

"그런 거 아니라고요! 아, 문 좀 열어 주세요!"

케일은 랑세의 항변에 미간을 좁히며 대충 주문을 외웠다. 덜컹, 문이 열리고 랑세가 다시 달려가려는 순간.

"아, 으……."

"으."

꽝, 하는 소리와 함께 누군가와 부딪혔다.

주문에 막혀 안으로 들어오지 못하던 하이란이었다. 제 마법으로 어떻게든 풀어 보려고 하다 랑세와 부딪힌 것이었다.

"미, 미안해요. 제가 급해서."

랑세는 습관처럼 사과한 다음 넘어진 하이란을 뛰어넘어 달려가고, 그 뒤로 다시 마법사들이 쫓아오기 시작했다.

"아, 아으, 그런 게, 그거……."

책의 정체를 아는 하이란은 어찌할 바 모르고 자리에 주저앉은 채 움직이지 못했다. 그 옆에는 감자가 든 장바구니를 든 채 울상 짓고 있는 와렌.

파팡!

그때, 마당 한가운데 거대한 흙벽이 나타났다. 달려가던 랑세는 눈을 크게 떴다. 길이 막혔다.

"후후, 랑세, 이리 와. 내가 잘해 줄게."

아미아의 웃음은 그 언젠가 마왕 역할을 할 때와 똑 닮아 있었다. 랑세는 흙벽 한 번, 아미아 한 번, 다시 흙벽 한 번 바라보았다. 높다.

하지만.

"하압!"

"랑세! 미쳤어?"

랑세는 사이사이에 튀어나온 돌을 붙잡아 흙벽을 타서 오르기 시작했다. 팡, 팡, 마법사들이 마법을 난사하지만, 아미아가 만든 흙벽 자체가 가지고 있는 항마력 때문에 마법은 다시 튕겨 나갔다. 물론 랑세가 그런 걸 알아서 흙벽을 오른 건 아니었다. 그저 본능. 살아야겠다는 절박한 본능.

랑세가 흙벽 꼭대기에 올라서자 마법사들은 황당하다는 눈으로 랑세를 바라보았다.

대체 무슨 취향이기에 이토록 절박하게 도망간단 말인가! 취향이 몹시 쓰레기인가 보다!

랑세는 얼른 벽 반대쪽으로 넘어갔다. 거기에도 돌이 여기저기 솟아 있었다. 저걸 밟고 내려가면 되겠다 싶어 얼른 돌을 밟아 가며 내려가다.

"엄마얏!"

헛디디고 말았다.

꺄악, 하는 비명과 함께 랑세는 눈을 꼭 감았다. 몸은 웅크리고. 바닥에 부딪히면 아프겠지!

"어?"

그러나 하나도 아프지 않았다. 바닥의 느낌이 아니었다. 랑세는 눈을 가늘게 떴다.

"100에시르는 제 것인가 봅니다."

스테인이 다정하게 웃고 있었다. 자신을 품에 안은 채.

랑세는 흙벽 너머 아파트로 시선을 돌렸다. 내 방이 꼭대기 층이라 다행이다. 떨어지면 바로 죽을 수 있을 테니까. 지금 죽으러 가면 될까. 끝장났구나.

스테인은 랑세 품 안의 책을 뺏으며 랑세를 땅으로 내려놓았다. 어찌나 자연스럽던지.

아니, 근데 마법사들은 체력 안 좋은 거 아니었어? 저를 안았다가 내려놓을 정도라니.

"얼마나 취향이 나쁜지 한번 볼⋯⋯."

책을 훑어보던 스테인의 말이 막혔다. 평소라면 말을 막히게 했다는 기쁨에 들떴겠지만, 지금은 전혀 그런 생각을 할 수 없었다. 랑세는 고개를 푹 숙였다.

"이거, 어디서 났습니까?"

스테인의 목소리는 약간 떨리고 있었다.

"⋯⋯아는 사람에게 빌렸어요."

미안해요, 릭스 씨. 들켜 버렸어요. 그래도 이 사건의 당사자이니 조금 낫지 않을까요. 스테인의 눈썹이 올라갔다. 그럼에도 시선은 책에서 떨어지지 않았다.

"아는 사람 누구요?"

"그것까지 아셔야 해요?"

"알아야 합니다."

스테인은 한참 만에 랑세를 내려다보았다.

"이건, 제 스승님이 남기신 기록입니다."

헉, 랑세의 입이 벌어졌다.

"필사본인데 그걸 알아봐요?"

"제가 같이 다녀서 압니다. 이건, 스승님의 기록입니다."

헉, 랑세의 입이 더 벌어졌다.

"그럼 배고프다고 그 마법사님 소맷자락 부여잡고 자리에 주저앉아 데굴데굴 굴렀던 아이가 스테인 씨였어요?"

확, 하고 스테인의 낯이 붉어졌다.

"……어린아이였습니다."

수도에 도착한 지 사흘째 되는 날이었다. 마탑의 누구도 나를 만나 주려 하지 않았다. 가진 돈도 다 떨어지고, 가지고 있던 식량도 다 떨어졌다. 노숙에 새까맣게 더러워진 제자 아이가 배고프다고 운다. 늘 어른스럽게 굴었던 아이가 배고픔에 지쳐 바닥에 엎어져 떼를 쓰기 시작했다. 배고프다고. 저기 길 건너 어린아이는 장난감을 사 달라 바닥을 뒹굴며 떼를 쓰는데, 내 아이는 배가 고프다고 떼를 쓴다. 마법사로 살아온 세월을 어찌 후회하겠는가. 그러나 내 아이의 주린 배를 채워 줄 수 없는 마법은 서글프기만 했다. 훔칠 수도 있었다. 그러나 마법을 그렇게 쓸 수도 없었고, 억울함을 알리기 위해서는 우리 여정은 처음부터 끝까지 정당하고 옳아야 했다. 아이를 분수대로 데려가 물배를 채우게 했다. 배고픈 아이가 물로 채워진 배를 부여잡고 잠이 든 모습에, 어쩌면 이 모든 여정을 포기해야 할지도 모른다는 생각을 처음으로 했다.

　스테인의 눈에 그리움이 차올랐지만, 그것은 잠깐이었다. 이내 그는 냉정한 목소리로 다시 랑세에게 말했다.

　"스승님께서 돌아가신 후에 많은 사람들이 스승님의 기록을 찾으려 했습니다. 이것, 원본을 찾아야 합니다. 누구에게 빌린 겁니까?"

　"그, 저……."

　어쩌면 냉정한 눈이 아닐지도 모른다. 그저, 절박함이 가득한 눈. 말해 줘야 하나 말아야 하나. 랑세가 입을 열려는 순간.

　"뭐?"

　흙벽 위에서 아미아가 외쳤다. 아차, 잊고 있었다. 쫓기던 중이라는 것을.

　"많은 사람들?"

　아미아가 큰 소리를 내며 날듯이 흙벽에서 내려왔다. 아차, 이것도 잊고 있었다. 아미아가 전장에서 활약한 마법사라는 걸.

　"랑세 취향이 많은 사람이랑 하는 난……."

　"뭔 소리야!"

　자신의 취향이 무지막지하게 오해받기 직전, 랑세는 아미아에게 달려들었다. 이미 랑세에게 공격을 한 번 받은 아미아는 미끈하게 피해 냈다.

　"내가 저기 위에서 들었는걸!"

　"뭐, 뭘요?"

두근두근두근, 뭘 들었다는 건가.

"네 취향이 거기에 어린아이……."

"미쳤습니까!"

그 어린아이가 누구인지 알기에 스테인은 기겁하며 아미아에게 달려들었다.

두 사람이 미친 듯이 달려드는 이 상황에, 아미아는 눈을 깜빡이며 랑세와 스테인을 번갈아 바라보다 입을 열었다.

"둘이 사귀어?"

"야!"

"미쳤어?"

둘 다 악다구니를 쓰며 달려들지만, 아미아는 제가 뭘 잘못 말했냐는 듯, 외려 너희들 반응이 어이없다는 듯한 목소리로 말했다.

"미치긴? 야한 소설 교환해 볼 정도면 사귀는 거 아니야?"

"이게 무슨 야한 소설이야!"

랑세는 스테인의 품에서 책을 뺏어 아미아에게 안겼다. 아, 물론 욱해서, 자기도 모르게.

씨익, 씨익, 랑세는 자신이 무슨 일을 벌였는지도 모르고 뜨거운 콧김만 내뿜다가 싸하게 굳은 공기에 숨이 막혔다.

"아, 안 돼!"

"뭐가 안 돼!"

아미아는 책을 공중에 둥둥 높이 띄워 아예 랑세의 공격을 차단했다. 랑세가 폴짝폴짝 뛰어오르지만 닿지 않았다. 대신에 아미아의 멱살을 잡았지만 아미아는 끄떡없이 드물게 굳은 낯으로 말했다.

"취향 쓰레기 될래, 얌전히 내놓을래?"

아미아가 내놓을 법한 취향이란 정말이지 끔찍해서 랑세는 얌전히 내놓을게요, 하고 말할 뻔했다. 하지만 책의 주인은 어디까지나 릭스이니.

랑세가 지옥에 빠지기 직전의 얼굴로 '취향 쓰레기 될게, 그냥 내놔요.' 하고 말하려 했지만.

"아미아 씨, 이 책의 소유권은 제게 있습니다. 100에시르나 내놓으세요."

하고 스테인이 책을 뺏어 가 버렸다. 물론 마법으로.

"소유권?"

"제 스승님이 남기신 기록이니까요."

스테인의 말에 아미아가 멈추었다. 아미아는 숨이 막힌 듯한 얼굴로 스테인을 바라보았다.

두 사람 간에 남은 것은 침묵. 묵직하고 무거운 침묵.

"아씨."

아미아는 한숨을 내쉬며 흙벽을 무너뜨렸고 스테인은 책을 소매 안으로 숨겼다. 벽 뒤에서 망연히 서 있던 마법사들은 승부 아닌 승부의 결과가 어떻게 되었는지 눈만 끔뻑거리며 스테인을 바라보았다.

스테인은 랑세를 힐끗 돌아보더니 피식 웃으며 늘 그렇듯 그린 듯한 웃음을 지으며 말했다.

"랑세 씨가 부끄러움이 많은가 봅니다. 그냥 평범한 성애물이었습니다."

에이이이, 마법사들이 거짓말 말라는 듯 야유하지만 스테인은 어깨를 으쓱였다.

"보통 사람은 여러분처럼 뻔뻔하지 못합니다."

"우리가 뭐가!"

"자신을 돌아보세요."

스테인은 제게 호기심 어린 눈으로 다가오는 마법사들을 적당히 물리고 방으로 올라갔다. 흥이 빠진 마법사들도 적당히 끼리끼리 흩어져 자신의 방으로 돌아갔다.

소란이 일었던 마당에 남은 것은 아미아와 여전히 어찌할 줄 모르는 채 있는 하이란, 감자 바구니를 들고 있는 와렌, 그리고 세상이 망한 얼굴로 하늘을 바라보고 있는 랑세였다. 아, 그리고 한심한 눈으로 이 모든 광경을 보고 있는 케일 포함.

랑세는 침대에서 뒤척거리다가 벌떡 일어났다가 다시 뒤척거리다가 결국 일어났다. 뺏긴 책을 어떻게 되찾을 수 있는지 고민하던 차, 결국 스테인에게 애원하기로 했다. 책 주인에게 돌려주고 그 사람에게 어디서 얻었는지 물어다 주겠다고 해 봐야지. 그것 말고는 답이 없다. 아, 하이란 입막음도 확인해야 하고, 아미아는 어떻게 해야 할지. 랑세는 이를 아득아득 물며 문을 열었다.

"저런, 어디 나가시는 길인가요?"

그리고 문 앞에서 웃고 있는 스테인. 랑세는 가만히 그를 바라보았다. 스테인의 품에 있는 책 한 권.

"……스테인 씨에게 가는 길이었어요."

"이것 때문이었나요?"

"……네."

스테인이 책을 내밀었다. 랑세는 감사합니다, 하고 책을 조심스레 받으려 했지만, 그가 불쑥 다시 뺏어 버렸다. 그러고는 흠, 하고 기이한 소리를 냈다.

내놓으려면 내놓지, 뭔 짓이야라고 악을 쓸 힘조차 남지 않은 랑세는 그저 그를 올려다볼 뿐이었다. 스테인은 여전히 웃고 있었다. 둘 사이에 침묵이 흘렀지만, 잠깐이었다.

"묻고 싶은 것이 있어서 왔습니다. 답을 듣고 마음에 들면 돌려 드리지요."

"아, 네."

뭐, 이 새끼야, 하는 말 모두 욱여넣고 랑세는 그를 소파에 앉혔다. 그래도 방에 온 손님이니 잠시만요, 하고 부지런히 차를 끓였다. 그사이에도 그는 아무 말이 없었다. 차의 김이 한숨 빠졌을 무렵에야 그가 나직하게 물었다.

"왜 책을 일부러 찾아봤습니까?"

삐죽, 랑세의 입이 댓 발 나와 버렸다.

"직접 알아보라면서요."

"사건의 전말은 이미 어디에선가 들은 것 아니었습니까? 이렇게 일일이 알아볼 필요가 있었던가요?"

그러게요, 그걸 알려고 하지 않았더라면 이런 고생은 안 했을 텐데요. 랑세가 중얼거리는 말에 스테인은 웃음을 거두고 랑세를 지긋이 바라보기만 했다. 그냥, 지긋이.

늘 웃던 이가 웃음을 거두면 두려워 보인다. 랑세는 움찔하지만, 시선을 피하지 않았다. 왜 릭스에게 굳이 찾아가 책을 빌렸던가. 답은 이미 알고 있었다.

그러나 사건의 당사자에게 말해도 되는 걸까. 랑세는 그의 품 안에 있는 책을 바라보았다.

"……부끄러워지고 싶지 않아서요."

"제게 말입니까?"

"아니요, 사람으로 부끄러워지고 싶지 않아서요."

랑세의 말이 의외인 듯 스테인은 잠시 멈칫했지만, 곧 피식 웃었다.

"이걸 아는 것만으로도 부끄러워지지 않을 거라 생각하신 겁니까?"

그 생각, 과연 안 해 봤을까. 비겁한 자기변명, 자기 위로라고 생각해 보지 않았을까. 위선.

그러나.

"모르는 것보다는 덜 부끄럽지 않을까요?"

악일지도 모르는 위선은 그래도 완전한 악이 아니라 악과 선 사이 어딘가에 자리하고 있지 않을까.

랑세의 답에 스테인은 잠시 생각에 잠긴 듯했다. 무표정한 그의 얼굴만으로는 무슨 생각을 하고 있는지 전혀 알 수 없었다. 옳은 답이 아니기에, 마음에 드는 답이 아니기에 책을 받지 못한다면 어찌하나, 하는 생각에 무언가 한마디 덧붙이고 싶지만, 아무 말 하지 못했다. 문득 책의 한 구절이 떠올랐다.

내 제자 아이는 거절을 말하는 내 앞에서 무표정하게 앉아 있었다. 무슨 생각을 하는지 모를 얼굴로. 하지만, 사실 나는 그 얼굴에 담긴 뜻을 알고 있었다. 아이는 아무 생각이 없었을 뿐이었다.

"킥."

랑세가 저도 모르게 웃음을 터트리자 그에 스테인은 미간을 좁혔다. 랑세는 얼른 입을 가리며 제가 웃었던 이유를 설명했고, 스테인은 긴 한숨을 내쉰다. 랑세는 그런 스테인의 표정 변화를 살펴보았다.

며칠 동안 읽고 눈물 흘렸으며, 숨기느라 가슴 졸였던 어떤 활자의 집합이 기실 활자뿐이 아님을 새삼스레 느낀다. 마법으로 재현된 동화 속 세계 또한 아니다. 이것은 이 땅을 밟고 살았던, 그리고 살아남은 존재들의 현실 그 자체라는 것을.

슬펐던가? 슬펐다. 비참했는가? 비참했다. 그러나 그것뿐이었는가?

"있지요, 예전 이야기를 좀 해 주실 수 있으신가요?"

364

"네?"

뜬금없는 랑세의 제안에 스테인이 무슨 소리인가 싶어 눈을 가늘게 뜬다.

"이건 스승님의 이야기였잖아요. 스승님의 이야기가 아니라 스테인 씨의 이야기요."

"무슨 뜻입니까?"

그 지독한 비참함 사이사이에도 삶은 숨겨져 있었다, 분명히.

"스승님의 기록 원전을 찾는 건 분명 중요한 일이지만, 그보다 더 중요한 건 스테인 씨의 이야기일 것 같아요."

"어째서죠?"

어째서일까.

"제 눈앞에 있는 사람이 스테인 씨니까요."

당신은 왜 뒬트렝 사건에 대해 직접 알아보라 했을까. 모든 이들 앞에서 자신의 입으로 왜 그 이야기를 꺼냈을까.

"아무리 이 책을 외울 정도로 읽더라도 스테인 씨의 이야기를 직접 한번 듣는 것과는 분명히 다를 테니까요."

어쩌면, 듣고자 하는 사람이 필요했던 게 아닐까.

"그런 건……."

랑세의 말에 스테인이 무어라 말을 잇지 못한 채 랑세를 바라보기만 했다.

그때 똑똑, 하고 누군가 문을 두드렸고, 랑세와 스테인은 어색하게 시선을 주고받았다. 랑세가 슬그머니 일어나 문을 열자.

"안녕!"

아미아와 아미아에게 끌려온 듯한 하이란이 있었다. 아미아는 문 너머에 있는 스테인을 보더니 픽 웃었다.

"네 방 갔더니 없어서. 여기 있을 것 같더라니. 야! 얘도 봤대."

야이씨, 랑세는 허락도 없이 제 방에 하이란을 질질 끌고 들어오는 아미아에게 욕설을 던질 뻔했다. 그러나 그러지 못했던 것은.

"어, 저기, 실례합니다."

"와렌 씨?"

뒤이어 머뭇머뭇 다가온 와렌이 있었기에. 와렌의 손에는 랑세의 장바구니가 있었고, 그 바구니 안에는.

"아니, 저기, 평범한 성애물이 좀 있어서, 혹시 좀 필요하시면 드릴까 하고…….."

"그런 거 아니에요!"

랑세가 와락 소리를 지르자 아미아는 뒤에서 까르르 웃어 젖혔다. 하이란은 아이, 싫어요, 얽히기 싫어요, 하고 뜻 모를 소리를 하고, 스테인은 긴 한숨을 내쉬었다. 언제나와 같은 하루 같지만, 결코 같지 않은 하루. 어떤 하루나 그렇겠지만.

"들어와요, 그런 거 아니었으니까."

"아, 아니었어요?"

"네에, 사실 스테인 씨의 이야기를 들으려던 참이었어요."

"네?"

"엉?"

어쩌면, 세상에 완벽한 비밀이란 없다. 스테인에게 걸리기

이전에도 하이란에게 걸려 버렸고, 여기서 와렌 한 명 더해진다고 크게 달라질 것 같지는 않다. 다만, 믿어 볼 뿐. 활자가 아니라 사람의 입으로 만들어진 어떤 이야기는 그 무엇보다 소중하다는 것을 알아줄 사람들을 믿어 볼 뿐. 아, 아미아는 조금 믿음직스럽지 못하지만. 뭐, 아무튼.

모두의 시선을 받게 된 스테인이 가만히 그들을 바라보았다. 그는 무슨 이야기를 할까. 뒬트렝을 이야기할까, 아니면 모른 척 다른 이야기를 할까. 스테인은 랑세를 힐끗 한 번 쳐다보더니 조심스레 주먹을 말아 쥐었다.

"글쎄요, 특별한 이야기는 아닙니다만."

"특별하지 않은 이야기는 없지."

아미아가 풀썩 주저앉자 와렌도 하이란도 주춤주춤 자리를 잡았다. 마법사들의 호기심이란. 문관의 호기심도 때로는 크게 다를 바가 없으나.

"예전에, 스승님과 수도에 올라오게 되었습니다. 아시다시피 뒬트렝 사건 이후……."

어떤 마법사의 책은 숨겨지고, 어떤 소년의 이야기는 귀를 타고 흘러간다. 소리는 바람처럼 흘러가 아무것도 남기지 않는 것 같아도 가슴 안에 무언가를 심고 간다. 이야기를 듣는 사람에게. 그리고 이야기를 하는 사람에게도.

참아 주세요
·····················

케일은 책 한 장을 넘기다가 미간을 좁혔다. 문밖에서 이상
한 기운이 느껴진 탓이었다. 마법적인 기운인가 싶어 손을 들
어 보았지만 마력 따위는 인지되지 않았다. 그렇다면 비마법적
인 무언가라는 뜻인데.

우편배달부인가 싶으나 이미 오전에 왔다 갔으니 그럴 리 없
었으며, 설사 그렇다 하더라도 저렇게 문 앞에서 서성이지 않고
바로 문을 열고 들어왔을 터였다. 뜨내기 잡상인도 마찬가지고.

케일은 무시하고 책을 다시 보려다가 자리에서 일어났다. 몇
달 전 이 앞에서 마법 생물을 버리고 간 놈이 있었듯이 이번에
도 그러지 말라는 법은 없으니. 비록 마법사의 법정에서 요란
한 일이 벌어졌다지만 어딜 가나 교훈을 얻지 못하는 놈들은
있으니까.

케일이 문을 열자 그곳에는 커다란 가방을 멘 사람이 있었다.

"무슨 일인가?"

이 아파트에 어울리지 않는 통 좁은 소매 옷을 입은 소녀. 소녀는 케일을 보자 눈을 동그랗게 떴다.

그러고는.

"우와!"

환호성을 지른다.

"진짜 잘생겼다!"

움찔, 케일은 저도 모르게 움찔해 한 걸음 물러났다. 전장에서조차 작전상 후퇴 아니면 물러섬이 없었는데.

소녀는 그런 케일의 반응에도 상관없이 우와, 우와, 몇 번인가 외쳤다. 혹시 이건 어느 연구소에서 개발 중인 신종 마법 생물인가. 인간형 마법 생물 개발은 불법인데. 케일은 당황한 나머지 생각이 엉망진창으로 뻗어 가는 걸 눈치채지 못하고 있었다.

"저기요, 아저씨!"

움찔, 케일은 다행히도 이번에는 물러서지 않았다. 대신 정신을 차렸을 뿐.

"뭔가?"

"여기 아파트에 랑세 엔나가 사나요?"

"랑세 씨, 내일 봐요!"

"네. 내일 뵙겠습니다!"

랑세는 세상 그 어떤 인사보다 기쁜 퇴근 인사를 하며 아파트로 걸음을 옮겼다. 최근 며칠 일도 많지 않고 '그 책'도 릭스에게 돌려줘서 마음이 편했다.

그래, 책. 그리고 스테인의 이야기. 스테인이 그날 밤 해 준 이야기는 그 스승의 기록만큼 자세하거나 잘 이어지지는 않았다. 그러나 어린 시절의 기억을 모아서 한 이야기는, 책만큼이나 생생했다.

'그때 마탑 앞에서 지나가던 노인이 거지꼴을 한 제게 돈을 쥐여 주며 열심히 살라고 했지요. 그걸로 배를 채웠고요. 나중에 알았습니다만, 그 사람이 될트렝 이야기가 퍼지지 않길 가장 바랐던 마탑의 원로였다고 합니다.'

그만큼이나 참담했고.

'어느 날 밤, 길에서 노숙하는데 어디선가 바스락거리는 소리가 들려서 온갖 마법으로 무장을 했더니 튀어나온 것은 토끼였습니다. 마침 잘되었다 싶어 구워 먹었죠.'

그만큼이나 소소했고.

'바다를 처음 보았을 때 노을이 지고 있었습니다. 부끄럽지만, 무서웠습니다. 불타던 마을과 비슷했거든요.'

그만큼이나 안타까웠다.

이야기는 길지 못했다. 스테인의 이야기는 정리되지 않았고 어린 시절의 빈 기억이 많았기 때문에. 그 이야기를 하는 동안 스테인의 목소리는 떨리지도 않았고 젖지도 않았다.

시종일관 차분하게 설명하던 스테인은 어느 시점엔가 더 할 말이 생각나지 않았던지 말을 멈추었고, 곧 자리에서 일어났다.

'더는 생각나지 않네요. 밤이 깊었으니 이제 다들 주무시지요.'

하며 스테인이 책을 돌려주었다. 랑세의 대답이 마음에 들었다는 걸까. 그는 아무 일도 없었다는 듯 방을 나갔고 남은 이들은 한동안 침묵하며 자리를 지켰다. 어쩌면, 스테인이 말을 멈춘 이유는 이야기의 마지막이 눈앞에서 지켜봐야 했던 스승의 죽음이었기 때문인지도 모른다.

'나도 갈게.'

아미아가 먼저 툭툭 털고 일어났고 랑세는 자신도 모르게 아미아의 옷자락을 붙들었다. 왜 그러느냐는 듯한 아미아의 눈초리에 랑세는 입만 뻐끔거렸다. 저 책 비밀로 해 달라는 소리가 왜 안 나올까. 뻐끔, 뻐끔. 그 입 모양새에 아미아는 답답하다며 말로 하라고 했지만 입에서는 공기만 새어 나갔다.

'책을 비밀로 해 달라는 거죠?'

둘의 모습을 지켜보던 와렌의 말에 그제야 아미아가 아, 하고 깨달은 듯 고개를 끄덕였다. 어어, 당연하지, 난 오늘 어떤 책도 안 봤어, 하고 말했고. 이야기 내내 와렌과 같이 눈물만 줄줄 흘리던 하이란도 고개를 격하게 끄덕였다. 아미아는 하이란을 끌고 나갔고, 와렌은 잠시 방에 남았다.

'그걸로 괜찮아요?'

'응? 뭐가요?'

'우리 모두가 비밀을 지킬 수 있을까요? 필요하시다면 저는

마법사의 맹세도 할 수 있어요.'

안 그러던 애가 저러면 제일 무섭다고 하더라니. 외려 생각지도 못한 말에 랑세가 놀라 눈을 크게 떴지만, 와렌은 꽤 결연하게 소맷자락을 걷어붙였다. 랑세는 와렌이 사고 치기 전에 얼른 손을 붙들었다.

'잠깐만요, 왜 그렇게까지 생각하시는 거예요?'

랑세의 말에 와렌은 입술을 작게 삐죽였다.

'오늘 온종일 굉장히 불안해하고 초조해하셨잖아요.'

하루 내내 함께하며 은근히 느껴졌지만, 감히 랑세에게 묻지 못한 터였다. 그러다 진실을 알았으니.

'성애물 때문이라고 생각했는데…….'

'으악! 아니라니까요!'

'그런데 그게 아니라 될트렝 이야기라면……. 그러니까 저도 맹세를…….'

'잠깐만요. 진짜 괜찮아요. 와렌 씨를 믿으니까요.'

랑세의 말에 와렌은 멈추었다. 랑세는 다시 쓰게 웃었다.

'믿어요, 그러니까요.'

당신을 믿으니까. 그러니까.

그러고는 며칠이 지났다. 릭스가 학회에서 돌아올 때까지 기다리는 것도 하나도 초조하지 않았다. 그게 믿음 때문인지 아니면 될 대로 되라는 체념 때문인지 모르겠지만.

그 며칠 동안 스테인과 다시 마주치지 않았다. 그는 찾아와서 누구에게 책을 빌렸는지 말하라고 하지도 않았다. 랑세 역시 스테인을 굳이 찾아가지 않았다. 그에게 뭐라 부를지 모를 마음이 생기긴 했지만 그걸 동정이라고 하고 싶지도 않았고, 이해라고도 감히 말하고 싶지도 않았기에. 그 자리에 그 사람이 있는 것으로 충분하니까.

릭스에게 책도 반납하고 나니 정말 더 한시름 던 것 같아 기분 좋게 과자를 왕창 사서 와렌과 나누어 먹기도 했다. 그러니 지금 집으로 돌아가는 길은 무척이나 기쁘고, 반갑고.

멈칫, 랑세는 걸음을 멈췄다. 뭐지, 뭐 때문에 가슴이 싸하지.

"아⋯⋯."

그래, 언제부터 아파트를 그냥 사는 곳이 아니라 '집'이라고 생각하게 된 걸까. 무의식적으로 전에도 한두 번 그렇게 말한 적이 있을 텐데도, 지금 이 순간 무척 의식되었다.

집. 어쩌면 그냥 먹고 자고 사는 곳의 의미로 사용할 수 있지만, 집이라는 단어를 사용하는 순간 묘한 울림을 줬던 듯했다. 그래서 가슴이 싸한 것이었을까. 랑세는 피식 웃었다. 아파트에 적응하기는 적응한 모양이다.

랑세는 걸음을 옮기려다가 다시 멈칫했다. 아니, 그런데, 지금 또 왜 싸하지.

"걱정도 병이라더니."

걱정하는 게 습관이 되어서 아무 때나 가슴이 싸한가 보다, 하고 랑세는 서둘러 다시 아파트로 부지런히 걷기 시작했다.

"아, 아앗."

그러나 아파트 앞에 도착한 순간 가슴이 싸한 이유를 깨달았다. 아파트 입구가 문이 열린 채로 어쩐지 북적북적하다. 그래, 이때쯤이지. 이렇게 몇 날 며칠 조용하다 싶으면 곧 사고 치는 인간이 생겼지. 이제야 깨닫다니.

두근두근, 랑세는 가슴을 손으로 꾹 누르고 얼굴을 슥 한 손으로 가려 보았다. 그래 봤자 소매통도 좁고 짧은 소매라서 눈에 띄기만 하지만, 랑세는 이렇게 하면 마법사들이 저를 못 볼 것이라는 기대를 콩알만큼 가지고 슬그머니 입구에 다가갔다.

"어? 랑세!"

두 걸음도 떼기 전에 들린 아미아의 목소리에 맥이 탁 풀려 버렸다. 에라, 내 인생이 그렇지, 뭐.

"왜요?"

랑세는 두 눈 꾹 감고 짜증스레 외쳤지만.

"언니!"

익숙한 목소리에 눈이 번뜩 뜨였다.

"루세?"

동생 루세의 모습에 뜨인 눈이 더 번쩍 뜨였다. 그런 언니 심정은 생각지도 않고 루세는 포르르 달려와 랑세에게 폭 안겼다.

"언니! 보고 싶었어! 정말 오랜만이야!"

루세가 랑세 품에서 비비적거리자 입구에 모여 있던 마법사들이 한마디씩 던졌다.

"오오, 안 닮아서 안 믿었는데, 진짜 동생 맞았네!"

"나이 차이가 꽤 있네?"

랑세의 품에 안겼던 루세가 고개만 돌려 마법사들을 향해 흥, 하고 콧방귀를 뀌었다.

"거봐요, 우리 언니 맞잖아요."

"증거가 없으면 안 믿는 게 당연하지 않겠니?"

"뭐가 안 닮았대요? 언니랑 나랑 여기 눈썹이랑 입술이 똑같이 생겼는데."

"으하하, 눈썹 닮은 것 가지고 우기니?"

랑세는 루세가 마법사들과 말도 안 되는 이야기를 하는 동안 가까스로 정신을 차렸다. 까르르까르르, 루세가 마법사들과 잘도 이야기를 나눌 때, 케일과 눈이 마주쳤다.

"진짜 동생인가?"

"아, 예, 맞아요."

케일은 한숨을 쉬며 고개를 저었고 랑세는 순간 욱해 버렸다. 내 동생이 뭐, 왜.

"케일 씨도 못 알아본 거예요? 기억 속에서 보셨잖아요."

아, 하고 케일이 작은 소리를 냈지만 이내 그는 미간을 좁힐 뿐이었다.

"기억 속과 인상이 다르다."

"아, 네."

엄마 앞에서 엉엉 울며 소리를 지르던 꼬마 아이와 불쑥 커서 까르르까르르 잘도 웃는 아이가 같아 보일 리 없지. 랑세는 나름 납득하다 다시 정신이 번쩍 들었다. 아무래도 마법사들과 살다 보니 생각이 샛길로 빠지는 게 닮아 버린 것 같다. 안 되는데, 그럼 안 되는데. 랑세는 루세의 어깨를 강하게 붙들어 제 품에서 떼어 냈다.

"루세."

"언니."

얼씨구. 언니, 하고 부르는 말끝에 콧소리 섞인 아양이 묻어
난다. 이거, 아무래도 사고 친 것 같은데. 랑세는 두근거리는
심장 소리를 애써 무시하고 조심스럽게 물었다.

"루세, 대체 여기는 어떻게 온 거야?"

"응, 가출했어!"

루세는 환하게 웃었다.

"아아악!"

웃음은 짧았다.

"네가 미쳤구나! 가출? 가추울?"

랑세가 루세의 귀를 잡아당기자 루세는 꽥꽥 소리를 질렀다.

"지금 수도까지 혼자 왔다는 거지? 네가 제정신이야?"

"아아아아파, 언니!"

"이걸로 아프면 다행이지, 오는 길에 무슨 일이라도 생겼으
면!"

"그러는 언니는! 언니도 혼자 왔잖아!"

"너랑 나랑 같아?"

"뭐가 다른데?"

루세는 랑세의 손을 확 쳐 냈다. 귀가 어쩐지 손가락 하나만
큼 길어진 기분이다. 빨갛게 달아오른 귀를 매만지며 루세는
외쳤다.

"나 벌써 열여섯 살이야!"

"난 스물여섯이지."

"이거나 저거나!"

"이거나 저거나 같으면 백 살 먹은 할머니랑 똑같다 그러지, 왜!"

자매가 목에 핏대를 세우며 싸우는 광경에 마법사들은 두려움에 떨며 이걸 말려야 하나 말아야 하나, 어찌할 바 몰랐다. 물론 두 자매의 눈에 마법사 따위는 들어오지도 않았다.

"너, 아빠한테 어디로 간다는 얘기는 했어?"

"그걸 얘기하면 가출이야?"

"자랑이다!"

랑세가 다시 귀를 잡아채려고 하자 루세는 잽싸게 피했다. 하지만 금세 랑세의 다른 손에 막혔고, 루세는 그 손 밑으로 미끄러지듯 피했다. 랑세가 발을 내밀어 걸어 넘어뜨리려 하자 루세는 폴짝 뛰어 랑세의 발을 피했다.

"헹! 요즘 수련 안 하지?"

루세가 약을 올리자 랑세의 손에 속도가 붙었다. 휙휙휙, 손과 발이 서로를 잡고 피하는 광경에 마법사들은 눈을 동그랗게 떴다. 뭐지? 설마 저게 비마법사들의 일반적인 가정 내 다툼인가.

"요새 엄마한테 배운다고. 언니 정도는, 으앙!"

철퍼덕!

결국 루세는 랑세의 발에 걸려 땅바닥에 거하게 넘어졌다.

랑세는 가볍게 동생의 등을 밟고 이죽거렸다.

"엄마가 방심하지 말라고는 안 가르쳐 주시디?"

"으앙! 언니, 아파! 때리지 마! 아빠가 자매끼리 싸우지 말랬잖아!"

"그렇게 아빠 말 잘 들어서 가출했니? 그리고 엄마랑 수련할 때 이 정도는 하잖아! 엄살 피우지 마!"

"흐앙! 언니!"

루세의 눈에 눈물이 고이자 랑세는 한숨을 내쉬었다. 막내라 그런가, 죽은 헤세보다도 더 둥개둥개 돌보았던 동생인 만큼 저 눈물이 엄살이라는 걸 알면서도 발을 내리고 일으켜 세울 수밖에 없었다. 대신 도망가지 못하게 손목은 단단히 쥐었지만.

"아, 어떻게 하지. 팔렝까지 내려가는 합승 마차는 나흘 후에나 출발하고 중간에도 갈아타야 하는데. 아, 그때까지 여관에서 재워야 하나. 아니, 일단 아빠한테 연락해야 하는데."

죄인을 체포하고 나니 뭐부터 해야 할지 몰라 허둥거리는 랑세였다. 언니에게 거하게 밟힌 루세는 뭐가 불만인지 입술을 삐죽였다.

"치……. 나도 수도에서 살고 싶어서 왔단 말이야."

그 말에 랑세가 이를 아득 물고 루세에게 잔소리를 퍼부으려 했다.

"랑세 엔나."

케일이 꽤 큰 목소리로 외치자 모두의 시선이 그쪽으로 돌아갔다. 케일은 미간을 잔뜩 좁힌 채 한숨을 내쉬며 종이 한 장을 내밀었다.

"일단 하루 15에시르를 내면 우리 아파트에서 직계 가족은 사흘간 머물 수 있다."

"아?"

"사전 신청이 원칙이지만 그 정도는 처리해 줄 테니 신청서 내고 마법관리부에 돈을 내라."

"아, 어……."

"그리고 상단에서 급보 우편을 사용해도 이틀일 거다. 팔렝에서 언제 출발했지?"

"나흘 전요!"

케일의 말에 루세가 저도 모르게 답했다. 케일은 한숨을 내쉬었다.

"합승 마차라 오래 걸렸군. 검은 매께서 걱정이 크실 거다. 근처에 마법사가 살고 있나?"

"아, 살고 있긴 한데……."

"주소 말해. 메신저를 보내 주마. 오늘 안에 도착할 거다."

랑세는 케일이 무슨 소리를 하는지 이해하지 못해 눈만 끔뻑였다.

"당장에 이걸로 수습은 되겠지?"

"아! 아, 감사합니다."

수습이란 말에 정신을 차린 랑세가 고개를 꾸벅 숙였다. 아빠를 안심시키고 이 호랑말코를 마차에 태워 보낼 시간은 벌었다.

"우와!"

루세는 두 손을 붙잡고 눈을 반짝이며 케일을 바라보았다.

"잘생긴 사람이 유능하니까 더 멋있다!"

"루세!"

랑세는 얼굴이 붉어져 루세의 귀를 잡아당겼다. 사고는 동생이 쳤는데 왜 자기가 부끄러워하는지.

"으앙, 아파! 내가 틀린 말 했어? 왜 그래?"

"너 빨리 안 와?"

랑세는 루세를 질질 끌고 제 방으로 올라갔다. 그 뒷모습에 마법사들은 한숨을 내쉬었다. 저 문관 때문에 아파트가 또 소란스럽겠구나!

"우와, 이건 뭐야?"

방에 달린 와렌표 보안튼튼 문을 보고 루세가 감탄 어린 질문을 한다. 물론 화가 몹시 난 랑세는 답할 마음이 없었기에 무시하고 그냥 방으로 들어갔다.

"여기가 언니 방이야?"

문 열어 준 거 보면 모르나.

랑세의 방에 들어가자 루세는 우와우와, 하면서 여기저기 돌아본다. 진짜 좋다, 이런 데서 혼자 살면 좋겠다 어쩐다 종알거렸다. 저 녀석이, 하고 랑세는 소리 한번 지르려다가 이미 목이

쉬기 직전인지라 겨우 참아 냈다. 어쨌든 시간은 벌었으니까.

"합승 마차로 오면서 식사도 하기 힘들었지? 일단 이것 좀 먹고, 저기 저쪽 욕실에서 씻어. 그리고 장 한쪽에 옷 같은 거 놔두고, 어지럽히지 말고."

랑세는 루세에게 잔소리를 하며 장롱을 치우기 시작했다.

"문은 나 말고 건들면 사고 나는 마법 문이니까 출입은 나랑 같이하고 함부로 나다니지 마. 차를 끓여 마시려면 저기 접시 옆에 있는 게 휴대용 화덕 마도구니까 사용해. 그런데 화력이 약하니까 식사는 부엌에서, 아니, 내가 할게."

어휴, 이놈의 옷은 이렇게 많은데 왜 입을 건 항상 없는지 몰라. 랑세는 투덜거리며 옷 한 무더기를 장롱 밖으로 던졌다.

"루세, 그리고 비누는……."

랑세는 문득 루세가 여태 대답 한 번 안 했다는 걸 깨닫고 한 소리 하려 뒤를 돌아보았다.

"루세!"

그리고 기겁했다.

루세는 랑세의 침대에 누워 책을 보고 있었다. 얼굴이 빨개 진 채로. 랑세는 후다닥 달려가 얼른 책을 뺏어 들었다. 그 책은 얼마 전에 와렌이 놓고 간 '평범한 성애물'이었다. 그날 기왕 가져온 거 보시라며 두고 간 것. 어젯밤 읽고 한쪽에 치워 둔 걸 기어이 루세가 발견한 것이다.

"우와……."

지금까지 루세가 내뱉은 감탄 중에 가장 강력한 감탄이었다.

딱, 그리고 바로 랑세의 응징이 돌아왔다.

"아, 왜. 내 나이면 볼 때 되었지, 뭐……."

랑세는 사실이긴 하지만 자매가 나눠 볼 것은 아니잖아라고 외치고 싶었지만 겨우 욱여넣고 책을 등 뒤로 숨겼다.

"이걸 볼 나이가 된 애가 생각 없이 가출을 해? 압수!"

"압수는 무슨, 언니 거잖아. 언니도 보면서."

"자꾸 그러면 혼날 줄 알아!"

"치이……."

랑세는 어쩐지 떠나기 전보다 더 말을 안 듣는 루세의 모습에 한숨을 내쉬었다. 정말 이런 걸 읽을 나이가 되었으니 사춘기인가 싶기도 하고. 내 사춘기 때를 생각해 보면 이 정도는 아니었는데. 랑세는 장바구니에 책을 집어넣고는 새빨개진 얼굴로 문을 열었다.

"난 내려가서 집에 연락하고 신청서 쓸 거니까, 너 얌전히 있어. 아니, 올 때까지 가방 정리해 놔."

책은 와렌에게 돌려줘야지. 랑세는 서둘러 밖으로 나갔다.

탁, 철컥철컥, 하고 마도구가 돌아가며 문이 잠기는 소리가 났다. 언니의 잔소리가 쨍쨍하던 방 안이 갑자기 침묵에 휩싸였다. 루세는 침대에 앉아 발을 흔들다가 몸을 눕히며 긴 한숨을 내쉬었다. 이불과 베개에서 익숙한 언니 냄새가 난다. 예전에는 이 냄새가 햇볕에 잘 말린 이불에서 나는 냄새인 줄 알았는데, 언니 냄새였음을 떠나고 난 뒤에나 알았다.

"나빴어……."

루세는 중얼거리다가 베개에 얼굴을 파묻었다.

"내가 왜 가출했는지 묻지도 않고."

"아빠에게 루세는 수도에 있다고 전해 주세요. 저 사는 아파트에서 같이 지낼 거라고요. 그리고 다음에 출발하는 합승 마차에 태워서 보낼 테니 너무 걱정하지 마시라고도요."

랑세는 케일의 메신저 앞에 쪼그리고 앉아 말했다. 어차피 지시하는 건 케일일 텐데 왜 메신저를 보고 말하게 되었는지 모르겠다. 아니, 사실 알고 있다. 동생이 던지고 간 말이 창피해서지, 뭐.

"그거면 되었나?"

"네……. 정말 감사합니다."

랑세 앞에서 코를 킁킁거리며 귀를 긁던 늑대가 케일의 지시에 따라 휙, 하고 날아가듯 뛰어갔다. 늑대가 길 한복판에서 달려가면 사람들이 놀라지 않을까, 하고 잠깐 생각한 랑세였다. 근데 뭐, 저만한 속도면 바람이 지나갔나 싶겠지.

이제 흔적도 보이지 않는 메신저를 뒤로하고 랑세는 신청서 작성을 시작했다. 끼적끼적, 이름, 머물 날짜, 관계……. 랑세는 루세의 신분 번호도 막힘없이 다 써 내려가고 마지막에 서명까지 했다. 다만 신청 날짜는 오늘보다 사흘 전 날짜로. 큽, 공문서 위조에 일조하게 되는구나.

"여기요."

"그래, 마법관리부는 지금 다들 퇴근했을 테니 돈은 내일 오전 중으로 내도록."

"알겠어요. 감사합니다."

아침에 직장에 들러서 좀 늦을 거라고 양해도 구해야 하는구나. 아니, 그동안 쟤는 어디다 두지? 랑세는 쌓이는 시름에 안색이 영 좋지 못했고 한숨도 숨기지 않았다.

그런 랑세를 내려다보던 케일은 피식 웃었다. 랑세가 왜 웃느냐는 듯 바라보자 케일은 신청서를 읽어 내려가며 답했다.

"네가 왜 아미아를 잘 다루는지 알 것 같아서."

"네?"

다루긴 뭘 다루는가. 맨날 휩쓸려서 죽을 것 같구먼. 시름 밑에 숨겨 놨던 분노가 슬그머니 고개를 내밀었다. 그런 랑세의 얼굴에 케일은 고개를 젓고 더 말하지 않았다. 다행히도 분노는 오늘 하루 종일 수고했기에 귀찮은 나머지 시름을 이불 삼아 다시 잠이 들었다.

"그런데 동생은 왜 가출했다고 하나?"

랑세는 케일의 시선을 피했다.

"모르겠어요."

"답을 안 하던가?"

"아뇨, 아직 안 물어봤어요. 별로 묻고 싶지도 않고요."

"어째서?"

오늘따라 왜 이렇게 이 사람이 남의 일을 꼬치꼬치 묻는가 싶어서 랑세는 미간을 좁혔다.

케일은 랑세의 서류를 넘기며 말을 이었다.

"릭스 형님이 어렸을 때 종종 가출을 했었다. 이유는 다양했지만, 마음 안에 쌓인 게 늘 있었지."

아아, 그래서 가출 후 처리를 어떻게 하는가 저렇게 잘 알고 있었구나. 하긴, 오늘 이렇게 도와준 사람에게 말 못 할 것은 없다만, 그저 자신 안에 숨긴 못된 마음을 말로 표현하기가 민망한 것이었다.

"그냥, 그냥……."

랑세는 아무도 없는 계단을 멍하니 바라보았다.

"저랑 같은 이유인가 봐요……."

둘 사이에 침묵이 내려앉았다. 그러나 잠깐이었다.

탁탁, 케일이 서류를 철하며 지나치듯 말했다.

"같은 이유라도 결과는 다르지 않을까?"

"네?"

이야기의 맥락을 알 수 없어 랑세는 눈을 동그랗게 떴다. 케일은 서류에 사인을 하며 별 이야기 아니라는 듯 답했다.

"넌 허락받고 나왔고 동생은 가출이라는 것이 엄연히 다르지."

"음……."

그게 무슨 상관일까 싶어 침음을 냈다.

"결과가 다른 것처럼, 같은 이유라도 완전히 같을 수는 없지."

엄마와의 싸움에 지쳐 집을 나왔다. 루세도 그럴지 모른다. 그러나 싸움에 지친 건지, 일방적으로 상처받은 건지는 모른다.

"릭스 형님의 첫 가출은 연애 문제였다. 어머니께서 허락 안한다는 이유로 가출했고. 두 번째도 연애 문제였지만 이번에는 상대 쪽 부모의 문제였지."

저런, 하고 랑세는 저도 모르게 말했다.

"그 이유는, 줄이면 연애 문제지만 파고들면 전혀 다른 거였으니까."

그런 거니까, 우리도 다를 수 있다는 걸까.

"……세 번째도 연애 문제였나요?"

그러나 랑세는 여전히 깊이 파고들기 싫어 말을 돌렸고, 케일 역시 랑세의 의도를 읽지 못하는 바는 아니었으나 그저 그에 맞추어 주었다.

"그랬지."

"안 그렇게 보이시는데……."

"보이는 거로 다 알 수는 없지."

정론에 더 뭐라 말하겠는가. 케일의 마법사다운 답에 랑세는 그러네요, 감사합니다, 그렇게 한마디만 던지고 관리사무실을 나왔다.

한 걸음, 한 걸음, 계단을 걸어 올라가다 뒤를 돌아보았다. 이렇게 뒤돌아보면 되는 것처럼 제 과거도 쉬이 돌아볼 수 있으면 좋겠다. 여전히 무심한 표정으로 책을 보는 케일의 얼굴이 보인다. 그는 보지 못하겠지만 고개를 한 번 까닥여 감사 인사를 하고 다시 계단을 걸어 올라가기 시작했다.

랑세는 문득 웃고 말았다. 이렇게 다시 걸어 동생에게 가야 하는 것처럼, 모든 문제는 어쩌면 과거가 아니라 현재에 늘 존재하는 것인지도 모른다.

"루세."

방으로 들어가자, 역시나 방은 엉망이었고 루세는 침대에 누워 잠든 채였다. 랑세는 어이구, 하고 한숨 같은 소리를 내고는 여기저기 널브러진 옷가지를 하나씩 정리했다. 이 옷은 좀 작던데 루세 줄까, 하고 한쪽에 치워 두다 으응, 하는 루세의 잠투정 소리에 다시 침대로 다가갔다.

"옷도 안 갈아입고……."

제 딴에는 긴장하고 왔을 테니 피곤하겠지. 여기까지 안 다치고 온 것이 어디인가. 랑세는 루세에게 이불을 덮어 주다가 고롱고롱 잠든 모습에 저도 모르게 하품을 했다. 피곤하고 졸린다. 옷 정리야 나중에 해도 되겠지, 하고 루세 옆에 누워 버렸다. 도닥도닥, 루세를 두드려 주다 저도 모르게 잠이 들었다. 오랜만에 함께 잠든 자매의 밤은 더없이 고요했다. ……길지는 않았지만.

랑세는 무언가 부스럭거리는 소리에 눈을 떴다. 또 마법사 놈들이 무슨 짓을 벌인 건가, 하는 생각이 먼저 들어 한숨부터 내뱉었다. 그러면서 침대 옆을 더듬다 빈자리의 냉기만이 느껴지자 벌떡 일어났다.

"루세!"

동생의 이름을 부르며.

"엉. 엉니 깼엉?"

하얗게 질린 얼굴로 저 부르는 소리에도 루세는 빵을 입에 문 채 평온하게 답했다.

어휴, 랑세는 놀란 가슴을 누르며 루세에게 다가갔다. 잠깐 요기나 하라고 내놓은 마른 빵과 차를 먹고 있는 모습이 안쓰럽다.

"그걸로 되겠어? 뭐 더 해 줄게."

랑세가 마른세수하며 잠기운을 벗어 던지고 나갈 채비를 하자 루세는 씹던 빵을 꿀꺽 삼키고 답했다.

"됐어. 배불러."

"되긴 뭐가 돼? 그리고 나 없을 때 여기 있으려면 이것저것 알아 둬야지. 얼른 나와."

"아니……."

"얼른!"

언니가 눈을 부라리면 엄마랑 똑 닮아서 루세는 입술을 삐죽이며 자리에서 일어날 수밖에 없었다.

밤이 깊었지만 곧잘 밤을 새우는 마법사들의 아파트답게 무언가 생활 소음들이 작게 작게 복도에 흘러나왔다. 루세는 그 소리가 신기한지 문밖에 없는 복도를 기웃거렸다.

"언니, 확실히 수도는 다르다. 마석 등을 복도에도 달아 놓다니."

수도에 온 지 몇 개월, 어느덧 어딜 가나 어둡지 않은 생활에 익숙해진 랑세는 루세의 말이 새삼스러웠다. 그러고 보니 환영회 날 가로등 가지고 이런저런 이야기를 하던 일도 있었는데.

"나중에 지하에 있는 세탁 마도구도 보여 줄게."

"세탁 마도구? 세탁해 주는 거야?"

놀람에 루세의 목소리가 높아지자 랑세는 쉿, 하고 주의를 시켰다.

"우와! 돈 벌어서 한 대 사고 싶다!"

목소리는 낮춰졌지만, 감탄은 더 커졌다. 랑세는 피식 웃었다. 그거 불법이라던데, 그럼 비매품이 아닐까. 그 이야기를 하자 루세는 눈이 동그래졌다.

"왜? 그렇게 좋은 게 왜 불법이야?"

어, 생각해 보지 못했다. 하도 이것저것 규제가 많으니 그냥 불법인 줄 알았지.

"그, 글쎄?"

"으응."

그래도 루세가 한창 자랄 때, 왜를 입에 달고 다닐 때보다는 답을 쉽게 포기해서 다행이다. 그나저나 왜 불법인지 알려면 누구에게 물어봐야 하나. 마도구에 관해서라면, 역시.

"아, 랑세 씨."

"와렌 씨."

부엌에서 야식을 먹던 와렌이 자매의 출현에 얼굴을 붉히며 두 사람을 반겼다. 랑세도 얼굴이 달아올랐다. 케일에게 가기 전, 와렌에게 '어떤 책'을 돌려줄 때 동생이 봐 버려서라고 말했기에. 랑세의 동생을 소개받고 싶어 동동거리던 와렌은 그 말에 깨끗하게 포기했었는데, 이렇게 만나게 되다니.

"언니 친구?"

"아아, 응!"

둘의 어색한 침묵에 루세가 물었다. 덕분에 정신이 번뜩 든 두 사람은 괜한 호들갑을 떨며 서로를 소개했다.

응응, 언니 친구 와렌 씨야. 여기는 제 동생이에요, 와렌 씨.

안녕하세요.

안녕하세요.

"루세, 앉아 있어. 수프 끓여 둔 거 있으니까."

"응."

말똥말똥, 랑세가 자리를 비운 사이에 와렌과 루세는 서로를 말똥말똥 바라보기만 했다. 와렌은 루세가 랑세랑 닮았는지 보느라, 루세는 언니가 수도에서 사귄 친구가 신기해서.

"언니."

"네? 저요?"

깜짝이야. 랑세 동생은 랑세와 얼굴 요모조모가 좀 닮은 구석이 있지만, 스스럼없는 면은 정말 안 닮았다.

"응. 와렌 언니, 언니도 마법사예요?"

"아. 네."

"우와. 언니, 멋지다. 근데 여기 세탁 마도구는 왜 불법이에요?"

윽, 루세와의 대화는 어디로 튈지 모른다. 수프를 데우던 랑세는 난감한 얼굴로 하하 웃으며 저도 궁금하네요, 하면서 한마디 보탰다. 와렌은 이 대화의 시작이 어딘지는 모르겠으나 마법사답게 마법에 관한 이야기는 언제나 받아 줄 준비가 되어 있었다.

"그게요, 마도구가 허가를 받고 판매가 가능하려면 몇 가지 조건이 필요해요. 그중 하나가 안정성이고요, 그만큼이나 중요한 게 대중성이에요."

"아, 그건 읽은 적 있어요. 얼마나 사람들에게 유용한가잖아요."

세탁 마도구만큼 대중성 있을 마도구가 어디 있다고. 세탁 마도구는 아직 보지도 않은 루세가 들자마자 당장에 사겠다고 한 물건이다.

그러나 와렌은 쓰게 웃었다.

"넓은 의미의 대중성은 그게 맞는데요, 실제적인 의미의 대중성은 조금 달라요. 사용화 가능성에 가까운 개념인데……, 음."

들을수록 모르겠다는 눈을 하는 자매를 보며 와렌은 잠시 말을 골랐다.

"예를 들면 제 보안튼튼 문은 설치가 굉장히 간단해요. 일반적인 문에도 달 수 있죠. 누구나 쓸 수 있는 물건이 돼요. 대중적이고요. 그런데 세탁기는 아니에요."

와렌은 손가락을 하나씩 꼽아 가며 셌다.

"마력 충돌이 일어나지 않게 마석 배치가 복잡한 건 둘째 치고, 사용할 물과 사용한 물이 자연스럽게 흐를 수 있도록 하는 파이프를 아무 곳에나 설치할 수 없어요. 지면에 알맞은 기술로 수도관을 파고 물이 잘 흐르는 마법을 설치해야 해요. 그리고 땟물로 물이 오염이 안 되도록 정화 마법을 설치해야 하고, 그건 마도구에 설치가 불가능하기 때문에 건물이나 파이프에 설치해야 해요."

허어, 랑세의 입에서는 이상한 소리가 났다. 그저 덜컹거리는 소리만 내면서 돌아가는 편리한 마도구라고 생각했는데 뭐가 이렇게 많다니.

"그러니 이건 아무 곳에서나 사용 못 하는 물건이죠. '대중성'이 떨어져요. 우리 아파트의 경우에는 불법적으로 이것저것 설치해서 저 세탁기가 돌아가는데, 일반적인 건물에서는 불가능하니까요."

건물 자체가 일종의 거대한 마도구인 셈이었다. 와렌은 자신이 말하면서도 이 거대한 마도구 안에서 살고 있는 것이 자랑스러운지 약간 황홀한 표정을 지었지만, 마법사가 아닌 루세는 입을 삐죽 내밀었다.

"그러면 세상의 모든 건물에 그렇게 마법을 설치하면 세탁기도 사용 가능한 거잖아요. 왜 다른 곳에서는 안 하는 건가요? 역시 비싸서인가요?"

마도구는 합법적으로 판매되는 물건도 꽤 비싼 편이다. 그러나 와렌은 고개를 저었다.

"비싼 것도 맞긴 하지만 장기적으로 보면 오히려 이득이에요. 하지만 그보다 중요한 건 변화 때문이에요."

아, 언뜻 비슷한 이야기를 들은 적 있었어요, 하고 랑세는 따뜻하게 데운 수프를 가져와 세 사람 앞에 내려놓았다.

"음, 마법사들끼리 쉽게 비유하는 이야기가 있어요. 이렇게 학교에 가는 것이 '대중화'가 된 게 언제부터일까요?"

"어, 글쎄요? 싼값에 학교에 갈 수 있게 법이 바뀐 후부터요?"

"아니요. 마석 등이 보급된 이후부터예요."

아, 하고 순간 랑세는 무언가 떠오른 듯했지만, 아직 어린 루세는 고개를 갸우뚱했다.

"일하고 저녁 이후에도 빛 아래에서 장시간을 보낼 수 있게 된 이후부터 평민들도 공부에 더 관심을 두게 되었다고 해요."

"음, 어……."

와렌의 설명에 루세는 쉽게 납득하지 못했으나, 랑세가 곧이어 부엌에 내려오기 전 보았던, 어둡지 않은 복도 이야기를 꺼내자 그제야 고개를 끄덕였다.

"하나의 마법, 하나의 마도구는 세상에 변화를 일으키니까요. 그래서, 뮐트, 아니, 어……."

와렌은 무언가 말을 하려다 급히 입을 닫았다. 아차차차, 우리끼리 이야기인데. 랑세도 와렌이 무슨 말을 하려다가 말았는지 알 것 같아 서로 시선을 주고받았다.

다음에 이야기해요.

그래요, 그럽시다.

그런 두 언니의 말 없는 대화에 루세의 눈썹이 치켜세워졌다.

"아, 뭐야. 언니, 야한 이야기야?"

"루세!"

"아아아아, 아파!"

루세의 귀가 또 잡히고 말았다.

"그래, 야한 이야기다, 어쩔래?"

"아아악, 언니, 놔!"

"그만하고 일단 먹기나 해."

랑세는 루세의 귀가 견디지 못하기 직전에 놔줬고, 루세는 툴툴거리면서 숟가락을 들었다. 랑세도 그 옆에 앉아 붉어진 얼굴로 수프를 떠먹었다.

랑세는 빵을 조금 뜯어 루세의 숟가락 위에 올려 주고, 루세는 야금야금 잘 받아먹으며 그릇을 랑세 앞에 밀어 준다. 조금 전까지 서로 노려보며 씩씩거리던 두 사람 같지 않다. 그런 광경을 와렌은 신기하게 바라보았다.

"언니, 왜요?"

루세의 입에서 나오는 언니라는 말도 생경하다. 와렌은 쓰게 웃었다.

"저도 형제자매가 있지만 두 분 사이 같지는 않아서요."

언니도 있고 오빠도 있다. 동생도 있다. 그러나 그들은 모두 와렌을 지나가는 개를 보듯 했다. 가족과 연을 끊고 이제 스스로의 길을 간다지만 상처가 남지 않은 것은 아니었다. 그래도 이제는 제 입으로 낯선 사람에게 말할 만큼은.

랑세는 그런 와렌의 앞뒤 사정을 알기에 걱정스러운 낯을 애써 지우며 루세에게 시선을 돌렸다. 쓸데없는 소리 하지 마.

그러나 여전히 언니의 걱정 따위는 눈치 못 챈 루세는 수프를 꿀꺽 목구멍 뒤로 넘기고 그렇구나, 하고는.

"가족들이 다 사이좋으라는 법은 없으니까요. 우리 집도 그렇잖아요."

"아, 어……."

와렌이 당황하여 랑세의 눈치를 심하게 봤다. 랑세는 요 녀석 귀를 잡을까 말까 고민했고.

사실 와렌은 랑세의 앞뒤 사정을 자세하게 모르고 있었다. 스테인이나 케일은 어쩌다 꿈에 들어와서 보긴 했다만.

"뭐야. 언니, 와렌 언니는 몰라? 엄마랑 언니 사이 나쁜 거?"

"루세, 제발 좀."

"친구라면서."

루세의 말에 랑세는 식탁에 머리를 박고 싶은 심정이었다. 내 동생이 밝아서 좋다고 생각하던 시절이 있었는데.

랑세가 어찌할 바 모르자, 아니, 그 전에도, 와렌은 눈살을 가볍게 찌푸렸다.

"저기, 친구라도 다 알아야 한다는 법은 없어요, 루세 씨. 전 랑세 씨가 말씀하시고 싶으면 듣고, 아니면 그냥, 음, 그냥 위로만 해 줄 거예요."

그 밤, 당신을 안아 주었던 것처럼.

와렌의 말에 루세는 가만히 와렌을 보다가 그냥 고개를 끄덕였다. 동생의 얌전한 반응에 랑세는 눈을 크게 떴다. 자신이 말했으면 제가 맞는다고 삐약거렸을 텐데. 그러고 보면 아빠가 우리를 혼낼 때는 와렌처럼 조곤조곤 말했던 것 같기도 하다.

그러면 루세도 반항하지 않고 제 잘못을 인정했고.

랑세의 동공이 흔들렸다. 자신의 교육법이 틀렸단 말인가. 루세는 사실 와렌이 남이라서 더 신경 안 쓴 것에 가깝지만, 랑세는 약간의 반성을 하게 되었다.

"저는 과제 때문에 이제 올라가 봐야 해서요. 밝을 때 또 뵐게요."

마법의 발전에 대한 몇 가지 이야기를 소소하게 더 하고 와렌은 자리에서 일어났다. 그때 즈음에는 랑세와 루세도 저녁 식사 겸 야식을 다 먹었기에 그만 일어나기로 했다. 세 명의 소소한 발걸음이 안녕, 안녕히 주무세요, 하는 작은 인사를 마지막으로 잠시 조용해졌다.

"난 내일 출근해야 하니까, 이만 들어가서 자자."

"응."

"이빨 닦고."

"내가 어린애야?"

"그래그래."

자매 둘은 나란히 이도 닦고 얼굴도 닦고 잘 준비 다 마치고 편한 옷으로 갈아입은 뒤 침대 위에 누웠다. 아파트의 침대는 조금 넉넉한 사이즈라 둘이 나란히 누워도 옆으로 한 뼘씩 남는다. 조용히 다시 잠들어야 하건만. 잠들면 되건만.

"자?"

"아니."

아까 잠깐 한숨 잔 데다가 수다까지 떨다 들어왔으니 둘 다

잠이 오지 않았다. 가만가만한 숨소리와 바스락거리는 이불 소리. 오래간만에 느끼는 누군가의 체온.

"⋯⋯있잖아."

"응."

랑세는 루세에게 왜 가출했는지 물어야 한다는 것을 알고 있었음에도 묻지 못한 채 있잖아, 있잖아만을 반복했다. 비단 자신과 같은 이유로 가출했을까 봐 묻지 못한 것만은 아니었다. 와렌의 말처럼, 굳이 말하고 싶지 않은 것을 억지로 끄집어낼 권리가 있을까, 하는 생각. 집에 대한 책임이나 의무 따위 저버리고 왔는데 감히 물을 수 있는 자격이 있을까, 하는 생각.

"⋯⋯있잖아."

"응. 말해."

"⋯⋯아빠는 잘 지내?"

주저주저하다 결국 다른 것을 묻고 만다. 사실 자격이라는 말은 핑계였고, 그 핑계 벗어던지고 물을 용기도 아직 없었다.

랑세의 질문에 루세는 잠시 한숨을 내쉬었다.

"응. 저번에 귀한 책 들어왔다고 신나서 읽으시더라."

그러면서도 곧장 대답한다. 그리고 잠시 침묵.

"⋯⋯있잖아."

"응."

"그⋯⋯, 요새, 엄마한테서 뭐 배워?"

그리고 또 하나 더. 마음에 걸렸던 것 하나, 요새 엄마에게서 배운다는 루세의 말. 엄마는 루세에게 뭔가를 가르치실 수 있을 만큼 나아진 걸까. 자신과는 상관없지만, 괜히, 괜히 마음에 걸렸던 말.

"……응."

이번 답은 조금 늦었다. 그리하여 랑세는 다시 주저했다.

루세는 눈을 뜨고 언니를 바라보았다. 언니는 멍하니 천장을 바라보며 입술만 달싹거린다. 커튼 사이로 새어 들어오는 달빛이 비춘 언니의 모습은 집을 떠나기 며칠 전과 비슷해 보였다.

"엄마는 이제 나 가르칠 만큼 좋아졌고, 또 발작도 줄었어. 그런데 마을에는 아직 혼자 못 나가."

마을에 혼자 못 나가는 이유는 알고 있었다. 사람이 많은 곳에서 혼자 있게 되면 숨이 막혀서 꺽꺽거리다가, 쓰러지거나 과하게 난동을 피운다. 그나마 아빠 손을 꼭 잡고 나서면 한 바퀴 겨우 돌아볼 정도는 된다. 검은 매의 날개는 완전히 꺾여 버린 지 오래.

"저번에는 혼자 나가 보겠다고 고집 피우셔서 아빠랑 나랑 몰래 따라갔는데, 저기 그 제과점까지는 잘 갔다? 그런데 그다음에 다시 숨을 막혀서 아빠랑 나랑 끌고 왔어. 그래도 정신 차리는 데까지 시간은 예전보다 짧아졌어."

"……그렇구나."

엄마가 나아졌다는 소리에 안심하면서도 조금 섭섭하다. 자신이 없어졌기에 더 나아진 것일 테니까. 집을 더 일찍 나왔어야 하는 거 아닐까.

"치료사 선생님도 이제 혼자 나오려는 의지가 커졌으니까 점점 더 좋아질 거래."

"아……, 다행이네."

그래, 자기가 없어져서 나빠졌다보다는 나아졌다는 말이 더 나은 거니까. 그런 거니까.

랑세는 다시 입을 다물었고 루세는 그런 언니를 빤히 바라보았다. 랑세는 루세의 시선을 느끼면서도 돌아보지 않았다. 돌아보면 왜 집을 나왔냐고 묻고 싶어질 것 같았다. 케일의 말도 맞지만, 그래도.

루세는 언니가 돌아보길 기다리지만, 가만히 있는 언니의 모습에 저도 시선을 돌려 버렸다.

"언니."

"응?"

"언니는 여기 생활 좋아?"

"뭐, 그냥……."

"저번에 언니가 보낸 편지, 아빠가 보고 나도 보고 엄마도 봤어. 진짜 신나 보이더라?"

그 말은 마치 원망처럼 들렸다. 그 집에 우리만을 버려두고 떠나갔냐고 묻는 것 같았다. 랑세는 아예 루세에게 등을 돌리고 중얼거리듯 답했다.

"그냥, 괜찮아."

그렇다 하더라도 여기 생활이 싫다고 거짓말하고 싶지는 않았다. 하루하루 복잡하고 시끌벅적하지만 괜찮은 것은 사실이었고, 그것까지 부정하는 것은 자신을 부정하고 친구들과 이웃을 부정하는 것 같아서. 그리고, 버리고 떠난 것도 사실이니까.

"언니."

"응?"

"남자 친구는 있어?"

피시식, 랑세의 입에서 한숨 같은 웃음이 새어 나왔다. 루세가 원망하려고 묻는 것이 아닌가 보다, 하는 깨달음에.

"없어."

"왜 없어? 여기 남자 많잖아. 입구의 그 아저씨도 진짜 잘생겼는데."

"잘생긴 게 다니?"

"왜? 이상한 사람이야?"

"이상하지 않다고 다 연애 상대니?"

"왜? 언니 나이에는 연애도 하고 사고도 치고 해야 하는 거 아냐?"

일상의 대화 한 조각 같아 그저 그렇게 상대하다가 번뜩 어떤 깨달음이 랑세의 뒤통수를 후려쳤다. 남자 이야기, 야한 책을 보고 신났던 루세, 뭐만 듣고도 야한 이야기냐고 묻는 사춘기 동생.

랑세는 벌떡 일어나 눈을 말똥말똥 뜨고 있는 동생을 내려다보았다.

"너, 설마?"

"응?"

"너, 설마 남자 문제로 가출한 거야?"

"언니!"

루세는 소리를 빽 지르며 언니의 귀를 잡아당겼다. 그것도 양쪽으로.

"아아악, 아파!"

"제정신이야?"

"아아악, 미안. 아파, 놔줘."

씨익씨익, 루세는 언니의 귀를 놔주면서 콧김을 흥흥거리다 휙 등을 보이며 누웠다.

랑세는 난감하게 그 모습을 보다가 도로 누워 버렸다. 그런 사고 친 게 아니라면.

"루세."

"왜?"

"합승 마차 표 사 둘게. 그거 타고 집에 가."

루세는 대답하지 않았다.

랑세는 동생을 가만히 끌어안고 작게 속삭이듯 말하며 눈을 감았다.

"집, 나올 수도 있는데 최소한 아빠 허락은 받고 나와. 나도 그렇게 나왔어."

내가 버렸듯이 너도 버릴 수 있겠지. 그러니 묻지 말자. 다만, 모두가 내가 아플 때 안아 주었던 것처럼, 돌아오면 그렇게 안아 줄게. 그러니까.

루세는 여전히 대답이 없었고 랑세 역시 답을 재촉하지 않았다. 마차에 안 타면 귀를 잡아 태우면 되지, 뭐.

자매는 새벽잠이 들었다.

　퇴근 직전 랑세는 한숨을 길게 내쉬었다. 정말이지 바쁘고 배고픈 하루였다.

　새벽에 잠이 들었다가 평소보다 일찍 일어나 와렌에게 루세가 방에 출입할 수 있도록 마법을 걸어 주는 것을 부탁했고, 그다음에는 우선 공관에 가서 잠시 근무를 하고, 약간의 시간을 얻어 마법관리부에 가서 돈을 내고 서류에 도장 받고, 지방까지 가는 합승 마차 정류소에 가서 팔렝까지 가는 마차 표를 사고, 그리고 다시 공관으로 돌아와서 밀린 일을 해야 했다. 조만간 외국에서 손님들이 온다는 이야기에 민원부서 직원까지 그 일에 손을 보태야 해서, 어쨌든 할 일이 무척이나 많았다.

　대충 정리하고 집으로 가는 길이 피곤하지만, 힘을 내야 했다. 혼자 대충 먹는 것이 아니라 동생 식사도 함께 준비해야 하고, 메신저가 아빠에게, 정확히는 이웃의 마법사 영감님에게 소식을 잘 전해 줬는지 케일에게 물어도 봐야 하고. 가족이란 것이 좋으면서도 이럴 때는 참 힘에 부친다.

　그렇지만 단 며칠뿐이니까, 뭐. 랑세는 기운을 내 걸음을 옮겼다. 오늘 저녁 식사는 뭘 해 준담. 내일은 휴일이니까 좀 여유 있게 수도 관광도 시켜 주고, 외식도 시켜 주고. 오늘은 그냥 해 먹는 게 낫겠지. 이런저런 생각을 하며 걷던 랑세는 아파트 앞에서 쨍 얼어 버렸다.

"언니!"

아파트 앞마당에서 왜 통구이 파티가 벌어지고 있으며, 어째서 내 동생은 저 한가운데 있을까.

"언니! 고기 좀 먹어!"

루세가 손을 흔들며 부르지만 랑세는 그저 얼떨떨한 얼굴이었다. 마법사들은 저들끼리 까르르, 깔깔, 잘도 웃는다.

"루세, 여기 와서 이거 좀 먹어 봐!"

"네, 언니!"

어머, 세상에. 랑세의 입에서는 저도 모르게 그런 말이 튀어나왔다. 아미아가 커다란 가지 통구이를 손으로 직접 껍질을 벗겨 루세의 입에 넣어 주는 꼴을 봤기 때문이다.

"우와! 진짜 맛있어요!"

"그렇지? 가지는 이렇게 먹는 게 제일 맛있어!"

어머, 세상에. 랑세의 입에서 또 한 번 같은 말이 나왔다. 아미아와 루세가 서로 손을 부딪치고는 엄지손가락을 척 들어 올리는 장면을 봤기 때문이다. 어머, 어머, 어머.

"랑세, 너도 와서 먹어."

"네?"

아미아는 랑세를 질질 끌고 와 입에다가 껍질 벗긴 가지 속을 넣어 주었다. 어머, 랑세는 눈을 동그랗게 떴다. 가지는 좋아해 본 적 없는데, 소금 간만 된 가지가 이렇게 맛있을 수 있다니. 우물우물, 꿀꺽 삼키며 아미아가 또 입에 넣어 주는 가지를 받아먹으려다 번뜩 정신이 들었다. 아니, 이게 아니지. 같이 오래 살면 닮는다더니 왜 이래, 요새. 자꾸 정신이 다른 데 빠지잖아.

"아니, 자, 잠깐만요. 웬 고기 파티죠?"

다시 쏙, 가지가 입에 들어왔다. 세상에, 이번에 고기랑 같이 먹으니까 더 맛있다. 아미아는 고기와 가지를 잘 감싸 루세의 입에도 넣어 주며 고개를 갸우뚱했다.

"몰라."

"네?"

"그게, 시작은 그냥 식탁에서 수다 떤 거였는데."

시작은 부엌에 내려온 루세와 와렌이 이런저런 이야기를 하다가 무즈가 끼어들었고, 리엔이 잠깐 끼어들었는데, 뭔가 소란스러움의 냄새를 맡고 아미아가 왔다가.

"그리고 기억이 안 나."

"네?"

"어쩌다가 고기 파티 하자는 이야기가 나왔는지 기억나지 않는다고. 뭐, 어때. 어쨌든 맛있게 먹으면 되는 거지."

그런가? 하고 저도 모르게 혹하게 되는 설득력이다. 고기와 가지가 맛있어서 그런지도 모르겠다.

"모인 사람들끼리 돈 조금씩 모으고, 저거 통구이용 불판이랑 채소 준비하는데 쟤가 착착 일도 잘 시키더라."

랑세는 아미아가 준 접시를 쥐고 저쪽에서 리엔과 까르르 이야기하고 있는 루세를 멍하니 바라보았다. 내 동생이, 이렇게 아무 데서나 적응을 잘하다 못해, 잘 스며들다 못해, 사교성이 이토록 좋은지 처음 알았다.

아미아는 고기 하나를 뜯으며 픽 웃었다.

"네 동생 귀엽더라?"

칭찬이건만 아미아가 건들거리면서 이야기하니 어쩐지 썩 긍정적인 말인 것 같지 않다.

루세는 또 저쪽에서 엘마스, 하이란과 함께 무슨 이야기를 하다가 하이란과 짝짝 손을 맞부딪치며 간다. 평소와 새삼 다른 공기. 밝게 웃는 루세와 수다가 끊이지 않는 하이란. 한쪽 구석에서 우아하게 고기를 뜯고 있는 케일. 와렌의 어깨를 두드려 주며 무언가를 말하는 리엔. 어둑하게 내려앉은 어둠과 마법으로 만들어진 빛. 그 빛 사이에 있는, 어리다고 생각했던 동생. 아주, 낯선 모습. 랑세의 가슴은 어쩐지 아려 온다.

"다 컸네요."

"응? 뭐, 아직 애 같은데. 그러니 귀여운 거고."

아직 열여섯, 혹은 벌써 열여섯. 아주 어릴 적, 엄마 배 속에 있던 시절부터 지켜봐 온 열 살 터울의 동생. 떼를 쓰면 귀를 잡아당겨 가며 가르치고, 넘어지면 일으켜 세워 주고, 울고 들어오면 울린 놈들 혼내 주고, 계절치레로 감기라도 걸리면 약을 사다 주고. 부모님과 함께 돌보긴 했어도, 제 손을 타지 않은 적이 없었다.

"다 컸어요."

그래서 늘 돌봐 줘야 할 상대라고 생각했다. 집이 지겨워 떠나기 직전까지도, 루세는 엄마와 마찬가지로 짐이었다. 엄마는 큰 짐, 루세는 작은 짐. 그나마 말 잘 듣는 작은 짐.

"어리다고 생각했는데, 착각이었나 봐요."

혼자 중얼거리는 랑세의 모습에 아미아는 콧방귀를 뀌었다.

"어리지 않으면, 가출한 건 내버려 둘 거고?"

아니, 말이 그렇다는 거지, 진짜 어른은 아니잖아요, 하고 한마디 하며 흘겨보지만, 아미아는 어깨를 으쓱였다.

"어릴걸. 그런데 지금 보는 모습이 네가 못 보던 모습일 수도 있겠지."

사람들과 잘 어울리고, 대화를 자연스레 이끌어 가고, 어딘가에서 앞서 있다는 것이 어른이라는 증거는 아닐 것이다. 제 동생 루세는 여전히 앞뒤 가리지 않아 사람을 곤란에 처하게 만들기도 하고.

"마법진을 짤 때, 가까이에서 집중해서 만들다가 마지막에는 멀리 서서 모양을 확인해야 해. 멀리서 보면 달라 보이는 게 있으니까."

첫인상이 좋지 않았지만, 당신에게도 좋은 면이 있다는 걸 알게 되었던 것처럼. 이곳 사람들이 어렵기만 했지만, 각자의 장단점을 발견하게 된 것처럼. 시간의 거리와 시선의 거리가 멀어지면 보이는 것들. 오랫동안 떨어져 있던 동생의 다른 모습.

"그런 걸까요?"

"그런 거면 어떻고 또 아닌 거면 어때? 자, 고기."

어딘가 넋이 나간 듯한 모습이 안쓰러워 아미아는 자꾸 랑세의 입에 무언가를 넣어 주었다. 얌, 하고 랑세는 그걸 또 잘 받아먹었다.

"소란스럽군요."

그때, 스테인이 랑세의 곁으로 다가왔다. 그날 이후로 처음 만난 스테인은 어쩐지 몹시 피로해 보였다. 그 피로함의 원인이 제 동생인 것만 같아 랑세의 어깨가 절로 쪼그라들었다.

"그, 죄송합니다……."

대뜸 사과부터 했다.

그러나 스테인은 사과 따위 바라지 않고 한 말이었는지 의외라는 듯 눈을 동그랗게 떴다.

"뭐, 탓하려고 한 말이 아니었습니다. 가끔 이런 일도 나쁘지 않은데요."

그의 유순한 답에 이번에는 랑세가 눈을 동그랗게 떴다. 늘 짓는 그린 듯한 미소지만, 어쩐지, 조금, 조금은 진심이 담긴 미소 같았다. 멀리 있어서 잘 알게 되는 것도 있지만 가까이 있어서 잘 알게 되는 것도 있다.

"간만에 고기도 좀 먹게 되었고요."

우르르르, 스테인의 말에 아미아는 그 몫의 접시에 갈비 여러 개를 쏟아 냈다. 스테인은 고개를 까닥여 대충 감사를 표하고는 고기를 뜯었다. 우물우물, 전보다 얼굴이 조금 핼쑥한 듯한 스테인이 고기를 뜯는 모습은 무언가 개운해 보이기도 했다.

"요새 식사가 부실하셨나 봐요?"

이 사람도 혹시 와렌처럼 시험이 있었던 걸까 싶으면서도,

그렇게 묻지 못하게 하는 그런 미소.

"네, 좀 해야 할 일이 있었습니다."

스테인은 다 뜯은 갈비뼈를 내려놓고 다른 고기를 집어 랑세의 접시 위에 올려 줬다. 드세요, 한마디 하면서.

"일이 많았나 봐요?"

그저 평범한 대화의 한 조각처럼.

그러나.

"랑세 씨가 부추긴 일이었습니다."

"네?"

랑세는 스테인이 준 고기를 입에 넣으려다가 멈칫했다. 스테인은 갈비를 맛있게 뜯으며 랑세를 바라보고, 랑세는 입맛이 뚝 떨어져 고기를 접시에 도로 내려놨다. 먹지 마, 먹으면 체할지도 몰라.

"무슨 뜻인가요?"

랑세가 굳은 낯으로 묻자 스테인은 입을 닦으며 가볍게 말했다.

"어쩌면 아무것도 아니게 될 수도 있고, 큰일이 될 수도 있지만, 랑세 씨의 말이 도화선이 되었으니까요."

그리고 갈비 하나를 또 랑세의 접시 위에 올렸다.

"언젠가 가져다준 과자의 보답입니다."

과자. 어찌할 바 몰라서 주었던 과자. 미안함과 죄책감이 묻어 있던 과자가 불안이 묻은 갈비가 되어 돌아왔다.

"무슨, 무슨 뜻인가요?"

랑세의 목소리가 파르르 떨리자 스테인의 미소가 더 짙어졌
다. 스테인은 잠시 생각했다. 더 놀릴까, 하고.

"이제 제 이야기를 할 준비가 되었다는 뜻입니다."

그러나 마음 한쪽에 고마움이 있기도 하였기에, 짧게 덧붙여
주었다. 여전히 스테인의 말이 무슨 뜻인지 몰라 랑세가 다시
재촉하려던 순간.

"언니!"

루세가 마법사 몇과 함께 달려왔다.

"아, 응."

랑세는 스테인을 향해 얼굴을 일그러트리며 온갖 표정을 지
어 나중에라도 제대로 이야기를 해라라는 의사를 표현했지만,
시선을 외면한 스테인이 알아들었을지는 모를 일이다.

"언니, 언니, 이거 봐라? 하이란 언니가 만들어 줬다?"

루세가 내민 손바닥 위에는 작은 돌멩이 하나가 있었다. 뭐
지, 이게. 랑세가 영문 모를 눈으로 바라보자, 하이란이 루세의
손을 붙들어 작게 주문을 외웠다.

"자자, 이제 하늘로 던져요."

"네!"

루세가 돌멩이를 하늘로 힘껏 던졌다.

펑! 퍼펑!

"와!"

하늘이 불꽃으로 수놓인다. 마법사들은 익숙한 광경인 듯 힐
끗 한 번 보고 말지만, 비마법사인 랑세와 루세는 입을 눈만큼

이나 동그랗게 벌리고 그 광경을 바라본다.

퍼, 퍼펑!

붉고 노랗고 파란 불꽃이 까만 밤하늘에 별만큼이나 반짝이다 사라진다.

"제 동생도 이 마법을 무척 좋아해요."

하이란이 루세의 머리를 쓰다듬어 주며 말했다.

"원소계에서 가장 기본적이고 간단한 마법이지만요."

"아, 진짜 예뻐요. 기본적이면 어때요? 예쁘면 되죠!"

하이란의 겸손 어린 말에 루세는 그게 뭐가 중요하냐는 듯 말한다. 여상하게 말하는 루세 곁에서 와렌은 웃고 말았다.

"닮았어요."

"네?"

"두 분, 랑세 씨랑 동생, 정말 닮았어요."

"으엑, 제가 이 망나니랑요?"

"언니!"

자매가 아옹다옹 작은 드잡이를 하고, 와렌은 다시 웃음이 터졌다. 정말로, 자매는 똑 닮았다. 그래서 괜히 웃음이 터져 나왔다.

"아, 저 불꽃 뭐야. 내가 더 좋은 거 할 수 있어."

그때 아미아가 하늘을 향해 뭔가를 던졌고, 퍼퍼펑, 퍼퍼펑, 하고 더 크고 화려한 불꽃이 터졌다. 정말이지 마을 축제가 아니라 도시 축제에서나 볼 수 있을 법한 커다란 불꽃이었다.

이건 마법사들 사이에서도 드문 일인지 오오오, 하며 탄성이 터졌다. 아미아는 마법사들의 찬탄에 오호호홋, 하는 마왕 웃음을 오랜만에 짓는다.

"저런, 우리 아미아는 언제 겸손함을 배울까. 어디 내가 한 번……."

그런 아미아의 모습에 리엔이 한숨을 쉬며 나서자 케일이 벌떡 일어났다.

"선배! 더 큰 건 안 됩니다!"

"아, 왜!"

"야! 말려!"

"으아, 선배님! 더 크면 치안대 떠요!"

우르르, 우당탕탕, 그 소란스러운 모습에 랑세는 한숨을 내쉬었다. 멀리서 보나 가까이서 보나 이건 달라지지 않겠지. 루세가 저 소란 사이에서 뭐라 뭐라 하는 것도.

랑세는 소란을 외면하고 아미아가 남겨 둔 불꽃을 감상했다. 펑, 하고 터지고, 파앗, 하고 사라지는 불꽃의 향연.

펑, 파아앗, 펑, 파아앗, 쐐애애액.

쐐애애액?

랑세는 하늘에서 뭔가 이질적인 소리가 들리자 눈을 가늘게 떴다. 뭐지, 뭐가 날아오는 소리 같은데.

쐐애애액, 소리가 점점 더 커지자 랑세는 눈을 크게 떴다.

"독수……, 으악!"

독수리 한 마리가 랑세의 품에 머리를 들이받았다. 랑세는 우당탕 소리를 내며 뒤로 넘어갔다. 독수리는 랑세의 품을 파고들려고 하며 날개를 푸드덕거렸다. 뭐지, 이 익숙한 감각은.

"메신저?"

"루세 엔나!"

그 순간 독수리가 푸드덕거림을 멈추고 큰 소리로 외쳤다. 그 소리에 마법사들의 소란이 뚝 그쳤다. 독수리는 마치 사자처럼 포효했다.

"돌아오면 혼날 줄 알아라!"

아, 맞다. 내 동생, 가출했었지.

그런데 독수리 발톱은 왜 내 몸을 쥐어뜯고 있을까. 랑세는 한숨을 내쉬었다.

"루세 엔나! 감히 집에 말도 없이 나가느냐!"

독수리는 진중한 노년 남성의 목소리로 포효하듯 외쳤다.

랑세는 이 목소리가 누군가 싶었지만, 독수리 발톱 때문에 생각할 겨를이 없었다.

"……라고 아버지가 전해 달라시더구나, 루세."

그리고 이어지는 다정한 목소리.

아아, 기억났다. 맞아, 마을의 마법사 영감님이었구나. 하긴, 메신저도 마법사 앞으로 보냈으니 마법사가 메신저로 답해 주는 것이 어쩌면 당연한 일.

"아사캬 할아버지!"

귀에 익은 목소리에 루세가 종종 달려와 독수리를 붙들었다. 고맙다, 동생아. 이제 좀 살 것 같다.

"우와! 할아버지네 새가 독수리인 건 알았지만 말도 하는 줄은 몰랐어요!"

푸드덕푸드덕, 독수리가 날갯짓하면서 껄껄 웃는다.

"여전하구나, 루세. 아버지께서 화나셨다는데 그리 즐겁더냐?"

"헤헤, 집에 가면 어차피 혼날 건데 지금부터 슬퍼해서야 쓰
나요."

"뻔뻔한 것도 여전하고."

"낙천적이라고 해 주셔요."

"아버지가 무척이나 걱정하셨단다. 그래서야 쓰겠느냐? 아
무리 언니 집에 간 것이라 하더라도."

"그럴 만했다고요."

"허허, 그래도 이 녀석이!"

뭐야, 루세가 그 영감님이랑도 친했어? 랑세는 주춤주춤 일
어서며 독수리 메신저와 루세를 어이없다는 눈으로 바라보았
다. 뭐야, 루세의 인간관계는 대체 어디까지 뻗어 있는 걸까.

독수리는 루세와 대화하다 문득 랑세를 돌아보더니 눈을 빛
냈다. 저거, 안다. 메신저의 저 눈빛. 마법사의 지휘를 잊고 본
능에 빛나는 눈.

"자, 잡아 줘요!"

"라, 랑세야! 오랜만이구나. 아니, 이놈이 왜 이래!"

독수리는 말과는 달리 푸드덕거리며 랑세에게 달려들려고
했다. 루세가 꼭 붙들고 있다지만 독수리의 힘이 엄청난지라
공격당하기 직전.

"그만."

리엔의 한마디에, 그리고 그 뒤에 숨겨진 마법의 힘에 의해 독수리가 날갯짓을 멈추었다. 독수리는 이번에는 리엔을 빤히 바라보며 눈을 빛냈다.

"생물계 리엔이라 합니다. 랑세 양이 마력에게 사랑받는 체질인지라."

"오오오, 그렇군. 같은 마을에 살면서 여태 그걸 몰랐군. 저는 아사캬라고 합니다."

아니 뭐, 모를 수도 있지요. 영감님과 제가 인사를 나누어 본 적도 없고. 푸드덕푸드덕, 독수리는 마법사로 가득한 아파트가 반가운지 공중에서 한 바퀴 빙글 돌더니 루세의 어깨에 턱, 하니 앉았다.

"루세의 부친이 걱정이 많으셔서 내 당장 달려와 답을 했소이다. 루세가 고향에 오는 길에도 내가, 정확히는 이 녀석이 동행하여 눈과 귀가 될 예정이오. 랑세야, 그러니 걱정 말거라."

"아아, 감사합니다."

그렇지 않아도 돌아가는 길에 험한 일 당할까 걱정되었는데, 저만한 독수리를 어깨에 매달고 다니는 여자애라면 호기심은 가져도 나쁜 마음은 못 가질 터였다. 거기에 루세도 딴 길로 못 샐 거고. 랑세는 근심이 적잖이 덜어져 그저 감사한 마음에 고개를 꾸벅 숙였지만, 아파트의 마법사들은 모두 경악한 표정이었다.

"우, 우와, 독수리다."

"지금 저기 합승 마차로 나흘 거리 아냐? 케일 선배가 메신저 보낸 것도 하루 걸렸다는데, 그걸 반나절 만에 온 거지, 그럼?"

"그리고 지금 다시 합승 마차 나흘 거리를 같이 간다고?"

"아니, 거기다가 여기서 사흘 더 있어야 한다잖아."

"일주일 이상 마력 유지가 돼?"

"우와, 저런 분을 어떻게 여태 몰랐지?"

우와우와, 마법사들 사이에서 난리가 났다. 케일마저 낯이 굳었고, 리엔도 평온한 듯 보였지만 눈에는 적잖은 동요가 스쳐 지나가고 있었다. 저만한 마법사면 모를 리가 없을 텐데, 하는 눈빛.

"제가 공부가 부족해 아사캬 님만 한 분을 모르고 있었군요."

리엔의 말에 아사캬는, 아사캬의 메신저는 날개를 푸드덕거리며 웃었다.

"산골에 처박혀서 하나만 공부하다 보니 한 가지는 깨달음을 얻은 사람이라 그렇지, 별것 아닙니다."

"글쎄요……."

동네의 골칫거리 영감님이라고 생각한 사람이 사실 굉장히 대단한 사람이라는 것을 알아 버렸다.

"오오, 아파트라는 것이 이런 곳이구나. 신기하다! 여기에 랑세 양이 산다는 거지? 또 뭐가 있나? 오오, 마력이 느껴지는데 방마다 다르구나!"

독수리는 푸덕거리며 아파트 안으로 날아갔다. 그래, 그냥 골칫덩이 영감님이기도 하네.

"……저 선배님, 안내는 제가 하도록 하지요."

스테인은 먹던 것을 내려놓고 독수리의 뒤를 따라갔다. 이러니저러니 해도 책임감이 강한 사람이다.

펑, 펑, 아직도 터지는 불꽃 아래 마법사들은 잠시 침묵했다가 곧 메신저를 안주 삼아 다시 시끌벅적 떠들어 댔다. 랑세는 이 폭풍 같은 사태에 늘 그렇듯이 넋을 놓은 듯 앉아 있었고.

그러다 문득 침묵하는 케일과 눈이 마주쳤다. 아직 그의 늑대 메신저는 돌아오지 않은 상황. 굳어 있을 만하다.

"너희 마을은…… 강하군."

하고 얼빠진 대사를 날릴 만큼.

"마법사 영감님이랑 언제 그렇게 친했어?"

고기 파티가 이럭저럭 끝나고 자매는 쉬기 위해 방으로 돌아왔다. 아샤캬의 메신저는 여자 방에 머물기 뭣해서 관리사무실에서 지내기로 했다. 덕분에 랑세는 어렵지 않게 루세에게 물을 수 있었다.

"어, 뭐, 그냥 할아버지가 재밌고 신기해서 놀러 가다 보니."

사람의 눈에 따라 영감님이 골칫덩이일 수도 있고 재미있는 사람일 수도 있나 보다.

루세는 고기 냄새가 잔뜩 밴 옷을 갈아입다가 갑자기 멈췄다. 상의에 팔만 낀 채로 멍하니 있는 바람에 언니에게 한 소리

들었다.

옷부터 갈아입어.

아, 응.

"있잖아, 할아버지랑 여기 아파트 언니, 오빠들이랑 비슷한
점도 있는 것 같아."

"응?"

"재밌는 게 닮았어."

그게 재밌냐. 랑세는 왈칵 소리를 지를 뻔했으나 양심상 입
을 닫았다. 아닌 척해도, 골치 아픈 날이 있어도 즐겁긴 했지,
뭐. 하기야 어딜 가든 매일이 좋은 날만 되랴.

"아, 배불러."

루세가 침대에 먼저 뻗어 눕고, 랑세는 그 끝에 걸터앉아 행
복해 보이는 루세의 얼굴을 바라보았다. 아직 젖살이 덜 빠진
얼굴이지만, 안 보다 보니 훌쩍 큰 것 같기도 하다.

"언니는 안 자?"

"아, 응."

랑세는 흥얼흥얼 콧노래를 부르는 루세를 빤히 바라보다가
자기도 그 곁에 털썩 누웠다.

"팔렝 가는 합승 마차 표 사 뒀어."

"어, 응······."

"모레 출발하는 거야. 내일은 시내 구경시켜 줄게."

루세는 고개를 돌려 언니의 옆모습을 바라보았다.

"어, 음, 바쁜 거면 안 그래도 되는데?"

루세가 평소답지 않게 거절하자 랑세는 피식 웃었다.

"괜찮아, 휴일이야."

"아니, 그래도 휴일에 원래 계획한 일도 있을 수 있고……."

꾸물꾸물하는 말에 랑세가 루세의 코를 붙잡았다.

"악! 또 왜?"

"왜? 이제 다 컸다고 언니랑 돌아다니기 싫은 거야?"

"아, 아니야. 아, 일단 놔. 언니가, 그런 게 싫어."

"뭘?"

"언니는!"

루세가 빽, 하고 소리를 지르며 랑세의 손을 쳐 내자 랑세는 움찔했다. 왜, 뭐. 왜, 뭐 때문에 그렇게 정색하는데, 하고 눙치기도 어려울 만큼 루세의 얼굴은 굳어 있었다.

그러나 루세는 금세 입술을 삐죽거리며 등을 돌렸다.

"……언니가, 언니 일 하는 게 싫어."

"응?"

이건 또 무슨 소리람. 루세가 한창 클 때 언니가 언니인 게 싫다는 이야기는 곧잘 들어 봤다만, 언니가 언니 일 하는 거 싫다는 소리는 또 뭐야.

"언니는 나 맨날 돌보기만 하잖아. 그거 싫어."

"어린애 취급받는 것 같아서 그래?"

"아씨, 그게 아니라."

랑세가 도통 못 알아듣자, 성에 못 이긴 루세는 벌떡 일어나 언니의 눈을 똑바로 바라보았다.

"언니는 나랑 엄마랑, 또 헤세 오빠 살아 있었을 때는 헤세 오빠도 맨날 돌보기만 했잖아."

생각지도 못한 말에 랑세는 딱 굳어 버렸다.

"언니, 언니 인생 살려고 여기 온 거잖아. 그런데 여기서도 왜 날 자꾸 돌보려고 해? 애인 있으면 데이트하고, 없으면 집에서 쉬어. 아사캬 할아버지도 왔고 아파트에 다른 언니, 오빠랑 놀러 나가도 돼."

루세는 그 말만 하고 도로 누웠다. 랑세는 뭐라고 말해야 할지 모르겠고, 루세는 생각이 많아서 둘 사이에는 침묵이 흘렀다.

랑세는 뭐라고 말하려다 입을 닫았고, 다시 말하려다 또 입을 닫은 채 입술만 몇 번이고 깨물었다. 가슴 안에서 무언가 올라올 것 같은 걸 집어삼키고 루세, 하고 가만히 동생의 이름을 불러 본다.

엄마 생각이 났다. 엄마도 엄마 인생을 살았으면 좋겠다는 말을 들었을 때 이런 마음이었을까.

"루세."

"왜?"

그래서, 답은 결국 엄마와 비슷하게 해 줘야 할 것 같았다. 아니, 자연스레 그렇게 말이 나올 것 같았다.

"내가 집을 나온 건 맞지만, 내 인생 살려고 나온 건 맞지만……. 내일 같이 나가자는 건 너를 좋아하고, 너와 시간을 보내고 싶어서야. 이건 돌보는 게 아니라 같이 시간을 보내는 거야."

루세가 새초롬하게 돌아본다.

"진짜?"

"진짜지. 그리고."

"아아아! 또 왜!"

랑세가 루세의 귀를 잡았다.

"그렇게 다 큰 어른처럼 말하려면 가출 같은 거 함부로 하면
되겠어, 안 되겠어?"

"아씨, 집에 가면 어차피 아빠한테 혼날 건데, 왜!"

"언니가 언니 일 좀 하련다. 요건, 내가 언니라서 하는 거야."

"아, 좀!"

늦은 밤, 토닥토닥, 아니, 투덕투덕하는 소리가 복도를 타고
벽을 넘어 이웃에게까지 미친다. 이웃하여 살고 있던 한 마법
사는 그 소리에 흐뭇하게 웃는다.

"정말 시끄럽네."

하며.

물론 그 소리를 한 사람이 아미아였다는 걸 알았다면 랑세는
뒷목을 잡았겠지만.

"왜 이렇게 되었지?"

진짜 뒷목 잡을 일은 이튿날 벌어지니 아껴야 한다.

"뭐 어때?"

어찌어찌 아침 식사를 하러 나와서 사람들 인사를 하나둘 받
아 주었을 뿐이었는데.

"사람 많으면 좋잖아?"

"그렇지?"

"어차피 랑세도 잘 놀러 안 다녀서 시내 잘 모를걸."

왜 동생과 오붓한 데이트가 아니게 된 걸까.

아미아, 와렌, 무즈. 오늘의 동행 인원. 랑세는 긴 한숨을 내쉬었다. 동생을 좋아하는 것과 감당하는 것은 아무래도 별개의 문제인 듯했다.

"루세, 어디 가고 싶니?"

아미아가 눈을 반짝이며 루세에게 물었다. 아미아는 아무래도 루세가 썩 마음에 든 듯했다. 자기한테는 맨날 골칫거리만 안겨 주면서 루세에게는 잘해 준다. 랑세는 그게 마음에 들면서도 들지 않았다. 쳇, 사람이 이 모양이라니까.

"어, 전 수도에 대해서 하나도 몰라요. 구경하러 온 것도 아니라서 알아보지도 않았고요."

"그래? 그럼 성 이반냐 탑부터 가 볼까?"

아미아가 당장에 앞서 나가는 것이 불안해 랑세는 그녀의 옷자락을 붙들었다.

"저기, 그러는 아미아 씨는 수도를 잘 아세요? 아니 뭐, 저보다 오래 사시긴 했어도 고향은 여기가 아니잖아요."

"열다섯 번."

"네? 뭐가요?"

아미아는 손을 허리에 올리고 씩 웃었다.

"우리 집에서 수도로 올라온 사람이 나밖에 없거든. 그래서 철마다 수도에 올라온 가족, 친척 데리고 수도 구경시켜 줘야 했어. 그게 열다섯 번."

아, 하고 랑세는 입을 다물었다. 전문가 중의 전문가가 눈앞에 있구나. 아미아가 미덥지는 않지만, 그래도 모르는 일은 전문가에게 맡기는 편이 좋다는 것은 알았다. 더군다나 처음 한 번이 괜찮았기에 나머지 열네 번의 안내도 맡았겠지.

"언니는 수도 하나도 몰라?"

"아, 응."

랑세의 대답에 루세는 눈을 동그랗게 떴다.

"수도에 와서 뭐 했어?"

뭐 하긴, 맨날 일하고 아파트 마법사들에게 휘말렸지.

루세는 랑세의 대답을 기다리지 않았는지 척, 하고 아미아의 팔짱까지 꼈다. 요것 봐라? 그런 랑세의 눈빛을 알아챘는지 아미아는 굉장히 오만하고 재수 없는 눈빛으로 루세의 팔을 단단히 꼈다.

"갈까?"

"가요."

그러고서는 앞으로 걸어간다.

황망하게 뒤에 남겨진 랑세에게 와렌이 주춤주춤 다가온다. 물론 와렌이 나간다니까 쫓아온 무즈 역시.

"랑세 씨……."

"동생이 의리 없네."

"무즈!"

와렌이 와락 소리를 지르자 무즈는 찔끔했지만 희희낙락한 웃음을 숨기지 않았다. 어이, 이봐, 내가 느낀 감정을 느껴 보라고. 그런 무즈의 웃음에도 랑세는 멍하니 동생의 뒷모습만 지켜본다. 와렌은 슬그머니 다가와 랑세의 손을 붙잡았다.

　"가요. 괜찮아요, 두 분은 가족이잖아요."

　저랑은 다르게, 친하고 서로 아끼는 가족이잖아요. 와렌의 말이 끝난 순간, 저 앞에 있던 루세가 뒤돌아 손을 흔들었다.

　"언니, 뭐 해! 어서 와!"

　"걸음들은 느려 터져서, 마법사 닮아 가냐?"

　루세의 말과 아미아의 말에 각기 다른 의미로 울컥하던 랑세가 픽 웃어 버렸다. 그래, 골치 아픈 하루쯤이야 수도에 올라와서 수없이 겪지 않았던가.

　"갈게!"

　그러니까, 오늘은 머리가 아프기보다는 웃을 수 있을지도 몰라. 랑세는 와렌을 돌아보았다.

　"와렌 씨는 수도 잘 알아요?"

　"아뇨, 저도 맨날 학교에만 있다 보니."

　"그럼 가요!"

　랑세는 와렌의 손을 붙잡고 달리기 시작했고, 무즈는 헐레벌떡 뒤따라 달렸다. 그래, 골치 아파 보이지만, 뭐 어때. 여태껏 보지 못한 성 이반냐 탑도 보고, 오리스 거리의 카페도 가 보는 거야. 왕궁 앞을 지나가는 근사한 근위대원들도 멀리서 살펴보고.

"저, 저, 수도에 있는 유명한 마도구 상점은 알아요!"

문득 와렌이 외치고, 랑세는 고개를 끄덕였다.

"그래요, 가요!"

"응. 와렌 언니, 거기도 가요!"

마법사 셋, 비마법사 둘이 시내를 가로지르며 달리기 시작했다.

"으어……."

무즈는 자신의 약한 체력을 원망하며 영업 마차에 올라탔다. 오늘 하루 성 이반냐 탑부터 시작해서 마탑이 운영하는 대형 마도구 상점, 왕궁 앞 근위대 행렬, 알리아나 대신전, 유라강 다리를 다 돌아보고 외곽에 있는 타라스 고대 유적까지 둘러본 후 아미아가 추천하는 식당에서 저녁 식사까지 한 참이었다. 루세가 아미아와 와렌을 부르는 것을 보고 냉큼 끼어들었던 것을 약간, 아주 약간 후회했다. 아미아가 앞장서고 랑세와 루세가 뒤따라 다니면 홀로 남을 와렌의 옆자리를 차지하려던 음흉한 속셈이었으나.

"세상에."

세상에, 다섯이서 우르르르, 우다다다, 와르르르, 시내를 헤집고 다녔다. 아미아 선배가 있어서 뭔가 사고가 나지 않을까 걱정했지만, 사고가 날 틈도 없이 바쁘게 돌아다니고, 보고, 먹고, 마셨다. 솔직히 와렌과 오붓한 시간을 보내지 못하는 것은 아쉬웠으나, 그래도 나름 즐겁고 신기했다. 수도에서 살면서도 학교나 마탑만을 오가던 생활을 한 터라 제대로 구경을 한 것은 이번이 처음이었다.

무즈는 오늘 촌놈들을 무사히 이끌고 다닌 아미아 선배가 새삼스럽고 신기해 바라보았다.

"왜?"

늘 껄끄러운 선배지만, 그래도 오늘은 고마워 고개를 꾸벅 숙였다.

"재밌었습니다."

"어, 그래."

열여섯 번째 안내가 무사히 끝난 것이 너무도 당연해 아미아는 무즈의 인사를 무심히 넘겼다. 건너편 자리에는 저녁 먹을 때부터 꾸벅꾸벅 졸기 시작했던 와렌과 루세, 그리고 랑세가 서로의 어깨에 기대어 깊이 잠들어 있었다. 아미아는 그런 세 사람을 흐뭇한 웃음을 지으며 바라보고 있었다.

"저기, 선배님."

"응, 왜?"

"오늘 안내를 앞장서신 이유가 뭡니까?"

열다섯 번이라 했다. 충분히 지겨울 법한 시내 구경을 까르르 웃으며 잘도 끌고 다녔다. 지난 열다섯 번은 가족과 친척이니 당연히 해야 했겠으나, 오늘 랑세와 루세를 위해서는 굳이 그럴 필요가 없었으리라. 아미아는 짧게 웃었다.

"귀엽잖아."

"네?"

"루세도 랑세도 귀여우니까."

"으엑?"

무즈가 루세는 모르겠다만 랑세가? 하는 의미가 함축된 이상한 소리를 내자 아미아는 다시 웃었다.

"루세가 랑세를 많이 걱정하고 있더라고. 랑세도 그렇고. 서로 걱정만 하면서 짧은 시간 보내는 것보다 즐겁게 놀다 가는 게 좋잖아?"

"그러니까, 그걸 왜 선배님이 신경 쓰시냐 이거죠."

무즈의 의문 어린 눈에 아미아가 한심하다는 듯 바라본다.

"네가 그러니까 쟤한테 고백도 못 하고 지내는 거야."

"선배!"

"쉿!"

아이들이 깰까 봐 아미아가 무즈를 말렸고, 무즈는 씩씩거리면서도 입은 다물었다. 아미아는 어깨를 으쓱였다.

"동생이 나를 걱정하는 게 어떤 기분인지 아니까. 뭐, 동질감 같은 게 느껴져서 도와준 거야."

아니, 그러니까, 왜 선배가요, 하는 소리가 한 번 더 나올 뻔했으나 무즈는 잘 참아 넘겼다.

"선배님도 형제자매가 있나요?"

"아, 어. 육남매 중 삼녀."

"헉."

"하도 복잡해서 바로 위랑 아래 말고는 신경도 못 쓰고 살아. 그러니까……."

그러고는 아미아는 잠든 세 아이를 바라보며 미소를 지우지 않았다.

무즈는 정말이지 그런 아미아의 모습이 적응되지 않아 할 말을 잃었다. 자주 만나지는 않았어도 그래도 어느 정도 알 만한 사람이다 싶었는데, 또 이런 점은 이런 날이 아니면 알 수 없구나.

"큭, 이런 애들 보면 놀리고 싶지 않냐?"

아니구나, 그냥 원래 알던 아미아 선배 맞구나.

마차가 아파트 앞에 도착하기 전까지, 무즈는 세 사람의 얼굴에 낙서를 하려는 아미아를 말리느라 계속 낑낑거려야 했다. 물론 세 사람은 그때까지 피곤하지만 평화로운 얼굴을 한 채로 잠이 들어 아무것도 몰랐다. 정말 다행이었다. 알았다면 온종일 랑세가 아미아에게 느꼈던 아주 사소한 존경과 고마움마저 와르르 무너져 내렸을 테니까.

"짐, 빠진 거 없이 다 쌌지?"

어젯밤 시내 구경을 마치고 돌아와서 둘은 자매의 애틋한 밤이고 자시고 할 것 없이 침대에 쓰러지듯 누워 잠이 들어 버렸다. 덕택에 새벽부터 일어나 풀어놨던 가방을 싸고, 시내 구경

을 하면서 친구들과 부모님께 드릴 선물이라며 샀던 것도 챙겨
야 했다. 루세가 짐을 싸는 동안 랑세는 간단하게 먹을거리를
준비하느라 정신없었다.

"늦기 전에 가자."

"응, 다 했어."

"가자."

헐레벌떡 아파트 입구로 내려오자 특히 가까이 지냈던 마법
사 몇이 루세를 배웅하기 위해 기다리고 있었다. 밤을 보내는
것이 일상인 사람들인 만큼 아예 꼴딱 지새우고 온 모양새였다.

"루세, 잘 가."

"네, 안녕히 계세요."

"응, 꼭 연락하고."

"네, 편지하세요."

이제는 이런 광경이 놀랍지도 않은 랑세였기에 대충 시선을
피한 채 인사를 마치길 기다렸다.

"스테인 씨는 웬일이세요?"

마침 스테인이 관리사무실에서 나오고 있었다. 아사캬의 메
신저를 어깨에 달고서.

"합승 정류장까지 모셔다드리게요."

"예? 저, 거기 가는 길 아는데요?"

랑세의 말에 스테인이 피식 웃으며 메신저를 눈짓했다. 아아
악, 창피해. 대상을 착각했구나. 에구, 하긴 뭐, 그사이에 아사
캬 영감님이랑 친해진 듯했고, 마법사에게는 꼬박 예의를 차리

는 사람이니 그럴 법도 하지.

"언니, 이제 가자."

"응, 그래."

인사가 끝나고 셋은 메신저와 함께 시내를 걸었다. 새벽, 아직 해도 뜨지 않은 시간이건만 이른 아침을 시작하는 사람들이 차가운 공기를 뚫고 지나간다. 사소한 소란스러움에 활력과 피로가 묻어난다.

랑세와 루세는 피로 때문이었을까 아니면 이별을 눈앞에 둔 것 때문이었을까 계속 말없이 걷기만 했고, 스테인과 아사캬 역시 아무 말이 없었다. 그 침묵은 시끌벅적한 합승 마차 정류소에 가는 길까지 계속되었다.

정류소에 도착하고는 어디서 탑승하는지 확인해야 했고, 사람들 틈새를 헤집고 다니느라 정신이 없어 역시 아무 이야기가 없었다.

"이 마차 맞나 봐."

"아, 응."

팔렝으로 가는 마차 앞에 가서 랑세가 짐이라도 실을 요량으로 기웃거릴 때, 루세가 문득.

"언니."

하고 불렀다. 조금은 낮게 부르는 소리에 랑세는 주춤하여 루세를 돌아보았다. 루세 역시 랑세를 바라보고 있었다. 어쩐지 인사가 아닌 다른 할 말이 있다는 듯 랑세를 한쪽으로 끌고 가기에 스테인은 한 걸음 물러섰다. 아사캬 역시.

잘 가요, 다음에 또 봐, 조심해서 가, 사람들의 시끌벅적한 인사가 오가는 장소 한가운데서 루세는 한동안 입을 닫았다가 조심스럽게 랑세의 손을 붙들었다.

"언니, 나 가출한 거……."

루세가 가출한 이유를 말하려는 듯 운을 떼자 랑세는 굳어 버렸다. 모른 척 지나갈 수 있었는데.

"언니가 보고 싶어서 그랬어."

그러나 예상하지 못했던 이유 때문에 랑세는 눈을 크게 떴다. 루세는 긴 한숨을 내쉬며 언니의 손을 꼭 잡았다.

"엄마가 나 가르치려고 한 게 뭐 때문인지 알아?"

"아, 아니."

"엄마가, 자기가 아파서 언니가 나간 거라고, 힘내서 다시 이겨 보겠다고, 그래서 나를 가르치기 시작했어. 나 때문이 아니라, 나를 위해서가 아니라."

심장이 내려앉는 듯했다. 루세의 눈에 눈물이 작게 고였다.

"그래서 나 가르치면서도 가끔 엄마가 헷갈려서 내 이름 대신에 언니 이름 불러."

'랑세, 그쪽이 아니라고 했지!'

'엄마, 나 루세야.'

'아, 어, 아, 미안…….'

"루세……."

"언니."

동생이 받았을 상처가 걱정되어 랑세가 무어라 말하려던 찰나, 루세가 말을 끊었다. 그리고 웃었다.

"언니, 걱정하지 마. 나 그런 거로 상처받지 않았어. 엄마 때문에 상처받은 건 옛날에 엄마가 나 때릴 뻔한 거 말고는 없어."

그날. 잘못을 지적하는 루세를 엄마가 때릴 뻔한 날. 잔인한 진실을 마주했던 날.

"언니. 있잖아, 난 아직도 엄마가 나 때릴 뻔했을 때 언니가 내 앞에서 막아 준 거 기억해."

그날의 기억은 온통 상처뿐이었지만, 그래도 기억한다. 들어가 있으라고 소리 지르던 언니의 등을.

"그래서 엄마한테 상처받지 않아. 그냥, 언니가 많이, 많이 보고 싶었어."

"루세."

"그런데 언니는 여기서 편지 한 통 보낸 게 끝이고, 아무 말도 안 해 줘서, 그래서 얼마나 즐거운가 심술이 나고 궁금하기도 해서 왔어."

루세는 빙그레 웃으면서 랑세를 꼭 끌어안았고, 굳은 듯 서 있던 랑세도 조심스럽게 루세의 등을 도닥였다.

"있잖아, 아빠한테 언니 보고 싶다고 수도 보내 달라고 그랬다?"

언니는 왜 아빠 허락도 안 받고 오냐고 그랬지.

"아빠가 그러면 안 된대. 언니한테 우리가 더 부담되면 안 된다고."

아빠는 딸이 상처받고 무너지는 모습을 지켜보며 그 떠나감이 당연하다고 생각했다. 아내가 새장 속 새처럼 사는 모습에 결국 보내 주었던 것처럼.

"언니가 더 많은 걸 책임지면 안 된다고 그랬어."

아직 그에게는 보호해 줘야 하는 아이기에.

"나도 이해하는데, 그래도 언니가 보고 싶었어."

그렇지만 다른 아이는 언니가 그리웠기에 역시 떠나왔다.

"언니."

루세는 다시 언니를 불렀다.

"우리가 언니에게 정말 짐이야?"

루세의 질문에 랑세는 루세를 안았던 팔을 풀었다. 어쩌면 처음 엄마를 두고 왔을 때, 집을 두고 왔을 때, 그 모든 게 짐이라고 생각했는지도 모른다. 지치고, 힘들어서 견딜 수 없었어.

그러나 거리를 두고, 시간을 두고 그곳을 돌아보았을 때, 짐은 아니었다. 아빠도, 루세도. 어쩌면 엄마도. 그냥 그건 상처였고, 상처를 도닥일 시간이 필요했으며, 더 상처 입지 않기 위해서 온 것뿐이었다.

그것은 지어야 할 짐과는 다른 말이다. 분명히. 엄마가, 사랑했음에도 전장을 향해 갔던 것처럼. 짐도, 상처도 아니었고 그저 꿈을 꾸었던 것처럼.

"아니. 말했잖아, 그런 건 아니라고."

그렇기에 랑세는 루세를 향해 똑바로 말했고, 루세는 빙그레 웃었다. 짐이 아니라는 말은, 무섭지만 언제나 착한 언니의 말은 자신을 아프게 하지 않기 위한 거짓말일지도 모른다. 그래

도, 눈을 똑바로 바라보며 언니와 마주 보고 말할 수 있는 순간
이 좋았기에 루세는 웃었다.

"믿어, 언니. 그러니까, 짐이 아니라면 편지 정도는 보내 줘."

루세는 언니를 다시 끌어안았다.

"나도, 아빠도 좋아할 거야. 특히 엄마가. 엄마가 더 힘을 낼
거야."

약은 녀석, 랑세의 입에서는 저도 모르게 그런 말이 튀어나
왔다. 어쩌면 이 짧은 말을 전하기 위해서 가출을 감행한 것일
지도 모른다. 그래 놓고는 다른 말 먼저 해서 편지를 안 보낼
수 없게 만들었다. 동생은, 사람을 좋아하고 늘 웃으며 누구와
도 금세 친해지는 동생은, 정말이지 훌쩍 커 있었다.

어찌 네가 짐일 수가 있을까. 이렇게 단단하게 자라 있는데.

"알았어. 연락할게."

그런 동생이 자랑스러워, 그 앞에서 부끄럽지 않기 위해 마
음을 다져 본다. 소식을, 보내자고. 조금 더 자주. 주소를 알려
주기 위해서가 아니라, 팔렝주의 보답이 아니라, 그저 소식을.

"고마워, 언니."

동생과 언니는 손을 붙들고 한동안 그 자리에 서로를 마주
보며 서 있었다.

"후두드, 후두드 종착 합승 마차 승객, 얼른 타세요!"

팔렝으로 가는 합승 마차가 출발한다는 말에 둘은 얼른 정신
을 차리고 마차 쪽으로 달려갔다. 두 손을 꼭 잡고.

"자, 얼른 타."

"응."

"마차 안에서 먹을 것도 좀 쌌고, 용돈도 좀 넣었으니까, 가져가."

랑세는 챙겨 온 보따리를 마차에 앉은 루세의 무릎에 얹어 줬다. 스테인도 곁으로 다가왔고, 그의 팔에 앉아 있던 아사캬의 독수리 메신저는 마차의 지붕 위에 올라앉았다.

"루세야, 마차 안에서 무슨 일이 있거들랑 지붕을 향해 비명을 지르렴."

루세가 뭐라 답하기도 전에, 말하는 새의 모습에 마차 안의 사람들이 꺄아꺄악 비명을 지르다가 마법사 옷을 입은 스테인의 모습에 진정했다. 아하, 마법이었구나.

"출발합니다!"

마차 문이 닫히고 합승 마차 정류소 직원이 환송 나온 사람들을 뒤로 물렸다. 창가에 앉은 루세가 손을 흔들었다.

"그럼, 갈게."

"응, 잘 가!"

"언니, 약속 지켜. 꼭 연락해야 해!"

"응!"

마차가 출발해 서서히 정류소를 빠져나가지만, 서로가 작은 점으로 보일 때까지 루세와 랑세는 손을 흔들었다. 떠났던 사람은 자신, 오늘 떠나는 사람은 너. 그래도 다시 만날 날이 너무도 당연히 고대되는 우리.

그러나 무엇인가 텅 빈 느낌에, 랑세는 작은 점조차 보이지 않아도 한동안 그 자리에 서 있었다.

"우십니까?"

갑작스러운 스테인의 말이 아니었다면 더 오랫동안 그 자리에 있었으리라. 랑세는 고개를 저었다.

"설마요."

"왜 설마입니까?"

"또 볼 수 있을 테니까요."

또 만날 수 있고, 또 볼 수 있고, 또 걱정되지 않을 만큼 동생은 부쩍 자라 있었으니까. 그러니까요.

"그래요……. 생각지도 못할 때 다시 만날 수 있는 게 사람이고 가족이라는 거니까요."

유순한 스테인의 대답에 랑세는 의외라는 듯 그를 바라보았다. 그런 랑세의 의문 어린 표정을 스테인은 가벼운 웃음으로 넘겼다. 더 무언가 말해 주지 않을 듯한 느낌에 랑세는 시선을 돌리다가 문득 스테인을 다시 돌아보았다. 뭔가 이 사람에게 물어볼 게 있었는데, 잊어버렸다. 뭐였지, 뭐였지.

말할 게 있었는데 까먹는 것만큼 사람을 답답하게 하는 것이 있을까. 랑세가 답답해서 가슴을 통통 칠 무렵, 스테인이 다시 입을 열었다.

"자, 가지요."

"아, 어, 네."

둘은 정류소를 떠나 걷기 시작했다.

"이제 한동안 아파트가 조용하겠네요."

"뭐, 한동안이겠지만요, 한동안."

루세가 머물렀던 짧은 기간 동안 랑세조차 머리가 어지러울 지경이었으니까, 마법사들은 더하겠지.

"또 무슨 일이 벌어지겠죠, 뭐."

거의 체념에 가까운 듯한 말에 스테인이 웃었다.

"일은 늘 벌어지기 마련이긴 합니다. 작은 일이든, 큰일이든."

"아예 안 벌어지길 바라는 마음뿐이에요."

"하하."

사소한 대화가 이어질 즈음, 저 멀리 해가 떠오르고 긴 그림 자가 두 사람 뒤로 졌다. 아침 그림자. 이제 이 그림자를 밟고 출근해야 하는구나. 또 하루가 이렇게 시작하네.

랑세는 잠시 뒤를 돌아보았다. 그림자도 없고 작은 점으로도 보이지 않는 너, 그리고 나. 이렇게 하루를 시작하고, 또 계속 이어지기를. 언젠가 다시 보기를.

랑세는 들리지 않을 소원을 읊조리며 다시 앞으로 걸었다. 해가 온전히 떠올라 거리를 비춘다.

거절해 주세요
·····················

"이거, 이거 좀 해요."

외무부 대민지원과의 실장이 서류를 던지며 성의 없이 한 말에 하흘은 네, 하고 답하며 한숨을 억지로 삼켰다.

보통 공관 순환 근무를 하는 마법사에게는 잡무가 배당된다. 가끔 오는 마법사에게 큰일을 시킬 수 있겠는가. 어떤 마법사는 잡무를 하는 자신이 비참하다고 투덜거렸지만, 하흘은 외려 그런 업무를 시키기 바랐다. 여기 이 대민지원과 실장은 마법사가 못 할 일을 시키고 마법사는 쓸모없다는 타박과 욕을 하기 때문이었다.

"이게 대체 뭘까."

그러게, 뭘까. '상신용 통계 정리 자료'라고 쓰여 있는 서류 뒤에 줄줄이 늘어져 있는 빈칸을 도통 이해할 수 없었다. 여기 직업 칸은 뭐고, 모국 칸은 뭐고, 비고란에 뭘 채워 넣어야 한단 말인가. 그냥 안 하고 욕먹을까, 하고 한숨을 내쉬지만 노동에 익숙해진 본능이 서류를 펴게 한다. 그리고 다시 한숨.

그때.

"저기, 하흘 씨……였죠?"

누군가 자신의 이름을 물어보는 소리가 들려 하흘은 고개를 번쩍 들었다. 하흘은 여기 온 이래로 이름을 들어 본 적이 없었다. 어이, 마법사, 이게 이곳에서의 이름이었는데.

"아, 예……. 저기, 왜 그러십니까?"

때문에 하흘은 조심스럽게 고개를 들었다. 조금 예쁘장한 여자 문관이 자신과 서류를 힐끗 보더니 주변을 조심스레 둘러보았다. 이름이, 뭐였더라. 대민지원과 민원 창구에서 일하는 걸로 알고 있는데. 그래서 지나가다 잠깐 본 게 다인 사람인데.

그녀는 힐끗 주변을 다시 한번 살펴보더니 고개를 숙이고 속삭이듯 말했다.

"그거, 그냥 보시면 이해 못 하실 거예요. 여기 7번, 11번, 15번 서류 있죠? 거기에 나라별로 정리한 거랑 연유별로 정리한 거, 난민 원직업별로 정리한 게 있어요. 그거 참조하셔서 여기 양식에 채우시면 돼요. 그리고 여기 특수 직업 분류표 보시고, 그 직업 가진 사람은 따로 별표로 표시해 두시면 돼요. 아예 다른 칸으로 빼놓으시거나요."

"네?"

"이거, 여기서부터는 13번이랑, 아, 어, 아아아, 여기 이 7번 서류 참조하시면 되니까, 이거 보고 하세요."

하흘은 문관의 말을 온전히 이해하지 못한 듯했다. 그녀는 작게 눈살을 찌푸리더니 주변을 둘러보았다. 그러더니 작은 종이에 지금까지 한 말을 짧게 적었다.

"랑세 씨, 회계과 아직 안 갔어요?"

그때 누군가가 여자를 부르고, 그녀는 네네, 가요, 하고 답을 하면서 쪽지를 하흘의 손에 쥐여 주고는 얼른 자리를 떴다.

하흘은 저이가 준 쪽지를 내려다보았다. 무슨 서류를 보라고? 그녀가 준 쪽지에 따라 서류를 뒤적거렸다.

"아……."

자기도 모르게 감탄이 튀어나왔다. 처음에는 저 사람이 자신을 괴롭히려고 거짓말을 한 것이 아닌가 싶었는데, 잘 살펴보니 그런 게 아니었다. 외려 이게 아니었으면 분명 업무를 다 끝내지 못하고, 자신을 포함한 마법사 전체가 욕을 먹었으리라. 하흘은 여자가 사라진 자리를 다시 가만히 바라보았다.

"랑세……."

이름이 랑세라 했지. 어디서 들어 본 듯한 이름인데.

이름보다 남는 것은 뒷모습의 잔상이었다.

"아, 이거 제대로 못……, 잘, 다 했네……?"

사실 하흘이 맡은 업무는 일 년에 고작 한두 달 일하는 순환 근무 마법사가 할 만한 일이 아니었다. 당연히 못 할 것을 기대하고 준 것이었다. 한 줄이나 제대로 쓰면 제 일이 줄어들 것이라고. 그래서 서류를 받자마자 타박할 준비를 하고 입을 열었는데, 흠잡을 곳이 없었다. 그러니 실장은 어물어물 할 말을 잊어버렸다. 시비를 걸고자 하면 얼마든지 걸 수도 있으나, 업무 이외의 것으로 시비를 걸 만큼 못돼 먹지 않은 성품도 한몫했고.

"아, 어…… 가, 가 봐."

실장은 붉어진 얼굴로 하흘에게 손짓했고 하흘은 씨익 웃으며 자리에서 벗어났다. 총총총, 마법사 옷의 소매를 휘날리면서. 퇴근 시간에 딱 맞춰 일이 끝났기에 하흘은 한층 더 기분이 붕붕 떠서 날듯이 공관을 뛰쳐나왔다.

"아……."

그러다 발걸음을 멈추었다. 아까 그 여자, 아니, 랑세가 퇴근을 하는지 공관의 다른 문관들과 손을 흔들며 인사를 하고 있었다. 그 모습에 하흘은 저도 모르게 기둥 뒤에 몸을 숨겼다.

업무의 마무리 이야기와 내일 보자는 이야기, 저녁 먹을래, 아니요, 집에 가서 먹을래요, 그런 인사가 조금 길게 늘어지자 랑세의 눈썹이 움찔거렸다. 지겹다는 뜻인 듯했다. 긴 인사를 끝내고 돌아서는 랑세의 입에서 작은 한숨이 나오고 있었다. 그 모습에 하흘은 가볍게 웃음이 났다. 그냥, 웃음이. 그리고 저도 모르게 소매 끝을 말아 쥐었다.

심장이 뛰었다.

하흘은 숨을 들이켰다. 그리고 기둥 뒤에서 나가 조심스럽게 랑세에게 다가갔다.

"저기, 실례합니다."

갑작스러운 목소리에 랑세는 깜짝 놀라 뒤를 돌아보았다.

"아, 하흘 씨."

낯설지 않은 얼굴에 랑세는 다소 안도하며 빙그레 웃었다. 그러면서도 배는 고파 발을 완전히 돌리지 않았다.

하흘은 그런 랑세 곁으로 자연스레 다가와 고개를 숙였다.

"아까는 감사했습니다."

"아, 다행이네요, 도움이 되었다니."

랑세는 안도의 웃음을 지었다. 와렌 이후로도 공관에 순환 근무를 오는 마법사는 있었다. 그때마다 자신이 도와줄 수 있는 한 작은 도움을 줬다. 여전히 상사 앞에서 이건 부당하다고 큰 소리를 낼 수 있는 힘과 용기는 없더라도, 작게나마, 작으나마.

"다음에 혹시 또 곤란한 일이 있으면 말씀하세요. 제가 할 수 있는 건 한정적이지만, 알고 있는 거면 말씀드릴게요."

이렇게 퇴근길에 자신에게 인사를 건네는 이도 있었고 수줍은 눈인사만 건네고 가는 경우도 있었다. 그래서 랑세는 여상하게 넘기고 다시 가던 길을 가려 했다. 애초에 문관들이 잘못한 걸로 생색내고 싶지 않기도 했고.

"저기, 랑세 씨."

그러나 하흘은 다시금 랑세를 불렀다. 랑세는 네, 하며 뒤돌아보았다. 하흘의 얼굴이 조금 붉다. 이거, 설마.

"아, 저기, 혹시 제가 보답으로 저녁 식사를 대접할 수 있겠습니까?"

아아악, 이거 그건가, 그거, 데이트 신청인가. 아니, 아니다. 일전에 타루의 시간 있냐는 말을 오해해서 얼굴 붉힌 적 있었지. 랑세는 조금 난감한 웃음을 지었다.

"별거 아니었는데요. 그, 저기, 다른 사람들이 괴롭히는 걸 막지도 못하는데 굳이 이런 걸로 생색내고 싶지 않아요."

랑세의 말에 하흘은 입술을 깨물며 으음, 하고 침음을 삼켰다. 그리고 조심스럽게 다시 입을 열었다.

"저도 제가 뭐 대단한 걸 사 드릴 수 있는 건 아니고, 그저 감사해서……."

"그, 하지만, 배도 별로 안 고프……."

꼬르륵.

순간 랑세의 배에서 눈치 없이 소리가 울렸다. 아이고, 이놈의 배는 왜 이러나. 얼굴이 달아올랐다.

그때 하흘이 작게 눈을 접어 미소 지었다.

"실은 제가 지금 배가 많이 고픈데 식당에 동행할 사람이 없어서 그럽니다. 조금 도와주실 수 있겠습니까?"

"……네."

랑세는 배를 원망하며 하흘 나름의 배려에 넘어가 결국 따라가고 말았다.

하흘과 함께 간 곳은 공관에서 멀지 않은 식당이었다. 내부는 깨끗하고, 사람이 많지는 않았으나 그렇다고 아예 없지도 않았다. 메뉴판을 보니 아주 비싸지도 않고 아주 싸지도 않은 가격. 즉, 얻어먹는 사람이 부담을 느끼지도 않고, 사 주면서 욕을 먹지도 않을.

"뭐 못 드시는 것 있습니까?"

"아니요. 여기는 뭐가 맛있나요?"

"제일 좋아하는 식재료나 맛을 말씀하시면 한번 골라 보겠습니다."

하흘은 랑세가 몇 가지 취향을 이야기하자 알아서 착착 메뉴판에서 몇 개를 골라 내밀었다. 랑세는 그중 맛있고 가격도 적당해 보이는 음식을 골랐다. 곧 점원이 와서 주문을 받아 갔다.

이 물 흐르는 듯한 막힘없는 대화에 랑세는 조금, 아니, 사실은 대단히 크게 놀라고 말았다. 이 사람, 마법사 아닌 거 아니야?

그러나 통 넓은 소매, 그리고.

"여기는 재료를, 소금과 후추 그리고 기타 식재료를 항시 정량을 맞추는데 그게 정확하고, 고전 기록에 남아 있는⋯⋯."

간간이 드러나는 화법을 보면 분명히 마법사가 맞았다.

"한번 드셔 보세요."

"아, 네. 잘 먹겠습니다."

하고 한 숟가락 떠먹어 보니, 정말 맛있었다. 랑세의 눈이 동그랗게 떠지며 낯에 감탄이 어리자 하흘은 빙그레 웃었다.

"입맛에는 맞으십니까?"

"아, 예. 정말 맛있네요."

랑세가 격하게 끄덕이자 하흘은 미소 지었다. 선하게 생긴 인상이 볼을 붉히며 웃자 랑세는 직감했다. 트, 틀린 게 아니야. 이번에는 정말 맞아. 왜 그러는 거지, 왜 그럴까. 아, 설마 오늘 도와준 것 때문에 그러나.

그런 사람이 있다고 들었다. 업무 중에 단순히 인간적인 호의나 다른 이유 때문에 도와준 것뿐인데, 자신에게 연애 감정 혹은 그에 준하는 호감이 있다고 착각하는 사람이 있다고. 이 사람도 그런 게 아닌가 싶었다.

랑세는 난감해졌다. 자신은 절대 그런 게 아니니 이 사람이 혹 그런 마음이라면 착각하게 내버려 둘 수 없었다.

"사실 제가 마법사 아파트에 살고 있거든요. 문관 아파트는 재개발 공사 중이라 자리가 없어서. 그래서 하흘 씨 보고 아파트 이웃 같다는 생각이 들어 작은 조언을 드렸을 뿐인데 이렇게 맛있는 걸 대접받게 될 줄 몰랐네요. 정말 감사합니다."

랑세의 이성은 마법사를 상대하려면, 당신에게 연애적 호감은 없으니 착각은 그만두시오라고 말해야 한다는 것을 알고 있으나, 문관적 감수성 및 경험을 비롯하여 예절과 기타 등등의 사항이 입에서 저런 말이 튀어나오게 했다. 눈치라고는 개한테 던져 준 마법사가 이 말을 알아들을 수 있을까 싶었지만, 어쩌겠는가. 이미 뱉은 말.

"아, 들은 적 있습니다."

"예?"

"랑세 씨가 마법사 아파트에 살고 있다는 것 말입니다."

그러나 하흘에게서 나온 건 의외의 말이었다.

"마법사 사이에서는 꽤 알려져 있습니다. 마법사 아파트에 적응을 잘하고 계시는 문관분이 있다는 이야기는요. 일전에 자치 재판에 잠시 언급이 되어서 더 잘 알려졌습니다."

"재판요?"

랑세가 눈을 크게 뜨자 하흘의 눈이 더 크게 떠졌다.

"모르셨습니까? 생물계 마법사 하나가 자치 윤리 규정을 어겨서 재판에 올랐는데, 그때 관련자 성함으로 랑세 씨가 올랐다는 걸 말입니다. 리엔 수석님이 독신 아파트 8동에 사시는 걸로 알고 있는데……."

리엔이라는 말에 랑세는 아아, 하고 떠오른 게 있었다. 아마도 그때, '얘'를 버린 마법사를 재판에 올렸다는 걸. 그래서 제 이름이 예민한 사람들 사이에서 떠돌았다는 걸. 얘는 떠나보냈고, 마법사의 일은 마법사의 일인지라 기억에 묻어 두었는데.

"아, 어, 알 것 같아요. 그렇군요……."

"그래서 랑세 씨가 아무것도 못하는 저를 도와주셨구나, 하고 생각했습니다."

당황하는 랑세 앞에서 하흘은 일단 하고 싶은 말을 이었다. 업무를 처리하면서 랑세의 이름을 어디서 들었나 한참을 생각했고, 일전의 그 재판이 떠올랐다. 그 뒤 여러 가지 사항이 뒤따라 떠올랐고.

"네……."

랑세는 일단 하흘이 자신의 도움이 연애적 호감에 기인하지 않았다는 걸 알고 있다는 말에 안도했다. 거기에 자기 말을 곧

장 알아들은 것도.

마법사들 사이에서 여러모로 알려졌다는 말에 당황하긴 했지만, 곰곰이 생각해 보니 마법사와 어울려 다니면서 동네방네 사고 친 게 어디 한두 건이었는가. 알려질 만하다는 생각이 들어 그 점 또한 곧 안심했다. 하다못해 웃뭉난 사건도 있었고.

움찔, 랑세는 다시 움찔했다. 자신에게 익숙하게 작업을 거는 이 마법사도 혹시 웃뭉난 같은 사람인가, 설마?

"아, 이것도 한번 맛보시겠습니까?"

하흘은 자신을 바라보는 랑세를 무어라 오해했는지 제가 시킨 음식의 깨끗한 부분을 잘라 랑세의 접시에 올려놓았다.

설마, 아니겠지. 웃뭉난은 보자마자 손에 입을 맞추지 않나, 이상한 접촉을 시도했었는데. 아니, 웃뭉난은 일단 잘생긴 미소로 사람을 무장 해제시키기도 했었지.

랑세는 어렵게 한숨을 삼켰다. 폭력의 상흔이란 이런 식이다. 한 번 맞았던 사람은 누군가 주먹을 올리기만 해도 몸을 굳히게 된다. 그 주먹 속에 예쁜 꽃이 숨겨져 있다고 하더라도.

미미하게 눈살이 찌푸려졌다. 그러고 싶지는 않은데, 그렇게 되어 버린 걸 어떻게 하나. 웃뭉난이 나쁜 놈인 탓이지. 랑세는 가능한 한 하흘에게 티 내지 않으려 애쓰면서도 약간의 경계심을 세워 식사를 계속했다.

"잘 먹었습니다."

식사 시간은 오래 걸리지 않았다. 그래서 나쁘지 않았다. 작은 선의에 감사하는 식사 대접에 딱 알맞은 시간. 마법사의 화법이 섞여 있긴 했지만 그래도 작게 웃으며 답할 수 있는 다양한 대화.

"제가 아파트까지 모셔다드려도 될까요? 가을 해라 일찍 저무네요."

그래서 하흘의 말에 쉽게 고개를 끄덕였는지 모르겠다.

돌아오는 길 내내 이어진 대화는 와렌과의 대화 같기도 했고, 아미아나 스테인, 또는 타루와의 대화 같기도 했다. 불편하지 않게 아파트 앞까지 도착했다.

"아, 도착했네요."

아파트 앞에서 하흘은 낡은 건물을 신기한 듯 잠시 훑어보다가 고개를 끄덕였다.

"오늘 감사했습니다."

"아, 저야말로 맛있게 먹었어요."

랑세가 적당히 인사하고 안으로 들어가려 할 때.

"저기, 랑세 씨."

하흘이 진지한 얼굴로 랑세를 붙들었다.

"네?"

"저는 내일로 공관 순환 근무가 마지막입니다."

"아, 그렇군요."

"혹시 괜찮으시다면, 저와 나중에 만날 시간을 따로 내주실 수 있을까요?"

헉, 랑세는 순간 숨이 차올랐다. 진짜야? 그래도 혹시나 싶은 마음에 조심스럽게 이유를 물었다.

하흘이 가만히 미소 지으며 말했다.

"제가 랑세 씨에게 반했습니다. 저를 알아보실 시간을 내주실 수 있을까요?"

"우와왁!"

단언컨대, 랑세가 내지른 비명이 아니었다. 우당탕, 퉁당, 아파트 입구에서 마법사들이 비명을 지르며 굴러 나왔다. 그들은 얼빠진 얼굴로 하흘과 랑세를 바라보았다. 물론 랑세는 뒷목을 잡았다.

"하하……. 아니, 하이란이 네가 웬 마법사랑 식당에서 만난다는 걸 듣고 걱정이 되어서……. 거기에 같이 왔기에 무슨 일인가 했지."

그리고 문 앞에서 듣다가 사람이 많아서 이렇게 밀리는 바람에, 어쩌고저쩌고 주절주절. 변명하는 사람이 무즈가 아니었다면 걱정이라는 말에 신뢰가 갔겠지.

랑세가 문 앞에서 어쩔 줄 몰라 하면서도 호기심 가득한 눈을 한 마법사들을 향해 이를 드러내며 소리라도 치려는 순간.

"적당히들 하고 들어가."

케일이 나타나 바닥에 깔린 마법사들을 향해 나직하게 한마디 했다. 아이고, 그러셔요, 그러실 거면 진작 말리셨어야죠. 랑세가 속으로 그리 이죽거렸다.

"아, 오랜만입니다, 케일 씨. 이 아파트에 사셨군요."

그때 하흘이 케일에게 인사했고, 케일은 고개를 가볍게 끄덕였다. 뭐야, 둘이 아는 사이였어? 랑세는 하흘 한 번, 케일 한

번 바라보았다.

"제대로 인사드리고 싶지만, 지금 적당한 때가 아니니 차후에 드리겠습니다."

"그래. 일 봐라."

하흘의 예의 바른 인사를 케일은 적당히 받아넘기고 손을 휘저었다. 곧 쾅, 하는 소리와 함께 케일의 마법으로 문이 닫혔다. 아우, 왜 그래요, 선배도 궁금하잖아요, 너도 궁금하잖아, 하는 마법사들의 항의 소리가 문 너머로 들리고, 랑세는 긴 한숨을 내쉬었다.

"뭐, 제 잘못은 아니지만, 제가 다 부끄럽네요."

랑세의 말에 하흘은 빙그레 웃었다.

"다들 랑세 씨를 걱정하는 게 아니겠습니까."

하며 하흘은 입구에서 조금 떨어진 곳을 가리켰다. 윽, 저기에세랑 타루랑 키스한 곳 아니야? 아니, 그런 의도는 아니겠지만. 에세와 타루가 이야기를 하기 위해 저쪽으로 갔던 이유는 자신들과 크게 다르지 않으리라.

까만 나무 그림자 아래서 하흘은 잠시 침묵을 지키다가 조심스레 입을 열었다.

"아까 한 이야기입니다만."

"아, 네."

"제가 랑세 씨에게 반했더라도 일방적인 것 아니겠습니까. 랑세 씨에게 저라는 사람을 보여 드릴 기회를 주시면 좋겠습니다. 그리고 괜찮다고 판단하시면 좋은 감정을 가지고 계속 만났으면 좋겠습니다."

"아, 음."

"당장에 결정 내리기 어려우시겠지요. 내일이 마지막 날이니 그때 답을 주실 수 있으시겠는지요?"

거절하더라도 근무 마지막 날, 그러면 민망하게 직장에서 계속 마주치는 일은 없으리라. 랑세는 어쩐지 하흘의 눈을 볼 수가 없어서 시선을 살짝 비끼고 고개를 끄덕였다. 하흘은 빙그레 웃으며 고개를 살짝 숙여 밤 인사를 하고 깨끗하게 물러나 아파트를 떠났다.

그가 가고도 랑세는 어쩐지 뭔가 대단히 부끄러워져 한동안 그 자리에 서 있다가 아파트로 돌아왔다. 물론 랑세를 맞이한 것은 입구를 켜켜이 둘러싼 마법사들이었다.

"뭐야? 둘이 사귀기로 했어?"

그중 아미아가 한마디 하자 랑세는 있는 힘껏 얼굴을 일그러뜨렸다.

"그런 거 아니에요. 그리고 다들 이게 뭐 하는 짓이에요?"

"뭐긴. 망하길 비는 거지."

"뭐요?"

"남의 망한 연애 보는 게 얼마나 재밌는데."

하며 아미아가 심술궂게 웃자, 랑세는 더 뭐라 할 기운도 없어 한숨만 내쉬며 고개를 저었다. 내기다, 하흘이 망하는 데 5에시르, 3에시르, 하고 외치는 마법사들을 뒤로하고 랑세는 방으로 올라갔다.

침대에 누워 갓 뒤집기를 배운 아기처럼 몸을 뒤척거리며 이런저런 생각을 해 보지만, 어찌해야 할 바를 몰랐다. 딱히 설레거나 하지는 않지만 하흘은 좋은 사람 같기도 하고, 연애도 아닌 연애 전에 알아보는 단계이니 예라고 답해도 될 것 같기도 하고. 아니, 그런데 연애할 것도 아니면 굳이 그럴 필요가 있나 싶기도 하고. 그리고 좋은 사람인 줄 어찌 확신하나.

"어으으."

랑세는 베개에 얼굴을 박고 어찌할 바 몰라 바둥거리다가 벌떡 일어났다. 그리고 방을 다시 나섰다.

마법사들의 소란은 진작 끝났는지, 아니면 랑세의 고민이 길었는지, 밤 깊은 아파트는 고요했다. 터덜터덜, 랑세는 0층을 향해 내려가다 관리사무실 근처에서 멈췄다. 웬일로 케일은 책을 읽지 않고 팔짱을 낀 채 눈을 감고 있었다. 어, 자는 건가 싶어서 발걸음을 돌리려 하는데.

"왜?"

케일이 눈을 뜨고 물었다.

아, 랑세는 주춤 걸음을 멈추고 그 자리에서 조심스레 입을 열었다.

"저기……, 주무시는 거였으면 죄송해요."

"자는 거 아니었다."

"그……, 잠깐 시간 내주실 수 있을까요? 여쭤볼 게 있어서요."

랑세의 말이 의외였는지 케일은 눈썹을 살짝 들어 올렸다가 관리사무실 문을 열어 줬고, 랑세는 케일의 맞은편에 앉았다.

처음 와서 서류에 사인했던 그 자리. 아미아와 소란을 피우다가 혼났던 그 자리. 많은 일이 있던 그 자리.

"그, 하흘 씨랑 아는 사이셨어요?"

랑세의 질문에 케일은 잠시 눈썹을 까닥였다.

"아버지 친구분의 아들이다. 집안끼리 교류가 있었지."

"아, 어, 그럼 그 집도 귀족 집안인가요?"

"아니. 대상단주의 차남인가 삼남인가 그랬다."

"아……."

배경을 듣고 나니 그 얼굴에 부티가 났나, 하는 생각이 들었다. 잘생겼다고 말하기는 어렵지만 호인 같은, 보고 나면 기분 좋아지는 얼굴이기는 하다. 물론 외양도 중요하다만.

"그럼…… 그 사람에 대해 잘 아시겠네요. 괜찮은 사람인가요?"

"괜찮은? 무슨 뜻이지?"

케일의 말에 랑세는 허벅지 위에 올린 주먹을 살그머니 쥐었다.

"그, 으음, 웃뭉난 같은 사람은 아닌가 해서……."

아, 하고 케일의 입에서 탄식 같은 소리가 작게 튀어나왔다. 톡, 토톡, 케일은 생각에 잠긴 채 손끝으로 한참 책상을 두드렸다. 그의 생각이 길어지자 랑세는 초조해졌다. 멀끔한 얼굴 뒤에 나쁜 본성이 숨어 있었던가.

"……모른다."

한참 만에 나온 말에 랑세는 고개를 번쩍 들었다. 그러나 말과는 달리 케일은 작게 미소 짓고 있었다.

"그건 아무도 모르는 일이다, 랑세. 우스무우눈도 너에게 개새, 아니, 나쁜 놈이었지만, 그 가족에게는 더없이 좋은 사람이겠지."

"아."

"하흘이 너에게 좋은 놈일지 나쁜 놈일지, 나는 모르는 일이다."

정론이지만 그다지 듣고 싶은 말이 아니어서 그런지 랑세는 작게 한숨을 내쉬었다. 케일과 랑세 사이에는 잠시 침묵이 오갔다. 케일은 가만히 랑세를 바라보다 입을 열었다.

"적어도 나쁜 소문을 들은 적은 없다. 원한다면 아버지께 여쭈어볼 수도 있다."

"아, 아니요, 아니요. 그런 거까지 바라지는 않고요, 그냥. 어, 그냥……."

"사귀는 쪽으로 마음이 기울었나?"

"아니, 아까 들으셨잖아요. 사귀기 전에 알아보는 시간을 가져 보자고……."

"그게 정식으로 교제해 보는 것과 큰 차이가 있나?"

어, 없나요, 하는 말이 랑세의 입에서 자신 없게 튀어나오자 케일은 짧게 웃었다. 랑세는 무언가 억울한 마음이 들어서 입술을 삐죽였다.

차마 케일에게는 말하지 못했으나 그래도 정식으로 교제하면 좀 몸으로도 이것저것 하게 되는 사이 아닌가, 그것만 해도

큰 차이 아닌가 해서. 물론 다 책과 이웃 언니들에게서 배운 이
야기지만.

"팔렝에서 특별히 좋아하는 사람이 없었나 보군."

"그게요, 저를 좋아하는 애가 있긴 했는데요, 전 걔가 너무
무례해서 싫었어요. 그런 거 몇 번 빼면……."

랑세는 자기 자랑인가 싶어 입을 다물었고, 케일은 못 들은
척 더 말을 재촉하지 않았다. 대신 다른 말을 꺼냈다.

"여러 가지 장단점이 있을 테니 잘 생각해 봐라. 물론 굳
이……."

"굳이?"

케일이 그답지 않게 말끝을 흐리자, 랑세는 말을 재촉했다.
케일은 그런 랑세를 바라보다가.

"별 마음 없는데 시간 낭비할 필요는 없을 것 같지만."

하고 별말 아니었다는 듯 툭 한마디 던지고 책을 폈다.

랑세는 그런 그의 모습에 잠시 생각에 잠겼다가 눈을 동그랗
게 떴다.

"혹시 케일 씨도 돈 거셨어요? 저 망하는 데?"

"50에시르."

"야이씨."

진짜 이 아파트에 믿을 놈 하나도 없다. 많이도 걸었네. 랑세
는 그것을 넘어 마음 어딘가에서 알 수 없는 가시가 삐죽삐죽
돋아 벌떡 일어났다. 벌컥, 문을 열고 밤 인사도 건네지 않고
관리사무실을 나서는 랑세의 뒷모습에 케일이 한마디 던졌다.

"네가 아니라 하흘이 망하는 데."

랑세는 그 말에 소리를 빽 질렀다.

"그게 무슨 차이가 있는데요!"

그리고 답도 듣지 않고 쿵쾅거리며 계단을 올라가 버렸다. 책에서 눈을 떼지 않던 케일은 그곳에 랑세의 어떤 흔적도 남지 않았을 때 즈음에야 눈을 계단 쪽으로 돌렸다. 사람이 지나가지 않아 새까맣기만 한 계단에는 침묵만이 흐르고, 케일은 가만히 다시 책으로 시선을 돌렸다.

"랑세 씨, 오늘 왜 이렇게 허둥거려?"

"아, 어, 죄송합니다."

"집에 무슨 일이라도 있어?"

"그렇지 않아요. 주의하겠습니다. 죄송합니다."

민원실 선배 직원의 말에 랑세는 냉큼 사과했다. 자신도 느끼긴 했다. 오늘 계속 집중을 못 한다고. 벌써 세 번째로 서류의 순서가 바뀌었고, 민원인에게도 자꾸 실수했다. 랑세는 눈을 잠시 감았다가 부릅뜨고 후, 하고 짧게 한숨을 쉬었다. 그게 뭐 별일이라고 이렇게 심란한지. 집중하자, 집중.

딴생각이 들지 않게 이를 악물고 오후 시간을 보냈다. 다른 생각이 들 만하면 이를 물고 집중하고, 그러다 힘 풀리면 또 다른 생각이 들 것 같아서 또 이를 물고 하다 보니 오후 근무 시간은 오래지 않아서 끝났다.

"랑세 씨."

외무부 공관 앞에는 미소는 짓고 있지만 긴장이 역력하게 깔린 얼굴의 하흘이 랑세를 기다리고 있었다. 둘은 말없이 조금 걸었다. 공관의 아는 사람을 쉬이 마주치지 않을 길에 들어서야 둘은 멈추었다.

랑세는 가만히 그를 보다가 다시 숨을 짧게 들이켰다.

"대답, 할게요."

"네."

"그, 일단 저도 알아보고 싶어요. 하흘 씨를요."

랑세의 답에 하흘은 입술을 깨물었다. 뭔가 크게 웃음을 터트리고 싶은데, 환하게 미소 짓고 싶은데, 그러면 안 될 것 같아 억지로 참아 내는 듯한 그런 얼굴이었다. 랑세는 그런 얼굴을 빤히 보고 있자니 괜히 부끄러워져 고개를 돌려 시선을 피했다.

"하하……."

하흘이 결국은 작으나마 웃음을 토해 냈다. 그 웃음에는 약간의 떨림이 묻어 나왔다.

"허락, 안 해 주실지도 몰라 많이 긴장했습니다. 감사합니다, 랑세 씨."

말을 잇는 목소리에도.

이번에는 랑세가 입술을 깨물었다. 하흘과는 다른 의미로. 이 사람, 그냥 만나만 보는 건데 너무 긴장하는 건 아닌가 하고. 그렇게나 기대를 많이 걸고 있는 게 아닐까 하고.

"그냥…… 만나만 보는 건데요."

그래서 랑세는 결국 너무 부담 가지지 말라고, 아니, 정확히는 자신에게 부담을 지우지 말라고 한마디 했고, 그 소리에 하흘의 얼굴에서 미소가 가셨다.

하흘은 무슨 말을 할 듯 입을 살짝 열었다가 그냥 닫고 고개를 끄덕였다. 미소도 다시 돌아왔다. 그저 쓴 미소라고 하더라도. 그 얼굴에 랑세의 마음은 더 무거워졌다. 그는 잠시 숨을 고르더니 그래도 부드러운 목소리로 말을 이었다.

"알겠습니다, 랑세 씨. 그럼 이번 공관 휴일 때 뵐 수 있을까요?"

"아, 네."

"점심 전에 아파트로 모시러 가겠습니다."

"아, 네."

"그럼……."

미묘하게 어색한 기운을 남기고 하흘은 물러섰고, 랑세는 그의 뒷모습을 어쩐지 보기 싫어 제가 먼저 몸을 돌려 아파트 쪽으로 향했다. 뒤에서 어떤 사람의 시선이 느껴졌지만, 랑세는 뒤돌아보지 않았다.

"어떻게 되었어?"

문 앞에서 호기심 가득한 마법사들의 마중을 받기 전까지.

공관에서 떠나온 지는 이미 한참이건만 랑세는 저도 모르게 뒤돌아보았다. 어째, 이걸 어째, 딴생각하다가 미처 생각하지

못했구나. 애들이 지금도 이 모양인데 휴일에 데리러 온다고
하면 더 난리 날 텐데.

랑세는 어물어물 답을 안 하고 지나가려 했지만, 내기에 눈
돌아간 마법사들이 결과를 듣고자 안달을 했다.

"랑세 양, 어찌 되었어?"

심지어 리엔까지도 흥미진진한 눈으로 바라본다. 하기야, 이
상황이 즐거운 사람 중에 리엔 님이 빠질 수는 없겠지.

랑세는 체념 어린 한숨을 내쉬었다. 이러거나 말거나 결국
알려질 걸, 매도 먼저 맞아 버리자고. 매를 아예 안 맞는 게 제
일 좋은 것이다만, 답이 없다.

"일단…… 만나는 보기로 했어요."

으악, 꺄악, 히이익, 마법사들의 비명이 들려왔다. 뭐야, 내
기 결과 때문인가. 그때 아미아가 비명처럼 소리를 질렀다.

"잠깐, 아직 희망이 있어. 만나만 보는 거잖아! 사귀는 게 아
니고!"

으악, 꺄악, 히이익, 마법사들의 비명이 또 들려왔다. 에이
씨, 저놈들 생각을 어떻게 읽어. 랑세는 휘적휘적, 귀찮은 사
람들을 대충 떼어 내고 부엌으로 들어갔다. 온종일 긴장하느라
점심도 먹는 둥 마는 둥 했더니 적잖이 배고프고 피곤했다.

"랑세 씨……."

"아, 안녕하세요."

부엌에는 와렌이 늘 있던 자리에 앉아 있었다. 그 옆에는 역
시 무즈가 자리하고 있었고. 랑세는 며칠 전에 만들어 놨던 엄

마표 특제 수프를 화덕에 올리고 와렌 앞에 가서 앉았다.

"저기, 랑세 씨……."

"네?"

"그, 나가신 일은 어떻게 되셨는지……."

조심스레 묻는 말에 랑세는 한숨을 내쉬었다. 여기저기 난리다, 난리.

"일단 만나 보기로 했어요."

"아……."

"와!"

와렌과 무즈의 상반된 반응에 랑세가 코웃음을 쳤다.

"왜요? 와렌 씨도 돈 거셨어요?"

"아, 음……."

와렌은 주저주저하며 말을 잇지 않았지만, 빤했다. 안 걸었으면 그 작은 주먹 꼭 쥐고 안 걸었다고 버럭 외쳤겠지.

랑세는 이제 짜증과 체념의 단계를 넘어 우습기까지 했다. 자기 연애 향방이 뭐라고. 하긴 이게 별거라서 이놈들이 내기를 걸었겠는가. 그냥 심심해서겠지. 피할 수 없으면 즐기라고 했던가. 어쩐지 저 올망졸망한 눈을 놀리고 싶다는 심술궂은 마음이 톡 튀어나왔다.

"왜 제 연애가 망하길 비는 건데요?"

"아, 아니, 아니, 그런 건 아니고요."

와렌의 동그란 눈에 눈물이 고이자 랑세는 적잖이 당황했다. 어, 이게 아닌데. 너무 빈정거림 같았나. 남 놀리는 것도 해 본

놈이 하는 거구나.

"그, 그냥 랑세 씨에겐 더 멋지고 좋은 사람이 어울릴 것 같아서요."

아이고, 이건 또 뭐래.

"아니 뭐, 하흘 씨가 어떤 사람인지조차 몰라서 그냥 만나 보는 건데요."

랑세가 허둥지둥 하는 말에 와렌은 축 처져 중얼거렸다.

"그렇게 옹호하실 만한 분이라면……. 그냥 저는 랑세 씨가 행복하시면 그걸로 돼요."

어어억, 차라리 그냥 왕창 망하는 꼴 보고 웃고 싶다가 낫지, 저런 진지한 반응은 견디기 힘들어요. 랑세는 어찌할 바 모르고, 와렌의 고개가 거의 식탁을 박을 때 즈음 되자 무즈가 손을 번쩍 들었다.

"나도 네가 행복했으면 좋겠다 싶어서 된다는 쪽에 걸었어!"

"아, 네."

랑세는 시큰둥하게 답하며 들떠 있는 무즈를 실눈으로 보았다. 처음으로 된다는 쪽에 건 사람을 보게 되었지만 왜 이리 기분이 더러울까. 무즈가 아니었다면 이런 기분이 아니었을까.

착잡하게 분위기가 가라앉은 식탁에 마침 타루가 다가왔다.

"연애라는 건 좋은 겁니다. 세상이 달리 보이거든요."

여전히 에세와 잘 지내고 있는 타루의 한마디에 랑세의 눈이 동그랗게 떠졌다. 무즈도 아니겠다, 처음으로 경험자의 긍정적인 답을 들은 것에. 그래 봤자 내기를 걸어서겠지만.

"오, 타루 씨도 된다는 쪽에 걸었나 봐요."

"아, 네. 그보다는 랑세 양의 행복을 비는 마음이라서요."

그런데 왜 그렇게 시선을 피하면서 찜찜하게 답하시는 거죠?

"청춘은 좋은 거야."

랑세가 부엌에 있어서 그런 거였을까, 입구에 있던 인간들이 하나둘 들어오며 수군수군 소란을 얹는다. 리엔의 말에 랑세는 피식 웃었다. 이제 진짜 짜증이 아니라 웃기기만 한 것을 보니 이 아파트에 적응한 듯하다.

"리엔 님도 된다는 쪽에 거셨나 봐요."

"호호, 당연하지."

리엔은 의자를 빼고 앉아 먼 곳을 바라보며 어떤 그리움을 더듬듯 말했다.

"젊어서만 연애할 수 있는 것은 아닌데 말이야. 나이 들어서 이것저것 재 보고 많은 생각을 하면서 사귀는 것과 젊었을 때의 순수한 설렘은 너무 다르거든. 랑세 양은 실컷 즐기렴."

어, 음. 랑세는 말을 삼켰다. 하흘의 정중하고 부드러운 태도가 기껍고 때로는 부끄럽기는 했지만, 과연 설렜던가.

리엔은 랑세의 묘한 태도에 그녀가 무슨 생각을 하는지 금세 눈치챈 듯 빙그레 웃으며 랑세의 어깨를 토닥였다.

"꼭 설레지 않아도 잠깐 경험 삼아 누군가 새로운 사람을 만나 보는 것도 좋아. 생각해 보렴. 매일같이 같은 사람을 만나 이야기하고 관계를 쌓아 가는 것도 중요하지만, 완전히 다른 생각을 가지고 사는 사람과 다른 이야기를 하는 것도 재밌는 일이야."

"하지만 하흘 씨도 마법사인걸요."

"어머, 랑세 양."

리엔이 의외라는 듯 눈을 동그랗게 뜨자 랑세는 금세 제 실수를 알아차리고 얼른 다른 말을 꺼냈다.

"그렇죠. 그냥 다 다른 사람이긴 하죠."

아직은 커 가는 나이, 더 나이 든 사람의 이야기는 일단 아니라고 답하고 싶은, 그보다는 이 상황이 답답해서 나온 말이었기에. 와렌과 아미아가 다르듯, 아미아와 케일이 다르듯, 케일이 스테인과 다르듯, 마법사적 어떤 특성이 있더라도 서로가 몹시 다른 사람들.

"그렇게 새로운 경험이 좋은 거라면 선배님께서도 지난번 그분과 사귀시지 그러셨습니까."

그때 어딘가 꽤 피곤한 낯의 스테인이 불쑥 나타나 한마디 툭 던지자 리엔이 눈을 크게 떴다.

"누구? 나 좋다고 따라다니는 사람이 한두 사람이었니?"

"이를테면 재작년에 매일 창문 아래서 연가를 부르시던 분 말입니다."

스테인의 말에 모두가 썩은 음식을 맛본 얼굴을 했다. 랑세도 포함해서. 순간 심장이 덜컥덜컥했다. 하흘도 설마 그런 짓을 하는 건 아니겠지.

"결국 선배님께서 수계 마법 사용하셔서 쫓아내지 않으셨습니까."

"어머, 얘. 내가 싫다고 분명히 말했는데도 책에서 봤다고 그 짓 하는데, 확실하게 보여 줘야지."

얼마나 난리가 났을까. 생각만 해도 가슴이 답답해졌다.

그때, 타루가 부끄러운 듯 조심스레 끼어들었다.

"그래도 선배님께서 보여 주시지 않았으면 같은 짓을 에세에 게 할 뻔했습니다. 책에서 봤을 때는 정말 낭만적일 것 같았거 든요."

"노래를 가객처럼 정말 잘하거나 배우처럼 정말 잘생겼으면, 아니, 그렇게 잘생겼어도 성공 확률은 낮아. 조심하렴, 호호."

랑세는 고개를 끄덕였다. 과연 마법사들에게 존경받는 분다 웠다. 그러거나 말거나 스테인은 이미 주제에서 한참을 지나온 말꼬리를 붙들어 제자리에 내려놓는다.

"결국 좋은 사람은 좋고 싫은 사람은 싫다는 거 아닙니까. 괜 히 경험이라는 말로 포장하지 마시지요."

"어머, 얘는 아까부터 자꾸 짜증이야."

리엔이 툴툴거리자 랑세는 다시 한번 끄덕였다. 저 사람.

"스테인 씨는 망하는 데 걸었죠?"

"그럼요."

"당당하게도 말씀하시네요."

스테인은 짧게 웃었다.

"제가 남들 잘되는 일을 곱게 보겠습니까."

세상이 밉다더니 남의 연애 사업도 망하길 빈다, 이거군요. 랑세는 더 입씨름할 기운도 없었기에 한숨만 푹 내쉬었다.

"그럼 하흘 씨와 어디 한번 잘 만나 보십시오. 전 일이 있어서 이만."

하고 스테인은 휘적거리며 가 버렸다.

이러거나 저러거나, 하흘과 어떻게 되든 아파트 사람들이 다 알겠지, 뭐. 에휴. 랑세는 다시 한번 한숨을 내쉬었다.

휴일, 랑세는 전날 밤에 골라 둔 옷으로 갈아입었다. 뭔가 하흘에게 큰 설렘은 없지만, 그래도 제 입으로 만나겠다고 했는데 성의껏 상대해야 할 것 같아 나름 고르고 고른 옷이었다. 공관 행사 때 입을 만큼 화려하지는 않지만, 그래도 어려운 사람 상대할 때 입으면 좋을 것 같은 기본적인 구성으로, 상경해서 얼마 되지 않아 주변의 충고로 나름 장만해 뒀던 옷이었다.

"좋아, 가자."

랑세는 마지막으로 어깨에 묻은 실밥을 털어 내고 크게 숨을 들이켠 후 0층으로 내려왔다. 아파트는 분명 조용했지만, 어디선가 속속 시선이 느껴지고 있었다. 마치 숲에 사냥 온 인간들이 야생 동물을 조용히 관찰하듯이. 오늘의 사냥감은 물론 랑세와 하흘.

어디선가 들려오는 듯한 음산한 웃음에 랑세는 자기도 모르게 무릎을 살짝 구부리고 튀어 나갈 준비를 하다가 흠칫해서 자세를 바로 했다.

차분하게, 차분하게. 아무렇지도 않은 척. 분명히 전에도 그랬듯이 이놈들 중 한두 놈은 따라오리라. 지금처럼 자꾸 예민하게 굴면 정작 알아보기로 한 하흘이 아니라 그놈들에게 신경이 갈 거야.

랑세는 심호흡을 하며 하흘을 기다렸다.

그리고.

"아."

아파트 앞에 마차 한 대가 도착했다. 심지어 영업 마차 따위가 아니라, 개인 마차였다.

곧이어 마차 문이 열리고 거기서 하흘이 내려왔다. 심지어 비마법사 옷을 입은.

"랑세 씨, 안녕하십니까? 오래 기다리셨습니까?"

하고 하흘이 손을 내민다. 순간 가슴이 설렜다. 마차를 타고 온 하흘이 너무나도 지혜롭고 똑똑해 보여서. 랑세는 환하게 미소 지었다.

"아니요, 저도 방금 내려왔는걸요."

"다행입니다. 타시죠. 오늘 즐거워하실 만한 곳을 몇 곳 골라 봤습니다."

랑세는 생글생글 웃으며 마차에 올랐다. 탁, 마차 문이 닫히고 떠날 때까지도 랑세의 얼굴에는 미소가 사라지지 않았다. 마차 위에 새 한 마리가 앉아 있는 것도 모른 채.

"마차가 근사하네요."

케일네 집을 방문하고 돌아올 때 탔던 마차만큼이나 하흘의 마차도 편안하고 좋았다. 내부 장식은 오히려 이쪽이 더 화려한 감도 있었다. 랑세의 칭찬에 하흘이 쑥스러운 듯 웃었다.

"사실은, 제 마차는 아닙니다. 오늘 랑세 씨를 모신다고 아버지께 부탁드렸지요."

아니요, 그게 그렇게 쑥스러워하실 일인가요. 랑세는 어떻게 답해야 할지 몰라 쓰게 웃었다.

마법사들 살림 돌아가는 거 보면 연구비를 받아도 일반 하급 문관인 자신과 크게 다를 바 없는 생활을 하던데, 개인 마차가 있으면 외려 더 이상하겠지.

사실 그보다 신기한 건 하흘의 옷이었다. 부드럽게 흐르는 비단 소재에 은은한 색의 실로 소매 끝을 장식했기에 하흘의 호감 있는 얼굴을 돋보이게 했다. 물론, 비마법사 옷인 점이 가장 신기했다.

"오늘 근사하세요. 저희 아파트에 마법사 한 분이 여자 친구가 싫다고 해서 마법사 옷을 벗는 데까지 시간이 좀 걸렸었거든요. 하흘 씨는 괜찮으신가 봐요?"

랑세가 호기심을 이기지 못하고 묻자 하흘은 빙그레 웃었다.

"옷은 제 본질이 아니니까요."

"그렇게 말씀하시는 분들도 뵀었어요."

"네, 그리고 사실 랑세 씨를 모시는 데 마법사 옷으로는 부족할 것 같아서요."

어머, 랑세는 자기도 모르게 자그맣게 탄성을 터트렸다.

바람둥이라는 존재는 소설 속에서만 봐 왔는데, 하흘이 그

466

비슷한 느낌이었다. 물론 하흘이 바람둥인지 아닌지 알 수 없는 노릇이나, 일단 하는 말은 듣기 좋고도 괜히 쑥스러워 고개를 숙이고 시선을 피했다.

당신에게 어울리고자 나의 시간을 들여 정성을 다해 꾸몄다라는 말을 듣는 게 이런 느낌인지 몰랐다. 이래서 여자들이 바람둥이라는 거 알면서도 속나 봐.

다각, 다각, 말발굽 소리 사이에 잠시 쑥스럽고도 어색한 침묵이 흘렀지만, 그것은 곧 하흘의 말로 깨졌다.

"사실 저는 제게 마법사로서의 재능이 있는 것을 조금 늦게 알았습니다."

"아."

"아버지께서 작은 사업체를 운영하시는데 큰형님이 아마 이어받으실 거고. 전 뭘 해야 하나, 아버지께 사업체 일부를 달라고 할까, 하는데 저만의 재능이 있다니 신나서 학교를 옮겼습니다."

하흘은 수가 놓인 제 소매 끝을 만지작거렸다. 팔목을 자연스럽게 감싸는 소매.

"그런데 이미 저는, 뭐랄까, 상인으로서의 정체성이 어느 정도 잡힌 상태로 학교에 갔으니 연구만 하던 친구들의 성향과 생활 방식이 달라 한동안 적응이 어려웠습니다."

아아, 알겠다, 하고 랑세는 고개를 끄덕였다.

눈이 세 개인 사람들이 모인 세상에서는 눈이 두 개인 사람이 외려 비정상. 마법사들 사이에 문관 한 명, 마법사들 사이에

상인 한 명.

"랑세 씨도 아시다시피, 마법사의 연구만 파는 면을 반드시 긍정적이라고 하기는 어렵지 않습니까."

"뭐, 그렇긴 하죠."

랑세는 수긍하다가, 그래도 한마디 더 얹었다.

"그래도 다른 분야의 사람들도 다들 각자 단점이 있긴 해요. 마법사분들의 부정적인 면은, 아마도 사회에서 많은 사람들이 긍정적이라고 말하는 걸 못 갖춰서 더 도드라져 보이는 것뿐이죠."

랑세의 말에 하흘은 눈을 조금 크게 떴다가 환하게 웃었다.

"제가 이래서 랑세 씨에게 반한 겁니다."

어우, 갑자기 그러지 말아요. 화끈, 랑세의 얼굴이 시뻘겋게 달아올랐지만 하흘은 못 본 척 창밖으로 시선을 돌렸다.

"그래서 마법사로서의 자세도 갖추지만 어떤 것들은 잊지 않고 간직하려 노력하고 있습니다."

"아, 네. 좋은 생각인 것 같아요."

잠시 후 마차가 멈추고, 마부가 도착했음을 알리며 문을 열었다. 하흘이 먼저 내려 랑세를 향해 손을 뻗었다. 마차는 높아서 조심하지 않으면 넘어지기 쉽다. 운동으로 다져진 랑세가 넘어질 리는 없으나 랑세는 하흘의 손길을 피하지 않았다. 조금 거친 듯한 손이 따뜻했다.

"연극 표를 구했습니다."

"아, 좋아요!"

사실 팔렝에서는 마땅한 극장이 없었다. 그래서 연극이라고는 축제 때 놀러 온 음유시인이나 가객 집단이 만든 가설무대 같은 작은 규모 연극밖에 본 적이 없었고, 수도에서도 먹고사는 게 바빠 생각도 못 해 봤기에 랑세의 눈이 호기심으로 반짝였다. 예의상이 아니라 정말로 기꺼워하는 기색을 보이자 하흘도 안도의 웃음을 지으며 극장으로 안내했다.

　랑세는 눈을 동그랗게 뜨고 거대한 극장 건물을 둘러봤다. 이래서 리엔 님이 새로운 사람과 만나 보랬나 봐. 하흘이 이끄는 무대 앞쪽 좌석에 앉았다.

　여전히 랑세는 이 낯선 풍경을 여기저기 둘러보느라 정신없었다. 하흘은 그런 랑세의 모습을 엷은 미소를 지은 채 계속 지켜보고 있었다.

　"아……."

　그러다 하흘과 시선이 마주친 랑세는 부끄러움에 입술을 깨물고 고개를 돌렸다.

　"오늘 저희 극을 보러 와 주신 관객분들께 인사 올립니다."

　단주급의 가객이 나와 극의 시작을 알리며 인사를 하자 관객석에서 박수가 터져 나왔다. 랑세 역시 열렬하게 동참했다.

　가객은 현을 뜯으며 이야기의 시작을 알렸다.

　"오늘 보여 드릴 극의 제목은 〈하리안의 백합〉입니다. 예로부터 전해 오는 노래 속 이야기지요."

　가객이 맑은 목소리로 〈하리안의 백합〉을 부른 후 퇴장하고, 막이 오른 후 배우들이 무대에 올랐다.

연극이 시작되었다.

"랑⋯⋯."

막이 내리고 랑세 씨, 하고 말을 걸려던 하흘은 입을 다물었다. 연극의 여운에 빠진 모양인지 랑세는 멍한 얼굴로 무대에서 시선을 돌리지 못했다. 정말 잘 데려왔다 싶었지만 일면 섭섭하기도 했다. 자신은 랑세의 얼굴을 훔쳐보느라 연극 내용은 기억도 안 나는데. 어쩌겠는가, 반한 쪽이 지는 거지.

"아, 음. 제가 너무 멍하니 있었죠. 죄송해요."

마침내 정신을 차린 랑세가 하흘에게 연신 사과하자 하흘은 괜찮다는 듯 손을 흔들었다.

"그만큼 마음에 드셨다는 거니까요. 모시고 온 보람이 있습니다."

"정말 감사합니다. 저 정말 이런 경험 처음이에요."

랑세의 목소리에 진심이 묻어나자 하흘의 섭섭함이 사르르 녹았다. 둘은 얼마 남지 않은 관객들과 함께 극장을 나와 천천히 거리를 걸었다.

휴일에 외출 나온 사람이 많은지 거리는 꽤 복잡했다. 하흘은 대로가 아닌 뒷골목 안쪽으로 들어갔다. 주택이 조금 더 많은 거리는 조용해 휴일 특유의 잔잔한 공기가 스며 있었다. 타박, 타박, 조용한 거리에 울리는 발소리는 조금 리듬감이 있어

듣기에도 좋았다.

"여기는 큰 극장 뒤라고 믿기 힘들 만큼 조용하네요."

"네. 저도 들은 이야기지만, 원래 여기가 극장 자리가 아니라 주택가였는데, 극장의 최초 주인이 주택 몇 채를 매입해서 극장을 만든 것이라고 하더군요. 나중에 왕실이 극장을 매입하고 다시 정부에 판매했다고 합니다. 아, 여기 이쪽입니다."

하흘이 안내한 곳은 예쁜 테라스가 딸린 식당이었다. 순간 랑세는 움찔했다. 예쁘게 장식적으로 구부러진 테라스 난간 곳곳을 가을 장미가 타고 올라가고 있었다. 이 예쁜 테라스에 자리한 새하얀 식탁 위에는 작은 꽃병이 하나씩 놓여 있었고, 그 꽃병은 도자기로 된 것이었다. 한마디로 비싸고 화려해 보였다.

"겉모습이 화려해서 그렇지, 내용은 다른 곳과 다를 바가 없으니 너무 부담 가지지 마세요."

그때 하흘이 곁으로 다가와 조심스럽게 한마디 던지자 랑세는 또 움찔했다. 진짜 눈치 빠르고 기민한 사람이다 싶었다. 언제 눈치챈 걸까. 솔직히, 지금 자신은 하흘이 무슨 생각을 하는지 하나도 모르겠는데.

랑세는 식당 종업원이 안내하는 테라스 쪽으로 걸음을 옮기며 한숨을 집어삼켰다. 마차도 잘 타고 오고, 연극도 황홀하고 즐거웠고, 여기 식당은 분위기부터 좋은데, 이 사람에게 돌려줄 뭔가가 없다. 물론 대상단주를 아버지로 둔 이에게 갚을 만한 물질은 없으니, 마음이라도 돌려주면 좋을 텐데.

"여기, 골라 보시지요. 뭘 드시겠습니까?"

"하흘 씨는 여기 자주 와 보셨어요?"

랑세는 그런 제 마음 감추려 노력하며 가능한 한 밝게 말했다.

"네, 가끔."

"그럼 추천해 주시는 거 먹을게요. 아, 이거, 이 호박은 꼭 먹고 싶어요."

"네, 알겠습니다."

지난번처럼 하흘이 적당히 주문하고, 둘은 다시 이야기를 이어 갔다.

"그러고 보면 하흘 씨 계통 이야기를 들어 본 적이 없는 것 같아요."

"하하, 문관에게 그런 질문을 받는 건 처음이네요. 마도구 제작계입니다."

"저도 마법사가 인사하면서 계통 안 밝힌 건 처음이었어요. 저랑 제일 친한 친구도 마도구 제작계예요. 저번에는 그 친구가 제 문에 보안 마도구도 달아 줬어요."

"아, 와렌 예엔소 씨가 랑세 씨 친구였나요?"

"아세요?"

"네, 그분이 쓴 마도구 제작 보고서를 읽어 본 적이 있습니다. 흥미로웠습니다."

와렌을 칭찬하자 랑세는 괜히 제가 칭찬받은 듯 어깨를 으쓱거렸다. 제게 하는 칭찬은 돌려줘야 할 빚 같아서 부담되지만, 자리에 없는 친구 칭찬은 얼마든지 들어도 기쁘다. 하물며 와렌이 그토록 사랑하는 마법에 관한 것이라면야.

"하흘 씨가 발명한 마도구는 어떤 것이 있나요?"

또한, 이 사람도 사랑할 마도구라면야.

"전 수식 계산기를 만들었습니다."

"네?"

"일종의 자동 주판이라고 생각하시면 됩니다. 대상단에서 다량의 품목을 다룰 때 유용한 제품이죠."

"아, 경험이 바탕이 된 거군요."

"네. 그리고 사실 마탑에서 제가 최고로 인정받은 건 마도구가 아니라 마도구 유통에 관한 보고서였답니다."

"아하하, 정말요?"

식사도 나오고 이야기가 무르익으면서 분위기가 점차 달아올랐다. 랑세가 긴장을 풀고 편히 웃기 시작하자 하흘도 내심마음을 놓았다. 그래, 따뜻하고 예쁜 식당을 고르기 잘했어, 자신에게 작은 칭찬을 하고 고기 한 점을 차마 다 씹지도 않은 순간이었다.

"나, 나리."

테라스 옆 거리 쪽에서 거지 옷을 입은 여자가 떨리는 목소리로 하흘을 부르며 손을 뻗었다. 그 여자의 등장에 랑세는 눈을 크게 떴다.

"나, 나리, 배가 고파 그럽니다. 한, 한 푼만 도와주세요."

딸칵, 랑세는 숟가락을 식탁에 떨어트렸다.

왜죠, 와렌 씨. 왜 그 꼴로 여기 있는 거죠?

하흘은 동공이 몹시 흔들리는 랑세를 한 번 힐끗, 와렌의 떨리는 손을 한 번 힐끗 쳐다보았다. 그리고 푸근한 웃음을 지었다.

"네, 물론이지요."

그리고 지갑에서 무려 50에시르를 꺼냈다.

랑세의 눈은 믿을 수 없을 정도로 커졌다. 와렌 역시. 저거, 말려야 하는 거 아니야? 하고 랑세가 뭐라고 한마디 하려는 찰나, 하흘이 돈을 내밀던 손을 멈추었다.

"그런데 혹시 이걸 드리면 남편이 뺏어 간다거나 다른 사람에게 상납해야 하는 거 아닌가요?"

"나, 남편 없어요."

저기요, 와렌 씨. 지금 그게 질문의 요점이 아니잖아요.

"차라리 제가 일자리를 소개해 드리는 게 어떨까요?"

"네?"

랑세도 와렌처럼 당황했다.

"저희 집이 상단을 하고 있어서 간단한 일자리 주선은 가능합니다. 아, 물론 면접을 보셔야 하긴 하지만요. 무언가 잘하는 게 있으신지요. 손을 보니 목공예 같은 걸 잘하실 것 같은데."

"아, 으으……, 아, 아니요."

와렌 씨, 잘하는 거 말하면 취직하실 건가요? 랑세는 이제 일이 어떻게 돌아가는지 도통 알 수가 없어 눈을 동그랗게 뜬 채 어찌할 바 몰라 했다. 하흘은 다시 빙그레 웃었다.

"혹시 마법은 할 줄 아시나요?"

"네!"

잠시 침묵.

"억! 죄, 죄송합니다."

와렌은 거지 옷을 후루룩 날리면서 저쪽 골목 어딘가로 달려갔다. 그 모습에 랑세는 어리벙벙해졌고, 하흘은 피식 웃으며 지갑에 50에시르를 도로 넣었다. 그리고 랑세 쪽으로 고개를 돌렸다.

"아파트분이시죠?"

"아, 네. 그, 죄송합니다."

왜 항상 뒤처리는 제 몫이며 부끄러움도 제 몫일까. 뭔가 죄 짓고 사는 게 있는 걸까. 랑세는 잠시 잠깐 쓸데없이 제 인생을 반추했다. 그런 마음을 알고 있다는 듯 하흘은 손을 흔들었다.

"사실 저런 전통이 학교 다닐 때도 있었습니다."

"네?"

"누군가 데이트를 한다고 나가면 용돈 벌이도 할 겸 상대방 인성을 알아보겠다고 꽃을 팔거나 구걸을 하거나 합니다."

"어, 으, 뭐 그런 게 다 있어요?"

"하하, 다들 전부 심심한가 보지요. 저분에게 돈을 드리는 건 어렵지 않지만."

하흘은 다정하게 웃으며 고개를 살짝 꺾어 랑세를 바라보았다.

"랑세 씨에게 저를 알려 주는 시간을 방해받고 싶지 않았습니다."

화끈, 랑세의 얼굴이 다른 의미로 달아올랐다. 랑세가 입술을 깨물며 어버버거리자 하흘은 가만히 웃음을 거두었다.

"제가 랑세 씨의 친구를 곤란하게 해서 기분이 안 좋으십니까?"

"아, 아니에요. 감사해요."

와렌 씨를 무척이나 좋아하지만 이 부끄러움은 제가 감당할 수준이 아니었어요. 죄송해요. 그래도 와렌 씨라는 건 말 안 할게요. 마탑에서 하흘 씨를 만나서 창피한 일이 생기는 거는 제가 어쩔 수 없고요. 랑세는 제 당황을 애써 추스르며 물었다.

"그런데 마법사인 건 어떻게 알아보셨어요?"

"소매요. 긴 소매를 토시로 모아 가리긴 했지만, 금방 알아봤습니다."

"아하!"

"그러나저러나, 저분이 나온 거 보면 돌아갈 길도 만만치 않겠네요."

"네?"

땡그랑, 랑세의 숟가락이 이번에는 바닥에 떨어졌다. 하지만 하흘은 그저 가볍게 웃으며 종업원을 불러 새 숟가락을 부탁했다.

"흐엉, 난 몰라."

"와렌!"

"반대야! 저 사람 절대 반대야! 너무 못된 사람이야!"

와렌이 드물게도 거지 옷을 과격하게 내팽개치고 자리에 주저앉았다. 저쪽 골목에서 지켜보던 마법사들도 놀란 눈을 끔뻑였다. 저런 자리에 자신들이 구걸을 하러 다가가면, 보통 한 푼두 푼 내주다가 그날의 데이트 비용을 모두 탕진하여 어쩔 줄몰라 한다. 그걸 낄낄거리며 구경하거나, 돈 안 내고 버티다가상대에게 매서운 눈초리 받는 꼴을 구경하거나, 아무튼 신나게노는 게 일상인데.

저 하흘이라는 놈은 보통이 아니었다. 놀리려다 외려 배로당했다.

"감히 와렌을 울리다니!"

"나 안 울었어!"

"감히 와렌을 놀리다니!"

무즈는 와렌의 항변에 냉큼 말을 바꾸었다. 그러고는 와렌이벗어 던진 거지 옷을 주워 입고 한 손에는 꽃을 든 채 주먹을불끈 쥐었다.

"복수다."

무즈는 이제 막 식당을 빠져나오고 있는 랑세와 하흘을 향해돌격했다. 마법사들은 골목 벽 뒤에 숨어 소리를 모아 듣게 하는 불법 마도구로 셋의 대화를 엿들었다. 들으면 들을수록 안색이 창백해졌다. 얼마 지나지 않아 무즈가 시뻘게진 얼굴로돌아와 와렌 앞에 주저앉았다.

"미안. 복수 못 했어."

"어떻게 해, 무즈."

두 사람이 참담하게 당한 모습을 지켜보자니 마법사들은 더 나서기가 두려워졌다. 뭐지, 저놈. 뭐 하는 놈이기에 우리를 한 명씩 격파하는 거지.

"안 되겠다. 내가 나서야겠어."

아미아가 흐흐 웃으며 한 걸음 앞으로 나갔다. 발 두 번 퉁퉁 구르고 주문을 외우자 모습이 바뀌었다. 그리고 한 발 앞서가려는데 뒤가 허전했다.

"뭐 해? 하이란, 엘마스, 너네는 나랑 같이하기로 했잖아."

"저, 저 진짜 해야 해요?"

하이란이 덜덜 떨며 물었다.

"왜 떨어?"

"랑세 씨는 좋은 분이지만 화내시면 무섭단 말이에요!"

무관들이 쳐들어왔을 때 그 무력을 눈앞에서 봤는데.

그러나 아미아는 씨익 웃으며 하이란을 질질 끌고 갔다.

"괜찮아. 우리가 놀리려는 건 하흘이지, 랑세가 아니라고."

"다음은 어디로 가나요?"

"성외 쪽에 강이 있어서 그걸 보려고 하는데요. 다른 좋은 생각이 있다면 따르겠습니다."

꽃 파는 무즈를 하흘이 엄청난 말솜씨로 쫓아 보내고 나서 한동안 잠잠했기에 둘은 침착하게 걸음을 옮겼다. 마차로 가도 되긴 하지만 둘이서 조용히 걸으며 조곤조곤 이야기를 나누는 것도 나쁘지 않았다.

랑세는 부드럽게 이야기를 계속하는 하흘을 가만히 바라보았다. 그저 착해서 자신에게 잘해 준다고 말하기에는 단호한 면도 있다. 좋은 사람을 넘어 멋진 사람인 건 맞는데. 왜 저런 사람이 자신에게 반했을까.

"랑세 씨?"

"아? 어, 죄송합니다."

한동안 빤히 하흘을 바라보며 생각에 잠겼던 랑세는 하흘의 부름에 화들짝 놀랐다.

그 모습에 하흘은 또 웃었다. 그저 좋단다.

"죄송은요. 그럼 저쪽으로 가 보지요."

"아, 네."

이대로도 괜찮지 않을까 생각해 본다. 남들 다 하는 연애, 그냥 그렇게.

"어?"

길 한복판에서 타루를 발견했다. 랑세는 움찔했다. 설마 저 사람도 지금 그놈의 쓸모없는 전통을 지키려는 건 아니겠지.

타루가 몹시 곤란한 얼굴을 하며 랑세 쪽으로 다가오려던 그 순간.

"억!"

풀썩하고 넘어졌다. 어디선가 에세가 튀어나와 타루를 밀친 덕이었다. 에세는 타루의 옆구리를 꼬집고는 이를 악물고 무어라 말했다. 거리가 멀어 알아들을 수는 없지만, 에세가 또 한 번의 창피할 뻔한 위기에서 구해 준 것은 맞는 듯했다. 에세가 랑세를 향해 미안하다는 듯한 눈인사를 하고 간 것을 보면. 이 래저래 여기저기 민폐 끼치고 다니네.

다행히도 하흘은 비슷한 일이 또 일어날 뻔했다는 건 모르고 지나친 듯했다. 하흘의 실력이 만만치 않으니까 지켜보고 있던 놈들도 적당히 물러서지 않을까.

"어이, 거기."

아니구나.

"거참 잘 어울리는 쌍쌍일세."

웬 깡패 세 놈이 어기적거리며 뻔한 대사를 치고 있었다. 통 좁은 소매에 모르는 얼굴이었다. 설마, 진짜인가? 마법사가 아 닌 건가? 랑세는 눈을 가늘게 뜨고 그쪽을 바라보았다.

"무슨 일이십니까?"

그때, 하흘이 조금 낯을 굳히고 한 팔로 랑세를 가려 제 뒤로 물러서게 한 다음, 앞에 나섰다. 정말 진짜 깡패인가?

어쨌든 하흘이 당당하게 나서자 깡패 셋도 약간 주춤했다. 그러나 맨 앞에 있던 놈이 다시 나섰다.

"그런데 나랑 있으면 더 어울릴 것 같은데 말이야, 응? 어떻 게 생각해?"

"아니요, 당신 같은 사람들과 이분이 어울릴 것 같습니까?"

이럴 때 보면 하흘이 마법사긴 마법사다. 뭘 말싸움을 하고 있담. 그냥 도망치는 게 답인데. 랑세의 시선에 잔뜩 긴장한 하흘의 뒷목이 걸렸다.

"아."

이 사람, 무척이나 긴장하고 있구나. 무서워하고 있구나.

"누가 이 사람이랑 어울린다는 거야?"

"네?"

그때 그놈이 하흘의 손목을 붙들어 훅 잡아당겼다. 당황한 하흘이 그대로 그놈 품에 안겼다.

"나한테 와라. 내가 잘해 줄게."

"네?"

하흘이 몹시 당황하여 어버버, 할 말을 못 찾자 깡패 놈들인지 깡패로 분장한 놈들인지가 낄낄거렸다. 랑세는 긴 한숨을 내쉬었다. 인생이 왜 이럴까. 오늘 저 사람 참 고생하네. 소매를 걷어붙이고 튀어 나갈 준비를 했다.

"하흘 씨."

"네?"

"눈 감아요!"

랑세의 외침에 하흘은 저도 모르게 눈을 감았다. 그러고서 울리는 퍼억, 으악, 하는 소리. 자신을 안고 있던 깡패가 떨어져 나가는 게 느껴졌다. 다시 한번 퍼억.

하흘은 눈을 떴다. 랑세의 화려한 돌려차기가 깡패의 뒷목을 쳐 날리고 있었다. 동시에 깡패의 모습이 바뀌었다. 스르륵, 옷도 길어지고 얼굴도 바뀐다. 아는 얼굴이었다. 랑세는 꽥 소리를 질렀다.

"아미아 씨!"

"아미아? 전장의 미친개 아미아?"

하흘도 비명처럼 외쳤다.

아미아는 맞은 뒷목을 문지르며 일어났다. 꽤 많이 화가 난 듯했다.

"날 쳤어?"

"이게 안 칠 일이에요?"

"이익, 받아랏!"

펑, 하고 마법이 쏘아졌다. 랑세와 하흘 사이 어딘가에서 흙이 폭발했다. 랑세는 다시 소리를 질렀다.

"미쳤어! 사람에게 마법 쓰는 거 불법이라며!"

"마법사에게 쓰는 건 불법이 아니지!"

"마법사는 사람 아니냐!"

"뭐 어때!"

까르르르, 아미아가 웃으며 뭔가를 다시 준비한다. 랑세는 하흘을 힘 있게 붙잡아 끌었다. 하흘의 시선이 제 손목을 잡은 랑세의 손에 갔다.

"하흘 씨! 튀어요! 사람 많은 곳으로!"

"네! 네!"

펑, 펑, 뒤에서 무언가 터지는 소리가 들리든 말든 랑세와 하흘은 미친 듯이 달리기 시작했다. 그래도 여기가 시내라는 자각은 있었는지 아미아가 뒤에서 쏘는 마법의 크기는 크지 않았다. 일전에 금서를 두고 한 추격전에 비하면야. 그래도 랑세는 최선을 다해 달렸다.

펑! 뒤에서 무언가 큰 소리가 나자 속도는 더 빨라졌다. 문제는 하흘이었다. 하흘은 숨이 턱까지 차올라 더 이상 달릴 수 없을 지경인 듯 보였다. 랑세는 그의 손을 일단 놓고 주변을 둘러보았다. 아, 마침 극장 앞에서 아직 대기 중인 마차가 보였다.

"저기 저 마차, 하흘 씨 댁 거죠?"

"네! 네!"

"일단 저거 타죠!"

"네!"

둘은, 아니, 정확히는 하흘은 마지막 남은 힘을 짜내서 마차를 향해 달려갔다. 하흘네 마부가 둘을 발견하고는 몹시 당황하여 어찌할 바 모르고 있었다.

"아저씨! 문 열어요!"

랑세가 외치자 마부는 허둥지둥 문을 열고 얼른 자리에 앉았다. 우리 도련님, 어디서 나쁜 사람에게 쫓기나.

랑세는 하흘을 잡아끌고 거의 집어 던지듯 마차 안에 넣고는 자신도 뛰어 올라탔다.

"아저씨! 달려요!"

"네! 네!"

마부는 어디로 가는지도 모르는 채 일단 달리기 시작했다.

한편, 랑세를 쫓던 아미아는 골목 앞에서 멈출 수밖에 없었다. 그 앞을 막아선 리엔.

"어머, 아미아. 여기까지란다."

"선배!"

"비마법사 앞에서 전투 마법을 함부로 쓰면 되니?"

"비켜요!"

"저런, 난 하흘이 마음에 든단다. 저만하면 괜찮지 않니?"

"전 싫어요!"

"이런, 편도 작작 들렴."

"편이 아니라요!"

"어쩔 수 없구나."

퍼펑, 펑펑, 뒷골목에서 일어난 치열한 마법 전투의 승부가 어떻게 되었는지는 제쳐 두자. 그다지 중요한 일이 아니고.

"하아, 하아."

"헉, 헉."

마차 안에서 거친 숨을 내뿜는 두 사람의 이야기가 더 중요하니까.

랑세는 마차 창문을 열고 뒤를 돌아보았다. 인파가 몰린 도로에서는 마법과 관련된 듯한 어떤 소리도 들리지 않았다. 아미아는 아마도 둘을 놓친 듯했다. 랑세는 이를 뿌드득 갈면서도 안도의 한숨을 내쉬었다.

"괜찮으세요?"

아직도 새빨개진 얼굴로 숨을 몰아쉬는 하흘을 돌아보았다. 하흘은 일단 고개를 끄덕거렸다.

"와, 이 전통 어마어마하네요."

"아, 아, 아미아 선배는, 헉, 헉, 저 학교 다닐 때는 헉, 헉,

이미 졸업했는데도, 헉, 유명해서요, 전장에서 이미, 헉, 헉."

"아이고, 숨 좀 고르고 말씀하세요. 아미아 씨가 전장이 아니라 아파트의 미친개인 건 알고 있어요."

"하하흐윽, 흐으윽."

하흘은 숨을 고르다 웃음이 터져 이상한 소리를 내 버렸고, 그 모습에 랑세도 웃고 말았다. 두 사람은 마차 안에서 한참 동안 이유도 모르고 마차가 들썩거릴 정도로 한참을 웃었다. 웃음으로 숨이 진정된 하흘이 말했다.

"이왕 마차 탄 김에 강가로 갈까요?"

"그래요."

하흘이 마부를 향해 성 밖 강가로 가자고 하자, 마차는 곧 성문을 빠져나갔다. 마차 밖 풍경이 빠르게 지나가고, 곧 숲과 강이 어우러진 곳이 나왔다.

"와아!"

랑세는 햇살에 반짝이는 강가를 보고 감탄을 내뱉었다. 수도에 처음 올 때, 합승 마차에 낀 채 긴장으로 제대로 보지 못했는데. 팔렝의 강보다 더 크고 긴 강이 햇살을 받으며 유유히 흐른다.

사람이 많지 않은 곳에서 마차가 멈췄고, 랑세와 하흘이 내렸다. 탁 트이고 환한 광경에 랑세는 숨을 크게 들이켰다. 사람의 숨소리도 좋아하지만 때로는 강이 내뱉은 바람도 좋다. 랑세가 환하게 웃으며 하흘을 돌아보았다.

"고마워요! 정말 멋지네요."

그 미소에 하흘은 고개를 끄덕이며 붉어진 얼굴을 감추지 못했다. 랑세와 하흘은 강가를 구경하며 천천히 걸었다. 정말 멋진 광경이다. 루세가 왔을 때 보여 주었으면 좋았을 것을. 이렇게 좋은 광경을 보여 주다니, 이 신세를 뭐로 갚을 수 있을까.

　"아."

　순간 랑세의 발걸음이 멈칫했다.

　"랑세 씨?"

　랑세의 걸음이 멈추고 얼굴도 굳자 하흘 역시 멈추었다. 아, 음, 아무것도 아니에요, 하고 랑세가 다시 걸음을 옮기지만 굳은 낯은 풀지 못했다.

　그렇구나. 오늘 내내, 이 사람과 사귀어서 이 광경을 함께 보고 싶다고, 좋은 걸 함께 나누는 사이가 되었으면 좋겠다고 단 한 번도 생각하지 않았다. 그저 미안하고, 어떻게 보답해야 할지, 마음으로 돌려주지 못할 텐데, 그 생각만 했다.

　'아빠, 아빠는 엄마의 어디가 좋아서 결혼했어?'

　'글쎄? 엄마가 멋진 사람이니까?'

　'아니, 언제 좋아한다고 생각한 거야?'

　'어렵네.'

　아빠는 한참 생각하다가 잔잔하게 웃으며 말했다.

　'가장 좋은 것만 해 주고 싶을 때? 아니다, 내가 가진 가장 좋은 것을 함께 나누고 싶을 때?'

　가진 게 별거 없어서 그저 생활을 나누는 것뿐이지만 말이다, 하고 아빠는 웃으며 답했다.

글쎄. 연애라는 것이 반드시 결혼으로 이어지는 것도 아니며, 사랑해서 연애하는 것이 아니라 연애하면서 사랑할 수도 있지만. 랑세는 입술을 깨물었다. 그런 마음이 들지 않았다.

어째서 그럴까. 참 좋은 사람인데. 참 멋진 사람인데.

"저기, 하흘 씨."

사람 마음을 어찌 다 알랴.

랑세는 다시 걸음을 멈추고 하흘을 똑바로 바라보았다. 랑세의 표정에 무엇인가 예감한 모양인지 하흘 역시 얼굴이 굳었다.

"죄송해요."

"……무엇이요?"

알면서도 묻게 된다. 진득한 미련 때문에.

"제가 아무래도 하흘 씨 마음에 좋은 답을 주지 못하겠어요."

"아…….."

한동안 둘 사이에 침묵이 흘렀다. 강에서 불어온 바람이 두 사람 사이를 스쳐 지나갔다.

"제가…… 랑세 씨에게는 많이 부족했던 모양이군요."

"아, 아니요. 하흘 씨 문제는 아닌 것 같아요. 아니, 하흘 씨 문제가 아니에요."

랑세는 다급하게 두 손을 흔들었다. 자신과 더 관계를 진전시키지 못해서 마음 아파할지라도, 자책은 하지 않길 바란다.

"제 문제인 것 같아요. 아니, 아니, 제 문제예요. 그저 제가 누군가와 정들 준비가 안 된 것 같아요."

'헤어질지도 모르죠. 섭섭할지도 모르지만, 그래도 그때까지

는 저 강아지랑 함께 있는 거잖아요. 그럼 최선을 다해야 하지 않을까요?'

그 밤, 애에게 정을 주지 않으려 했던 것처럼. 아직, 아빠에게는 편지를 써도 엄마에게, 하고 시작하는 편지는 못 쓰는 것처럼. 아직은, 누군가와 무언가를 맺어 가는 과정 자체가 부담이고 두려움인 듯하다.

"아파트분들과는 정이 드신 것 같은데요?"

드물게 하흘의 입에서 조금은 부루퉁한 목소리가 나왔지만, 어찌 그 탓을 하랴. 랑세는 쓰게 웃을 뿐이었다.

"그게, 그 사람들과 하흘 씨 마음이 같은 종류는 아니잖아요."

"그렇죠……."

하흘은 긴 한숨을 내쉬었다.

"사실 이렇게 될지도 모른다는 생각은 했습니다."

"네?"

"시작도 전에 헤어짐부터 준비하셨으니까요."

'그냥…… 만나만 보는 건데요.'

함께하면서 내내 느꼈다. 이 사람은 순간 기뻐하지만, 곧 부담을 느끼고 미안해하고, 돌려주지 못할 마음을 처음부터 걱정했다.

"그 마음을 느끼지 못하실 정도로, 제가 랑세 씨를 흔들 만큼 매력적이었으면 참 좋았을 텐데요."

하흘은 다시 가만히 한숨을 내쉬었다. 랑세는 차마 할 말이 없어 입을 다문 채 그의 답을 기다렸다.

"생각 같아서는 아파트로 이사해서 아파트분들과 같은, 그런 정이라도 먼저 들고 다시 도전하고 싶은데."

"네?"

"그럼 정말로 부담스러워하시겠죠?"

하흘은 조금은 울 것 같은 얼굴로 웃었다.

랑세는 더욱더 미안해져 고개를 숙였다. 마음을 마음으로 답하지 못한다는 건, 제 잘못이 아님에도 미안한 일이다.

"랑세 씨."

"네."

"오늘, 저랑 있던 시간이, 부담스럽긴 해도 즐겁긴 하셨습니까?"

"물론이에요."

그것 또한 부정할 수 없는 사실이기에 랑세는 열심히 고개를 끄덕였다. 하흘은 웃으며 랑세를 마차 쪽으로 이끌고 천천히 말을 이었다.

"그저, 랑세 씨가 제게 연애 감정을 느끼지 않았어도, 좋은 기억으로 남았다는 것으로 위안 삼아야겠군요."

"아, 죄송⋯⋯."

"아니요. 마음을 답하지 못하는 게 미안한 일은 아니니까 더 사과하실 필요는 없습니다."

묘한 분위기의 남녀 앞에서 모른 척 고개를 돌리고 있는 마부를 대신하여 하흘은 마차 문을 열었다.

"아파트까지는 거리가 좀 있으니 타고 돌아가시지요."

"아."

"제가 직접 바래다 드리지 못하는 건 양해 부탁드리겠습니다."

어색하게 마차 안에 함께 있는 것보다야 이쪽이 훨씬 낫다. 그럼에도 하흘은 예의 바르게 양해를 구한다. 랑세는 그가 정말로, 정말로 더 좋은 사람, 더 멋진 사람을 만나길 기원했다.

랑세가 마차에 올라탔음에도 하흘은 한동안 마차 문을 닫지 못한 채 랑세를 가만히 바라보았다.

"그래도, 혹시 제가……."

하흘은 무언가 말을 하려다 말고 입을 다물었다. 그리고 크게 숨을 들이켜고 단단한 얼굴로 미소 지었다.

"오늘 즐거웠습니다."

"아, 감사합니다. 저도요."

"돌려차기, 정말 멋있었어요."

하하, 그렇게 웃으며 하흘은 마차 문을 닫았다. 하흘의 부탁을 받은 마부가 말채찍을 휘두르자 마차가 달리기 시작했다.

랑세는 창밖을 바라보았다. 점점이 작아지는 하흘의 모습을 끝까지, 눈에 담았다. 그의 뒤에서 노을빛을 받은 강물이 예쁜 색을 만들어 낸다.

랑세는 아파트 근처에서 마차를 멈추고 내려 타박타박 걸어갔다. 이미 해가 적당히 진 시간, 얼른 들어가서 씻고 쉬고 싶은데 관문 하나가 남았다.

랑세의 등장을 어떻게 알았는지 열 걸음 밖에 있는 아파트에서 우당탕 소리가 나는 듯했다. 랑세는 고개를 절레절레 저었다. 저놈들, 심란해 죽겠구먼. 아파트 문을 열었다.

입구에 몰려 있던 마법사들이 침을 꿀꺽 삼키고 랑세를 바라보았다. 저놈들 좀 봐, 사람 분위기 심상찮으면 적당히 알아서 해석해야 하는 거 아냐. 랑세는 침만 꼴딱꼴딱 삼키는 놈들을 향해 긴 한숨 쉬며 엄지손가락을 들었다. 그 모습에 어어, 하는 이상한 신음이 들리다, 랑세가 엄지손가락을 아래로 뒤집자.

"와아!"

환호성이 터졌다.

돈 내놔, 돈 내놔, 저희들끼리 떠드는 소리를 뒤로하고 랑세는 터덜터덜 계단 위로 올라갔다. 그 뒤에서 걱정스레 자신을 지켜보는 몇몇 시선이 있다는 걸 알면서도, 그냥 오늘은 무시하기로 했다.

"휴."

침대에 털썩 누운 랑세는 긴 숨을 또 내뱉었다. 오늘 몇 번이나 쉬는 한숨인지. 자기가 왜 이런지 생각해 보다가 얼굴이 화끈거렸다. 거참, 사람 욕심이란 게 웃기지. 마음 한 톨 없으면서도 끝까지 멋지게 굴었던 하흘이 솔직히 조금 아까웠다. 앞으로 인생에서 하흘 같은 남자가 또 있을까 싶기도 하고.

"아우, 미쳤어."

랑세는 몸을 뒤척거렸다. 그래도 그게 참 올바르지 않은 것 같아 아깝다 아깝다, 생각만 하고 마차를 돌리지 않은 채 아파트로 돌아왔다.

'그저, 랑세 씨가 제게 연애 감정을 느끼지 않았어도, 좋은 기억으로 남았다는 것으로 위안 삼아야겠군요.'

어휴, 그런 멋진 남자가 자신을 좋아했다는 것으로 자신도 위로 삼아야겠다. 어쩌면 먼 훗날 이런 남자를 놓친 게 후회될지도 모르지만, 지금 당장은 정말로 어떤 마음도 들지 않으니까. 진지하게 다가온 그 사람 마음에 진지하게 답을 해 줘야 하는 거니까.

그러면서도 괜히 심란해 벌떡 일어났다. 아파트가 잠잠한 걸 보니 그놈의 내기는 끝났나 보다. 내려가서 대충 저녁이나 먹고 내일 출근할 준비나 해야지. 랑세는 0층으로 향했다. 소란이 언제 있었냐는 듯 고요한 입구.

"응?"

늘 관리사무실에 붙어 있던 케일이 보이지 않았다. 어디 갔나. 하긴 그 사람도 자기 볼일이 있겠지. 랑세는 그저 무심히 부엌에 들어가 어제 해 놨던 음식을 데워 자리에 앉았다. 입맛도 없다. 오늘 너무 맛있는 걸 먹어서 그런가.

"아, 여기 있었나?"

그때, 케일이 부엌으로 들어왔다. 랑세는 눈을 동그랗게 떴다. 가끔 식사 시간에 마주치긴 해도 자기 할 것만 하고 가는 사람이었는데, 오늘은 랑세 쪽으로 다가온다. 그는 손에 든 무언가를 랑세 앞에 내려놓았다.

"뭐예요?"

케일이 내려놓은 건 작은 과자 상자였다. 아파트에서 가장 가까운 과자점에서 파는 것인지라 랑세의 눈에도 익숙한 제품이었다. 가격으로 따지면 한 3에시르 정도?

"먹어."

"네?"

"내기로 딴 돈으로 산 거다."

"네?"

그래도 양심이 있는 편이라고 해야 하나? 남의 연애를 두고 내기를 하고, 망했다고 하니 위로차 주는 건가. 랑세는 잠시 눈을 깜빡이다 웃고 말았다.

"뭐예요, 50에시르나 걸었으면 돈 좀 버셨을 텐데, 겨우 이것만 사신 거예요?"

랑세는 반쯤 농담으로 케일을 타박했다. 그래도 사 준 게 어딘가 싶지만, 그냥, 괜히. 랑세의 말에 케일도 짧게 웃었다.

"배당이 형편없었다. 번 돈이 얼마 없다."

"으, 제 연애 사업이 망하길 바라는 사람이 그렇게 많았어요? 배당률이 얼마였는데요."

랑세는 상자를 열고 과자 하나를 집어 입어 넣었다. 오늘 먹은 것과 비교도 안 될 만큼 싸고 거친 과자.

"하나."

"네?"

와작, 과자가 입 안에서 쪼개졌다.

"안 망하는 데 건 사람이 무즈 하나였다."

와자작.

랑세는 멍하니 케일을 바라보다 소리를 꽥 질렀다.

"거짓말! 리엔 님도 타루 씨도 저 안 망하는 데 건다고 그랬단 말이에요!"

"그 사람들이 거짓말을 한 거겠지."

"이이이익!"

이 사람들이! 거기다가 무즈가 순수하게 제가 잘되길 바라서 잘된다는 쪽에 걸었겠나. 이러나저러나 죄다 나쁜 놈들이다. 랑세가 분노의 힘으로 와작와작 과자를 씹자 케일은 또 웃었다. 저 사람, 저렇게 웃음이 헤펐나.

"왜 그렇게 다들 제 인생이 망하길 바라는 거죠?"

랑세의 항변에 케일은 눈을 가늘게 떴다.

"남자 하나 안 만난다고 네 인생이 망하나? 게다가 네가 망하는 게 아니라 하흘이 망하는 걸 바라는 거였겠지."

"왜요! 하흘 씨는 충분히 좋은 사람이었다고요!"

그 말에 케일은 미간을 좁혔다.

"그런데 왜 거절했지?"

"뭐……."

랑세는 잠시 입 안에서 말을 골랐다. 그 강가에서 하흘에게 거절의 말을 하기 직전처럼.

"그냥, 제가 그냥 지금 연애하고 싶은 마음이, 준비가 안 되었으니까요."

아직, 아빠에게는 편지를 보내도 사랑하는 엄마에게, 하고 편지를 보내지 못하는 작고 용기 없는 마음. 그런 것 때문에.

랑세의 침울한 기색에 케일은 잠시 침묵을 지키다 과자 상자를 랑세 가까이로 조금 더 밀어 줬다.

"그럼 다들 네 마음을 먼저 알았거나……."

"알았거나?"

"하흘이 좋은 놈이라도 더 잘 어울리는 사람이, 네 마음에 드는 사람이 네 곁에 있길 바라는 마음이라고 생각해라."

"허이구, 퍽이나요."

아파트 마법사 놈들이 그런 좋은 마음일 리가 있나 싶어 랑세는 입으로 한탄 같은 소리를 내면서도, 그 나름의 위로 섞인 말에 웃음 또한 함께 튀어나왔다. 랑세가 침울한 기색을 벗어 던지자 케일 역시 작게 웃었다.

"그래서요? 케일 씨도 그런 이유 때문에 망한다에 거신 건가요?"

바사삭, 과자 하나가 더 랑세의 입 안에서 부서졌다. 케일은 그런 랑세를 잠시 바라보다.

"뭐, 비슷하다."

그리 짧게 답하고 만다.

랑세는 그런 그를 바라보다 과자 상자를 들어 내밀었다.

"음?"

"드세요. 맛있네요."

저 사람이 무슨 마음으로 준 과자인지 모르겠지만, 요란하게 끝난 하루, 복잡하고 시끄러운 마음에 잠을 못 이룰 때 누군가 호의로 준 다디단 과자 하나는 꽤 괜찮은 위로일지도 모르겠다. 그러니까.

"과자 고마워요."

랑세가 배시시 웃자, 케일은 상자 안에서 과자 하나를 집어 들었다. 바사삭, 과자 하나가 케일의 입에서도 부서졌다. 바사삭, 바사삭, 과자를 우물거리는 둘 사이에는 아무 말도 없었다. 랑세는 다시 과자 상자를 내밀었고, 케일은 과자 하나를 더 집었다.

"맛있게 먹어라."

그리고 그대로 손을 흔들며 나갔다.

다시 부엌에는 고요함이 내려앉는다. 바사삭, 바사삭, 가끔 과자 부서지는 소리만이 그 고요함을 깬다. 랑세는 가만히 미소 지었다.

아직은 홀로가 좋은 밤이 지나간다.

〈독신 마법사 기숙 아파트〉3권에서 계속